コードネーム・ヴェリティ

ン



第二次世界大戦中，ナチ占領下のフランスでイギリス特殊作戦執行部員の若い女性がスパイとして捕虜になった。彼女は親衛隊大尉に，尋問をやめる代わりに，イギリスに関する情報を手記にするよう強制され，インクと紙，そして二週間を与えられる。その手記には，親友である補助航空部隊の女性飛行士マディの戦場の日々が，まるで小説のように綴《つづ》られていた。彼女はなぜ物語風の手記を書いたのか？　さまざまな謎がちりばめられた第一部の手記。驚愕の真実が判明する第二部の手記。そして慟哭《どうこく》の結末。最後の最後まで読者を翻弄《ほんろう》する圧倒的な物語！

## 登場人物

マーガレット（マディ）・ブロダット……女性飛行士
クイーニー……英国空軍婦人補助部隊の無線技術士
アマデウス・フォン・リンデン……ナチスの親衛隊大尉
アンナ・エンゲル……女性監視員
エチエンヌ・チボー……親衛隊軍曹
ニコラウス・ファーバー……親衛隊少佐
ディンプナ・ウィゼンシャウ……女性飛行士
ジェイミー・ボーフォート‐スチュアート……クイーニーの兄
エズメ・ボーフォート‐スチュアート……クイーニーの母
ジョージア・ペン……ラジオのアナウンサー
ポール……特殊作戦執行部員
イギリスの情報将校……クイーニーをスカウトした男
ミトライエット……レジスタンスの少女
ラ・カデット（アメリ）……ミトライエットの妹

# コードネーム・ヴェリティ

エリザベス・ウェイン
吉　澤　康　子　訳

創元推理文庫

CODE NAME VERITY

by

Elizabeth Wein

# コードネーム・ヴェリティ

アマンダへ

――わたしたち、すばらしい仲間よ――

消極的な抵抗は破壊行為と同じくらい重要だと見なされるべきである。

——特殊作戦執行部《SOE》秘密活動マニュアル、〝消極的な抵抗の方法〟より

# 第一部　ヴェリティ

## オルメ　43・11・8　JB-S

**わたしは臆病者だ**

英雄になりたくて、そのふりをしてきただけ。ふりをするのは、いつも得意だった。十二歳まで、五人の兄たちとスターリング・ブリッジの戦い（一二九七年、スコットランド独立戦争でスコットランド軍がイングランド軍を破った戦い）ごっこをしていたのだけれど、女の子だというのに、わが家の先祖とされている大将のウィリアム・ウォレス役をやらせてもらっていた。だれよりも兵士の士気を高める話ができたから。そう、わたしは先週がんばった。ああ、どれほど力をつくしたことか。でも、いま、自分は臆病者だとわかっている。親衛隊大尉フォン・リンデンと馬鹿げた取引をしたあと、臆病者だと思い知った。わたしはどんなことを質問されても答えるだろう。思いだせることなら、なんでも。こと細かに、ひとつ残らず。

取引というのは、こうだ。自分の心にありのまま刻みつけるために、書きとめておこう。「ものは相談だが」と大尉はわたしに言った。「きみを買収するにはどうしたらいい?」そしてわたしは、自分の服を返してほしいと答えた。

いまは、取るに足りないことのように思える。大尉がもっとふてぶてしい返事を予想していたのは確かだ。「自由をくれれば」とか、「勝利」とか。それとも他人のために、「あのレジスタンスのかわいそうなフランス人青年をもてあそぶのはやめて、尊厳ある情け深い死を与えてやって」というような言葉。あるいは、少なくとも自分の現状にもっと直接結びつくこと。たとえば、「眠らせて」とか、「食べ物がほしい」とか、「三日間も背中にくくりつけられている、このいまいましい鉄の棒をはずして」など。でも、わたしは眠れなくても、ひもじくても、長いあいだ背中をまっすぐにさせられていても、ショーツ姿でさえなければ、かまわなかった。ショーツはかなりくさかったし、ときどきは濡れてしまったし、そんな格好でいるのは、とにかく恥ずかしい。フランネルのスカートとウールのセーターが与えてくれる温かさと威厳は、いまのわたしにとって愛国心や誠意よりもはるかに価値がある。

そんなわけで、フォン・リンデンはひとつずつわたしの服を買い戻させてくれた。スカーフとストッキングは別だけれど、もちろん、これはわたしがみずから首を絞めないようにと（実際、やりかけた）、早いうちに取りあげられてしまっていた。セーターを返してもらうには、無線暗号を四組教える必要があった——暗号化に使う詩と、合言葉と、周波数を。フォン・リンデンは前渡しでさっそくセーターを届けてくれた。あの恐ろしい三日間の最後にようやく解放されたとき、わたしの独房に置いてあったのだ。残念なことに最初はそれを着ようにも着る力がなかったけれど、ショールのように体の上に引っ張ってのせるだけでも心地よかった。ようやくなんとか袖を通すことができたいま、もう二度と脱ぐまいと思う。スカートとブラウスには、セーターよりもやや少ない情報ですみ、靴には左右それぞれ一組の暗号だけですんだ。

暗号は全部で十一組ある。最後の一組は、スリップとの引きかえになりそうだった。なるほど、外側に着る服から内側に着る服へとわたしが受け取るよう、大尉がたくらんだというわけだ。新たにひとつ返されるたび、わたしがみんなの前で服を脱ぐはずかしめを受けなければならないように。ただ、大尉だけはそんなわたしを眺めず、とっておきの見ものをのがすわよとわたしが言ったら、また服をみんな没収するぞと脅した。わたしが受けてきた傷をおおっぴらに見せるのは、それが初めてだったので、大尉には自分のしたことの結果——とくに両腕——を目《ま》のあたりにしてほしかった。しばし立ちあがることができるのも初めてだったから、大尉に見せびらかしたくもあった。結局、わたしはスリップを返してもらわないことに決めた。それを着るために、またもやショーツ姿になるという厄介ごとがなくなるから。最後の暗号一組と交換したのは、インクと紙——そして、いくらかの時間だ。

　フォン・リンデンはわたしに二週間と、必要なだけの紙をくれると言った。わたしがするべきは、イギリスの民間人による戦時協力について、思いだせるかぎりすべてを告白すること。わたしはそうするつもり。フォン・リンデンは『ピーターパン』に登場する海賊船の船長フックに似ていて、残酷だけれど正直で紳士めいたところがある。わたしはどうもピーターパンそのもので、大尉はルールに沿って行動し約束を守るだろうと、頭から信じこんでしまう。これまで、大尉はそうしてくれた。わたしが告白を始めるにあたって、大尉はこの浮き出し加工がほどこされたすてきなクリーム色の用紙を持ってきた。これはシャトー・ドゥ・ボルドー、つまりボルドー・キャッスル・ホテルのもので、以前この建物はホテルだったのだ（フランスのホテルがこんなにぞっとするほど荒れるとは、かんぬきのついたシャッターや南京錠のかかったドアをこの目で見ていなかったら、信じられなかっただろう。まあ、あなた方は美しいオルメの街までどこもかしこも荒らしてしまったのだけれど)。

それは暗号たった一組にしては多すぎるくらいの交換で、わたしは母国への反逆となる話ばかりか自分の魂をも捧げると、フォン・リンデンに約束していた。彼は本気にしていないようだけれど、どちらにせよ、暗号と無関係なことを書けるのは慰めになる。無線暗号をどっと吐いてしまうなんて、いやになるくらいむかむかすることだ。すべてのリストを紙に書いたときになって初めて、自分が実際にどれほど大量の情報を知っていたかに気づいた。

びっくり仰天だ、まったく。

**ろくでなしのナチ野郎。**

わたしは単なる馬鹿。正真正銘の、救いようのない馬鹿。わたしが何をしようと、結局は撃たれるのだろう。だって、あなたたちナチスはそうしているから。こっちだって敵のスパイにはそうしている。この告白を書いたあと、あなたたちに撃たれはしないとしても、母国に帰ったら、どっちみち裁判にかけられ、反逆者として銃殺されるのだ。でも、わたしの前の暗く曲がった道を見ると、撃たれたほうが簡単。すっきりしている。わたしの未来に何がある？　喉に流しこまれる灯油《ケロシン》や、唇に押しつけられるマッチ？　黙りつづけているレジスタンスの青年に使われているみたいな、外科用メスや酸性薬剤？　この骨と皮ばかりにやせこけた体を、ほかの二百人もの哀れな人間といっしょに家畜列車につめこまれ、どことも知れない場所へ送りだされて、目的地に着くまでに脱水状態で死ぬ？　いや。わたしはそういう道を歩まない。撃たれるほうが何よりも楽だ。そのほかの道には、恐ろしすぎて目を向けられない。

　わたしは英語で書くつもり。フランス語で戦争の話ができるほどの語学力はないし、ドイツ語もすらすらと書けないからだ。フォン・リンデン大尉のために翻訳をする人間が必要だろう。フロイライン・エンゲルならできる。彼女は英語をとても流暢《りゅうちょう》に話す。パラフィンとケロシンが同じものだと説明してくれたのは、彼女だ。イギリスではパラフィンと呼ぶものを、アメリカ人はケロシンと呼ぶ。フランス語とドイツ語でも、ものの名前はそのように異なることが往々にしてある。

（パラフィンにせよ、ケロシンにせよ、あなた方が一リットルもわたしなんかに無駄に使えるなんて、とても信じられない。闇取引でもしているの？　費用はどう請求するの？　イギリスのスパイを処刑するための高性能爆発燃料一リットル。まあ、その出費に見あうよう、わたしは全力をつくすつもりだけれど）

　考えるようにと渡されたずらりと長いリストの初めのほうにある項目のひとつは、ヨーロッパ侵攻のさいに使用されるイギリスの飛行場の位置だ。それを読んだわたしがいきなり笑いだしたことは、フロイライン・エンゲルが証言してくれるだろう。連合国がナチ占領下のヨーロッパへどこから侵攻する計画なのかについて、わたしがほんのわずかでも知っていると、本気で考えているの？　わたしがイギリス特殊作戦執行部《SOE》に入ったのは、フランス語とドイツ語が話せて、話をでっちあげるのが得意だからであって、わたしがオルメのゲシュタポ司令部に囚われているのは、方向感覚がまったくないからだ。たしかに、わたしを訓練した人たちは、わたしが飛行場について何ひとつ知らないほうがいいと言ったのだけれど、それはあなたたちに捕まった場合、その手のことを話せないようにという理由だったし、そういえば、ここへ来るときに離陸した飛行場の名前すら教えてもらえなかった。言っておくけれど、わたしはフランスに来て四十八時間と経たないうちに、ニワトリでいっぱいのフランスの貨物トラックにひかれそうになったところを、ご親切なあなたたちの職員に止めてもらった。道路を横切るときにわたしが反対の方向を見ていたからだけれど、ゲシュタポがいかに抜けめないかがわかるというものだ。〝自分が確実な死という運命の輪から救いだしたこの人間は、車が左側を走ると思っていた。よって、イギリス人に違いなく、連合国側の飛行機からナチ占領下のフランスにパラシュートで降りたと思われる。この女をスパイとして逮捕しよう〟と。

　つまり、わたしは方向音痴なのであって、それが悲劇的な欠点となる人間で、どんな飛行場の場所について教えようにも無理なのだ。だれかが経度と緯度を教えてくれるなら、ともかく。たぶん、いや、確実に、でっちあげることはできる。時間を稼ぐために。でも、あなたたちにいずれ気づかれてしまうだろう。

　作戦に使う飛行機の機種も、わたしが話すべきことのリストにのっている。それにしても、なんておかしなリスト。飛行機の機種について、わずかでも知りたいと思っていたら、わたしは補助航空部隊《ATA》で飛行機を操縦していただろう。わたしをここへ降ろしたパイロットであり、整備工や修理工の仕事をしているマディみたいに。そして、おどおどしながらゲシュタポに正確な情報をもらしてはいないだろう（わたしはもう二度と自分が臆病者だとは言わない。見苦しい気がしてきたから。それに、あなたたちが退屈して、このすてきな用紙を取りあげ、またわたしが気を失うまで氷のように冷たい水の入った洗面器に顔をつけるなんてことをしてほしくないから）。

いいえ、待って。少しなら飛行機の機種がわかる。知っている飛行機の種類をみんな教えてあげよう。まずは、プスモス。友だちのマディが最初に操縦した飛行機だ。実のところ、最初に乗った飛行機でもあり、最初に近づいた飛行機でもある。そして、どうしてわたしがここにいるのかという話は、マディから始まる。あなたがたに捕まったとき、どういうわけでわたしが自分の身分証ではなく、マディの国家登録証と飛行免許証を持っていたのか、明らかになるとは思えないけれど、マディのことを話せば、なぜわたしたちがいっしょにここへ飛んできたのか理解してもらえるだろう。

## 飛行機の機種

マディの正確な名前は、マーガレット・ブロダット。あなたたちは彼女の身分証を持っているから、名前は知っているでしょう。ブロダットはイギリス北部の名前ではなく、ロシア系の名前だと思う。彼女の祖父がロシア出身だから。でも、マディは純粋なストックポートっ子だ

（ストックポートはイングランド北西部の都市）。わたしと違って、方向感覚は抜群。星から位置を推測して操縦することができる。方向感覚が磨かれたのは、十六歳の誕生日におじいさんからバイクをもらったからだろう。その後マディはストックポートから道なき道をペニン山脈の荒野へ向かった。ペニン山脈はストックポートのどこからでも見える。豊かな緑が鮮やかな丘陵には、いく筋もの雲がすばやく流れ、頭上からは陽光が降りそそぎ、天然色映画を思わせる。それをわたしが知っているのは、週末の休暇のときに出かけ、マディや彼女の祖父母とすごしたから。マディはわたしをバイクに乗せて、ダーク・ピークへ連れていってくれた。わたしの人生における最もすばらしい午後のひとつだ。そのときは冬で、太陽が五分ぐらいしか出なかったし、そのあいだもみぞれが降りやまなかった——飛行に適さない天気だという予報が出ていたので、彼女は三日の休みを取っていた。とはいえ、その五分間、チェシャー州は緑にあふれ、輝いていた。マディのおじいさんはバイク屋で、わたしが訪れたときは、マディのためにと特別にガソリンを闇市で手に入れていた。わたしがこんなことを書いているのは（飛行機の種類とはなんの関係もないのに）、チェシャー州の緑の平原と赤い煙突がタータンチェックのピクニック用敷物さながら足元に広がるなか、四方からの風とふたつのシリンダーの轟音《ごうおん》に耳をつんざかれつつ、世界のてっぺんにひとりぼっちでいることが、マディにとってどういうことだったかを説明することによって、わたしが確かな話をしているのだという証明になるから。

マディにはベリルという友だちがいて、ベリルは学校を出た一九三八年の夏、ラッデラルの紡績工場で働いていた。ふたりは日曜日にマディのバイクに乗って、ピクニックするのが好きだった。会えるのは、もうその曜日しかなかったから。ベリルはわたしがしたように、マディの腰に両腕をしっかりまわして乗った。マディはゴーグルをつけたけれど、ベリルもわたしもゴーグルはしなかった。その六月の日曜日、ふたりはベリルの祖先が骨折って作った空積《からづ》みの壁にはさまれた小道をバイクで走り、むきだしのすねに泥をはねあげながら、ハイダウン・ライズの頂上を越えた。その日、ベリルの上等のスカートは台なしになり、父親は新しいスカートの代金を彼女の次の週の給料から出させた。

「あんたのおじいちゃん、大好き」ベリルはマディの耳に叫んだ。「あたしのだったら、いいなあ」（わたしも、そう思う）。「誕生日にサイレント・スパーブをくれるなんてさ！」

「あんまし静《サイレント》かじゃないけどね」マディは肩越しに叫びかえした。「買ってもらったとき、新品じゃなかったもんで。もう五年前の型なんだよ。今年はエンジンを組みたてなおさなきゃならないし」

「おじいちゃんがやってくれないの？」

「あたしがエンジンを分解できなかったら、おじいちゃんはこれをくれたりしなかったよ。自分でやらなきゃ、バイクはもらえないってこと」

「それでも、おじいちゃんのこと大好き」ベリルは叫んだ。

　ふたりはハイダウン・ライズの小高い緑の小道を、トラクターのわだちに沿って飛ばした。わだちにタイヤがはずみ、あやうく空積みの壁を越えて、泥とイラクサのあいまに羊たちのいる草地へはね飛ばされそうだった。わたしはその風景を覚えているし、それがどんなだったかがわかる。ときたま、曲がり角や、丘にできたこぶの頂上から、西へ穏やかに延びているペニン山脈の鮮やかな緑の連なりや、北の青い空に黒い煙を描く南マンチェスターの工場の煙突が見える。

「それに、技術が身につくじゃない」ベリルが大声で言った。

「何が？」

「技術」

「エンジンの修理だよ！」

「それって技術でしょ。紡績機の杼《ひ》を動かすより、ましだってば」

「杼を動かすことで給料もらってるくせに」マディは叫びかえした。「あたしは給料なんてもらえないんだよ」前に続く小道はわだちのくぼんだところに雨がたまって、スコットランド高地の湖水地方の風景を縮小したようだった。マディはバイクをのろのろ運転にしたけれど、ついには停め、がちがちの土に両足を下ろした。スカートは太ももまでくしゃっと持ちあがっていて、スパーブの慣れ親しんだ確かな轟音はまだ彼女の全身に響いていた。「だれが女の子にエンジン修理の仕事をくれる？　おばあちゃんはタイプを習えって言うんだよ。それなら稼げるもんね」

ふたりはバイクを降りて、みぞだらけの小道を歩かなければならなかった。そのあとまた上りになり、草地と草地とのあいだにある農家の門までやってきた。サンドイッチを食べようと、マディは石壁にバイクをもたせかけた。互いに目をやったふたりは、泥を見て大笑いした。

「あんたの父さん、悲鳴をあげるよ！」マディは大声を出した。

「あんたのおばあちゃんだって！」

「おばあちゃんは慣れてるもん」

ベリルにとってピクニックといえば〝たらふく食べる〟ことだ、とマディは言った。ベリルのおばさんが毎週水曜日に三家族分焼く麦芽粒《ばくがりゆう》パンの厚切りと、リンゴぐらいの大きさの玉ネギのピクルス。マディのサンドイッチは、おばあちゃんが毎週金曜日にマディに買いにいかせるレッダイクのパン屋のライ麦パンに具がはさんである。玉ネギのピクルスをかむと、音がバリバリと頭に響いて互いの声が聞こえないし、飲みこむときにはうっかり酢を勢いよく吸ってむせないように気をつけなくてはいけないため、ふたりは話をやめた（もしかするとフォン・リンデン大尉は、玉ネギのピクルスは情報を吐かせる道具として便利だと思うかもしれない。捕虜たちの食事にもなるので一石二鳥だろう）。

（ここでわたしが玉ネギのピクルスをめぐる自分の馬鹿らしい冗談に大笑いして鉛筆の芯《しん》を折ったため、与えられた時間を二十分も無駄にしたことを、フォン・リンデン大尉がこれを読んだときにわかるように書きなさいと、フロイライン・エンゲルに指示される。わたしたちは鉛筆をけずるナイフをだれかが持ってくるのを待たなければならなかった。ミス・エンゲルはわたしをひとりにすることを許されていないから。そのあと、チボー親衛隊軍曹がわたしの頭をぐっと押さえつけ、ミス・Eが鉛筆をわたしの顔のすぐそばでけずって、けずりかすをわたしの目に飛ばしたから、わたしはひどくびくびくして、けずりたての芯を折ってしまい、めそめそ泣いてさらに五分を無駄にした。いまはもう笑っても泣いてもいないし、これからは鉛筆をあまり強く押しつけないようにするつもり）

いずれにせよ、戦争前のマディといえば、玉ネギのピクルスを口いっぱいにほおばっているような、自由で気楽な暮らしをしていたから、煙を上げてバタバタ音をたてる飛行機が頭上に現われ、ふたりで農家の門に腰かけて眺めていた草地の上空を旋回したときは、指さして息をつまらせるばかりだった。その飛行機がプスモスだ。

プスモスについてなら、少し教えてあげられる。高速で軽量な単葉機。知ってのとおり、翼はひと組だけ。タイガーモスは複葉機で、翼がふた組ある（ちょうど思いだした別の機種）。プスモスの翼は、トラックで輸送するときや、倉庫に入れるときのため、後ろへ折りたためる。操縦席からの眺めはすばらしく、操縦士のほかにふたり分の席があって、わたしは何度か乗せてもらったことがある。これを改良したものは、レパードモスと呼ばれていると思う（これで、一段落のうちに三つの機種を書いた！）。

ハイダウン・ライズで草地の上空を旋回していたこのプスモスは、マディが初めて目にしたもので、彼女はいまにも息の根が止まりそうだった。マディの話では、サーカスをかぶりつきで見ているも同然だったらしい。飛行機が百メートルほど近くまで迫ってきたとあって、ミニチュアのような飛行機の細部まですべて見えたという。針金の一本一本、羽布《はふ》の翼ふた組の支柱ひとつひとつ、風を受けて空まわりする木製のプロペラの揺らぎも。排気管からもくもくと立ちのぼる盛大な青い煙も。

「操縦士が燃えてる！」ベリルがおびえたような興奮した叫び声をあげた。

「操縦士が燃えてるんじゃない。燃やしてるんだよ、オイルを」マディはこういうことに関する知識があった。「操縦士がまともなら、いまにすべての栓を閉めるから、煙は止まる。そうすると、すべるように降りられるんだ」

ふたりはなりゆきを見守った。マディの予想はあたった。エンジンが止まり、煙が消えていき、いまや明らかに操縦士は故障した飛行機をふたりの目前の草地に降ろそうとしていた。そこは牧草地で、耕されてもいなければ刈られてもおらず、家畜もいなかった。波の上をうねってすべるヨットのように、一瞬、頭上の翼が太陽をさえぎった。飛行機が最後に頭上を通過したとき、ふたりのランチの残りがすべて草原に吹きとばされた。褐色のパンの皮や茶色の紙が青い煙にまかれ、ひらひらと。

飛行場だったらうまい着陸だっただろうと、マディは言った。実際には草地なので、故障した飛行機は刈りとられていない草の上を哀れにも三十メートルほどはずんだあと、機首を下にしてみごとに傾いた。

マディはいきなり拍手をした。ベリルはその両手をつかみ、片手をぴしゃっと叩いた。

「何やってんの、馬鹿！　あの男の人、怪我してるかもしれないのに！　ねえ、どうしたらいい？」

マディは手を叩くつもりなどなかった。思わずやってしまったのだ。マディが下唇を突きだして、黒い巻き毛をふうっと吹いて眼から払うのが想像できる。そのあとマディは門から飛びおり、緑の茂みを飛びこえながら、落ちた飛行機のほうへ向かった。
炎は出ていなかった。マディは操縦席へ行こうとプスモスの機首によじのぼり、機体（飛行機の胴体はそう呼ばれると思う）をおおう羽布に、鋲釘《びょうくぎ》を底に打った靴の片方をかけた。きっとマディはそこでたじろいだだろう。そんなつもりもなかったはずだけれど。扉のかけがねをはずすころには、飛行機の所有者から小言をくらいそうだと心配してドキドキしていたので、操縦士がはずれかけた安全ベルト《ハーネス》から逆さまにぶらさがり、明らかにすっかり意識を失っているのを発見して、不届きにも胸をなでおろした。なじみのない操縦桿《かん》に目を走らせる。油圧なし（マディはすべてを話してくれた）。スロットル、閉鎖。全閉。よし。マディはからんだハーネスをほどき、操縦士を地面にすべりおろした。

　そこにはベリルがいて、意識を失ってだらりとした操縦士の体重を受けとめた。マディにとって、よじのぼるよりも降りるほうが簡単だった。地面にぴょんと飛びおりるだけだから。そのあと、操縦士のヘルメットのバックルとゴーグルをはずした。マディもベリルも〈ガールガイド〉で救急処置を習っていたので、まあ、それがどれほど役立つかはわからないものの、負傷者が息をできるようにするくらいは知っていた。

　ベリルがくすくす笑いはじめた。

「なんのつもり、馬鹿！」マディは叫んだ。

「女の子よ」ベリルがげらげら笑った。「女の子！」

意識を失っている女性操縦士にベリルがつきそっているあいだ、マディはサイレント・スパーブに乗って農家へ助けを求めにいった。そこには同い年ぐらいの体格がよくて屈強そうな若者がふたりいて、牛のフンをシャベルでかきあつめており、農夫のおかみさんがその年初めて収穫した早できのジャガイモを仕分けしながら、古い石造りの台所の床に模様を描くようにコティヨン（フランス起源のダンス）を踊っている娘たちに悪態をついていた（その日は日曜日だった。でなければ、娘たちは洗濯物を煮沸《しゃふつ》していたことだろう）。救助要請隊がさっそく送りだされた。マディはバイクで小道をえんえんと下って、丘のふもとまで行かされた。そこにパブと電話ボックスがあるのだ。

「救急車が必要になるんじゃないかね」農夫のおかみさんは親切にもマディにそう言った。「飛行機を操縦してたんなら、病院に行かなくちゃならないだろうよ」

　電話のあるところまでいくあいだじゅう、その言葉がマディの頭のなかに響いていた。〝怪我をしてるなら、病院に行かなくちゃならないだろうよ〟ではなく、〝飛行機を操縦してたんなら、病院に行かなくちゃならないだろうよ〟という言葉が。

　空を飛ぶ女の子だって！　とマディは考えた。飛行機を操縦する女の子だって！

そうじゃない、とマディは自分を訂正した。飛行機を操縦していない女の子だ。羊の放牧用の草地に、飛行機を頭から突っこませた女の子。

　でも、まずは飛行機で飛んだのだ。着陸する（あるいは、地面に衝突する）ためには、飛ぶことができなければならないから。

次の飛躍は、マディにとって筋の通ったものだった。

あたしはバイクを衝突させたことなんかない、とマディは考えた。だから、飛行機の操縦ができる。

わたしが知っている飛行機の機種はもう少しあるけれど、思い浮かぶのはライサンダーだ。マディがここへわたしを落としたときに操縦していた飛行機。本当はわたしを空中へ放りだすのではなく、その飛行機を着陸させるはずだった。でも、来る途中で爆撃され、後部がしばらく燃えて、正常な操縦ができなくなったため、着陸を試みる前にわたしを飛行機から出したのだ。彼女が着陸するところを見てはいないけれど、あなたたちが現場で撮った写真を見せてくれたから、彼女の飛行機は墜落したのだといまはわかっている。それでも、あの飛行機が対空砲火を受けたのは操縦士のせいだと責められはしない。

### ユダヤ人排斥運動に対するイギリスの支持

プスモスが墜落したのは日曜日。翌日、ベリルはラッデラルの工場での仕事に戻った。マンチェスター郊外の工業都市で杼を動かし、ビールくさい男と結婚して、はなたれ小僧を育てるというベリルの長い人生を思うと、わたしの心は醜く不快な羨望《せんぼう》にゆがんでしぼみ、知らぬうちに落ちていた涙でこのページの半分を台なしにしてしまった。もちろん、当時は一九三八年で、そのあと激しい爆撃を受けて何もかも破壊されてしまったから、もうベリルも子どもたちも死んでいるかもしれない。そうだとすれば、うらやましくて涙を流したわたしは、なんともひとりよがりだ。このページを汚してしまって、ごめんなさい。書いているわたしの肩越しにミス・Eがのぞきこみ、これ以上謝って話を中断しないようにと言う。

次の週、マディは新聞に山と掲載された例の操縦士にまつわる話を、マクベス夫人になったような気持ちで貪欲《どんよく》にかきあつめた。操縦士の名前はディンプナ・ウィゼンシャウ（なんとも変な名前だから、覚えている）。サー・なんとかかんとか・ウィゼンシャウの甘やかされた末娘だった。金曜日には、夕刊に憤《いきどお》りの嵐が吹きまくった。退院するが早いか、プスモスが修理に出されているあいだ、もう一機の飛行機（ドラゴン・ラピードだ――わたしって、なんてもの覚えがいいのかしら）を面白半分に飛ばしはじめたからだ。マディはおじいさんの倉庫で、週末の遠出のためにあちこちの修繕が必要な愛用のサイレント・スパーブの脇の床に座りこみ、新聞を熱心に読んだ。どの面も、日本と中国がいまにも開戦しそうだとか、ヨーロッパで戦争の始まる気配が高まっているとかいう暗い記事ばかりだった。とはいえ、ハイダウン・ライズの農家の牧草地にプスモスが頭から突っこんだのは、もう先週のニュースだ。金曜日には飛行機の写真はなく、女性飛行士のにこやかに笑う顔写真だけがのっていた。風に吹かれて幸せそうで、その紙面の最上部の特等席からせせら笑いを浮かべながらマディをにらみつけているあの大馬鹿なファシスト、オズワルド・モズレーより、何倍もすてきだった。マディは彼をココアのマグで隠し、キャットン・パーク飛行場への最短距離について考えた。かなり遠いけれど、明日はまた土曜日だ。

　翌朝、マディはオズワルド・モズレーの記事にもっと注意を払わなかったことを後悔した。彼がそこに、ストックポートにいて、サタデー・マーケットの端にあるセント・メアリー教会の前で演説をしていたのだ。しかも、その大馬鹿なファシストを支持する者たちが彼に会おうと市庁舎からセント・メアリー教会まで行進を始めていて、車や人の大混乱を招いていた。彼らはそのころまでには反ユダヤ主義色を弱めており、この集会は平和を訴えるためだとされていたけれど、驚くなかれ、あのとんでもないドイツのファシストと手を結ぶのが上策だとほかの人々を説得するのが目的だったのだ。モズレー支持者たちは象徴として例の悪趣味な黒いシャツを着ることをもう許されていなかった。主としてモズレー支持者たちがロンドンのユダヤ人居住区を行進したときに始めたような暴動を起こすのを阻止するため、いまは政治的なおそろいの服で公《おおやけ》に行進をすることに関する法律が制定されているからだ。けれど、どちらにせよ、彼らはモズレーに声援を送りながら歩いていた。そこにはモズレーを愛する楽しそうな人人や、彼をきらう不機嫌な人々がいた。かごを持ってサタデー・マーケットで買い物をしようとしている女性や、警官や、家畜がいた。何人かの警官は馬に乗っていたし、やはりマーケットへ行く羊の群れがいく筋にも分かれて通っていたし、馬に引かれた牛乳運びの荷車が羊たちの真ん中で立ち往生していた。犬もいたし、猫だってウサギだってニワトリだってアヒルだっていただろう。

　マディはストックポート・ロードを横切れなかった（その本当の名前はわからない。おそらく正しいとは思う。南から延びてくる大通りだから。ただ、わたしの方向感覚などをあてにしてはいけない）。マディは流れがとぎれるところを探しながら、いまにも大騒ぎを起こしそうな人々をやりすごして待ちに待った。二十分ほど経ったころ、困ってしまった。いまやうしろから人々に押されるようにもなっていたのだ。そこでハンドルを持って歩きながら、バイクを方向転換させようとして、だれかにぶつかってしまった。

「いてっ！　何ぶつけてるんだよ！」

「ごめんなさい！」マディは見上げた。

それは、逮捕されるかもしれないというのに黒シャツを着て行進している、たちの悪い一団で、空軍パイロットをまねてブリルクリームで髪を後ろへなでつけていた。そして、格好のカモだとばかりに、上機嫌でマディを頭のてっぺんから足の先までねめつけた。

「いかすバイクだ」

「いかすあんよだ！」

そのうちのひとりが鼻を鳴らして忍び笑いをもらした。「いかす――」

その男は口にできないほど汚い言葉を使ったので、ここに書こうとは思わない。その英語が何を意味するのか、あなたたちにはわからないだろうし、それをフランス語やドイツ語でどういうのか、わたしはまったく知らないからだ。三人のなかで最もたちの悪い男は、その罵倒語《ばとう》を家畜用の突き棒のように使い、功を奏した。マディはバイクの前輪を最初にぶつけた相手からそらして、今度はその男にぶちあてた。男は両方の大きな手で彼女の手のあいだのハンドルをがっしりと握った。

マディは持ちこたえ、ふたりはしばらくバイクをめぐって小競《こぜ》りあいをした。男が手を離そうとしないので、仲間が声をあげて笑った。

「おまえみたいな小娘にどうしてこんなでかい玩具《おもちゃ》がいるんだよ。どこで買ったんだ?」

「バイク屋に決まってるでしょ!」

「ブロダットの店だな」ひとりが言った。街のそちら側にバイク屋は一軒しかない。

「ユダヤ人どもにバイクを売ってるんだぜ、その店じゃ」

「こいつはユダヤ人のバイクかもな」

あなたたちは知らないだろうけれど、マンチェスターや、煙に包まれたその郊外には、かなり多くのユダヤ人が住んでいて、だれもそれを気にしていない。というか、大馬鹿なファシストたちは明らかに気にしているのだけれど、わたしの言いたいことはわかってもらえると思う。ユダヤ人たちは十九世紀のあいだに、初めはロシアやポーランドから、のちにルーマニアやオーストリア、そして東欧のあちこちからやってきた。客層に文句をつけられたそのバイク屋は、ここ三十年ほどマディの祖父が経営しているものだ。かなり繁盛しているおかげで、マディのハイカラな祖母はすっかり慣れている暮らしが続けられるし、一家は街のはずれに位置するグローヴ・グリーンにある大きな古い家に住んで、庭師や、家事をこなす手伝い娘を雇うことができる。それはともかく、このたちの悪い男どもがマディの祖父の店にいちゃもんをつけはじめたとき、彼女はうかつにも喧嘩を買ってでて、こう言いはなった。「たったひとつの考えをまとめるのに、いつも三人の頭が必要ってわけ？　それとも、まずじっくり考える時間があれば、仲間がいなくてもひとりでできる？」

三人はバイクを押したおし、マディはつられて転んだ。弱い者いじめは大馬鹿なファシストの大好物なのだ。

けれど、混雑した通りにいるほかの人々から怒りに満ちた非難が口々にあがったため、この卑劣なチンピラ仲間はもう一度笑ってから、その場を離れた。三人の後ろ姿が見えなくなったあとでも、マディはそのうちのひとりの鼻を鳴らす声が聞こえた。

マディを倒した男たちよりも多くの人たちが、助けにきてくれた。作業員ひとりと、乳母車を押している女性ひとりと、子どもひとりと、買い物かごを持った女ふたり。彼らはチンピラたちをこらしめたり止めたりはしなかったものの、マディが立つのを助け、土を払ってくれた。作業員はサイレント・スパーブのフェンダーをやさしくなでた。「傷つかなかったかい？」

「いかすバイクだ！」

そう言ったのは子どもだ。その母親がすばやくたしなめた。「こら、黙んなさい」マディを倒した黒シャツの若者の言葉そのものだったからだ。

「いいバイクだね」作業員が言った。

「古くなってきちゃって」マディは謙遜したが、うれしかった。

「いやな乱暴者たちだこと」

「その膝、ちゃんとみてもらったほうがいいわ」買い物かごを持った女のひとりが気づかった。

マディは頭のなかで考えていた。飛行機のことを。いまに目にもの言わせてやるからね、大馬鹿なファシスト野郎。このバイクよりももっと大きい玩具を手に入れてみせるからね。

マディは人間愛を信じる心を取り戻しながら、人ごみを縫って抜け、ストックポートの丸石敷きの裏道を進んだ。そこにいるのは、路上でにぎやかにサッカーをしている子どもたちと、母親たちが買い物に出かけているあいだ、髪にちりよけ布をかぶって敷物をやたらと振ったり玄関前の階段をごしごしこすったりしている疲れた顔のお姉さんたちだけだった。爆撃されて粉々になったにせよ、そうでないにせよ、その人たちのことを考えつづけたら、わたしはうらやましくてきっと泣いてしまう。

フロイライン・エンゲルがまたもやわたしの肩越しにのぞいて、〝大馬鹿なファシスト〟と書くのをやめなさいと言った。フォン・リンデン大尉がいやがると思っているのだ。フォン・リンデン大尉を少しこわがっているのだろう（だれがそれを責められる？）。チボー軍曹も同じだと思う。

## イギリスの飛行場の位置

キャットン・パーク飛行場はイルズミア・ポートにあると教える必要があるなんて、とても信じられない。この十年間、そこはイングランド北部でいちばんよく使われたにちがいない飛行場だから。そこでは飛行機が作られている。戦前には民間の高級な飛行クラブがあったし、何年ものあいだイギリス空軍の基地のひとつにもなっている。このイギリス空軍地方中隊は一九三六年以来、その飛行場から爆撃機を飛ばしている。いまそこがどのように使われているかについて（防空気球や高射砲に囲まれていることは疑いの余地がない）、あなたたちの推測はわたしのと同じか、たぶんずっと的を射ているだろう。マディはその土曜日の朝そこへ行ったとき、馬鹿みたいに（彼女の言葉そのもの）ぽかんとしてしばらく目を見張った。最初は、ひとつの場所では見たことがないほど大量の高級車が並ぶ駐車場に。ついで、やはり大量の飛行機が飛ぶ空に。マディはフェンスに寄りかかって眺めた。数分後になってようやく、その飛行機のほとんどはある規則に従って飛んでいるらしいと気づいた。着陸しては轟音をあげて飛び立つ訓練を、順に行なっているのだ。三十分後、マディはまだ眺めていて、飛行士のひとりは初心者で、その飛行機はいつも着陸のときに二メートル近くはずんでから無事に着地することがわかった。また、別の飛行士はまったくもって狂気の沙汰《さた》の曲芸飛行を練習していたし、さらに別の飛行士は人々を乗せていた――飛行場を一周し、五分ほど空を飛んでから戻ってきて、〝はい、一シリングです、ゴーグルをはずして次のお客さんに渡してください〟と。

軍と民間の飛行士が交代で滑走路を使っていた、不穏ではあるけれども平和なその時代、そこには気《け》おされるような雰囲気があったけれど、マディの決心はかたく、案内板に従って飛行クラブへ行った。マディが目あての人物を見つけたのは偶然だった――実のところ、簡単だった。ディンプナ・ウィゼンシャウはその飛行場で暇なたったひとりの飛行士で、飛行クラブハウスの前にずらりと並んでいる色あせたデッキチェアでくつろいでいたのだから。マディはその飛行士がだれだかわからなかった。新聞にのっていた魅力的な顔写真とは似ても似つかなかったし、この前の日曜日にヘルメットをかぶって意識を失っているところを見つけた負傷者とも異なっていたからだ。ディンプナもマディがだれだかわからなかったけれど、快活に声をかけた。「あなた、飛行機にお乗りになりたいの？」

金持ちで特権階級の教養ある口調だった。どちらかというと、わたしの話し方に似ていたけれど、スコットランドなまりはなかった。たぶん、わたしほど社会階級は高くないとはいえ、ずっと裕福さを感じさせた。ともあれ、それによってマディはたちまち使用人のような気分になった。

「ディンプナ・ウィゼンシャウを探してるんですけど」とマディは言った。「あのあと――先週から、どうしてるか知りたくて」

「彼女ならお元気よ」その優雅な人は、にこやかに微笑んだ。

「あたしが見つけたんです」マディは単刀直入に言った。

「すっかり快復していらっしゃるわ」ディンプナは明らかにオイル・フィルターを交換したことがない、ユリのように真っ白でなよやかな手をさしだした（言っておくと、わたしのユリのように真っ白な手は、それを交換したことがある。厳しく監視されながらだったけれど）。「元気そのものよ。その人はわたしなの」

マディは握手をした。

「お座りになって」ディンプナはゆったりとした口ぶりで言った（彼女がわたしだったらと、想像してみて。城で育ち、スイスの寄宿学校で教育を受けたと。ただ、もっと背が高くて、しじゅうすすり泣いてはいない）。彼女はあいているデッキチェアのほうへ手を振った。「椅子はたくさんあいているわ」

彼女は探検旅行でもしているかのような服を着ていて、それがまたすてきだった。遊覧飛行だけでなく、個人講習もしていた。その飛行場で唯一の女性飛行士であり、当然、唯一の女性講師でもあった。

「わたしの愛するプスモスが修理できたら、乗せてさしあげるわ」彼女はマディに言った。マディにはしっかりしたもくろみがあったので、その飛行機を見せてほしいと頼んだ。

それは細かい部品に分解されて、ハイダウン・ライズからここへ運ばれ、いまは油で汚れたオーバーオールを着た若者や男たちの一団が、ずらりと一列に並んでいる天井の高い作業倉庫のひとつで、元どおりに組みたてようとしていた。そのプスモスのかわいらしいエンジン（これはマディの言葉だ。彼女はちょっとどうかしている）は、マディのバイクのたった半分の馬力しかなかった。修理工たちはそれにこびりついた芝生をワイヤブラシで落としており、四角いオイルクロスにのせられた無数の部品はぴかぴかだった。たちまちマディは自分にぴったりの場所に来たとわかった。

「わあ、もっとそばで見てもいいですか?」マディは頼んだ。ディンプナは自分の手は汚さないものの、床に置かれているシリンダーやバルブの名前はすべて言えたし、マディが新しい羽布（彼女が蹴破って入った機体の上に張るもの）に、〝ドープ塗料〟と呼ばれる玉ネギのピクルスみたいなにおいの樹脂を塗るのを許してくれた。一時間後、まだマディはそこにいて、飛行機のすべての部品について、何に使われるのか、なんという名前なのかを尋ねており、修理工たちは彼女にワイヤブラシを渡して手伝わせていた。

のちに、マディはそのエンジンを元に戻すのを手伝ったおかげで、ディンプナのプスモスで飛ぶときはいつも心から安全だと感じたと言った。

「次はいつ来る予定なのかしら？」四時間後、ディンプナが油っぽいマグで紅茶を飲みながら尋ねた。

「遠すぎるから、ちょくちょくは来られないんです」マディは悲しそうに伝えた。「ストックポートに住んでて。平日はおじいちゃんの仕事を手伝う代わりに、ガソリンを買ってもらってるんですけど、週末ごとにここへ来られるほどじゃないし」

「あなたほど運のいい女の子はいないわ」とディンプナは言った。「プスモスがまた飛ぶようになったらすぐに、愛機を両方ともオークウェイの新しい飛行場に移すつもりでいるの。あなたのお友だちのベリルが働いていらっしゃる、ラッデラル・ミルのすぐ近くよ。その飛行場が正式にオープンするのを記念して、来週の土曜日にはオークウェイで大きな祝典が催されるわ。わたしも参加するし、あなたを迎えにいくから、飛行士用のスタンドからその行事をごらんなさいよ。ベリルもごいっしょにどうぞ」

これで、ふたつの飛行場の場所をあなたたちに教えた。

昨日からだれも食べ物や飲み物をくれず、九時間もずっと書いているから、ふらふらしてきた。だからいま、あえてこの鉛筆をテーブルの向こうに投げつけて、思いきりわめくつもり。

オルメ　43・11・9　JB－S

このペンは調子が悪い。インクのシミ、すみません。これは試練か罰？　あの鉛筆を返してほしい。

〈アマデウス・フォン・リンデン親衛隊大尉へのメモ、ドイツ語からの翻訳〉

あのイギリス人将校は真実を語っております。彼女に与えられたインクは非常に古く濃すぎるため使えず、ペン先で塊《かたまり》になっていました。現在は薄めまして、筆記に適することを確かめるため、こうして試しているところです。

ハイル・ヒトラー！
エチエンヌ・チボー親衛隊軍曹

無知な売国奴野郎、エチエンヌ・チボー親衛隊軍曹、わたしはスコットランド人よ。

下っぱ軍曹チボーと女性監視員エンゲルは、コメディアン・コンビのローレルとハーディよろしく、チボーがわたしのための筆記用具として見つけた粗悪なインクをめぐって、わたしをダシに心ゆくまで楽しんだ。いまいましいことに、彼はケロシンでインクを薄めるしかなかったのだけれど。わたしがインクのことで大騒ぎをしたとき、彼は戸惑い、ペンにインクがつまっているというわたしの言い分を信じていないようだったので、出ていった彼が一リットル入りのケロシンを持って戻ったのを見て、わたしはひどく動転した。彼が容器を持ちこんだとき、わたしは即座にそれが何かわかり、ミス・Eはわたしの大騒ぎをしずめるために、わたしの顔に水さし一杯の水をかけなければならなかった。いま、彼女はテーブルをはさんでわたしの向かいに座り、煙草に何度も火をつけては、マッチをこちらのほうへ振ってわたしを飛びあがらせようとしていて、そうしながらも笑っている。

ゆうべ彼女は、まさに裏切り者の小さなユダであるわたしが価値ある情報をたっぷり吐かないのではないかと心配していた。やっぱり、フォン・リンデンの反応を気にしているのだ。彼のためにわたしが書いたものを、翻訳しなければならないから。結局のところ、彼はそれを〝長期にわたるイギリス情勢の興味深い概略〟であり、〝好奇心をそそる個人的な見方だ〟と言った（それをめぐる話をしたとき、彼はわたしのドイツ語の能力を少しばかり試した）。また、彼はわたしに〈ムッシュー・ローレルとマドモアゼル・ハーディ〉というコメディの内容を教えてもらいたがっていると思う。フォン・リンデンは、フランス人だからという理由でチボーを信用していないし、女だからという理由でエンゲルを信用していない。この日、わたしは書きつづけているあいだ、水をもらえることになっている（異常な興奮を抑えるためだけでなく、飲むために）。それから、毛布も。この寒い部屋に毛布をもらえるなら、アマデウス・フォン・リンデン親衛隊大尉、わたしは良心の呵責《かしやく》もためらいもなく、わが英雄にして祖先であるスコットランドの守護者、ウィリアム・ウォレスすら密告するだろう。

ここにいるほかの捕虜たちがわたしを軽蔑していることは、知っている。チボーがわたしを連れていく理由は……わたしに彼らを見せることをあなたたちはなんと呼ぶのだろう。教育？　わたしがどれほど幸運かを思い知らせるため、かもしれない？　昨日、わたしが癇癪《かんしやく》を起こしたあと、書くのをやめて、食べるのを許される前、自分の独房へ戻る途中で、チボー軍曹はわたしを立ちどまらせ、ジャックがまた尋問されているところを見させた（彼の本名は知らない。ジャックというのは、『二都物語』でフランス人市民が互いを呼ぶ名前なので、ちょうどいい気がする）。その青年はわたしを憎んでいる。わたしもピアノ線か何かで椅子にしっかり縛りつけられ、彼のためにむせるほど泣き、チボーに頭をぐっと押さえられているとき以外は目をそむけていたとしても、関係なく。ジャックは知っている、彼らはみんな知っているのだ。わたしが敵の協力者であることを。捕虜のなかでたったひとりの臆病者であることを。ほかのだれも、暗号のかけらひとつ、もらしていない——**十一の暗号セット**はもちろん——ましてや密告文を書くなんて。彼は尋問室から引きだされるとき、わたしに唾を吐くように言い捨てた。

「小汚いスコットランド女」

フランス語だと、とてもきれいに聞こえる——プティ・モルソー・ドゥ・メルドゥ・エコセーズ。わたしはフランスとスコットランドとのあいだに結ばれた七百年近くも続く古い同盟《オールド・アライアンス》を、たったひとりでくつがえしてしまった。

別のジャックもいる。女の子で、入れ違いに連れていかれるとき（わたしの独房は尋問に使われている続き部屋の奥の間なのだ）、〈勇敢なるスコットランド〉か、わたしの故郷に伝わるほかの愛国歌を口笛で吹き、やはり唾を吐く。ふたりとも、わたしをいみきらっているのだ。同国人で敵のために働いている、裏切り者の売国奴チボーに対する憎悪と同じものではない。わたしはあなたたちの敵でもあるから、彼らの仲間だと考えられるべきだろう。けれど、軽蔑以上の存在であり、ぞっとするほどいやなスコットランド人なのだ。

さげすむ相手を与えられると、彼らが強くなるとは思わないの？ 彼らはわたしが部屋の隅で泣きじゃくっているのを見て、こう思う。〝ああ《モン》、神さま《デュー》。どうか、あの女みたいにさせないでください〟と。

## 民間航空守備隊（ある人たちについて）

この見出しときたら、公式文書としてはずいぶんね。わたしはもう気分が落ちついている。まさに裏切り者の小さなユダみたいに。

一九三八年にストックポートに住み、愛情深く鷹揚な祖父母に育てられ、エンジンに夢中になっている女の子であることを想像してみてほしい。飛ぶことを、実際に飛ぶことを覚えようと決心した女の子。飛行機で空を飛びたかった女の子を。

航空訓練所の三年コースを受けるには、千ポンド以上かかっただろう。そのころ、マディの祖父が一年間にどのくらい収入を得ていたかは知らない。すでに話したように、バイク屋はかなり繁盛していた。世界大恐慌のあいだはさほどかんばしくなかったけれど、それでも当時の一般基準からすれば、生活費はたっぷりあったとだれからも思われただろう。とはいえ、マディの飛行レッスン一年分を払うには、祖父の年収のほとんどが必要だったにちがいない。最初のフライトは無料で、すっきりと晴れてすがすがしい風が吹く、日の長い夏の夕方だった。ディンプナの復帰したプスモスで一時間の遊覧飛行をしてもらい、生まれて初めて空からペニン山脈を見た。ベリルはマディと同じくらいディンプナの救出に力を貸したので、飛行機に乗せてもらおうとやってきたのだけれど、後ろの席に座ることになって、景色があまりよく見えなかったし、自分のハンドバッグのなかに吐いてしまった。ディンプナに礼は言ったものの、二度と飛行機に乗ろうとしなかった。

もちろん、それは遊覧飛行であって、レッスンではなかった。マディはレッスン代が払えなかったのだ。けれど、彼女はオークウェイ飛行場を自分のものにした。オークウェイ飛行場はマディの飛行機に対する熱意と時を同じくして、彼女の前にやってきた。もっと大きな玩具がほしいと願ったら、おや、びっくり、一週間後にオークウェイ飛行場がそこにあったというわけだ。家からバイクでほんの十五分のところに。真新しい飛行場なので、そこの整備工は手伝える人間がいることを喜んだ。その夏、マディは毎週土曜日にそこへ出かけ、エンジンを修繕したり、翼布にドープ塗料を塗ったり、そこの人たちと親しくなったりした。その後、十月には、彼女の粘り強さは思いがけなくいきなり実を結んだ。わたしたちが民間航空守備隊を始めたときだ。

〝わたしたち〟というのは、イギリスのこと。イギリスのほぼすべての飛行クラブが参加し、何千人もの人々が――無料飛行訓練に！――応募したため、およそ十分の一しか採用できなかった。そのうちの二十人にひとりが女性だった。けれど、マディはまたもや幸運に恵まれた。オークウェイのすべての技師や整備工や講師は、いまやマディを知っているうえに気に入っていて、彼女は作業が早く、熱心で、エンジン・オイルの量については任せておいて大丈夫だという評判がとみに高まりつつあったから。さしあたって、オークウェイの民間航空守備隊で訓練を受けたほかの飛行士より上手というわけではなかったものの、下手でもなかった。そして、新年の第一週、吹雪のあいまに、彼女は単独初飛行を行なった。

それにしても、そのタイミングといったら。マディが飛行訓練を始めたのは、一九三八年十月後半……ヒトラーは（わたしが総統《フューラー》に対する多彩な修辞句をつけず、注意深くそれらを引っかいて消していることに、あなたたちは気づくだろう）一九三九年九月一日にポーランドへ侵攻し、その二日後にイギリスはドイツに宣戦布告をした。マディが飛行士免許の初歩であるA級ライセンス取得のための実地試験で飛行機を操縦した半年後の八月には、すべての民間航空機は飛行禁止となった。その後、それら航空機の大部分は政府の管轄下に置かれた。ディンプナの飛行機は輸送手段として両方とも航空省によって接収され、彼女はかんかんに腹を立てた。

イギリスがドイツに宣戦布告する前、マディはペニン山脈上をすれすれにかすめ、ニューカッスル周辺の空を守る銀色の城壁のような防空気球を避けながら、単独でイギリスの東岸へ飛んだ。そこから海岸に沿って北上し、バンボローやホリー・アイランドまで行った。わたしは北海沿岸に延びるそのあたりを知っている。エディンバラとロンドン間の列車がそこを通るから。学校に通っているときは、一年中そこを往復していた。戦争が始まる直前に学校が閉鎖になったとき、わたしは別の学校に移って学業を終えるのではなく、やや唐突ではあったけれども一学期だけ大学へ通ったので、やはりその列車を使い、ぐっと大人になった気分を味わった。

ノーサンブリアン・コーストは、その飛行旅行のなかで最も美しい行程だった。八月のイギリス北部では、まだ太陽はかなり遅く沈む。羽布張り翼の飛行機に乗ったマディは、ホリー・アイランドの長い砂浜の上空を低く飛び、そこに集まっているアザラシを見た。そして、リンディスファーン（ホリー・アイランドの別の名前）とバンボローの険しい岩山に建つ大きな城の上を北へ南へと飛んだ。十二世紀の小修道院の廃墟や、スコットランドの低いチェヴィオット丘陵のほうへたっぷり広がる黄色と緑の牧草地の上を飛んだ。帰りは、約二千年前にローマ皇帝ハドリアヌスが築かせた、長さおよそ百二十キロのハドリアヌスの長城をたどって、カーライルまで行ったあと、湖水地方の山を縫いながら、ウィンダミア湖に沿って南下した。周囲には山々がそびえ、あの詩人《ワーズワース》がうたった湖水が彼女の下できらめき、記憶が流れのようによみがえってきた――ひと群れの黄金色に輝く水仙、『ツバメ号とアマゾン号』、ピーター・ラビット。その後はマンチェスター上空にたちこめている煙を避けて、ブラックストーン・エッジ経由で古いローマ街道の上を飛び、オークウェイに帰着した。激しい愛にすすり泣きながら。そう、愛だ。ある午後のひととき、海岸から海岸へと飛びながら空からまるごと見た、守ってやらねばならない自分の故郷である島国への。イギリスは夏の陽光というガラスのレンズのなかで息をひそめていた。夜の明かりと灯火管制のなかに、いまにもすっぽりと呑みこまれる前に。マディは日没までにオークウェイに着陸して、エンジンを切り、コックピットに座ったまますすり泣いた。

マディが戦争に力を貸したのは、ほかの何よりも、ホリー・アイランドのアザラシのためだったと思う。

彼女はようやくディンプナのプスモスから降りた。ディンプナが使っている格納庫にあるほかの飛行機が、低く沈みつつある太陽に照らされていた。高価な玩具たちは、自分たちが最良の時間をすごしていることに気づきかけていた（一年と経たないうちに、このディンプナのプスモスは、別の人間に操縦されて、フランスで息絶え絶えになっているイギリス派遣軍に人員を輸送することになる）。マディは飛行後にいつもしているすべてのチェックを終えてから、飛行前に行なったほかの機のチェックをふたたび始めた。三十分後、ディンプナはマディがそこにいて、まだプスモスを格納せず、最後の金色の光のなかで風防ガラスについた小虫をふいているところを見つけた。

「あなたがそんなことをする必要はないのよ」

「だれかがしなくちゃならないから。あたしはもうこれで飛べそうもないし。明日からは。あたしにできるのは、これくらい。オイルをチェックして、虫を掃除すること」

ディンプナは夕日を浴びて立ったまま煙草を吸いながら、しばらくマディを見つめていた。そのあと、おもむろに口を開いた。「この戦争で、飛行機に関する女性向けの仕事ができる予定なの。待っていてちょうだい。イギリス空軍のために働く、なるべく多くの飛行士が必要になるはずですもの。まずは青年男子で、そのなかにはいまのあなたほど訓練されていない人たちもいることでしょうね、マディ。そうなると、残るはおじいさんと女性よ。新しい飛行機を運んだり、連絡を届けたり、飛行士を乗せていったり。それがわたしたちの仕事になるわ」

「そう思う？」

「戦時協力のための民間飛行士団体ができつつあるのよ。ATA——補助航空部隊といって、男女いっしょなの。いまにも成立するわ。わたしの名前も入っていてね。ポーリーン・ガウアーが女性部の部長よ」ポーリーンはディンプナの飛行仲間で、ディンプナの遊覧飛行事業を奨励した人物だ。「あなたにはそこに入る資格がないけれど、わたしはあなたを忘れないわ、マディ。また女性への訓練を始めたら、電報を送るわね。真っ先に」

マディは小虫をこすり、自分の目もこすった。あまりにも惨《みじ》めで、返事ができなかった。

「そして、あなたが厳しい訓練を終えたら、最高のオークウェイ飛行士御用達《ごようたし》オイリー・ティーをごちそうして、翌朝にはいちばん近いＷＡＡＦ新隊員募集事務所に連れていってあげるわ」

ＷＡＡＦとは、空軍婦人補助部隊のことで、イギリス空軍の補助軍だ。空軍婦人補助部隊では飛行機の操縦はしないけれど、現在のような状況では、男性がする仕事の大部分を女性ができる。電気工、技術者、整備工、防空気球操作技手、運転手、料理人、理容師……。われらがマディは整備の仕事に適していると思わない？　戦争のごく初期には、そのような仕事はまだ女性に開かれていなかった。たいていの男子よりもマディのほうがずっと多くの経験を積んでいることは、重視されなかった。彼女の場所はなかったのだ。けれど、マディはすでにモールス信号を習得し、飛行士のＡ級ライセンス取得に向けての訓練の一環として、無線送信を少し習っていた。一九三九年八月、航空省は飛行にどれほどの数の男子が必要かに気づき、無線の仕事をさせるために大あわてで女性をかき集めた。マディは空軍婦人補助部隊に加わり、やがて無線技術士になった。

## 空軍婦人補助部隊《WAAF》での仕事

学校にいるような感じだった。マディもそう考えたかどうかは、わからない。彼女はスイスの寄宿学校に行ったのではなく、マンチェスターのグラマースクールに通ったのだし、大学に進学しようなどとは夢にも思わなかった。グラマースクールにいるときと同じく、毎日、家に帰ったのだから。二十人もの女子といっしょの部屋にいたり、ソファのクッションみたいな袋三つで作られた、わらのマットレスで寝たりしなくてもよかった。わたしたちはそれを〝ビスケット〟と呼んでいた。いつもくたくたに疲れていたので、気にならなかったけれど。ここにそれがあったなら、わたしは自分の左手を切り離したっていい。いっせいに行なわれた、あのやかましい道具検査では、こまごました所持品すべてを、たたんだ毛布の上に並べなければならなかった。雑然と、でも決められた順番に。ジグソーパズルのピースのように。そして、何かが一ミリでもずれていたら、成績から点を引かれる。まるで学校にいるみたいだった。それから、特殊用語、〝軍事教練〟的な猛練習、うんざりする食事、制服。ただ、マディのグループは最初、正式な制服が支給されなかったので、みんなおそろいの青いカーディガンを着ていた。ガールガイドみたいな（ガールガイドは空軍のような青いカーディガンは着ていなかったけれど、まあ、わたしの言いたいことは伝わるでしょう）。

マディはまずオークウェイに配属されたため、家に近くて便利だった。一九三九年の終わりから、一九四〇年の初めのころだ。戦争ごっこ。たいしたことは起こっていない。

ともあれ、イギリスでは。わたしたちは焦りつつ、訓練していた。

待ちながら。

電話交換手

「おまえだ！　青いカーディガンの女子！」

ヘッドホンをつけた五人の女子が交換台から振りむき、それぞれの胸を指さして無言で口を動かした。〝あたし？〟

「そう、おまえだ！　ブロダット女子航空兵！　こんなところで何をしているんだ？　無線技術士の資格があるっていうのに！」

マディは自分のヘッドホンと、まさにつなごうとしていた前面のコードを指さした。

「そんなものはずして、質問に答えろ！」

マディは交換台に向き直り、前面のコードのプラグを冷静にさしこんだあと、適切なキーを動かして、ヘッドホンにはっきりと話しかけた。「ただいま空軍大佐につながりました。どうぞお話しください」そこでヘッドホンを取り、返事を待っているトウヘンボクにまた向きあった。それはイギリス空軍オークウェイ飛行中隊の飛行講師主任で、一年近く前にマディに飛行試験をした男だった。

「すみません、主任。あたしはここに配属されてるんです」（マディは学校にいるかのような話し方をした）

「配属だと！　制服も着ていないくせに！」

任務についていた五人の女子航空一等兵たちは、空軍の一員であるしるしとして着ている青いカーディガンの乱れをきちんとただした。

「わたしたちは正式の制服を支給されてないんです、主任」

「配属だと！」主任は繰りかえした。「おまえは明日から無線室行きだ、ブロダット女子航空兵。無線技術士の助手がインフルエンザで寝こんでいるのでな」そこで彼はヘッドホンを交換台から取りあげ、自分の馬鹿でかい頭に危なっかしげにのせて言った。「空軍婦人補助部隊本部につなげ。おまえの班長と話がしたい」

マディがキーをぐいっと押し、コードをつなぐと、彼はその電話でマディの配属命令を出した。

## 無線技術士

「練習機から地上へ、練習機から地上へ」訓練中の飛行機から呼びだしがあった。「位置不明。前方、航路東に三角形の水域あり」

「地上から練習機へ」マディが応答した。「それは湖ですか、貯水池ですか？」

「復唱を願います」

「湖ですか、貯水池ですか？　三角形の水域は」

短い沈黙のあと、マディは助言を与えた。「貯水池には片端にダムがあります」

「練習機から地上へ。貯水池を確認」

「レディズウェルでは？　十時にマンチェスターの防空気球、八時にマックルズフィールドがあります」

「練習機から地上へ、確認。位置確定。前方、レディズウェル。オークウェイへ帰着します」

マディはため息をついた。「地上から練習機へ、最終進入のさいに連絡を」

「了解」

マディはかぶりを振りながら、小声で遠慮会釈《えしやく》なく毒づいた。「まったくもう、あきれてものも言えない！　視界良好だってのに！　どこまでもくっきり見えるんだよ、北西にある汚い大都会以外は！　そのはっきりしないものは、高度九百メートルのところに浮かぶバスぐらい大きい何百っていう銀色の水素気球に囲まれてる、あの汚い大都会でしょうが！　マンチェスターも見つけられないなんて、いったいどうやってベルリンを見つけるつもり？」

無線室がしばし静まったあと、無線技術士主任がやんわりと言った。「ブロダット女子航空一等兵、まだ送信状態のままだよ」

「ブロダット、そこで止まれ」

マディやほかの面々は家に帰れと言われていた。家というか、兵舎というか、宿泊先に、午後の休憩のため。その日はとんでもないほどの悪天候で、敵機に見られる恐れがなければ、街灯がついていただろう。そもそも、それほど暗いなか、敵機だって飛べるわけではないのだけれど。マディも、マディといっしょの兵舎にいるほかの空軍婦人補助部隊員たちも、まだ正規の制服をもらっていなかったものの、冬なので、イギリス空軍のオーバーを支給されていた――男もののオーバーを。温かくて防水ではあっても、不恰好だった。まるでテントを着ているようなのだ。将校に声をかけられたとき、マディはオーバーの両脇をつかんでぎゅっと体に寄せ、気をつけをして、なるべくスマートに見えますようにと思った。将校が追いつくよう立ちどまり、コンクリートの舗装広場にわたした踏み板の上で待った。そのあたりにはかなり水がたまっていたので、水たまりに足を踏みいれたら、靴がすっぽり隠れてしまうのだ。

「今朝、うちの若いやつらが飛行訓練を行なったウェリントン爆撃機を、無線で誘導して着陸させたのはきみか?」将校が尋ねた。

マディははっと息を呑んだ。その男子たちを無線で誘導するにあたり、知らせるべき危険性を無視して、低く垂れこめた雲のわずかな隙間を無理やり通させたのだ。敵機を抑制するための防空気球をつないでいる、爆発物を装備したスチールケーブルにまっすぐ突っこめという言い方はせず、自分の指示に彼らがつべこべ言わず従いますようにと願いながら。いま、彼女はその将校がだれかわかった。飛行中隊の指揮官のひとりだった。

「はい、そうです」マディは顎をぐっと上げ、しゃがれた声で答えた。湿気をたっぷり含んだ空気のせいで、髪がひたいに張りついていた。将校は自分を軍法会議にかけるつもりかもしれないと、おろおろしながら待った。

「あいつらの命が助かったのは、ひとえにきみのおかげだ」将校はマディに言った。「やつらはまだだれも計器飛行をしたことがなければ、地図なしで飛んだこともない。今朝、彼らを飛ばせたのはわれわれの間違いだ」

「ありがとうございます」マディはやっとの思いで返事した。

「口々にきみを褒めたたえていたよ、あいつらは。ただ、疑問なんだが、きみは空から見た滑走路がどんなふうなのか知っているのか？」

マディはかすかに笑みを浮かべた。「飛行士のA級ライセンスを持ってるんです。まだ有効です。もちろん、八月からは飛んでませんけど」

「ああ、なるほど！」

イギリス空軍飛行中隊指揮官はマディを伴って、飛行場の端にある簡易食堂のほうへ歩きだした。その大またについていくため、マディは小走りしなければならなかった。

「ライセンスはこのオークウェイで取得したのか？　民間航空守備隊で？」

「はい、そうです」

「講師ランク？」

「いえ、違います。でも、夜間飛行しました」

「おや、それは珍しい！　霧灯《フォグランプ》を使って？」

霧灯とは、悪天候のときに着陸できるよう、滑走路の両側に沿って間隔をあけて置いてあるガス灯のことだ。

「二、三回ですが。そんなに多くはありません」

「とすると、空から滑走路を見たことがあるんだな。おまけに、夜間にも！　それでは――」

マディは待った。この男が次に何を言おうとしているのか、少しも見当がつかなかった。

「無線で飛行機を着陸させるなら、着陸態勢に入ったウェリントン爆撃機の操縦席から前景がどのように見えるか、知っておいたほうがずっと役立つだろう。ウェリントンに乗ってみたいかね？」

「お願いします、サー！」

（ほら――やっぱり学校にいるみたいだ）

## 無目的飛行

これは空軍婦人補助部隊の仕事ではない。ただ飛行機を乗りまわすだけで、決まった任務をこなすわけではないときに、このような言い方をする。たぶんマディの場合は、無目的飛行者というよりも、後部座席から助言をする同乗者だった。

――「ジャイロコンパスをリセットしてないでしょ」

――「二百七十度の方向へ飛べって言われたじゃない。東へ曲がってる」

――「ちょっと、しっかり見て。三時の方向、北へ向かう飛行機がいる。三百メートル降下して」

あるときなど、自動着陸装置が作動しなかったので、地面に突っこまないようマディが手動で操縦しなければならなかった。またあるときは、砲塔（飛行機に取りつけられた突出部で、機関銃を発射できる）に乗せてもらった。だれもいない空を泳ぐ金魚になったみたいで、マディはおおいに気に入った。

さらに一度は、着陸後、飛行機から運びだしてもらうはめになった。あまりにひどく震えているため、自力で降りられなかったのだ。

マディが行なうウェリントンの遊覧飛行は、内密というわけではなかったものの、公然と認められているわけでもなかった。飛行士たちが飛ぶときは、ＳＯＢ――乗員――として数えられたけれど、新米の爆撃機乗務員たちが高層湿原を低空飛行する練習のときに、あれこれ助言をするのは、公務と認めてもらえなかった。だから、マディのイギリス空軍仲間たちが組んだ腕に彼女をのせて滑走路を運んでくるのを見て、さまざまな任務中や非番の人々が心配のあまり顔色を失い、コートも着ずに、オフィスや男女共用の喫茶用兵舎からあわてて出てきた。

ジョーンという空軍婦人補助部隊の友だちと、責めを負うべき飛行中隊指揮官が、最初にマディに駆けよった。

「どうしたの？　何があったの？　怪我は？」

怪我はしていなかった。マディは運んでくれたウェリントン飛行士たちに、もう下ろしてほしいとせがんでいた。「もうやめて。みんなに見られちゃう。きっと女子たちにいつまでも言われ――」

「いったい何があったんだ？」

マディはもがきながら地に足をつけ、震えながらコンクリートの上に立った。「発砲されたんです」マディはそう言い、発砲されたことによって自分がすっかり腰を抜かしてしまったことを恥じて怒りに燃えながら、目をそらした。

「発砲されただと！」飛行中隊指揮官が大声を出した。それは一九四〇年春のことで、戦争はまだヨーロッパ大陸にとどまっていた。連合軍が敗走しフランスの海岸線まで退却した。あの悲惨な五月の前。ブリテンの戦い（イギリス空軍がドイツ空軍をイギリス上空で迎え撃った防空戦）と呼ばれる戦闘の前。轟音と猛火に包まれたロンドン大空襲の前だ。一九四〇年の春、イギリスの空は警戒態勢がしかれ、装され、落ちつかない状態ではあったけれど、まだ安全だった。

「はい、発砲されたのであります」ウェリントンの飛行士が怒りをこめて繰りかえした。やはり顔から血の気がすっかり引いていた。「キャタピラーカップ防空気球で高射砲を担当する大馬鹿者たちから。わが味方の射手たちからであります。いったいだれに訓練されているのでしょうか！　むやみにぶっ放す頭のいかれた野郎どもときたら！　弾薬を浪費し、だれかれとなく恐れる弱虫め！　小学生だって、極太葉巻と短小鉛筆の区別ぐらいつきますよ！」

（わたしたちはわが愛するウェリントン機を〝空飛ぶ葉巻〟と呼び、憎むべきあなたたちのドルニエ機を〝空飛ぶ鉛筆〟と呼ぶ。翻訳を楽しんで、ミス・E）

その飛行士はマディと同じくらいおびえていたけれど、震えてはいなかった。

ジョーンは慰めるようにマディの肩を抱き、その飛行士の言葉を気にしないよう、小声で慰めた。マディはあいまいな作り笑いを浮かべた。

「砲塔にいたわけでもないのに」マディはつぶやいた。「ヨーロッパを飛んでなくてよかった」

## 通信連絡部門

「モットラム空軍大尉があなたのことを誉めそやしているのよ」空軍婦人補助部隊の課長がマディに言った。「目の鋭さでは、オークウェイであなたの右に出る者はいないって」課長は目をぐるりとまわした。「たぶん少し大げさに言っているのでしょうけど、飛行中に近づいてくる別の飛行機をいつもいち早く見つけるそうね。さらなる訓練を受けてみない？」

「どんな？」

課長は申しわけなさそうに咳払いをした。「それはちょっと秘密。いえ、極秘よ。はいって言いなさい。その訓練を受けられるようにしてあげるから」

「はい」とマディは言った。

これまでにだれがなんと言ったかを明確にするため、実のところ、わたしは固有名詞を作りだしている。マディがいっしょに働いたことのある相手全員の名前や階級をすべて覚えているとでも思った？　彼女が乗って飛んだ飛行機の名前もいちいち？　こうしたほうが、ずっと面白いと思う。

役立ちそうなことが書けるのは、今日はここまで。どうでもいいような無駄話を書きつづければ、これから数時間の厳しい尋問を避けられるというなら、そうするけれど――エンゲルはわたしの書いたものを相手に悪戦苦闘し、フォン・リンデンはわたしが言ったこと全般にわたってあら探しをするだろう。そうにちがいない……それをあとまわしにしても仕方ない。その後、毛布をもらえるかもしれないし、そうなったらいいけれど、気の抜けたようなキャベツとジャガイモの戦争和《あ》えをもらえるかもしれない――これはキャベツとマッシュしたジャガイモの料理なのだけれど、実際にはジャガイモなど入っていないし、キャベツもあまり多くない。ともあれ、わたしがまだ壊血病になっていないのは、フランスが限りなく監禁所へキャベツを供給してくれるおかげだ。ヤッホー。

オルメ　43・11・10　JB-S

イギリス空軍《RAF》　空軍婦人補助部隊《WAAF》　距離方向探知機《RDF》　無線《Y》
乗員《SOB》　特殊作戦執行部《SOE》
無線将校補佐《Asst S/O》　空軍婦人補助部隊の将校《Flt Off》
無線技術士《w/op》
特殊任務職員《clk/sd》
救助頼む《メデ》　救助頼む《メデ》　救助頼む《メーデー》

## 沿岸防衛

本当は、これについて書くのはこわい。

なぜ自分がこれは重要だと思うのか、わからない。ブリテンの戦いは終わっている。ヒトラーの計画的侵略であるイングランド上陸作戦は、三年前に失敗した。それに、まもなくヒトラーはふたつの前線で絶望的な戦いを強いられるだろう。片や、わたしたちの背後にひかえるアメリカ人と、片や、東からベルリンに迫るロシア人と。さらには、そのあいだの国という国すべてにいる組織されたレジスタンス運動員たちと。一九四〇年の夏にイギリスの南東沿岸のあちこちに作られた、鉄とコンクリートの急ごしらえの小屋のなかで何が行なわれていたか、せめてなんとなくではあっても、ヒトラーの顧問たちがまだ知らないとは信じられない。

ただ、実のところ、詳細をうち明けた者として、わたしは歴史をさかのぼりたくない。

RDFというのは、距離方向探知機のことだ。敵を混乱させるため、無線方向探知機《RDF》と同じ頭字語にしているけれど、内容はまったく同じというわけではない。知ってのとおり。そう。いまではアメリカの言葉でレーダーと呼ばれているものだ。無線方向距離探知機と同じものだけれど、こちらは覚えにくい言葉だと思う。一九四〇年の夏、それはまだ新しくて、何なのかだれも知らなかった。極秘だったから

とんでもない——こんなこと、できない。

ペン先をめぐってフロイライン・エンゲルと言い争いながら、いらいらと三十分をすごしている。最初にペン先を曲げたのは、絶対にわざとではなかった。ひどく長いあいだ作業を続ける必要がなくなったのは確かだけれど、わたしがテーブルを使って自分で簡単に直せたはずなのに、そのがみがみ女がわたしの歯を道具にしてそれをまっすぐにしたので、何かが変わったわけではなかった。ペンを返されたとたんに、今度はわざとペン先をねじ曲げたのは、愚かだったことも確かだ。そのあと、エンゲルは学校にいるとき保健婦が血液検査のために針で刺す

代わりにペン先をどのように使ったかを、**何度か**わたしを相手にやってみせた。

どうしてそんなつまらないものを曲げてしまったのか、わからない。ミス・エンゲルを挑発するのは、いともたやすい。勝つのは常に彼女だけれど、それはわたしの足首が椅子に縛りつけられているせいにすぎない。

それから、そう、言い争いの果てに決まって彼女はわたしがあの大尉と交わした取引を思いださせるので、わたしは折れるのだ。

「フォン・リンデン大尉はお忙しいのよ、知っているでしょう。それに、仕事の邪魔をされたくないの。でも、必要なら呼びだすようにと言われているわ。あなたは進んで協力すると見なされたから、ペンと紙を与えられているんでしょう。同意した密告文を書かないのなら、また尋問を始めるしかないわね」

**黙れ、アンナ・エンゲル。知ってるわよ。**

わたしはなんでもするだろう。エンゲルは彼の名前を口にするだけでいい。いま思いだした。
わたしはなんでもする。彼にまた尋問されるのを防ぐためなら、なんだって。

そうよ。距離方向探知機のこと。沿岸防衛のこと。銀貨三十枚（ユダがキリストを売って得た金）もらえる？
いいえ、このホテルの用紙をもう少しだけほしい。とても書きやすいから。

# 沿岸防衛、完全版

わたしたちには来襲が見えた——来襲を見た者がいた。わたしたちはあなたたちよりも少しだけ進んでいたし、あなたたちにはそれがわからなかった。距離方向探知システムがすでにどれほど進歩していたか、それを使う人間をどれほどすみやかに訓練していたか、それでどれほど遠くまで見えたか。わたしたちが自国の新しい飛行機をどれほど迅速につくっていたか、あなたたちは気づきもしなかった。確かにわたしたちは数において勝ってはいたけれど、距離方向探知機であなたたちが来るのを見ていたのだ。占領下のフランスにある基地から飛び立ったというのに、そのドイツ空軍機の群れが見えたし、どのくらいの高さで飛んでいるかも算出できたし、そのうちの何機が急襲をかけるかもわかった。おかげで、わたしたちは兵を召集する時間ができた。そして、空中であなたたちを迎え撃ち、撃退し、着陸を阻止し、あなたたちの燃料がつきて次の襲来まで逃げ帰るよう、相手になることができた。ヨーロッパの端にあって、ぽつんと籠城《ろうじょう》している、わたしたちの島。

マディはいつか生まれるだろう自分の子どもたちにかけて、秘密を守ると誓った。極秘のため、そのレーダーに関する仕事には肩書きが与えられず、単に〝特殊任務職員〟と呼ばれる。特殊な任務にあたる職員。略してｃｌｋ／ｓｄ。無線技術士のことをｗ／ｏｐというように。

そして、Yとは無線のこと。ｃｌｋ／ｓｄは、わたしがあなたたちに与えた、最も有用にしてばちあたりな情報だ。これで、あなたたちに知られてしまった。

マディは無線訓練を六週間受けた。かなり昇格もして、将校になった。その後、イギリス空軍メイドセンド基地に配属された。新しいスピットファイア戦闘機の飛行中隊のための作戦基地で、カンタベリーから遠くはなく、ケント州沿岸に近い。それまでマディが家を離れて出かけたどこよりも遠いところだった。メイドセンドにはレーダーが一機あったけれど、実のところ、マディは方向探知局のレーダー・スクリーン前で作業をしていたわけではない。マディはまだ無線室にいた。一九四〇年夏のブリテンの戦いによる猛火のさい、マディは鉄とコンクリートの塔のなかに座り、飛行機と連絡をとった。イギリス空軍で働くほかの女性が、緑色のライトが点滅するガラススクリーンの前について、近づいてくる飛行機を認め、それを作戦本部へ無線または電話で知らせると、作戦本部がその飛行機の身元を確認し、傷を負って戻ってくる飛行機から地上への無線呼びだしにマディが答えるのだ。ときには敵をやっつけて威勢よく戻ってくる飛行機もあり、工場から新たに補給される飛行機もあった。工場があるのは、スウィ

**スウィンレイ**　　**スウィンレイ**

スウィンレイだ。チボーがわたしにその名前を最後まで書かせた。わたしは自分があまりに恥ずかしくて、また吐いてしまいたいくらい。

その工場がある場所の名前を隠しても無駄だと、エンゲルがいらいらしながら言う。そこを

こっぱみじんにしようと爆撃する試みは何度もなされていて、秘密というわけではないらしい。それよりも、早々と導入されたレーダー・ネットワークについてわたしが書いたような内容のほうに、わが大尉は興味を持つはずだと、エンゲルは確信している。いま、彼女は邪魔をしたチボーに腹を立てている。

わたしはふたりとも大きらい。この人たちみんな、大きらい。

**大大**だいっきらい。

## 沿岸防衛、書くしかない

めそめそ泣いている、**馬鹿なやつ**。

そう。つまり、イギリス空軍のスクリーンに、飛行機一機につき緑色の点がひとつ見え、スクリーン上を一、二個の点が動く。味方の飛行機かもしれない。戦いが進んでいくと、点が増える。点がどんどん加わってきて、明滅する光がスクリーン上を勢いよく移動する。それは重なったり、いくつかは消えたりする。花火の燃え殻みたいに。消えた緑色の光ひとつひとつは、失われた命。戦闘機の飛行士ひとり、爆撃機の乗組員全員。消えろ、消えろ、つかのまの蠟燭《ろうそく》(これは『マクベス』からの台詞だ。ありそうにないことだけれど、スコットランド王マクベスはわたしの先祖のひとりだと言われていて、実際に彼はわたしの家族の土地でときどき謁見を行なった。現代のスコットランド人のだれに聞いても、マクベスはシェイクスピアが描いたような裏切り野郎ではなかった。わたしは〝騎士道〟なみの勇敢な行動をたたえられ、大英帝国勲章に値する人物として歴史に残るだろうか？　それとも、ゲシュタポの協力者として？考えたくない。ただ、騎士道にかなう礼儀正しいふるまいをやめた人からは、大英帝国勲章を取りあげることにすればいいと思う）。

飛行機に無線が装備されていたら、マディは特殊任務職員たちがスクリーン上で見るその飛行機と通信できる。もともといたオークウェイで伝えていたこととほぼ同じくらいのアドバイスができただろうけど、彼女はケントの特徴となる目印をあまりよく知らなかった。そのため、飛んでいる飛行機に、その位置や、風速や、今日は滑走路に穴があるかどうか（ときどき攻撃されるため）などを知らせた。また、下げ翼《フラップ》を失うとか、操縦士が肩に榴散弾《りゅうさんだん》を受けるとかしている機を優先するよう、ほかの飛行機に伝えたりもした。

ある午後、マディはメイドセンド飛行中隊が加わらなかった戦闘のあとで、はぐれた機がやってくるかどうか耳をすませていた。自分が担当する周波に必死な呼び声が入ってきたとき、あやうく椅子からころげ落ちそうになった。

「メーデー――メーデー――」

英語だったので、意味はわかった。あるいは、たぶんフランス語の〝メデ〟、〝救助求む〟だろうと。ところが、残りの通信はドイツ語だった。

青年の声だった。若く、おびえていた。すすり泣きで、言葉が切れぎれになっていた。マディは息を呑んだ――助けを求める苦悩に満ちたその声がどこから来ているのか、まったく見当がつかなかった。マディは「聞いて、聞いて！」と大声で言い、自分のヘッドホンをタンノイのスピーカーに切りかえて、その場にいる全員の耳に入るようにしてから、電話をつかんだ。

「こちら、管制塔のブロダット無線将校補佐です。特殊任務職員のジェニーに直接つないでもらえますか？　わかりました、では、テッサで。スクリーン業務についてる人なら、だれでも。無線呼びだしのため、確認が必要で――」

全員が電話のまわりに集まり、マディが方向探知局からの報告をメモしたものを肩越しに読み、その意味がわかると、息を殺して口々に言った。

「メイドセンドへまっしぐらに向かってる！」

「爆撃機だったら、どうする？」

「まだ爆弾を積んでたら？」

「わたしたちをだまそうとしてるかも？」

「だったら、英語で呼びかけてるはずよ！」

「だれか、ドイツ語を話せる者は？」無線室の責任者である将校が叫んだ。沈黙。

「なんてこった！　ブロダット、電話をつなげたままにしろ。ダヴェンポート、無線通信局へ走れ。おそらく、そこのひとりが助けになってくれる。ドイツ語が話せる人間を連れてこい！　さあ！」

マディは心臓が口までせりあがってきそうになりながら、片耳にヘッドホン、もう片耳に電話を押しつけ、無線方向探知機のスクリーンを見つめている女の子が新たな情報をくれるのを待った。

「しーっ」無線将校が警告しながら、マディの肩越しに身を傾け、彼女が右手でメモをとれるよう代わりに電話の受話器を手にした。「何も言うな——だれが聞いてるのか悟られてはならん」

無線室のドアがバンと開き、部下のダヴェンポートが戻ってきた。すぐ後ろには、空軍婦人補助部隊の無線技術士のひとりがついてきている。マディは顔を上げた。

その女性は一糸乱れぬ格好をしていた——何ひとつ場違いなものはなく、長い金髪は規則どおりきちんとシニヨンにまとめて、制服の襟の五センチ上にとめてあった。マディは彼女を簡易食堂や、まれに催《もよお》される夕べの会などで見かけたことがあった。クイーニー、と呼ばれている女性だ。空軍婦人補助部隊の女王《クィーン》バチ(基地の最高責任者を、わたしたちはそう呼ぶ)でもなければ、本名でもなかったけれども。マディは彼女の本名を知らなかった。クイーニーは意志が強くこわいもの知らずであることで、かなり評判になっていた。より位の高い将校に生意気な口をきいてまで持論を通すかと思えば、空襲のときには建物から全員が出たことを確認するまで自分も出ようとしない。王室と遠い血のつながりがあり、実際に上流階級に属していて、経験というよりも特権によっていまの地位にいる。空軍婦人補助部隊の将校だけれど、自分で出した店で働くかのように、自分の無線機の前で熱心に仕事をしているという話だった。きれいで、小柄で、足取りが軽く、土曜日の夜に飛行中隊のダンスパーティーがあると、飛行士たちがこぞって彼女に踊りを申しこんだ。

「そのヘッドホンを貸して、ブロダット」その無線技術士が言った。マディがしっかりとつけていたマイクつきイヤホンをはずし、きれいで小柄な金髪の無線技術士に渡すと、彼女は自分の頭に合うようヘッドホンを調整した。

数秒後、クイーニーは言った。「イギリス海峡上空を飛行中だと言っているわ。カレー（フランス北部の港町）を探しているところだと」

「でも、テッサによれば、ホイットスタブルの海岸に近づいてるんだって！」

「ハインケル爆撃機に乗っていて、同乗の乗組員が殺され、エンジンをひとつ失ったから、カレーに着陸したがっているの」

全員がその無線技術士を見つめた。

「わたしたちが同じ飛行機の話をしていることは、間違いないかしら？」その無線技術士は疑わしげに言った。

「テッサ」マディは電話に話しかけた。「このドイツの飛行機が、イギリス海峡上にいる可能性はある？」

いまや部屋にいる全員が息を呑み、白亜の崖の下へと思いをはせながら、スクリーンに映る緑色の点滅を見つめて座っているテッサの返答を待っていた。その答えは、マディの鉛筆による走り書きによって形になった。敵機位置、飛行方位百八十七度　メイドセンド四十キロ、推定高度二千五百メートル。

「この男はいったいどうしてイギリス海峡の上を飛んでいるなんて思っているのかしら？」

「ああ！」マディはふと合点がいって声をもらし、無線の後ろの壁をおおっている、イギリス南東部とフランス北西部と北海沿岸低地帯の大きな地図のほうへ手を振った。「見て、ほら、彼はサフォークから来た。そこの沿岸基地に爆弾を落として、テムズ川河口のいちばん広いところを横切ったから、イギリス海峡を渡ったと勘違いしたんです！　いまはまっすぐケントへ向かってるのに、彼はフランスだと思ってる！」

主任無線将校が無線技術士に命令を出した。

「応答しろ」

「通信内容を教えてください」

「ブロダット、正しい通信内容を教えろ」

マディは唾を呑みこんだ。ためらっている時間などなかった。「彼が操縦してるのは何だと言ってた？　機種は何？　爆撃機？」

無線技術士は最初ドイツ語で機種名を言った。ほかの全員はぽかんとして彼女を見るばかりだった。「Ｈｅ－１１１？」無線技術士がためらいがちに英語に訳した。

「ハインケル、Ｈｅ－１１１ね。ほかに何か手がかりは？」

「ハインケル、Ｈｅ－１１１が一機。ほかには何も言わなかったわ」

「じゃ、その機種名を折りかえし言ってみて。ハインケル、Ｈｅ－１１１って。公開の応答よ。話す前に、このボタンを押す。話してるあいだ押しつづけないと、相手には聞こえない。話し終わったら、指を離して。でないと、彼が返事できない」

主任無線将校が決断を下した。「〝ハインケル、He－111、こちらカレー－マルク〟と言え。こっちはカレー市マルクだとな」

マディは無線技術士が行なう最初の無線通話に耳を傾けた。それはドイツ語で、これまでずっとドイツ空軍の爆撃機に無線で指示を与えてきたかのように、冷静できびきびしていた。応答したドイツ空軍の青年は、声をからして喜びに息も絶えだえで、信じられない思いにすすり泣きまでもらしていた。

無線技術士がマディのほうに顔を向けた。

「着陸のための位置確認を求めているわ」

「これを伝えて――」マディはメモ用紙に数字と距離を走り書きした。「まずは相手の飛行機名、次にあなたの位置を言って。〝ハインケル、He－111、こちらカレー〟って。そのあと、滑走路、風速、視程（見通せる距離）よ――」マディは必死にメモを殴り書きした。無線技術士はそれらの言葉の略語を見つめてから、ヘッドホンに話しかけ、ドイツ語で冷静沈着に指示を出していった。

途中で間を置き、非の打ちどころなくマニキュアをした指で、マディが渡した手書き文字をさし、声に出さずに口を動かした。R27？

「二十七番滑走路のこと」マディは声をひそめて言った。「〝着陸許可、滑走路二十七〟って言って。それから、残っている爆弾があれば、海に捨てるようにって。着陸したとき、爆発させないために」

無線室にいるほかの面々は静まりかえり、魅入られたようになっていた。上品な無線技術士がまるで女校長のように気どらず居丈高に大声で出す、意味はわからないけれども歯切れのいい鋭い指示に。そして、傷を負った飛行機に乗っている青年の、やはり意味はわからないけれども苦悩に満ちたあえぐような返事に。さらには、彼らへの指示や通信内容を、どんどん減っていくメモ用紙に走り書きしているマディに。

「来たぞ！」主任無線将校が声をひそめて言うと、マディと無線技術士――頭が電話と無線ヘッドホンにつながっていた――をのぞく全員が長い窓へ走り、よろよろと飛ぶハインケル爆撃機が視界に入ってくるのを見つめた。

「滑走路への進入を知らせてきたら、風速だけを伝えて」マディはすさまじい勢いで書き殴りながら指示した。「西南西の風、八ノット、最大風速十二」

「消防隊がこちらへ向かっていると伝えろ」主任無線将校が言った。彼はもうひとりの無線技術士の肩を叩いた。「消防車をあそこに配備しろ。救急車もだ」

遠くの黒い影が大きくなってきた。すると、酷使された残りひとつのエンジンの咳きこむような哀れっぽい音が聞こえた。

「うわっ！　着陸装置を下ろしてないぞ」ダヴェンポートと呼ばれた若い空軍中尉が声をおし殺して言った。「不時着して衝突するかもしれない」

けれど、そうはならなかった。ハインケルは草や芝生の雨を降らせながらきれいに水平胴体着陸をし、管制塔の直前で停止した。そこへ消防車とポンプ車と救急車がサイレンを鳴らして近づいた。
窓際にいた全員はいっせいに階段を駆けおり、滑走路へ出た。

マディは自分のヘッドホンを元どおりにつけた。ほかのふたりの無線技術士は窓際に立っている。マディは何が起こっているのかを聞こうと耳をすませたものの、サイレンしか聞こえなかった。窓の外には空と、滑走路の端にある吹き流しが見えたけれど、真下のほうは何も見えない。窓の向こうを黒い煙が渦を巻いて糸のように細く立ちのぼるばかりだった。

外の滑走路の端には、本名はわからないけれどもクイーニーが立って、破損したドイツ空軍爆撃機を見つめていた。

地に胴体をつけたそれは、海水の代わりに煙を吐いている巨大な金属のクジラのようだった。その無線技術士には、コックピットの閉じたプレキシガラス越しに、若い飛行士が息絶えた相棒から壊れて血だらけのヘルメットを必死にはずそうとしているのが見えた。整備工の一群や消防チームが、飛行士と絶命した乗組員を飛行機から出そうとおし寄せた。イギリス空軍の青い制服や階級をあらわす記章に次々と囲まれるうちに、飛行士の顔に浮かんでいたまぎれもない安心感が、当惑と不安へと代わっていった。

クイーニーと肩を並べた主任無線将校が、小さく舌打ちをした。

「気の毒なドイツの若造めが」彼は声に出して続けた。「英雄として故郷に帰れはしないな！方向感覚ってものがまったくないにちがいない」

主任無線将校はドイツ語が話せる無線技術士の肩に、気やすくぽんと手を置いた。

「よかったら」と彼はすまなそうに言った。「あいつを尋問する手助けをしてもらいたい」

救急隊員がドイツ人飛行士の傷の手当を手早く行ない、管制塔の一階事務室へ運びこむころ、マディは勤務が終わった。ちらりと見たところ、呆然とした青年は湯気の立つマグからそろそろと紅茶をすすり、看護兵から煙草に火をつけてもらっていた。毛布にくるまれているのだけれど、八月だというのに、まだ歯をガチガチ鳴らしていた。あの金髪の美しい無線技術士は、部屋の反対側にある硬い椅子の端に腰かけ、失礼にならないよう、打ちひしがれて悲しみに沈んだ敵から目をそらしていた。煙草を吸いながら、さらなる命令があるのを待っていたのだ。無線室でマディからヘッドホンを受け取ったときと同じくらい堂々として冷静に見えたものの、マニキュアをした人さし指で落ちつかなげに椅子の背を軽く叩いていることに、マディは感づいた。

あたしだったら、さっき彼女がやったようにはできなかったな、とマディは思った。彼女がいなかったら、こうして捕虜を囚えることはできなかっただろう。ドイツ語をしゃべれないのはもちろん、あんなふうに相手をだますなんて、とても無理だ。訓練だのなんだのを受けていないとはいえ、あれだけ即座に対応するなんて。これから彼女がしなければならないことができるかどうかも、自信がない。ドイツ語がしゃべれなくて、ほんとうによかった。

その夜、メイドセンドにふたたび空襲があった。ハインケル爆撃機をつかまえたこととは無関係のふつうの空襲で、ドイツ空軍はイギリスの防衛施設を破壊しようと最大の攻撃をしかけてきていた。イギリス空軍将校用の兵舎が爆破され（当時、そこにはだれもいなかった）、滑走路にかなり大きな穴がいくつもあいた。空軍婦人補助部隊の将校たちは飛行場が作られた土地の端にある番小屋に宿営しており、マディとルームメイトたちはぐっすり眠っていたのでサイレンに気づかなかった。最初の爆発でようやく目が覚め、パジャマのままヘルメットをかぶり、ガスマスクと身分証をつかむと、低木林を抜けていちばん近くの防空壕へ駆けこんだ。目に入る光といえば、砲火と爆発による炎ばかり。街灯もなければ、ドアや窓からもれるわずかな明かりもなく、ましてや煙草の先端の輝きもない。影と揺れる炎と火と頭上の星だけの、地獄にいるようだった。

マディは傘をつかんでいた。ガスマスク、ヘルメット、配給切符、そして傘を。空から地獄の業火が降りそそぐなか、マディはこうもり傘で火の雨を避けた。ほかのみんなは当然それに気づくどころではなかった。マディが防空壕の扉から入ろうとしてもがいている姿を見るまでは。

「閉じるのよ——そんなもの、早く閉じて——放しなさいってば！」

「放さない！」マディは叫び、その傘をなんとかなかへ入れようと格闘した。後ろにいた女の子がマディを押し、すでになかへ入っていた女の子たちのひとりがマディの腕をつかんで引っ張ったあと、一同は扉の閉まった暗い地下で震えていた。

そのうちのふたりが気をきかせて煙草を持ってきていたので、みんなでちびちびとまわしのみをした。男性はひとりもいなかった。男たちは飛行場の反対側にある、一キロ近く離れたところに宿営しており、違う防空壕を使っていたから。応戦のために急いで飛行機に乗りこまなかった男たちは。マッチを持っていた女性が蠟燭を見つけ、一同はこれからの長い待ち時間に備えて腰を落ちつけた。

「ねえ、ここに置いてあるトランプを持ってきて。ラミー（トランプのゲーム）でもしない？」

「ラミー！　そんなの、子どもの遊びでしょ。ポーカーがいいわ。煙草を賭けるの。ちょっと、ブロダット、その傘をしまってよ。まったくもう、頭でもおかしくなったの？」

「そうじゃない」マディは落ちつきはらって答えた。

一同は地面にしゃがみ、トランプをしながら、先端に火のついた煙草をまわした。居心地のいい地獄にいるのは、こんな感じなのだろう。低空飛行してきた何かが機関銃で滑走路を一斉射撃する。ほとんどは地面に埋まるし、五百メートルほど離れているというのに、防空壕の鉄の扉がカタカタ揺れた。

「いま当番じゃなくてよかった！」

「当番の子たち、かわいそうに」

「その傘に入れてもらえるかしら？」

マディは顔を上げた。ちらつく蠟燭とたったひとつの石油ランプの明かりのなか、隣にしゃがんだのは、ドイツ語を話す小柄なあの無線技術士だ。空軍婦人補助部隊配給の男もののパジヤマ姿で、ゆるく編んだ金髪を片方の肩へたらしていても、完璧な女性らしさと英雄らしさを備えた美人だった。ほかのみんなはヘアピンを落としてしまっていたけれど、クイーニーのヘアピンはパジャマのポケットにきちんと並んでさしてあり、またベッドに戻るまでは気にならないようにしてあった。爪にマニキュアをしたほっそりとした指で、彼女はマディに煙草をさしだした。

「わたしも傘を持ってくればよかったわ」オックスフォード大学かケンブリッジ大学で教育を受けたような上流階級風のゆったりした話し方だった。「名案ね！　ここなら安全という手軽なお守りみたいだもの。ふたりで入れるかしら？」

マディは煙草を受け取ったけれど、すぐには場所をあけなかった。小妖精のようなクイーニーが、イギリス空軍将校用の食堂からモルトウィスキーを盗むといった無茶なことを気まぐれにやると知っていたし、とっさの思いつきで敵の無線技術士のふりをするくらい大胆なら、ここは軍の飛行場だし、いまは戦争中なのに、銃の発砲音を聞くたび涙にくれる人間をあざけ笑うのはお手のものにちがいないとわかっていたからだ。

けれど、クイーニーはマディをからかうそぶりなど見せなかった。正反対だった。マディはわずかに体を動かし、傘の下にもうひとり入れるようにした。

「すばらしいわ！」クイーニーはうれしそうな声をあげた。「カメになったみたい。傘はスチールで作るべきね。わたしに持たせて――」

彼女はマディの震える手からそっと傘の柄をつかみ、馬鹿げたことだけれど、防空壕のなかでふたりの頭上に傘をかざした。マディはもらった煙草を一服した。爪をかんだり、もらった煙草が銀紙と灰になるまで吸ったりしているうち、しばらくすると手の震えがおさまった。

「ありがと」マディはしゃがれた声で言った。

「どういたしまして」とクイーニー。「次のトランプ、ゲームに参加したら？　あなたの代わりにわたしが煙草を出すわ」

「軍隊に入る前は何をしてた？　ええっと――」マディはふと思いついた。「女優？」

小柄な無線技術士ははじけるように陽気な笑い声をあげたものの、傘はまだちゃんとマディの頭上にかざしていた。「いいえ、そんなふりをするのが好きなだけ。味方の男性にも同じようなことをするわよ。からかうのは遊びのうちなの。ものすごく退屈なんですもの、はっきり言って。戦争がなかったら大学に行っているはず。最初の一年も終えていないの。一年早く、一学期遅れて入学したのよ」

「専攻は？」

「ドイツ語よ。納得できるでしょう。わたしが行っていたスイスの学校がある村では、まあ、ちょっとなまってはいたけれど、ドイツ語が使われていたのよ。それで、好きになったの」

マディは笑った。「今日の午後、あんたって魔法使いみたいだった。それはもうすごくて」

「あなたが何を話せと言ってくれなかったら、できなかったでしょうね。あなただってすばらしいわ。必要なときに、そこにいてくれて。場違いな言葉や呼びかけがひと言もなくて。すべてを決定したのは、あなたよ。わたしがしなくてはならなかったのは、注意を払うことだけ。

わたしが一日中しているのは、それなの。Y——無線のことよ、知っているわね——機器の前で、ひたすら耳をすますこと。そのほかは何ひとつする必要がないの。今日の午後、わたしがしなくてはならなかったのは、あなたがくれたメモを読むことだけだったわ」

「でも、ドイツ語にしなくちゃならなかったでしょ！」マディは言った。

「つまり、ふたりで力をあわせてやったということね」マディの友だちが言った。


人間というのは、複雑だ。だれにでも思いがけないところが意外にたくさんある。学校や仕事場や簡易食堂で毎日会い、いっしょに煙草を吸ったりコーヒーを飲んだりして、天気や昨夜の空襲の話はする。けれども、母親に投げつけた何よりもいやな言葉や、十三歳のころずっと『誘拐されて』（R・L・スティーヴンソン作の冒険小説）の主人公デイヴィッド・バルフォアのふりをしていたことや、俳優のレスリー・ハワード似の飛行士とダンスのあとに彼の寝棚でふたりきりになったら何をするか想像していることなどについては、あまり話さない。

その空襲の夜は、だれも眠れなかった。翌日にかけてということだけれど。翌朝、わたしたちはなんとしても滑走路の表面をきれいに直さなくてはならなかった。それに必要なものはそろっていなかった。道具も資材もなければ、わたしたちは建設作業員でもないのだから。けれど、滑走路がなくては、イギリス空軍メイドセンド飛行中隊は敵の攻撃を防げない。大きな目で見れば、イギリスも同じだ。わたしたちは滑走路を直した。

だれもが協力した——捕虜になったドイツ人も。たぶん彼は戦争捕虜としての自分の運命に気づき、どこか見知らぬ収容所に移されるよりも、ほかの飛行士二十人といっしょに上半身はだかになってシャベルで山盛りの土をすくってその日をすごすほうが、うれしかったことだろう。仕事に取りかかる前に、わたしたち全員が彼の亡くなった相棒のためにそろって頭《こうべ》をたれ、しばし黙禱《もくとう》したことを覚えている。その後、彼がどうなったのかは知らない。

簡易食堂で、クイーニーは頭をテーブルにつけて眠っていた。滑走路の石を二時間も拾ったあと、簡易食堂に来る前に、まず髪を整えたにちがいない。けれど、紅茶からスプーンを取りだすよりも早く寝入ってしまったのだ。マディはいれたての紅茶二杯と砂糖ごろもをかけた甘パンひとつを持って、彼女の向かいに腰を下ろした。なぜ砂糖ごろもが作れたのかは、わからない。この飛行場が直撃を受けて、みんなを元気づける必要がある場合に備えて、だれかが砂糖をこっそりとためておいたのだろう。冷静沈着だった無線技術士が無防備でいる姿を見て、マディは心からほっとした。クイーニーが温かさを感じて目を覚ますようにと、その〝元気づけてくれる一杯〟を彼女の顔のそばに押しやった。

ふたりは頰杖をついて、向かいあった。

「何かこわいものって、ある？」マディが尋ねた。

「山ほどあるわよ！」

「ひとつ言ってみて」

「十ぐらい言えるわ」

「じゃ、教えて」

クイーニーは自分の手をためつすがめつ見た。「爪が台なしになることね」滑走路から瓦礫《がれき》やねじ曲がった金属を取りのぞく作業を二時間もしたとあって、マニキュアは手入れが必要な状態だった。

「真面目な話なんだけど」マディは静かに言った。

「そう、わかったわ。暗闇」

「嘘ばっか」

「本当よ」とクイーニー。「次は、あなたの番」

「寒さ」マディは答えた。

クイーニーは紅茶をすすった。「仕事中の居眠り」

「あたしも」マディは声を出して笑った。「それから、爆弾が落ちること」

「範囲が広すぎるわ」

「わかった」今度はマディが守勢にまわった。襟にかかっているもつれた黒い巻き毛を振り払う。彼女の髪は規則にそぐわないほど長くはないけれど、短すぎてアップにできなかった。

「おばあちゃんとおじいちゃんに爆弾が落ちること」

クイーニーはうなずいた。「わたしは大好きな兄に爆弾が落ちること。いちばん下の兄、ジェイミーのことよ。わたしと歳がいちばん近いの。飛行士よ」

「役立つ技術がないこと」マディが続けた。「ラッデラルの紡績工場で働かなくてもいいようにって、さっさと結婚するのなんか、ぞっとする」

「何を言うのかと思ったら！」

「戦争が終わっても、あたしにはやっぱり手に職がない。だって、戦争が終わったら無線技術士なんて絶対に必要ないでしょ」

「もうすぐそうなると思うのね？」

「戦争が長引けば長引くほど」マディはそう言いながら、砂糖ごろもをかけた甘パンをブリキ製のバターナイフで注意深く半分に切った。「あたしは年を取っちゃう」

クイーニーは思いきり楽しそうな笑い声をあげた。「年を取る！　それはものすごく恐ろしいことだわ」

マディはにっこりして、甘パンの半分を彼女に渡した。「でしょ。死ぬのもこわい。このふたつ、ちょっと似てるかな。自分ではどうしようもないことだもんね」

「わたし、いくつまで言ったかしら？」

「四つ。爪のことは入れないで。あと六つ」

「わかったわ」クイーニーは自分の甘パンを慎重に六等分し、紅茶の受け皿の縁に並べた。それから、ひとつずつ紅茶にひたしては、こわいものをあげたあとで食べた。

「五つめは、ニューベリー・カレッジの門番よ。ブライミーは意地悪なの。わたしはほかの一年生よりもひとつ年下だし、彼にきらわれているからよけいにこわいわ。きらわれているのは、わたしがドイツ語の本を読んでいて、彼はわたしの指導教官のことをスパイだと思っているからよ！　これで、五つ終了ね？　六つめは、高いところ。高いところがこわいの。五歳のとき、兄たちがうちのお城の屋根にある縦樋《たてどい》にわたしを縛りつけたまま、暗くなるまでそのことを忘れていたせいよ。もちろん、兄たち五人はムチでたっぷり叩かれたわ。七つ、幽霊——ああ、七つの幽霊という意味じゃないわよ、幽霊はひとつ、ある決まった幽霊のこと。ここにいれば、幽霊は心配じゃないけれど。きっと暗闇もこわいのは、幽霊のせいね」

クイーニーはさらに紅茶を飲みながら、思いもよらない心の内を洗いだしていった。マディはふくれあがる驚きを胸に、彼女を見つめた。ふたりはまだテーブルに肘をついて手に顎をのせたまま、向かいあわせのまま目を見つめあっており、クイーニーは嘘をついているようには見えなかった。本気そのもので、信じられないようなこわいものを数えあげていた。

「八つめは、家庭菜園の温室からブドウを盗んでつかまっちゃうこと。これもムチで打たれるの。もちろん、わたしたちはみんなもう大きいからムチでは打たれないし、そもそもブドウを盗んだりはしないけれど。九つめは、だれかを殺すこと。事故にせよ、故意にせよ。昨日、わたしはあのドイツの若い人を助けたのかしら、それとも、破滅させたのかしら？　あなたも同じよ。どこで爆撃機を見つければいいかを教えているのだから。責任があるわ。そのことを意識している？」

マディは返事をしなかった。彼女はそのことを意識していた。

「二度めからは楽よ、たぶん。十個めは、迷子になること」

クイーニーは〝迷子〟の分を紅茶にひたしている途中でちらりと視線を上げ、マディの目をのぞきこんだ。「あら、わたしの話を疑って、信じたくないと思っているのがわかるわ。まあ、幽霊はそれほどこわくないかもしれない。でも、迷子になるのは本当に心配。この飛行場をひとりで歩くのが大きらいなの。どの兵舎もそっくりでしょう。なんと、それが四十もあるなんて！　おまけに、いくつもの誘導路や待機場が毎日変化しているように見えるのだもの。飛行機を目印にしようとしても、その飛行機の場所がしょっちゅう変わるときているしね」

マディは声をあげて笑った。「昨日迷子になったあのドイツ人パイロットのことは、気の毒だと思う」彼女は言った。「そんなふうに思っちゃいけないって、わかってる。でも、味方の飛行士たちのどれほど多くがまごつくか、見てきたから。初めてペニン山脈の上を飛ぶときに。イギリスとフランスを間違えるなんて、絶対にありえなさそうだけど、仲間がみんな木《こ》っ端《ぱ》微《み》塵《じん》に吹き飛ばされたときに、故障した飛行機で飛んでたら、まともな考えができるかどうかわからないでしょ。あの人、初めてイギリスへ飛んできたのかもしれない。すごく気の毒だと思った」

「ええ、わたしも同じよ」クイーニーはしんみりした声で言うと、ウィスキーのほんのひと口を飲むかのように、紅茶の残りを飲みほした。

「だいぶ厳しかった？　彼への尋問は」

クイーニーはちらりと謎めいた視線を送った。「〈不注意な会話は命を奪う〉（第二次世界大戦中にイギリス政府が作った標語）よ。それについては口外しないと宣誓しているの」

「あ！」マディは赤面した。「そりゃそうだね。ごめん」

無線技術士は背筋を伸ばした。傷んだ爪を眺めて肩をすくめ、髪に手をやって、まだきちんとしているかどうかを確かめた。それから立ちあがり、伸びをしてから、あくびをした。「甘パンを分けてくれて、ありがとう」彼女は微笑んだ。

「こわいものを教えっこしてくれて、ありがと！」

「あなたはまだ全部教えてくれていないわよ」

空襲警報が鳴った。

オルメ　43・11・11　JB－S

話の一部ではなく

昨夜の報告がとてもおかしかったので、そのことを記録しておかなくてはならない。わたしが殴り書きしたホテルの便箋《びんせん》の束を、エンゲルが怒り任せに叩きつけて、フォン・リンデンに言った。「彼女には自分とブロダットとの出会いについて書くよう、命じるべきです。初期のレーダー操作に関してこんなにずらずらと述べるなんて、見当違いもいいところですよ」

フォン・リンデンは蠟燭を吹きけすときみたいに、そっと吹きだす息に似た音をたてた。エンゲルとわたしは、彼にいきなり角が生えてきたかのように彼を見つめた（それは笑い声だった。彼は笑みを浮かべる人ではなかった。顔が焼き石膏でできているのではないかと思うくらいに。けれど、彼は間違いなく声を出して笑った）。

「フロイライン・エンゲル、きみは学生のときに文学を学んではいないだろう」と彼は言った。「このイギリス人空軍将校は小説の技術を身につけているんだ。サスペンスや伏線といったものを織りこんでいるんだよ」

そこで、エンゲルが彼をじっと見つめた。わたしはすかさずその機会をとらえ、頑固なウォレスの自尊心をもって口をさしはさんだ。「わたしはイギリス人じゃないわ、まったくドイツ人たちの無知さかげんときたら、あきれること。わたしはスコットランド人よ」

エンゲルは忠実にもわたしを引っぱたいて黙らせた。「彼女は小説を書いているんじゃありません。報告書を作成しているんですよ」

「だが、小説という文学的な着想と技術を使っているじゃないか。それに、きみが話題にしている出会いはすでに起こっている——きみはこの十五分ほど、それを読んでいただろう」

エンゲルは気が触れたように後ろからさかのぼってページを繰り、文字に目を走らせた。

「そこに書いてある彼女のことがわからないのか?」フォン・リンデンがせかした。「ああ、おそらくわからないんだな。彼女はきみが見たこともないほど有能で勇気があると、うぬぼれている。彼女こそクイーニーという若い女性で、あのドイツ空軍の飛行士をだました無線技術士だよ。わが軍に囚われのイギリス人スパイ——」

「スコットランド人よ!」

ピシャッ。

「わが軍の捕虜は、メイドセンドにおける無線技術士としての自分自身の役割について、まだ詳しく述べてはいないがね」

まあ、彼は優秀だわ。百万年経っても、親衛隊大尉アマデウス・フォン・リンデンが〝文学の徒〟だとは思えないだろうけれど。百万年経っても。

そのあと、彼はなぜわたしが自分を三人称で書くことを選択しているのか、知りたがった。

実は、彼に聞かれるまで、わたしは自分がそんなふうにしていることに気づきすらしなかった。

単純な答えは、わたしがマディの視点から話を語っているからであって、この時点でもうひとりの人物の視点を入れたら不自然になってしまうだろう。わたしのことは三人称で書くほうが、自分自身の視点から語ろうとするよりも、やりやすい。以前の考えや感情をいっさい排除することができる。それこそ、わたしが自分について書く表面的なやり方だ。そうすれば、自分のことを真剣に考えずにすむ――というより、まあ、せめてマディがわたしのことを考えてくれているのと同じくらい真剣になれる。

けれど、フォン・リンデンが指摘したように、わたしは自分自身の名前を使ってすらいないので、それがエンゲルを戸惑わせている。

本当の答えは、わたしはもうクイーニーではないからだと思う。彼女のことを考えると、以前の自分自身の顔を殴りつけたくなる。あまりにも一途《いちず》で、ひとりよがりで、華々しく英雄的な彼女。ほかの人たちだって、そうしたはずだ。

わたしはいまほかのだれかだ。

でも、わたしは確かにクイーニーと呼ばれていた。だれだって変なあだ名をつけられたことがあるはずだ（学校などで、よくあるでしょう?）。わたしはたまにスコッティと呼ばれたけれど、クイーニーと呼ばれることのほうが多かった。それは、わたしにはスコットランド女王メアリーという有名な祖先もいるからだ。彼女もむごい死に方をした。みんな、むごい死に方をしている。

今日、紙がもうなくなりそうになる。もっとちゃんとしたものが見つかるまで使うようにと、ユダヤ人用の処方用箋をもらった。そんなものが存在するなんて、知らなかった。この用箋には、上部にベンジャミン・ジルバーバーグという医師の名前が書かれ、下部に黄色い星と、〝このユダヤ人医師は法律上、ユダヤ人に対してのみ薬を処方できる〟との注意書きがスタンプされていた。たぶん、この医師はもう診察をしていない（と思うし、どこかの強制収容所へ送られて岩を砕いているだろう）。だからこそ、彼用の白紙の処方用箋がゲシュタポの手に落ちたのだ。

処方箋！

名前：アンナ・エンゲル
住所：フロイライン・エンゲルと呼ぶことが要求される。わたしはときどき彼女を挑発するために、〝勤務中のわが女性警備員総統殿〟という呼称を使う。

日付《デート》：これまでにデートの経験はないと信じられている。
恋人はいるのだろうか？　夫は？
……宝石は何ひとつつけていない。
（フォン・リンデンは小さなサファイアのついた金の認印《みとめいん》つき指輪をはめている）

治療法
とてもすてきな性交が必要。相手の候補は次のとおり。
　フランスの地下運動組織のゲリラ隊員
　ゲシュタポ
　レジスタンス運動員
　ドイツ軍兵士
　フランス民兵団
　民間人

医師　ドクター・ジグムント・フロイト

（ドクター・ジルバーバーグではないけれど、やはりユダヤ人）

服用　毎晩　四、五回

もっと善意あるものも書いてみた。

名前：アンナ・エンゲル

住所：

日付《デート》：相手を募集中

治療法

●象牙のパイプで煙草を一服

●一・五リットルのダブルサイズ酒瓶に入ったシャンパン

（彼女をくつろがせるには、普通瓶一本では足りない）

●シャネルのカクテル・ドレス……赤がエンゲルの色

●パリのリッツ・ホテルでの食事。もしナチが引き払っていれば。

なぜ彼らはこのうえなくすてきなホテルを破壊するのが、

あれほど好きなのか？

医師

服用　必要に応じて　回

彼女に〝夜の外出〟をさせたいと思ったけれど、その様子を想像してみると、スパイとして任務にあたっているマタ・ハリが頭に浮かんでくる。エンゲルはスパイのほうが楽しくないかしら？　色っぽい、命を賭けたスパイ。でも、彼女が残忍厳格な職員でない役割を果たす姿なんて、とても考えられない。しかも、結局は無残にも使命を不成功に終わらせた特殊工作員に、それを勧める資格があるとは言えない。

ウィリアム・ウォレスや、スコットランド女王メアリーや、アドルフ・ヒトラーへの処方箋も書くつもりだったけれど、紙を無駄使いしてもいいほど価値のある気のきいたことが思い浮かばなかった。

わたし向けの処方箋なら、治療法のいちばんめはコーヒーだろう。次に、アスピリン。熱があるのだ。破傷風ではなさそう。予防注射は受けてあるから。敗血症かもしれない。あの針がとても清潔だとは思えない。ほかの針を抜いたあとも、しばらく抜き忘れていた針が一本あって、いま、その場所がひどく痛んでいる（火傷《やけど》のことも、少し心配だ。書くとき、テーブルに手首があたると、ひりひりする）。たぶん、わたしは敗血症で静かに死んでいくだろう。灯油《ケロシン》を処方されるのは避けたい。

仕立て屋の使う針で自殺する効果的な方法はない（壊疽《えそ》になることを効果的な自殺法とは呼べない）。わたしがそのことについて長いあいだ考えをめぐらせたのは、彼らが残していった針を目にしたからだけれど、やはりそんなことはとうてい無理だ。鍵をあけるには役立つだろうけれど。わたしは訓練中に受けた住居侵入の練習が大好きだった。全然うれしくなかったのは、それを生かすつもりが失敗したという惨《みじ》めな結果だ。わたしは鍵をあけるのは非常に上手だったものの、建物から出るのがあまり上手ではなかったから。わたしたちが閉じこめられている場所は、ホテルの寝室そのもの。けれど、わたしたちはまるで王族でもあるかのように警備されている。おまけに、犬が何匹もいる。針を使ったその一件のあと、彼らはわたしが出ていこうとしても歩けないようにした。実際に脚を折らずに人を身体障害者みたいにする技術を、彼らがどこで身につけたのかはわからない。ナチ暴力蛮行訓練所？　ほかのすべてと同じように、それは永久に続く損傷ではない。今週になったら、傷しか残っていなかった。そして、彼らはいま、何か金属片が隠されていないかと、わたしを注意深く調べる。昨日、わたしはペン先を自分の髪のなかに隠そうとしているところを見つかっていた（そんなことをするつもりはなかったのだけれど、実際にはどうなのだろう）。

ああ——わたしはしょっちゅう、これを書いているのは自分のためでないことを忘れてしまい、消すには手遅れになる。意地の悪いエンゲルは、いつもわたしからなんでも取りあげて、取りかえそうとするわたしを見ると、警告を発する。昨日、わたしは紙の下のほうを破りとって食べようとしたのだけれど、彼女はいち早くそれをひったくった（それは、わたしがスウィンレイにある工場のことをうっかり書いたことに気づいたときだった。彼女と取っ組みあいをするのは、ときとして気分転換になる。彼女は自由に動けるから有利だけれど、わたしのほうがずっと機略縦横《きりゃくじゅうおう》だ。それに、わたしは隙あらば歯を使うし、それを彼女はこわがっている）。どこまで書いたかしら？　わたしが昨日書いたものは、親衛隊大尉フォン・リンデンがすべて持っていってしまっている。そっちのせいよ、何度も言うけれど、冷酷で卑劣なドイツ人め。ミス・エンゲルが教えてくれた。「〝空襲警報が鳴った〟ところまでよ」賢いこと。しっかりと注意を払っているなんて。

いま、彼女はわたしが一枚書き終えるごとに、すぐそれをわたしから取って読む。わたしたちは処方箋を書くのを楽しんだ。このとき、彼女がその何枚かを抹消しようとして焼いたことをわたしが告げ口したら、彼女は困る？　だから、わたしと仲よくしようと努力したほうがいいとわかるでしょう、女性監視員エンゲル。

わたしはとっくに彼女を困らせていた。うっかりしたこととはいえ、彼女が煙草を吸っていることを話してしまったから。彼女は仕事中に煙草を吸うことが許されていない。明らかにアドルフ・ヒトラーは煙草を敵対視していて、堕落した忌まわしいものと考えており、自分の軍警察や部下たちが勤務中に煙草を吸うのを禁じている。これがかなり厳格に実行されているとは思わないけれど、ここはアマデウス・フォン・リンデンみたいなとんでもないやかまし屋が指揮をとっているから別だ。実のところ、フォン・リンデンは間違っている。敵の諜報員から情報を引きだすのが仕事なら、火のついた煙草は格好の小道具になるのだから。

罪がほんの軽いものであるかぎり、エンゲルは首にならないだろう。彼女が持ちあわせている数々の才能を備えたほかの人間を探すのは、かなり難しいからだ（わたしの場合と少し似ている）。けれど、彼女の違反はいつも〝不服従〟と見なされる。

## 対空砲射撃手

空襲警報が鳴った。簡易食堂にいる疲れきった人たちは驚いていっせいに頭を上げ、薄っぺらな天井を見上げた。その向こうが見えるわけではないのに。そのあと、だれもが次の戦闘に備え、教会が貸してくれている木製の折りたたみ椅子から飛びだしていった。

周囲の人々がすばやく行動を起こすなか、マディはちょうどあとにしようとしていたテーブルのそばで、新しい友だちと向かいあって立っていた。自分が小さな台風の目になったかのような気がした。ぐるぐるまわる世界の中心の、静かな点に。

「さあ、急いで！」クイーニーが『鏡の国のアリス』に出てくる赤の女王ばりに叫び、マディの腕をつかんで外へ引っ張りだそうとした。「あなたは一時から当番でしょう。あとどのくらいあるかしら——」彼女は腕時計にちらりと目をやった。「——一時間ね？　無線室で仕事をする前に、防空壕でひと眠りするのよ——傘を持ってきていなくて、あいにくだけれど。さあ、わたしもいっしょに行くから」

　パイロットたちは早くもスピットファイア戦闘機のほうへ駆けだしていた。マディは、修復途中の滑走路から離陸する最適な方法は何かという、現実的な問題に意識を集中しようとした。地上走行はとんでもなく難しいだろう。その小型戦闘機は機首が高いので、地面にあいている穴が見えないだろうから。マディはいまから一時間後、砲火を浴びながら無線室まで飛行場を突っ切るのがどれほど悲惨か、考えないようにした。

　けれど、彼女は走った。走るしかないから。信じられないけれど、しなければならないとわかっていることはできる。小一時間ほどあと、爆弾を避けようと、もう少しだけ待ってから、娘ふたりはふたたび外へ出た。いまやイギリス空軍メイドセンド基地は、月面さながらだった。

　クイーニーはマディを小走りにさせ、ふたりとも体を折るようにして、建物に沿いながら広い場所をジグザグに進んだ。ふたりが聞いた話によると、低空飛行するナチス・ドイツ空軍機はフランスからの退却中、面白半分に機銃掃射を行なって人々を地面になぎ倒したという。いま、滑走路にはドイツ軍戦闘機が二、三機いて、羽に光を浴びたスズメバチさながらうなりをあげて低く飛び、窓や駐機している飛行機を穴だらけにしていた。

「来てくれ！　こっち、こっち、こっち！」だれかが必死に叫んだ。「ちょっと、そこのふたり、ここだ、助けてくれ！」

ほんのつかのま、マディは根拠のあるなしに無関係の不安で頭がいっぱいになり、クイーニーが目ざす方向を変えて、助けを求める叫び声のほうへ向かっていることに気づきすらしなかった。その後しばし冷静になると、自分がクイーニーに引きずられていることがわかった。いちばん近くにある高射砲の台座のほうへ。

というか、台座の残骸へ。台座を保護するコンクリートの防壁と、それを囲む土嚢《どのう》は、爆撃されて粉々になり、それに伴い、イギリス軍のスピットファイア戦闘機隊が戦いのあとで着陸しやすいようにと滑走路を勇ましく守ろうとした二名の砲兵の命も、奪われていた。亡くなった砲兵のひとりは、間違いなくマディよりも若かった。まだ立っている三人めはエプロンをつけていない肉屋かと思われるほどで、首から太腿《ふともも》まで血でぐっしょりだった。彼は弱々しく体の向きを変えて言った。「来てくれてありがとう。ぼくはもうだめだ」そして彼は崩れた台座に座りこみ、目を閉じた。マディは彼の横にしゃがんで、その頭を両腕に抱き、砲兵が血であふれる肺へと空気を吸いこむぞっとするような音に耳を傾けた。クイーニーがマディを平手で打った。

「立ちなさい、さあ！」クイーニーが命じた。「そんなことをしている場合ではないわ。わたしはいまあなたの上官として命令する。立ちなさい、ブロダット。こわいなら、何かをすること。この大砲が使えるかどうか、やってみるのよ。さあ、行動して！」

「まずは砲弾をこめなくては」砲兵が指を一本上げ、大砲のほうへ向けた。「首相は女の子が発砲するのをいやがるよ」

「首相が何よ！」と上官であるクイーニーが声を荒らげた。「いいから大砲に砲弾をこめて、ブロダット」

マディは両手をついて、はうように大砲へ向かった。上官の命令にはどうあっても従うよう訓練されており、二の足を踏むなどとんでもないことだったからだ。

「あんなほっそりした女の子じゃ、あの砲弾は動かせない」砲兵がしゃがれ声で言った。「十四キロ近くあるんだから」

マディは聞いていなかった。どうしたらいいかを考えていた。しばし落ちついて考えをめぐらせたあと、のちに説明のできない力で砲弾をこめた。

クイーニーは倒れた砲兵の胸や胃にあいた穴をふさごうと、必死に手をつくしていた。マディは正視できなかった。しばらくして、クイーニーがマディの肩をつかみ、狙い方を教えた。

「予想しなくちゃいけないのよ――鳥を撃つみたいに、少し前へ発砲するの。飛んでいく先を見越して――」

「あんた、鳥を撃つの？」マディは息を呑んだ。怒りと不安のせいで、もうひとりの娘の際限がなさそうな才能に苛立《いらだ》ちを覚えた。

「わたしは狩猟解禁の日に、ライチョウの猟場の真ん中で生まれたのよ！　字が読めるよりも早く銃が撃てたわ！　でも、この代物はダイアナの空気銃よりもちょっとばかり大きいし、わたしは使い方を知らないから、ふたりでやらなくちゃならないわね。昨日みたいに。わかった？」彼女はそこではっと息を吸い、心配そうに尋ねた。「あれ、味方の飛行機じゃないわよね？」

「見分けがつかない？」

「あまり」

マディは気持ちがやわらいだ。

「あれはメッサーシュミット109だよ」

「じゃあ、やっつけてしまいましょう！　こんなふうに狙って——さあ、あれが戻ってくるのを待つのよ。この基地がまだ機能しているとは思わないでしょうから——とにかく待つの」

マディは待った。クイーニーは正しかった。何かをすること、何かに集中することは、恐怖をぬぐい去ってくれた。

「さあ、いまよ！」

発砲によって、ふたりは一瞬、目がくらんだ。何が起こったのか、見えなかった。のちにマディが断言したところによると、その戦闘機が火の玉となって落ちたのは、滑走路上空を少なくともあと二回通ったあとだった。けれど、そのメッサーシュミット109（ああ、結局、なんて多くの飛行機をわたしは知っているのかしら！）を撃ち落としたと名乗りでる者はいなかったし、戦闘機のパイロットは自分が撃ち落とした敵機の数を競いあう連中だった。というわけで、それをしとめた（だれかが戦闘機を撃墜したとき、それが鹿でもあるかのように、ドイツ空軍も〝しとめる〟と呼ぶと思う）のは、無人の砲台で協力してことにあたった非番の婦人補助部隊員ふたりの手柄となった。

「あたしたちの弾が当たったんじゃないと思う」戦闘機が墜落したカブ畑から黒い油煙が立ちのぼるなか、マディは蒼白な顔で友人に言った。「空中から撃った、味方のだれかにちがいないよ。たとえこの大砲の手柄だったとしても、あんたじゃない」

いまクイーニーが自分の隣にいるのは、それまでこの大砲の係だった青年の救命をあきらめざるをえなかったからだと察するのは、マディにとって非常につらいことだった。それはもう。とはいえ、その火の玉のなかにもパイロットがひとりいた。マディほどには訓練を積んでいない、まだ生きていた青年が。

「ここにいて」クイーニーが押し殺した声で言った。「弾をもう一発こめられる？　あなたの代わりにやり方を知っている人を探してくるわ――あなたはそろそろ管制塔での仕事につかなくては――」

クイーニーはそこで言葉を切った。

「ここから北西にある防空壕は、どっちのほう？」彼女は心配そうに尋ねた。「煙のせいで、どっちがどっちだかわからなくて」

マディは指さした。「芝生をまっすぐに横切るの。勇気がたっぷりあれば、簡単もいいところ――『ピーターパン』に出てくるネバーランドを見つけるようなものよ。〝ふたつめの星のところを右に曲がって、朝になるまでひたすらまっすぐ行けば〟ってね」

「あなたは？　勇気がたっぷりある？」

「あたしは大丈夫。さ、できることをやらなくちゃ――」

滑走路の反対側で何かが爆発したので、ふたりはとっさにかがんだ。クイーニーがマディの腰に手をまわし、その頰にさっと軽くキスをした。「〝キスしてくれ、ハーディ！〟よ。これはトラファルガー海戦のときにネルソン提督が言った最期の言葉じゃなかったかしら？　泣かないで。わたしたちはまだ生きているし、すばらしい仲間よ」

そのあと、クイーニーは髪を規則どおり襟から五センチ上まで引っ張りあげ、自分の頰から涙と油とコンクリートのかけらと砲兵の血を手の甲でぬぐうと、また走っていった。赤の女王のように。

親友ができるのは、恋に落ちることと似ている。

「レインコートを着て」マディが言った。「ナビゲートの仕方を教えるから」

クイーニーは吹きだした。「無理だわ！」

「無理じゃない！　ドイツに侵攻されたあとのポーランドから命からがら逃げてきたパイロットがふたり、ここにいるんだ。地図も食べ物もなくて、ポーランド語しか知らないのに、ここまで来たんだって。聞きたけりゃ、一部始終を話してくれるよ。ふたりの英語を理解するのが、ちょっと大変だけど。とにかく、ドイツ兵に捕まったふたりがヨーロッパ大陸を抜けてここまで来て、イギリス軍のパイロットになれたんなら、あんただって――」

「あなた、そのパイロットたちと話をしたの？」クイーニーは興味をそそられて口をはさんだ。

「あの人たちとダンスするばかりが能じゃないでしょ」

「それはそうだけれど、おしゃべりだなんて！　夢がないわね」

「踊ろうとしない人とは、話をするしかないでしょ。司教の息子のほうはダンスをしないんだ。話をさせるのだって手間取ったけど、ふたりとも地図の話にはのってくる。ええっと、地図がないって話には。さ、行こうよ。地図はいらない。丸一日あるし。八キロ以内なら、晴れてるかぎり、さっと帰ってこられる。でも、見て――」マディは窓のほうへ手を振った。雨が激しく降り、風も強かった。

「ふるさとみたい」クイーニーがうれしそうに言った。「スイスにはスコットランドらしいも、やがなくてね」

マディはふんと鼻を鳴らした。クイーニーはほんのわずかな謙遜も気おくれもなく、自分の恵まれた育ちの端々を無頓着《むとんちやく》に会話に織り交ぜることがあった（ただ、しばらくしてマディは気づくようになったが、クイーニーがそうするのは、好きな相手か大きらいな相手に対してだけ。つまり、それを気にしない人か、自分がどう思われてもいい人であって、その中間にいる人とか、傷つくかもしれない人とかには、もっと注意深く対処していた）。

「自転車があるんだ」マディは言った。「整備工ふたりが貸してくれてさ。雨でも仕事があるからって」

「どこへ行くの？」

「〈グリーンマン〉。セント・キャサリンズ湾の崖の下にあるパブ。来週になったら閉まっちゃうから、最後のチャンスなんだ。発砲されることに、経営者がうんざりして。発砲するのはドイツ兵じゃないから、ご心配なく。わがイギリス兵なんだよ、屋根板の端に下がってるパブの看板を打ち抜くのは。戦いのあとで基地に向かう前に、そうするんだって。幸運を祈って！」

「残った弾薬を使いきるために、そうするんでしょうね」

「ともかく、それが目標。あんたがナビゲートするんだよ。海岸へ出て、南へ。なんてことないから！　あたしの羅針盤《コンパス》を貸したげる。もし目標にたどり着けなかったら、残念だけど夕食は缶詰の冷たい豆だけ――」

「そんなの、ひどいわ！　わたし、今夜は十一時から仕事に戻るのに！」

マディはあきれたように目をむいた。「そりゃあ、おあいにくさま！　だったら、自転車で十五、六キロ走るのに、たったの十五時間しかない！　でも、あたしのこわいものの話の残りはできそうだね」マディは男性が使う軍用コートを着て、自転車のチェーンにからまないよう、裾をすねに縛りつけていた。

「あなたが缶切りを持っていることを願うわ」クイーニーは自分の軍用コートを着こみながら、暗い声で言った。「それから、スプーンも」

イギリス空軍メイドセンド基地から十分ほどペダルをこぐと、思いがけなくも、雨に濡れたケント州の田舎はあまりにものどかだった。ときおり、コンクリートの火砲陣地やら見張り塔やらがあったことはあったが、ほとんどはゆるやかに起伏する白亜質の田園で、カブやジャガイモの葉が青々と茂り、果樹園がどこまでも続いていた。

「傘を持ってくればよかったかもしれないわね」クイーニーが言った。

「それは次の空襲のためにとってあるんだ」

ふたりは十字路に来た。道路標識はなかった。ひとつも。アシカ作戦（第二次世界大戦中にドイツが計画したイギリス本土上陸作戦）が成功してドイツ軍がいっせいに内地へやってきたら、敵が混乱するよう、標識はすべて取り払われるか黒く塗りつぶしてあったのだ。「ここがどこなのか、全然わからないわ」クイーニーがわめいた。整備工の自転車はかなり大きかったので、彼女はサドルに腰をのせることができず、立ちこぎをしなくてはならなかった。そのため、つねに転がり落ちそうだったし、ぶかぶかの軍用コートのなかに呑まれそうに見えた。濡れそぼって怒り狂っている猫のようだった。

「コンパスを使って。海が見えるまで東に行くだけ。こう思ったらどう?」マディはふとひらめいて言った。「あんたはドイツのスパイだって。パラシュートでここに降りてきたってわけ。連絡相手を探さなくちゃならないんだけど、その人は密売人たちが集まるっていう海の近くのそのパブにいて、もしあんたがだれかに捕まったら——」

小さな厚紙の箱に入っていて半ペニーで買えるような、花がひとつついたビニール製の雨よけ帽から雨をしたたらせながら、クイーニーは変な目つきでマディを見た。そこには挑むような色があった。抗議も、興奮も。けれど、何か悟ったようでもあった。クイーニーは自分の自転車のハンドルに前のめりになり、狂ったようにペダルを踏んで走っていった。

彼女は低い丘の頂上まで行き、谷間を身軽に駆けのぼるノロジカさながらの敏捷《びんしょう》な動きで自転車からぴょんと飛び降りると、マディがわけのわからないうちに、ある木の途中までよじのぼった。

「下りて、何してるの！　ずぶ濡れになるでしょ！　制服を着てるのに！」

「フォン・ヒーア・アウス・カン・イッヒ・ダス・メーア・ゼーエン」クイーニーが〝ここから海が見える〟とドイツ語で言った（あら――わたしったら。意味など書かなくてもわかるはずだわね）。

「黙りなさい！　馬鹿ね！」マディはかんかんに怒った。「なんのつもり？」

「イッヒ・ビン・アイネ・アゲンティン・デア・ナチス（わたしはナチスのスパイよ）」クイーニーは指さした。「ツム・メーア・ゲフト・エス・ダー・ラング（海まではかなりの道のりがあるわ）」

「ふたりとも撃たれちゃうよ！」

クイーニーは考えた。土砂降りの雨が落ちてくる空を見上げ、水滴をしたたらせているリンゴの果樹園をどこまでも見晴るかし、だれもいない道路に目をやった。それから肩をすくめ、英語で言った。「そうは思えないけれど」

「〈不注意な会話は命を奪う〉でしょ」マディは標語を引用した。

クイーニーは大笑いしたせいで、いまいる枝からもっと低い枝へとぶざまにずり落ちて痛い思いをし、木から下りるときにコートを破いてしまった。「さあ、あなたこそ黙って、マディ・ブロダット。ナチのスパイになれと言ったのは、あなたよ。わたしはそうなっているだけ。あなたを撃たせはしないわ」

（いますぐにでもあのときへ戻って、自分の歯をへし折ってやりたいと、心の底から思う）

セント・キャサリンズ湾への道のりは、なんというか、型破りなものだった。十字路があるたびに――どれも雨でびしょびしょで、風にさらされ、これといった特徴はない――クイーニーは自転車から降りて、いまいる場所を知るために壁や門や木にのぼった。そのあと、また出発するときには必ず軍用コートの扱いに大騒ぎをし、水たまりに何度もはまりそうになった。

「あたしがこわいと思うもの、わかる？」マディは声を張りあげた。雨と東風に顔を打たれながら、小柄な無線技術士に遅れまいと力いっぱいペダルをこいだ。「冷えた缶詰の豆よ！　もう二時十五分前。そのパブはあたしたちが着く前に閉まっちゃうかも」

「来週まで閉店しないと言ったじゃないの」

「閉まるのは午後の数時間だけ。当たり前でしょ、まったくもう！　夕方まで休みってこと！」

「ずいぶんひどいと思うわよ、それをわたしのせいにするのは」クイーニーは言った。「あなたが計画したことなんだもの。わたしは協力しているだけだわ」

「それもまた、あたしがこわいと思うことだよ」マディが言った。

「そんなもの、数に入らないわよ。缶詰のお豆もね。ものすごく心配なものは何？　いちばん不安なことは？」

「軍事裁判」マディはひと言で答えた。

クイーニーはいつになく黙っていた。しばらく何もしゃべらず、また木にのぼって周囲を眺めているあいだも口を開かなかった。その後ようやく尋ねた。「なぜ?」

マディはかなり長いこと返事をしなかったけれど、問題となっていることをクイーニーが思い起こさせる必要はなかった。

「いろいろなことをしちゃってるから。考えもせずに実行に移して。なんと、いまいましい高射砲を発砲したりして——なんの許可もないのに。頭上を旋回してるメッサーシュミット109にだって!」

「頭上を旋回しているメッサーシュミット109に発砲する理由は、あったわ」クイーニーが指摘した。「わたしが許可する。わたしは空軍将校だもの」

「でも、あたしの直属の上司じゃないし、砲撃を許可する権限はないでしょ」

「ほかには?」クイーニーは尋ねた。

「ああ——この前みたいにドイツ軍のパイロットを誘導したこと。それ以前にも同じようなことをしちゃったんだよ。英語だけで」マディはウェリントン爆撃機に乗っていた若いパイロットたちを無線で誘導して着陸させたことを、初めてクイーニーに話した。「それも、だれの許可もなく。問題にはならなかったけど、そうなって当然だった。ほんと、馬鹿だった。どうしてそんなことしちゃったのかな?」

「善意から?」

「けど、あの人たちを死なせちゃったかもしれない」

「そういう危険は仕方ないわ。戦争中だもの。あなたの助けがなかったら、その人たちは一か八かでやったあげく、炎に包まれて墜落していた可能性があるでしょう。でも、あなたに助けてもらったおかげで無事に着陸できたんだわ」

クイーニーはしばらく黙っていたあとで、尋ねた。「どうしてそんなに上手なの？」

「何が？」

「飛行機を誘導すること」

「あたしはパイロットだもん」マディは言った――こともなげに、鼻にかけず、弁解することもなく――ただ、〝あたしはパイロットだもん〟と。

クイーニーはかっとなった。

「自分にはなんの技術もないって言ったじゃないの、嘘つきね！」

「ないよ。ただの民間パイロットなんだから。もう一年も飛んでないし。講師資格だってないし。そりゃあ、たぶんスピットファイアに乗ってるわが軍の人たちの大部分よりはずっと多くの時間を飛んでるし、夜間飛行もしてるよ。でも、スピットファイアには乗ってないし。補助航空部隊の規模が大きくなるとき、入れてもらうつもりなんだ――空軍婦人補助部隊が行かせてくれれば。一定の講習を受けなくちゃならないんだけど、いまのとこ、女性向けの飛行訓練がなくて」

クイーニーはしばらくそのことについて頭のなかで考えをめぐらせなければならないようだった。垢抜けない南マンチェスターなまりの、問題に対して実用的なバイク修理屋らしい解決法をとるマディ・ブロダットは、パイロットだった。ドイツ空軍を相手に、来る日も来る日もろくに眠れず炎と死に向かって飛んでいく、イギリス空軍メイドセンド基地の若い飛行機乗りの大方よりも、ずっと多くの実地経験を積んでいる。

「ずいぶんおとなしくなっちゃったね」マディが言った。

「イッヒ・ハーベ・アイネン・プラッテン」クイーニーは口にした。

「英語でしゃべってよ、わかんないでしょ！」

クイーニーは自転車を止め、そこから降りた。「パンクしてしまったわ。タイヤがぺちゃんこよ」

マディは重いため息をついた。自分の自転車を道端に立てかけ、水たまりにしゃがんで調べにかかった。クイーニーの自転車は前輪がほぼぺったりとなっていた。パンクしたのはほんの数秒前だったにちがいない。内側のチューブからシューッと出る空気の音がまだ聞こえていた。

「戻ったほうがいいね」マディが言った。「このまま行くとしたって、遠すぎて歩けないから。修理道具は持ってないし」

「お言葉ですけれど」そこから二十メートルほど先にある農道への入口を指さして、クイーニーが言った。「連絡員に会う前に食事にありつくというのは、どうかしら」彼女は鼻を風のほうへ持ちあげ、物知り顔でにおいをかいだ。「百メートル以内に農家があるわ。においがするの、お肉のシチューとフルーツパイと――」彼女は故障した自転車のハンドルを取り、確固とした足取りでその農道へ入っていった。婦人農耕部隊の女性隊員たちが、近くのキャベツ畑にクワを入れていた――雨でも休みはないのだ、ここでも。脚にずだ袋を紐で巻きつけ、地面に敷く防水布の真ん中に穴をあけて、雨よけのケープにしている。それに比べると、イギリス空軍の男性用コートを着た、マディと変装したナチのスパイの装備のほうが立派だった。

ふたりが近づくにつれて、犬がいっせいに獰猛《どうもう》そうな吠え声をあげはじめた。マディは不安そうにあたりを見まわした。

「心配しないで。単なる騒音よ。きっとつながれているわ。でなければ、婦人農耕部隊の女性たちを悩ませてしまうはずだもの。合図は出ている？」

「なんの合図？」

「窓辺に置かれた、ナナカマドの実が入っている瓶よ――窓辺にナナカマドがなかったら、わたしは歓迎されないの」

マディはぷっと吹きだした。

「ばっかみたい！」

「ある？」

マディはその友だちよりも背が高かった。爪先立ちになって農家の壁越しにのぞき、口をあんぐりとあけた。

「ある」彼女はそう言って振り向き、呆然とクイーニーを見た。「なんで――？」

クイーニーはすまし顔で、壁に自分の自転車を立てかけた。「庭の壁の向こうにナナカマドの木が見えるもの。ちょうど刈りこまれたばかりだわ。それもきちんときれいに刈られていることからして、農家の奥さんがやったのよ。ただ、〝戦時協力〟とやらのために、ゼラニウムを掘り起こしてジャガイモを植えなければならなかったにちがいないので、キッチンを飾るすてきなものがあるとしたら、取ったばかりのナナカマドの実がぴったりでしょう。だから、奥さんはきっとそれを飾ると思うし――」

クイーニーはビニールの雨よけ帽の下で髪を整えた。「そうだとしたら、奥さんはわたしたちに食事をご馳走してくれるような人よ」

彼女は見知らぬ農家のキッチンのドアのなかへと、臆せずに入っていった。

「あのぉ、ちょっとすみませんけど、奥さん――」彼女の育ちの良さがわかる教養あふれた話し方が、急によどみのないスコットランドなまりになった。「あたしたち、イギリス空軍メイドセンド基地から来たんですけど、ちょうどこのへんで自転車が困ったことになっちゃってぇ。あのぉ、よかったら――」

「ええ、ええ、いいですとも、娘さん！」農婦が言った。「婦人農耕部隊の方がふたり、うちに泊まってるところだし、パンク修理の道具ならたぶんあるわよ。メイヴィスとグレースはいまちょうど畑にいるけど、少し待ってもらえりゃ、あたしが納屋に行って道具を探してくるし――まあまあ、とにかくなかに入って、温まりなさいな！」

クイーニーはまるで魔法のように、軍用コートのポケットの奥深くからプレイヤーズの紙巻煙草二十五本入り缶を取りだした。それほどの数が入った煙草缶は苦心して隠されていたものだと、マディはぴんときた。そういえば、クイーニーが煙草を吸うところはほとんど見たことがないけど、彼女は煙草を贈り物として使ったり、お金でなく現物で払うときに利用したりしていた。心づけに、ポーカーのチップに、そしていまは自転車修理と昼食に。

たった一度だけ、マディはクイーニーがほかのだれかのために火をつけたのではない煙草を吸っている姿を見たことがあった。たった一度だけ。クイーニーがドイツ軍のパイロットを尋問するのを待っているときに。

　クイーニーは煙草缶をさしだした。

「あら、とんでもない、そんな貴重なもの！」

「いいえ、どうぞぉ。ここにいる女性たちに分けてあげてもいいし。感謝の気持ちですからぁ。ただ、お願いがあるんですけど、帰る前にちょっと豆の缶詰を温めたいんでぇ、コンロを貸してもらってもいいですか？」

　農婦は楽しげに笑った。「イギリス軍ときたら、婦人補助部隊の将校さんたちをジプシーみたいに路頭に迷わせちゃ、煙草と引きかえに缶詰を温めてもらわせてるのかねえ？　お昼の残りのシェパードパイ（ひき肉をマッシュポテトで包んで焼いたパイ）と、アップルクランブル（リンゴの上に、小麦粉・油・砂糖を混ぜてポロポロにしたものをのせて焼いたお菓子）があるから、どうぞ好きなだけ食べてちょうだい！　そのあいだに、あたしはちょっとパンク修理の道具を探してこようかね――」

　まもなくふたりは、湯気の立っている温かい食事をおなかにつめこんでいた。この三か月のあいだメイドセンドで食べたどの料理よりも格段においしく、手作りの焼き菓子にかけるクリームまであった。たったひとつの不都合は、立って食べなければならなかったこと。椅子がすっかり取り払われていたのだ。キッチンを通るときの邪魔になるからと――作男や婦人農耕部隊の女性のほか、犬までもキッチンを横切った（子どもはひとりもいなかった。ブリテンの戦いの前線から疎開させられていたせいだ）。

「こわいものをあと四つ教えてもらわないと」クイーニーが言った。

マディは考えた。クイーニーが告白したこわいものをあれこれ思い起こしてみた。幽霊、暗いところ、いたずらをしてお仕置きを受けること、大学の門番。ほとんどが子どもっぽいもので、封じこめるのはたやすかった。頭を殴ってやるか、笑い飛ばすか、無視すればいい。

「犬」マディはふと口にした。ここへ入ってくるときにいた、よだれを垂らした猟犬を思いだして。「あと、服装の規定にそぐわないこと――あたしの髪はいつも長すぎちゃうし、コートを縫い直しちゃいけないから、ずっとぶかぶかのままだし、みたいな。それから、南部出身の人たちになまりを笑われること」

「あぁ、わかるわぁ」クイーニーがスコットランドなまりで同意した。それは彼女が直面したことのない問題にちがいなかった。教育を受けた上流階級の発音ができるのだから。ただ、スコットランド人なので、イギリス南部の柔らかな発音への不信に共感したのだ。「残りはたったひとつね――さあ言ってちょうだい」

マディは心の底を探った。嘘偽りないものを見つけ、告白という単純にして無防備なことにややためらったあとで、正直に認めた。「人をがっかりさせること」

友人はあきれたように目をぐるりとまわしもしなかったし、笑いもしなかった。焼いたリンゴ菓子に温かなクリームを注ぎながら、その言葉を聞いていた。マディに目を向けなかった。

「自分の仕事をきちんとしないとか」マディは具体的に説明した。「期待にこたえられないとか」

「わたしがこわいと言った、人を殺すことと少しだけ似ているわね」とクイーニーが言った。

「あなたのほうが範囲が広いけれど」

「人を殺すことも含まれてるかも」とマディ。

「そうにちがいないわ」クイーニーはいま真剣になっていた。「でも、殺すことがその人のためになるなら、別よ。その場合、殺さなかったら、その人をがっかりさせることになる。無理にでもそうしなかったら。わたしの大伯父はね、重い喉頭《こうとう》がんになって、腫瘍《しゅよう》を取りのぞくために二度もアメリカへ行ったのだけれど、そのたびに再発してしまったの。あげくの果てに、大伯父は殺してほしいと奥さんに頼んで、奥さんはそうしたわ。奥さんはなんの罪にも問われなかった――銃の暴発のせいだと記録されて。信じられないかもしれないけれど、その奥さんというのはわたしの祖母のお姉さんで、わたしたちはみんな真実を知っているの」

「うわ、なんてひどい！」マディは感に堪《た》えないというように言った。「奥さん、気の毒に！　でも――そうね。結局は受けいれるしかないよね。それがわがままでも。無理にでもそうしないと。うん、あたし、それはものすごくこわい」

農婦がタイヤ修理の道具と、パンクの場所を見つけるために水をいっぱい入れたバケツを持って、戻ってきた。利発なマディは自分の傷つきやすい心をさっと灯火管制用のカーテンで隠し、パンクの場所を探しにかかった。クイーニーはキッチンにいて、もの思いにふけりながら、スズのスプーンで温かいクリームの残りを最後の一滴まですくいあげていた。

三十分後、ふたりが自転車を押して泥だらけの農道を道路まで戻るとき、クイーニーが口を開いた。「イギリスに侵入しているドイツ人スパイがスコットランドなまりで話すなんてこと、ありえないわよね。わたし、農家の奥さんに地図を書いてもらったの。だから、いまはそのパブを見つけられると思うわ」

「ほら、あなたのヘアピン、返す」マディはそう言って、銀色の細いスチールをさしだした。

「今度だれかのタイヤをパンクさせるときは、証拠を隠滅しなくちゃだめだよ」

クイーニーはいっしょに笑いたくなるような浮かれた笑い声を思いきりあげた。「ばれちゃったのね！　かなり深く刺しすぎて、こっそりと抜けなかったのよ。怒らないで！　ちょっとふざけただけなの」

「まんまとだまされちゃった」マディはとげとげしく言った。

「おかげで温かい食事ができたでしょう？　それに、そこに着くころには、きっとパブはまた開いているわよ。どうせ長くそこにいられないし。わたしは十一時から持ち場につかなくてはならないから、それまでにひと眠りしたいの。でも、パブでウィスキーを飲んでもいいわね。おごるわ」

「ウィスキーはナチのスパイが飲むものじゃないでしょ」

「このスパイは飲むの」

セント・キャサリンズ湾の崖側へとうねうね下っていく、海沿いの急坂の小道を進んでいるときも、まだ雨が降っていた。道が滑るので、ふたりはブレーキを強くかけながら注意深く自転車を走らせた。砲床担当の濡れそぼって惨めな姿の兵士がふたりいて、ブレーキをキーキー言わせつつ急な下り坂を走り抜けていく娘たちふたりに、手を振って大声を張りあげた。〈グリーンマン〉は開いていた。張りだし窓のそばに座っていたのは、イギリス空軍メイドセンド基地の痩せて疲れきったような飛行中隊長と、ツイードのスーツを着て眼鏡をかけた身なりのいい民間人だった。ほかの客たちはバーのまわりに集まっていた。

クイーニーは勢いよく燃えている暖炉の石炭の火をめざして、つかつかと歩いていくと、膝をついて両手をこすりあわせた。

飛行中隊長のクレイトンが、無視できないほど大きな声で話しかけてきた。「奇遇じゃないか！　こちらへどうぞ、おふたりさん」隊長は立ちあがり、少しばかり仰々しいお辞儀をして椅子を勧めた。クイーニーは上官からそんなふうに注目されることにすっかり慣れていて、心地よさを覚えていたので、立ちあがってコートを脱がせてもらった。マディは尻ごみした。

「こちらのやや小柄なびしょ濡れのお嬢さんが」と飛行中隊長が民間人に言った。「あなたに話していた噂の女性なんですよ。ドイツ語が話せましてね。もうひとりの娘さんはブロダット無線将校補佐でして、無線を担当し、飛行機の着陸誘導をしています。さあ、いっしょに、ふたりとも、遠慮なく！」

「ブロダット無線将校補佐はパイロットなんですよ」クイーニーが言った。

「パイロット！」

「いまは違いますけど」マディはうろたえて赤面し、もじもじしながら言った。「ATA、補助航空部隊に入りたいんです。女性をもっと募集するときに。民間ライセンスは持ってます。あたしの指導教官は今年の一月に入隊しました」

「おお、すばらしい！」と近視の紳士は言い、一センチもありそうな厚さのレンズ越しにマディをまじまじと見つめた。彼は飛行中隊長よりも年上で、入隊しようとしたら断られるかもしれないくらい年がいっていた。クイーニーは彼と握手をしたあと、真面目な顔で言った。「あなたはわたしの連絡相手に違いありませんね」

彼は髪に隠れるほど眉をつりあげた。「わたしが？」

マディはあわてて言った。「まともに受け取らないで。ふざけてるんです。朝からずっと変な遊びをしてて――」

四人は腰を下ろした。

「彼女の提案なんですよ」クイーニーが言った。「この変な遊びは」

「そりゃあ提案はしたけど、それはこの人がどこであれ目的地を見つけるのがものすごく下手くそだからなんです。だから、言ってみたんです――」

「〈不注意な会話は命を奪う〉よ」クイーニーが口をはさんだ。

「――スパイのつもりになったらって」マディはよけいな設定の説明は省いた。「パラシュートで降下して、このパブまでたどり着かなくちゃならないと思ったらって」

「それは単なる遊びではありませんね」ツイードのスーツと分厚い眼鏡の紳士が声を大にして

言った。「単なる遊びではなく、大いなる遊び《グレート・ゲーム》（諜報活動のこと）です！　この言葉が使われている本、『少年キム』を読んだことはありますかな？　キプリングはお好きですか？」

「あら、そんなふうにお試しになるなんて、いけない方ね、わたしはいけない遊び《キプルド》などしたことはありません（風刺漫画家ドナルド・マッギルの漫画のキャプションからの引用）」クイーニーはぴしゃりと答えた。その民間人はうれしそうに高笑いした。クイーニーは慎ましく続けた。「もちろん、キプリングは好きですし、著書の『少年キム』も読みました。小さいころに。いまはオーウェルのほうが好きですけれど」

「大学へ行かれたのですか？」

話すうちに、紳士の妻とクイーニーは同じ大学にいたことがわかった。二十年弱の違いはあるけれども。ふたりはドイツ語で文学から言葉を引用しあった。彼らがともに本をたくさん読んでいて育ちがいいことは、明らかだった。

「お酒は何にしますか？」キプリング好きの民間人がクイーニーににこやかに尋ねた。「生命の水（ウィスキーのこと）？　スコットランドの発音が感じとれましたが、いかがです？　ドイツ語のほかにおできになる言葉は？」

「いまはコーヒーにしておきます。あとで任務がありますので。ええ、スコットランド出身ですから。エ・ウィ、ジュ・スイ・クーラントゥ・アン・フランセ・オシー（それから、ええ、フランス語も流暢に話せます）。祖母と乳母がオルメ出身なんです。ポワティエの近くの。それに、スコットランド北東部のアバディーンなまりで、鋳掛《いか》け屋の口上が上手に真似できますけれど、現地の人たちはご

「まかせません」

「スコットランドなまりで鋳掛け屋の口上ですと！」気の毒に彼は腹の皮がよじれるほど笑った。たため、眼鏡をはずして水玉の絹のハンカチで拭く羽目になった。そのあと眼鏡を元に戻し、クイーニーをじっと見つめた。レンズのせいで青緑色の瞳がだいぶ大きく見え、びっくりしているかのようだった。「それで――今日はどうやってここまでたどり着くことができたのですかな、わたしの敵国スパイ殿？」

「それはマディに聞いてください」と敵国スパイは鷹揚に言った。「わたしは彼女にウィスキーをご馳走しなくてはならないんですよ」

そこで、マディは博学な聞き手に話した。友人の浮《うわ》ついたシャーロック・ホームズに対していかにワトソンの役を演じたか。たっぷり備えのある農場への入口で行なわれた故意のパンクのこと、農場の犬や食べ物や花に関する推理について。「おまけに」マディは勢いこんで得々と話を締めくくった。「農家のおかみさんが彼女に地図を書いてくれたんです」

設定上の敵国スパイは鋭い目でマディをちらりと見上げた。飛行中隊長クレイトンが手のひらを上にして、要求するように片手をさしだした。

「焼いてしまいました」クイーニーが低い声で言った。「ここへ入ってきてすぐ、火にくべたんです。どの農家かは言いませんから、聞かないでください」

「推察するのに、さしたる手間はかからないでしょうな」と近視の民間人が言った。「あなたの友人の説明によれば」

「わたしは将校ですよ」クイーニーの声はひどく静かだった。「地図を書いてもらったあとで、その女性には厳重に注意しましたので、それ以上の警告が必要だとは思えません。ただ、彼女に嘘はつきませんでした。もし嘘をついていたら、彼女は初めからもっと疑いを抱いていたかもしれません。だれかを罰するのは、不適切でしょう——もちろん、わたしをのぞいてですが」

「そんなこと、夢にも思っていませんよ。あなたの決断に感心しています」男性は沈黙しているクレイトンを一瞥《いちべつ》した。「いましがたのあなたの提言は、的を射ていると信じていますよ」そう言ったあと、マディが思うにたぶんキプリングの小説の台詞を思いつくまま引用した。

「〝この若馬ほどそのもくろみにふさわしい馬が生まれるのは、千年にたった一度だけってなもんですよ〟」

「心にとめておきましょう」クレイトンが両手の指をあわせて作った塔のてっぺん越しに、眼鏡のレンズで大きく見える相手の男の目をとらえながら、重々しい口調で言った。「このふたりを組ませるといい仕事をしますね」

特殊任務職員《clk/sd》と、無線技術士《w/op》

神さま気取りの、忌まわしい権謀術数に長《た》けたイギリス情報将校。

わたしは彼の名を知らない。クレイトンはその男がときどき使う別名で彼を紹介した。のちにわたしの面接をするにあたって、彼はふざけて数字で自分をさした。『少年キム』のなかで、イギリス帝国のスパイがそうするからだ（ただし、わたしたちはそうしない。数字は危険すぎると訓練中に教わっている）。

わたしは彼が好きだった――変な意味に受け取らないでほしい――みっともない眼鏡の向こうにある美しい瞳と、学者風のツイードの下に隠された非常にしなやかな力強さ。彼とふざけるのは楽しかった。文学に関するかなり鋭い冗談の言いあい。シェイクスピアの『空騒ぎ』に登場するベアトリスとベネディックのように。機知を駆使する闘いであり、試験でもあった。それにしても、彼は神のようにふるまっていた。わたしはそれに気づき、納得し、気にしなかった。大天使のひとり、復讐者のひとり、選ばれし少数者のひとりになるのは、心の底からわくわくすることだった。

フォン・リンデンはわたしをスカウトした情報将校とほぼ同年齢だ。フォン・リンデンにも高い教育を受けた妻がいるのだろうか（彼は指輪をしている）。フォン・リンデンの奥さんは、わたしのドイツ語の先生と大学でいっしょだったかもしれない？

そんななんとも平凡な可能性を考えると、とんでもなく馬鹿げたおよそ信じられないほどの狂気に包まれているいま、この冷たいテーブルに突っ伏して泣きじゃくりたくなる。

何もかもがあまりにもありえない。

もう紙がない。

## オルメ　43・11・16　JB－S

ああ、マディ。

わたしは混乱している。すっかり途方に暮れている。細かい思い出にひたっている。まるでそれがウールの毛布かお酒でもあるかのように。わたしたちの友情が始まったばかりの、火と水がたっぷりあった日々に逃げこんで、どっぷりとつかっている。わたしたちはすばらしい仲間だったわね。

わたしは彼女が無事に着陸したことを、心の底から確信している。

最後に何かを書いてから、四日あいた。理由は単純。紙がなかったから。最初の日に彼らが来なかったとき、わたしはあれこれ推測し、午前中ずっと眠った——休日であるかのように。毛布がわたしの人生を変えていた。二日めの終わりまでに、わたしはひどく空腹になり、真っ暗闇のなかに座っていることに少しうんざりした。そのあと、あの写真。すでにマディのライサンダーの破壊された後部座席は見せられていたけれど、その写真は新しいもので、操縦席を引き伸ばしてあった。

ああ、マディ。

マディ。

それが、わたしの休日の最後の穏やかなひとときだった。彼らはあのフランス人の娘をまた尋問しつづけてもいた。ドアの下の隙間に鼻を押しつけて横たわっていると――わたしはずっと泣いていた。明かりが見えるのは、そこしかなかった――引きずるように連れていかれる彼女の足が目に入った（とてもきれいな足で、いつも裸足だった）。

どちらにせよ、その写真を見たからには、よく眠れなかっただろうと思う。わたしの部屋が尋問用の部屋の隣だということを、前に話したかしら？ たとえ羽根のベッドでも、ぐっすり眠るにはまったく耳が聞こえない人間でなければならなかっただろう。

その翌日、兵士三人がわたしを鎖につないだ――鎖に！ そして、わたしを地下二階へ引っ張っていった。てっきり実験解剖されるのだと思ったけれど、そこは調理室だとわかった。この収容所として使われているホテルの正真正銘の調理室だ。ここで彼らはおいしい灰色のキャベツスープを作る（ここでパンは焼かない。パンが供されるとしたら、それはどこかほかのところが捨てたかび臭い端っこだ）。鍋を磨いたり、床のおがくずを掃いて、かび臭さの少ないおがくずを代わりにまいたり、薪《まき》や石炭をくべたり、捕虜の排泄物用バケツをあけてからにしたり、ゲシュタポの将校のスープに入れるジャガイモの皮をむいたり（この最後のふたつのあいだに、その人が手を洗わなかったのを想像するのが、わたしは気に入っている）、なんでもかんでもする日雇い家政婦は、明らかに首になっていた。もっと正確に言えば、彼女は逮捕され、収容所へ送られたのであって――ここではないのは確か――その理由は、彼女がキャベツをいくつか盗んだからだった。いずれにせよ、昨日とおととい、彼らはこうした骨の折れる仕事をすべてやってくれるほかの人間が必要となり、辛気《しんき》くさい仕事をする代わりの者を見つけたのだった。

特殊作戦にあたった暇な空軍中尉ほど、その仕事にうってつけな人間がいる？　鎖は、わたしが捕虜であり、雇い人ではないことを知らしめるものだった。主に料理長やその部下たちに知らしめるためだと思うけれど、料理長は実にむかつく鼻持ちならない男だったので、わたしの胸をさわっていられるかぎり、わたしが総統そのものに扮していたとしても、気づかなかっただろう。

そう――わたしは彼にそうさせてやった。食べ物のためと思うかもしれないけれど、違う！（彼らがジャガイモをむき終わったあとで、その助平親爺は気前よくわたしに残り物を食べさせてくれたけれども。わたしは何もむく必要がなかった。彼らは賢くもわたしにナイフを与えようとしないから）。アヘン中毒者のように、わたしは紙のためならほとんどなんでもする。

シャトー・ドゥ・ボルドーの地下は、奇妙な迷宮だ。ちょっと気味が悪い。いくつか部屋があって（冷蔵庫やガスオーブンが備わっている）、もしかすると彼らは恐ろしい実験に使うのかもしれないけれど、たいていここの地下室にはだれもいない。というのも、警備が行き届いていないからで、それに、たいていものすごく暗いため、そこで何かをするのは適していない。このホテルのすべての調理器具は、まだその地下室にある――大きなコーヒー沸かし、バスタブほどのサイズの胴鍋、牛乳缶（からっぽ）、ワインの空き瓶、あらゆるところに積んであるジャムの瓶。まだ通路に列を成してかけてある、埃をかぶった油っぽいブルーのエプロンまで。

運搬用エレベーターがたくさんある。料理をのせた盆を上階へ運ぶための、小型エレベーターだ。さらには、道路から食材の箱や品物をのせるための、かなり大きいエレベーターが一台。ある小さいエレベーターのなかを探っていたとき（そのなかにこの身を押しこめられたら、上へのぼって逃げるため）、紙を見つけた——未使用のレシピカードが何束も積み重なって、邪魔だからとエレベーターに押しこまれていたのだ。

わたしは『小公女』の主人公セーラ・クルーのことを考えた。台所のメイドとしての仕事に耐えるため、自分はバスチーユ監獄に囚われていると思いこもうとしているセーラ。けれど、そう……わたしはそうすることができなかった。バスチーユ監獄にいるつもりになったところで、なんの意味がある？　わたしはこの二日間、鎖につながれ、地下で人でなしにこき使われているのだから。ミノタウルスの迷宮にいるアリアドネのつもりになればいい？（そのことをもっと早く考えていればよかった）。けれど、あまりにも忙しく働かされていたため、どっちみちほぼ何のつもりにもなれなかった。

そこで、体をさわらせるのと交換にそのレシピカードを持ちだしたが、それ以上のいやらしい行為はなんとか阻もうとした。わたしは親衛隊大尉フォン・リンデンがじきじきにかわいがっているスコットランド娘なのだから、料理長がわたしに手を出したりしたら、彼が黙っていないだろうということを、ほのめかすことによって。

ああ、神さま！　ゲシュタポの取調官か収容所の料理人かを選ぶことになるなんて。

もちろん、わたしはその紙を自分の部屋へ持っていくことを許されなかったので（それを細長くちぎって、編んでロープを作り、首を吊ってしまわないようにとのことなのだろう、きっと）、フォン・リンデンがほかのだれかのことで忙しくしているあいだ、大きな控え室でしばらく待たなければならなかった。想像してほしい、手かせ足かせ姿で、隅にしゃがみ、白紙のレシピカードを腕いっぱいに抱えながら、ジャックの手足の指に熱い金属や火ばしで何がされているか、気にしないようにしているわたしを。

こうした一時間かそこらの心身ともに消耗する悲しいひとときのあと、フォン・リンデンはひと休みし、わたしとおしゃべりをしにぶらぶらやってきた。わたしは土地持ちの紳士階級のような、とっておきの冷ややかな軽蔑を含む声で彼に言った。わたしのような祖国を裏切った情報提供者に紙を与えられないなら、第三帝国なんて取るに足りはしないと。そして、調理場のいやらしいけだものとその下半身は、この戦争の今後に向けての士気が根底から阻喪《そそう》した結果でしかないと（イタリアは降伏し、ドイツの街や工場は爆撃により破壊され、だれもが年内には連合軍が侵攻してくることを予想している――とどのつまり、それこそジャックやわたしがその侵攻を急がせようとして捕まり、ここにいる理由だ）。

フォン・リンデンはわたしがオーウェルの『パリ・ロンドン放浪記』を読んだことがあるかどうか、知りたがった。

わたしは口をあんぐりとあけて、彼をまた喜ばせてやらなければよかったのにと思う。ああ！　オーウェル好きなことを、わたしはうっかり知らせてしまったのだろう。わたしったら、何を考えていたの？

そんなわけで、そのあとわたしたちはオーウェル流の社会主義についてなごやかに議論した。彼（フォン・リンデン）は（明らかに、オーウェルがスペイン内戦で一九三七年に腰抜けのファシスト軍と五か月戦ったから）それを認めず、わたしは（別のいくつかの理由から、やはり常にオーウェルに同意するわけではないので）調理場の下働きとしての経験はオーウェルの経験とぴったり一致するとは思えないと言った。もし、それがフォン・リンデンの聞きたいことならばだけれど、たとえわたしとオーウェルが同じフランスのホテルの地下で同じ手当をもらって働いていたことがわかったかもしれないとしても（オーウェルの手当のほうがわたしのよりも少しばかり恵まれていた。記憶によると、彼は生のジャガイモの皮のほかに、ワインを数本買えたから）。やがて、フォン・リンデンはわたしのレシピカードを取りあげ、わたしは鎖をはずされて、自分の収容部屋にまた放りこまれた。

その夜はひどく現実離れしていた。

夢のなかで、わたしは捕まった当初に戻り、また拷問を受けていた。彼らがほかのだれかにする行為を見なければならないことの副作用だ。彼らからどんなことをされるかを予期すると、それが現実に起ころうとしているときと同じように、夢のなかでも実際に胸がむかむかする。

その週の尋問で——ひと月の大半、彼らはわたしを暗いところで飢えさせておいたあと、わたしから情報を得るといういちだんと複雑な作業にようやく取りかかった——フォン・リンデンは一度もわたしを見なかった。思い起こすに、彼はゆっくり歩きまわっていたけれども、頭のなかでは非常にこみいった計算をしているようだった。汚れ物を片づけるために手袋をはめた助手たちが、そばに大勢いた。彼はその助手たちに何をしろと命じてはいないようだった。うなずいたり指さしたりはしたはずだけれど。まるで尋問が科学技術研究にでも変わってしまったかのようだった。恐怖や屈辱は、下着になるまで脱がされていき、ゆっくりと分解されてしまうことにあるのではなく、だれもがなんら関心を持っていないように見えることにあった。彼らはそれを楽しみのためにしているのではなかった。欲望や快楽や復讐のためではなかった。エンゲルと違って、わたしをいじめているのでもなかった。わたしに怒っているのでもなかった。フォン・リンデンの若い兵士たちは、自分たちの仕事をしていた。無頓着に、正確に、無線機をバラバラにしているかのように。フォン・リンデンが冷静に指図したり検査をしたり電源を切ったりと、技術主任としての自分の仕事をしているのにあわせて。

ただし、あなた方の無線機は、ショートしたり、切られたり、油で焼かれたり、縛りあげられたりしても、震えもせず、すすり泣きもせず、悪態もつかず、水もほしがらず、吐いたりせず、髪が鼻にかぶさっても払わない。それは単に無線機として平然とそこに座している。三日間、椅子に縛りつけられたまま、もたれることができないよう背中に鉄の棒をくくりつけられ、自分の汚物にまみれて放っておかれても、動じない。

フォン・リンデンは二週間前、いまいましい暗号についてわたしを尋問したときも、昨夜、オーウェルについてわたしに尋ねたときも、血の通った人間ではなかった。わたしはいまだ彼にとっては無線機にすぎない。けれど、いまではどちらかといえば特別な無線機で、彼は暇な時間にいじりまわすのを楽しんでいる――こっそりとＢＢＣに周波数を合わせることができるからだ。

ええと——四日あいた。そのうちの三日間、わたしは身も心も、またはいずれか一方がまいっていて、何がなんだかわからなくなっていた。見直そうにも、わたしの書いた処方箋用紙は手元にないし、自分がどこにいるのか教えてもらおうにも、エンゲルすらいなかった。彼女にはわたしの監視のほかにも仕事があるにちがいなく、しょっちゅう一日まるまる休んだりもする。残忍なチボーが今日は別の男とここへ来ているので、わたしはせっせと書いている。こちらに注意を引きつけないようにと、なんでもいいから思いつくままに。わたしはチボーが大きらいだ。料理長や親衛隊大尉に対する恐れとまったく同じではないけれど、心底、正真正銘、わたしはチボーのことを軽蔑している——おそらく、彼がわたしのことを軽蔑しているのと同じように。裏切り者、それがわたしたちなのだ。思うに、彼はフォン・リンデンよりも残酷で、それをより楽しんでいるけれども、フォン・リンデンほどの能力も責任もない。わたしが書いているかぎり、チボーはわたしを放っておいてくれる。この紐をこんなにやたらきつく締めないでほしかったと思うだけだ。

どこまで書いたのか、忘れている。時間についても少し混乱している。今日はわたしが書きはじめて九日めで、フォン・リンデンはわたしに二週間くれると言った。過去四日という無駄にした日も含まれるのかどうかわからないけれど、この調子では結末まで行きつけそうにない(わたしがあのくだらないリストをふたたび見るつもりがないことは、みんなわかっていると思う)。

この夕方、わたしはさらに一週間ほしいとドイツ語で彼に頼んでみるつもり。人から礼儀正しく丁寧に応対されると、彼は親切になる。わたしが頭のおかしい危険人物のように扱われる理由の一部は、捕まったときにあの警官にかみついたことは別として、いつも口汚くののしり、機嫌が悪いからだ。一時、ここには別のイギリス人将校がいた。非常に、なんというか、上流階級出身の育ちがいい男性で、警備はついていたものの、いつだって手錠なしで歩きまわることを許されていた（おそらく彼はわたしみたいに素人ながらも縄抜けの名人だという評判はとっていなかっただろう）。それに、わたしは本当に癇癪を抑えられない。

いや、やっぱり、わたしはあのリストをまた見ようと思う。そうすれば、たぶん話をどこから続ければいいのかわかるだろうから。それに、チボーと部下たちはリストを探そうとあたふたするにちがいなく、それも面白い。

## 航空機あれこれ

プスモス、タイガーモス、フォックスモス
ライサンダー、ウェリントン、スピットファイア
ハインケルＨｅ－１１１、メッサーシュミット１０９
アブロアンソン！

## 補助航空部隊《ATA》の輸送機

まさかアンソンを忘れていたなんて！

ドイツ空軍がどのようにしてすぐに使える航空機を補充しつづけていられるのか、わたしは知らない。補助航空部隊はイギリス空軍に対してそのような役割を果たし、航空機を輸送したりパイロットを送り届けたりしている。絶えず次々と出てくる壊れた飛行機は、なんとか修理場へ送られ、新しい飛行機は工場から作戦基地へと送られる。すべて民間パイロットによって操縦され、計器や無線や銃の装備はいっさいない。目印にするのは、木や川や線路や長くまっすぐに延びるローマ街道。民間パイロットは次の任務のため、ヒッチハイクで基地へ戻る。

ディンプナ・ウィゼンシャウ（彼女を覚えている？）はそんなふうに飛行機を輸送するパイロットだった。激しいブリテンの戦いの日々が終わり、爆弾が雨あられと降るロンドン空襲の夜へと移っていったころの、ある秋の風吹きすさぶ午後、ディンプナはイギリス空軍メイドセンドに双発の輸送機で降り立った。故障したスピットファイアを修理のために運ぶことになっていた、三人のパイロットを乗せて（男性三人だ。イギリス空軍は女性を戦闘機で飛ばせなかった。たとえ故障機でも。飛ばすようになったのは、戦争のもう少しあとになってからだ。さほどあとでもないけれど）。ディンプナは何か温かい飲み物を飲もうと、簡易食堂に入っていった。そこに、マディがいた。

　ふたりが抱きあって挨拶し、笑ったり歓声をあげたりしてから（ディンプナはマディが任務でどこへ向かうかを知っていたけれども、マディはそこでディンプナに会えるとは思ってもいなかった）、代用コーヒー（チコリの根を焙煎《ばいせん》してドリップしたものだ、オエー）を飲んだあとで、ディンプナが言った。「マディ、アンソンに乗ってごらんなさいよ」

「ええっ？」

「操縦席に座らせてさしあげるわ。あなたが操縦の仕方を覚えているかどうか、知りたいの」

「アンソンを操縦したことなんかないけど！」

「わたしのラピードは十回以上も操縦したでしょう。アンソンも双発だし、そんなに違いはないわ。そうね……ちょっと大きいかしら。それから、馬力はかなりあるの。ほかには、単葉機で、引込脚で――」

　マディは疑いもあらわな声で思いきり笑った。「ずいぶん違う！」

「でも、脚はわたしが担当するわ。右側のハンドルで上げ下げするの。手で操作しなければならないのよ。百五十度まわすと――」

「それなら、ウェリントンでやったことがある」マディがすました顔で言った。

「よかったわ！」ディンプナは思わず大声をあげた。「それなら、心配ないわね。さあ、行きましょう。イギリス空軍ブランストン基地へ飛んで、輸送パイロット（基地から基地へと飛行機を運ぶパイロット）をもうひとり降ろさなくてはいけないから」

彼女は満足げに簡易食堂を眺めまわした。「バターを塗った熱いトーストが食べられる飛行場に降りられるのは、とてもうれしいわ。大部分の飛行場は男性のみと厳しく決められているから、女性には寒い居間しかなくて、そこはたいていがらんとしているの。停電時間前に飛行場から出られなかったら、さんざんよ——一度、フォックスモスの後部座席で夜を明かす羽目になってね。凍え死にしそうだったわ」

マディは顔をそらした。フォックスモスの後部座席で凍えそうになりながらもひとり夜をすごしたことをうらやましく思い、目に涙があふれてきたのだ。彼女は戦争前には飛行機の操桿に触れたことがなかった。アブロアンソンほど大きくて複雑な飛行機で飛んだ経験はない。

クイーニーがエンジン油のように黒い液体から湯気が出ているカップを手に、ふたりのほうへやってきた。ディンプナが立ちあがった。

「暗くならないうちに行かなくては」ディンプナがさりげなく言った。「さあ、来て、マディ。戻る途中で、あなたをここで降ろすわ。片道たったの二十分よ。離陸して、まっすぐに水平飛行して——」

「〝ふたつめの星のところを右に曲がって、朝になるまでひたすらまっすぐ行けば〟」とクイーニーが言った。「こんにちは！　あなたはきっとディンプナ・ウィゼンシャウね」

「で、あなたはきっとメイドセンドのにわか名砲手ね！」

クイーニーは小さくお辞儀をした。「砲手になるのは火曜日の朝だけ。たったいまは不発弾処理をしているの。ほら」彼女は何もつけていないトースト半切れを持ちあげてみせた。「もうバターがないのよ」

「ちょうどあなたのお友だちのマディを飛行機操縦訓練に連れていこうとしているところなの」ディンプナが言った。「基地を一時間ほど離れるわ。もうひとり乗れるわよ、もし時間があれば」

マディが見たところ、クイーニーの顔の白い肌はたじろいだ色も浮かべなかったし、青ざめもしなかった。けれど、クイーニーはカップをテーブルに置きながら落ちついた声で言った。

「いいえ、やめておくわ」ついで、マディ自身が口にした反論を繰りかえした。「彼女はそのタイプの飛行機を操縦したことがないのよ。そう聞いたもの。おまけに、飛行機の操縦は民間人としてしただけなのよ」彼女はマディが最後に飛行機を操縦してからどのくらい経つか、知っている事実を正確に述べた。「二年前だわ。二年以上前に」

理性が先ほどからずっとマディに警告していた。いろいろな考えが絶えずめまぐるしく頭のなかを駆けめぐった。自分は基地を離れるべきじゃないし、これからしようとしてることがよくわからない。たぶん違法だから、軍法会議にかけられちゃう、などなど。とはいえ、いま、彼女は決意した。最後に飛行機を操縦してからどのくらい経つのかに気づかされて、心を決めたのだ。あまりにも長い時間が経ってしまっていた。

「いま」とマディは言った。「いま、あたしは空軍の青い制服を着てるし、今年になってから飛行機に乗ってるときに砲撃されてるし、この手で敵機を撃ち落としたりなんだりもしてる。それに、ディンプナはあたしの教官で、あたしはパイロットで、あんたは――」

クイーニーは顔をしかめるしかなかった。まだ立っており、口をつけていないトーストを手にしていた。

「想像してみて」マディは勢いづいて彼女に言った。「自分はジェイミーだって。大好きな兄さん、あんたが心配してる兄さん、訓練中の兄さんだって。だから、自信はたっぷりある。タイガーモスで単独飛行をしたことがあって、いまはスパイとして乗ってくのであって、ただ飛行機の脚を上げ下げするだけでいい。ってことは、教官は新米パイロットだけに注意を集中するだけでよくて――」

ふいにマディはためらった。「ねえ、ほんとに高いところがこわいんじゃない?」

「ウォレス家とスチュアート家の人間が、何かをこわがるですって?」

それは心に小さな真鍮《しんちゅう》のつまみがついてるような感じなんだろうと、マディは思った。玄関の電気の明かりをつけたり消したりするスイッチみたいに、パチンと押せば、たちまち別人になれるつまみが。クイーニーの姿勢が変わっていた。両足はわずかながらもっと開いて床にどっしりと置かれ、肩をいからせていた。イートン校で教育を受けた彼女の兄というよりも、どちらかといえば練兵係の軍曹に近い感じだけれど、空軍婦人補助部隊の将校ではなくて男性に見えるのは確かだった。彼女は青い帽子を不恰好に後ろへ傾けた。

「そろそろイギリス空軍の制服をスコットランドの民族衣装であるキルトにしてもいいころだよな」彼女は制服のスカートの裾を軽蔑するように叩きながら言った。

マディはこのなんとも意表をつく変幻自在な友だちを与えてくれたアドルフ・ヒトラーに、

心のなかでそっと感謝を述べ、ディンプナを追ってクイーニーのあとから飛行場へ出ていった。

空は低く、灰色で、雨が降っていた。アンソンのほうへ飛行場を横切っていきながら、ディンプナが肩越しにマディに言った。「あなたに一時間の業務を与えるわ。P1訓練よ。飛行場を移動滑走、離陸、そしてイギリス空軍ブランストン基地へ直行。そこに着陸するときはわたしが指導して、メイドセンド基地へ戻るときはあなたひとりでやってみることにしましょう」

三人が行くと、男の子（まさに少年）が飛行機をざっと点検しながら、数人の整備工とおしゃべりをしていた。彼はディンプナが連れていくほかの乗客であり、飛行機を基地から基地へと運ぶ輸送パイロットだった。ディンプナが近づくと、彼はちらりと目を上げ、笑いながらアメリカ風の発音丸出しではしゃいだ声をあげた。「うわお、すごいじゃないか——イギリス美人が三人もいっしょに飛ぶなんてさ！」

「うすのろアメリカ野郎ときたら！」ブルーのキルトをはいた若い爆撃機パイロットになっているつもりのクイーニーが毒づいた。「ぼくはスコットランド人だからな」

マディが最初に乗りこんだ。機体（ディンプナのプスモスのように、以前は民間旅客機だったけれど、イギリス空軍に徴用された）のなかをはって前進し、左側の席、つまり操縦席についた。そして、いくつも並んでいるさまざまな計器を調べた。その多くがすでに知っていて慣れ親しんだ指針盤であることに、驚いた。回転数表示装置、対気速度計、高度計。操縦桿に手をかけたとき、自分の操作に応じて補助翼と昇降舵《だ》が頼もしく反応するのを感じ、一瞬、本気で泣きだしてしまいそうになった。肩越しに目をやると、乗客があとに続くのが見えた。ディンプナがマディの横の右側の席に優美な脚を滑りこませたので、マディは自制心を取り戻した。マディを励ますように、急に大粒の雨が十秒ほど激しくコックピットの窓ガラスを叩いた。そのあと、機関銃掃射と同じく、雨は急にやんだ。

あたしみたいな女の子に、こんなに大きな玩具がいる？

マディは思いきり笑い、ディンプナに言った。「あたしをちゃんと見張っててよ」

「何がそんなにおかしいの？」

「いままでいちばん大きな玩具だから」

「もうすぐもっと大きいのが来るわ」ディンプナが請けあった。

マディにとって、それは学校の最終日、夏休みが始まろうとしている日のようだった。

「ふたつの燃料タンクは両翼にひとつずつあるの」ディンプナが説明した。「油圧計がふたつ、スロットルレバーがふたつ。ただし、混合比制御装置（燃料流量と空気の流量をコントロールする機器）はひとつだけ。始動のときはそれを標準にセットしてちょうだい。プライミングポンプ（起動しやすくするため、エンジンのなかへ燃料を噴射するポンプ）は整備工が動かしてくれるから——」（わたしはこの会話をまとめて書いている。要点はわかるはず）

マディは頭のなかで何度もこの見慣れた飛行場を地上滑走し、車輪跡のある滑走路を轟音とともに走ってきていたので、以前にやったことのように感じた。あるいは、いま夢を見ているかのように。アンソンは強い向かい風を受けて空中に飛びあがった。マディはしばらく飛行機と格闘した。方向舵を水平にし、ディンプナがせっせとクランクをまわして飛行機の脚の収納が進み、よぶんの抵抗が消えるにつれて、速度が増すのを感じた。翼は上がり、うねる波の上を走るモーターボートのように、強い風を切っていった。低翼機で飛ぶのは気持ちがよかった。視界をさえぎるものがなく、どこまでも空が見える——まあ、その日は雲が低く垂れこめていたのだけれど。

「ほら、スコッティ！」ディンプナがエンジン音に負けまいと声を張りあげて命じた。「ぎゃあぎゃあ騒いでいないで、手を貸してちょうだい」

めそめそしているスコットランド人が、コックピットのほうへはってきた。外を見ないですむよう、飛行機の床に体を低くつけて。マディが肩越しにちらりと目をやると、友人が悪魔か何かと果敢に闘っているのがわかった。

「こわいんなら、何かをして」マディは皮肉ではなく叫んだ。

蒼白ながらも決然とした顔のスコットランド人が、操縦席の横まで来て、飛行機の脚を収納するクランクをつかんだ。「わたしが本当にこわいのはね」スコッティがクランクをまわしながら、あえぎあえぎ言った。「高さじゃなくて——」そこで、もうひとまわし。「——酔うからなの」

「それだって、何かしてるといいんだよ」後ろからアメリカ人がわめいた。ほかの面々とは違う理由から、目の前の光景を楽しみながら。

「地平線を見てるといいよ」マディが声を張りあげた。彼女は遠くまで見える目で、でこぼこした灰色の土地ともくもくした灰色の雲が出合う、はるか彼方を眺めていた。ちゃんとした会話をするのは無理だった。マディの意識のほとんどは、ガタガタ揺れるアンソンを飛ばすことに集中していたから。ただ、頭のほんの片隅では、友人の初飛行が緑豊かなペニン山脈に金色の太陽が降りそそぐ静かな夏の夕方ではなかったことを、気の毒に思っていた。

マディは逆風のなか、アンソンをどすんと着地させた。ディンプナが手出しをせず、マディに任せたのだ。アメリカ人はすっごい着地だと言い、それは褒め言葉だった。スコットランド人が歯をかみしめて震えながら滑走路に降り立ったあとで、飛行機に燃料が補給され、ブラストン基地の整備工はその輸送パイロットとおしゃべりをした。マディは彼のそばに立った。大人げないふるまいにならないよう、体に触れるほど近くではなかったけれども、無言で親しみを示した。

輸送パイロットのアメリカ男を降ろしたアンソン乗組員たちは、メイドセンド基地への帰途についた。地平線低く揺らめく太陽の光が、西の分厚い雲を通してきらめくなか、マディは乗客たちの乗り心地をなるべくよくしたいとの強い思いから、往路よりも少し高度を上げた。おかげで、風はやや冷たくなったものの激しさはだいぶやわらいだ(輸送パイロットは五千フィート以上で飛ぶことを許されていない。エンゲルはメートル法に換算しなければならないだろう――ご苦労さま)。

それにしても、ひどい横風、とマディはひとり毒づいた。飛行機はゆっくりと基地をめざしていた。

「まだ気分が悪い?」ディンプナがさえない顔のスコットランド人に大声で尋ねた。「前の席に来なさいよ」

まいっているスコットランド人は、言われるがままになった(あなた方が知っているとおり)。ディンプナが前の座席から腰をかがめて出ると、スコッティが四つんばいになってそこに座った。

マディはちらりと友人を見て、失笑し、操縦席の端をつかんでいる美しく手入れされた片手を握った。そして、その手に操縦桿をつかませた。

「握って」マディは大声で言った。「ほら、太陽に対して飛行機がどれくらい傾いてるかわかる? 強い横風が吹いてるからだよ。だから、ななめ飛行をしなくちゃならないってわけ。船が進むときみたいに。飛行機を横に向けて。わかった?」

スコッティはうなずいた。顔は真っ青で、顎はガチガチ、目はかっと見開いていた。

「どう?」マディは自分の手を離して宙に浮かせた。「いまはあんたが操縦してる。あんたが飛行機を飛ばしてるの。スコットランド人飛行士だよ!」

スコットランド人飛行士がふたたび悲鳴をあげた。

「操縦桿にしがみついちゃだめ。そっと握るだけ。そうそう、うまいうまい」

ふたりは一瞬、顔を見あわせて微笑んだ。そのあと、後ろを振りかえって空を見た。

「ディンプナ!」マディが叫んだ。「見て、太陽を見て!」

それは緑色だった。

まさに――沈みつつある太陽の縁が緑色になっているのが、全員の目に映った。高く浮かぶ黒っぽい雲と、低く垂れこめている暗いもやにはさまれている太陽の下端が、緑色の宝石のようにピカピカときらめいていた。まるでフランス産のリキュール、シャルトルーズに、背後から光をあてたよう。マディがそんな光景を見たのは初めてだった。

「なんて――」ディンプナがこの現象に対して何かささやいたけれど、だれも聞いていなかった。彼女はほかのふたりの肩に手を置き、ぎゅっと力をこめた。

「飛行機を飛ばして、マディ」彼女は指導教官としての立場から、しゃがれた声で指示した。

「してる」

マディは飛行機を操縦しつつ、太陽の緑色の縁を見つめていた。風によって揺さぶられながらの、延々と続くかのような神々しい三十秒間だった。そのあいだに、緑の太陽は雲ともやとのあいだを地平線まで下りていった。やがて、光はふっともやの下へ姿を消し、飛行機に乗っている三人は、にわか雨の降るどんよりした秋の午後の薄暗がりのなか、酔ったような心地のまま残された。

「いまのって、何？　ディンプナ、あれは何？　実験？　新型爆弾？　いったい――」

ディンプナはふたりの肩をつかんでいた手をゆるめた。

「緑閃光と呼ばれているものよ」彼女は答えた。「蜃気楼のようなもので、光のいたずらなの。戦争とはなんの関係もないわ」そこで、うれしげに小さく息を呑んだ。「そうそう！　父が何年も前にキリマンジャロでキャンプをしていたときに、一度だけ見たんですって。さあ、仕事にかかって、スコッティ。飛行機の脚を下げなくては。それから、わたしは指導教官の席に戻らなくては。ブロダットがしっかり安全にわたしたちを着陸させられるようにね」

地上に降りると、ディンプナはふたりの新米を放りだし、自分自身はメイドセンドの土を踏みもせずに、暗くなったり天気に封じこめられたりしないうちに所属基地に急いで戻ろうと、また離陸した（補助航空部隊のパイロットは飛行に関して上官の許可を必要としない）。

クイーニーはようやく人心地がつき、マディの手をつかんでぎゅっと握った。そして、ずっと手を離さずに飛行場を横切って出た。マディは目を閉じ、この世のものではないような薄緑の光のなかをふたたび飛んだ。それを忘れることは決してないだろうとわかっていた。

ごめんなさい。これは短距離輸送の小型機《エア・タクシー》とはまったく無関係のこと。

けれど、この飛行こそ、マディを補助航空部隊に入らせたものだった。彼女は空軍婦人補助部隊によって、そこへ貸しだされた。転属ではなく——当時はちょっとまれなことだった。戦争の後期にはよく行なわれたけれども。まれというのは、補助航空部隊は民間機関で、空軍婦人補助部隊は軍隊であるせいだ。でも、マディは補助航空部隊が作られてからずっと順番待ち名簿に載っていたし、ディンプナという後ろ盾がいたので、同程度の資格を持つ応募者よりも有利だった。順番待ち名簿にある女性たちはみな、男性よりも技術を身につけていた。技術のある男性なら待つにはおよばなかったからだ。さらに、オークウェイでの夜間飛行や霧灯《フォグランプ》による着陸といった経験があるマディは、やや特別な存在だった（夜だの霧だのなんて、ブルブルブル。ついうっかり書いてしまったとしても、英語で書いたとしても、震えが走る）。彼女くらいの実績を持つ男性たちは、いま爆撃機に乗っている。補助航空部隊は彼女が必要だった。

彼らは無線や誘導機器なしで飛ぶ。地図は持っているけれど、そこに小隊や新しい飛行場の場所を書きこむことは許されていない。地図をなくし、あなたたちドイツ軍がそれを拾った場合に備えて。マディは一九四一年の初めに部隊へ加わったとき、トレーニングコースを受けた。そして、ある指導教官にこう言われた。「きみに地図は必要ない。煙草を二本吸うあいだ、こっちの方向へ飛びなさい。そのあとターンして、次の方向へあと煙草一本分飛ぶんだ」と。飛行機がちゃんと整備されていれば、操縦桿から手を離せるし、飛行中いとも簡単に煙草に火をつけられる——煙草方向発見法だ。

マディが補助航空部隊に入ったのとほぼ同じころ、友人の無線技術士は特殊作戦執行部へ配置変えとなった。マディはそれを知らなかった。ふたりはマディがメイドセンドを去ったあとしばらく手紙のやりとりをしていたのだけれど、やがて急にクイーニーの手紙が差出人の住所なしで、しかも検閲済みの黒い印がたくさんついて届くようになった。まるで北アフリカの兵士から来る手紙でもあるかのように。おまけに、クイーニーは返事を自分の実家へ出してほしいと頼んできた。その住所はとびきり単純で（前後どちらから読んでも同じ文だった！）、クレイグ・キャッスル、キャッスル・クレイグ（アバディーンシャー）だった。けれど、彼女は実家にいなかった。それは転送するためにすぎない。なので、その年のほとんど、ふたりは会わなかった。例外は次のとおり。
（一）クイーニーがマンチェスター空襲の合間にひょっこりやってきて、雨や荒れた天気の三日間をいっしょにすごしたとき。ふたりはマディのサイレント・スパーブに乗って、闇市で買ったガソリンを燃やしながらペニン山脈を上り下りした。
（二）クイーニーのこわいものベストテンのうち、ひとつが実現してしまい、彼女の大好きな兄である爆撃機パイロットのジェイミー（本物のジェイミー）とその搭乗員が撃ち落とされたとき。ジェイミーは北海に浮かんだままひと晩をすごし、その後、凍傷になった手の指四本と足の指すべてを切断しなければならなかった。マディは病院に彼を訪ねた。はっきり言って、マディはそれまでジェイミーに会ったことがなかったし、おそらく会うには最適の機会ではなかったけれども、実はクイーニーがマディに電報を打ったのだ――それはマディが生まれてこのかた受け取ったふたつめの電報だった――兄に会いにきてほしいと。そこで、マディはそうした。おそらくクイーニーに会うにも最適の機会ではなかった。
（三）クイーニーがパラシュート訓練のためにオークウェイへ送られたとき。そのとき、ふたりは話をするのを許されなかった。
それは独立した部で、特殊作戦執行部パラシュート降下隊にちがいない。けれど、わたしはそのあたりのことをよく知らないし、いまフォン・リンデンがちょうどやってきたので、自分が今日、彼のために書いたことを翻訳しなければならないだろう。エンゲルがここにいないから。

わたしはひとりでいる。ああ、神さま。チボーが結んだ紐をほどこうとしているのだけれど、両手がそこに届かない。今日、わたしは書いたものをフォン・リンデンのために翻訳していた。彼を見る勇気がないので、テーブルに両肘をつき、両手で頭を抱えながら。すでに、もっと時間がほしいと彼に頼んであり、彼は今日書かれた内容を読んだあとで考えようと言っていた。でも、わたしは今日、彼になんの情報も与えていないとわかっている。書いたのは、彼がすでに知っている過去二週間のできごとと、緑色の光についてだけだ。ああ、どうしよう。料理人がわたしをさわることを伝えたあと——それを口にするのはとても恥ずかしかったけれども、もしわたしが黙っていて、いつかフォン・リンデンが知ったら、わたしはその代償を血で支払うことになるだろう——彼がやってきて、わたしのそばに立った。わたしは顔を上げざるをえなかった。そうすると、彼はわたしの髪をひとつかみ手に取り、そっと払って、しばしうなじをあらわにした。

彼はにこりともしなければ、しかめっ面もせず、無表情だった。わたしは顔がかっとほてるのを感じた。ああ、料理人か尋問者かの選択について、下卑たみだらな皮肉をなぜ書いてしまったのだろう？　彼が何を考えているのかはわからなかった。彼はわたしの髪を静かになでた。

そのあと、彼はある単語を口にした。それは英語でもフランス語でもドイツ語でも似たような発音だ。灯油《ケロシン》。

そして、彼はわたしをここに残し、ドアを閉めた。

自分が炎上して消えてしまう前に、何か勇敢なすばらしいことを書きたいけれども、あまりに愚かで吐きそうなほどの恐怖にとらわれ、何も考えられない。ほかのだれかの注目すべき果敢な抵抗にならおうにも、頭に浮かびすらしない。馬に縛りつけられて八つ裂きにされるとき、ウィリアム・ウォレスはなんと言ったのだった？　覚えているのは、ネルソン提督の言葉だけだ。〝キスしてくれ、ハーディ！〟

## オルメ　43・11・17　JB-S

彼らはわたしの髪を洗った。今回、ケロシンはそのためだったのだ。**頭を消毒してシラミを退治するため。**いま、わたしは揮発性物質のにおいで臭いけれども、寄生虫はいない。

昨夜、親衛隊大尉がわたしを残して出ていった直後に、空襲警報が鳴って、みんなはいつものように防空壕へわれがちにと走っていった。わたしは座ったまま、めそめそしながら二時間待っていた。その週の尋問のあいだ、ときどきそうしていたように、直撃弾を落としてほしいと神さまとイギリス空軍に願ったけれど、**一度も爆弾は当たっていない。**空襲が終わっても、さらに一時間はだれも戻ってこなかった。何が起こっているのかを話してくれる人がだれもいない**三時間。**フォン・リンデンはわたしが動揺するあまり、何かもっと役立つことを置き土産として書くのを期待しているのだろうけれど、わたしは必死で脚から縄をはずそうともがくうちに、縛りつけられている椅子が倒れてしまった。言うまでもなく、そんな状態では書けなかった（それに、助けを呼ぶことなど考えもしなかった）。やがて、何人かが部屋に入ってきて、わたしがひっくり返ったカメよろしく死に物狂いでもがいているのを見つけた。

　わたしはなんとか椅子ごとドアの前に移動して待ち伏せしていたので、部屋に入ってこようとした見張りふたりはわたしにつまずき、つんのめって倒れた。そろそろフォン・リンデンはわたしがどんな人間かを深く理解し、わたしがなんらかの抵抗もせずには、処刑されるつもりなどないことに気づくべきだ。あるいは、わずかなりとも威厳らしきものを持たずには。

ふたりがわたしを元どおり椅子に座らせ、また机につかせたとき、フォン・リンデンが入ってきて、わたしの前に白い錠剤をひと粒置いた。不思議の国のアリスのように、わたしは疑問を抱いた。そう、自分はいまにも処刑されるのではないかと、まだ思っていたから。

「青酸カリ？」わたしは涙ぐんで尋ねた。それはなんとも思いやりのある死なせ方にちがいない。

けれど、わかったところによると、それは命を奪う錠剤ではなかった。アスピリンだった。

エンゲルのように、彼は確かに注意深い。

彼はわたしにあと一週間くれた。けれど、わたしの作業量を倍にした。わたしたちは取引をした。もうひとつ。実のところ、わたしには彼に売り渡す魂などこれっぽっちもないと思っていたけれど、わたしたちはなんとか別の取り決めに合意したのだった。彼には、手なずけたアメリカ人のラジオ・アナウンサーがいて、そのアナウンサーはアメリカ人向けにナチの宣伝活動を英語で行なっている——彼女はパリにいて、ベルリンの放送局のために働いているのだけれど、オルメのゲシュタポにインタビューしたがっているという。占領下のフランスの状況について、内部の様子を体裁よくアメリカの戦艦の聴取者たちに伝えるためだ。捕虜たちの待遇がどれほどいいか、連合軍がわたしみたいな世間知らずの娘たちに、わたしがしているようなひどい仕事をさせるのはどんなに愚かで危険か、などなどなど。そのラジオ・アナウンサーは第三帝国から全幅の信頼を置かれているにもかかわらず、オルメのゲシュタポは乗り気ではないのだけれど、フォン・リンデンは好印象を与えるためにわたしを利用できると信じている。

〝祖国の政府がこれほど残酷で非人道的でなかったら、わたしはここにいなかったでしょう〟と、わたしは彼のためにアナウンサーに話すことになる。〝それに比べて、ドイツ人は捕虜にした諜報員をどれほど人間的に扱っているか、わかります？　裁判を待つあいだ、わたしがどんなふうに心静かに翻訳の仕事に専念しているか、わかります？〟と（これは冗談だ――彼らはわたしに裁判をしてくれないだろう）。

（わたしが二度めの脱出を試みたあと、フォン・リンデンがやってきて罰を下すのを待つあいだ、彼の馬鹿な部下ふたりは、わたしの前でゲシュタポの方針に関するたくさんの秘密をあけすけにべらべらとしゃべった。わたしがドイツ語を理解できると知らなかったのだ。なので、わたしは自分に関するゲシュタポ側の計画について、知らないはずのことまでいろいろわかっている。わたしはナハト・ウント・ネーベル、つまり〝夜と霧〟と呼ばれる胸の悪くなるような政策下に置かれている。それは、彼らが〝安全を脅《おびや》かす〟恐れのある人々にやりたいおぞましいことがなんでもでき、さらにはその人々を消して――文字どおり、消して――しまえる政策だ。彼らはここで人々を処刑しない。痕跡を残さずに、〝夜と霧〟のなかへと送りこむ。ああ、神さま――わたしは〝**夜と霧**〟の捕虜なのです。それは極秘なので、彼らはそれを文字にすらしない――頭文字を使うだけだ。〝NN〟と。わたしの死後にこの原稿が残ったら、たぶん彼らはわたしがたったいま書いたばかりのことをすべて抹消するだろう。ラジオ放送のインタビューを認めるのは、本当はナハト・ウント・ネーベルの政策ではないけれど、ここのゲシュタポが楽観的であることだけは確かだ。彼らはいつでもそのあとでわたしをバラバラに刻み、地下の食料庫に残骸を隠せる）

その宣伝者に協力すれば、わたしにはもっと時間ができる。もしわたしが残酷な事実を話したら――時間はない。おまけに、おそらく彼らはそのアメリカ人アナウンサーも消すだろうから、わたしはそのことをやましく感じるにちがいない。

アスピリンとケロシンはシンデレラ作戦の一部だ。熱のある、シラミにたかられた、精神的に不安定な捕虜女から、自信にあふれ、落ちついた、ラジオのインタビューを受けるにふさわしい、監禁されている元空軍婦人補助部隊将校に変身させようとするプログラム。こちら側の話に信頼性を加えるために、わたしは翻訳の仕事のようなものを与えられている。フォン・リンデン親衛隊大尉が過去一年間にここでみずから書いたメモを写すのだ。引きだされた情報に加えて、名前（彼が知っている場合）や、日付や、なんと、使われた方法を。ああ、親衛隊大尉、あなたは見さげ果てた邪悪なドイツ人よ。写しは彼の部隊長《CO》（彼には部隊長がいた！）のため、ドイツ語で一通、さらにはほかの公的な目的のためにフランス語で一通作ることになっている。フランス語の担当はわたし、ドイツ語の担当はフロイライン・エンゲルだ（彼女は今日、戻ってきた）。わたしたちはいっしょに作業をし、わたしが不正に得たレシピカードをすべて使い果たしつつある。そのことに、わたしたちはふたりとも腹を立てている。

この仕事は恐ろしいばかりか、信じられないほどくどいものだった。あまりに遠まわしな教訓を含んでいるので、鉛筆をフォン・リンデンの目に突き刺したくなる。わたしは彼の心の片隅にある小さな整然とした部分をのぞきこまされていて、それは人間的な部分ではない。それにしても、彼はどんな仕事をしていることか。しかも、上手にやってのけている。もちろん、それがわたしを脅すための偽装でなければだけれど。そんな真似ができるほど彼が想像力に恵まれているとは、とても思えない。少なくとも、わたしがするような想像力の使い方はできないし、何かのふりをすることもできないし、百五十人ほどの不運なスパイやレジスタンスの闘士の実に哀れな偽の描写でいっぱいの、子牛革で装丁されたノートを六冊もでっちあげるのだって無理だ。

けれど、フォン・リンデンは彼なりの科学的な面では独創性がある。技巧派で、工夫に富み、分析力を備えている（民間人としてはどんな人物なのか、ぜひとも知りたい）。彼は相手の個性を理解するにしたがって、説得の仕方を変えていく。わたしが暗闇のなかで、何かが起こらないかと待ちながら空腹を抱えてすごしたあの三週間、彼はわたしを厳重に見張っていたにちがいない。わたしの沈黙や、癇癪《かんしゃく》や、なかば成功しそうだった数々の脱出の試みを記録して。わたしは明かりとり窓や暖房用ダクトや通気孔からはいでようとしたり、錠をこじあけようとしたり、さらには、何人もの見張りの首を絞めるとか、股間を蹴るとかの両方あるいはどちらかをするなどして、抵抗していた。また、隣の部屋で叫び声があがるたびに、わたしがどれほど縮みあがり、すすり泣き、嘆願するかを、彼は観察していたことだろう。だれかがドアをあけてこちらを見るたびに、わたしがどれほど必死に髪をアップにしようとしていたかを（だれもがみっともない下着姿にされて尋問を受けるわけではない。恥ずかしがり屋か見栄っ張りのために用意されている特別な拷問だ。わたしは後者のひとり)。

この徴用されたホテルの壁の奥にずっと拘禁されているのが結局はわたしだけではないという発見は、慰めになる。フォン・リンデンが尋問して情報を得られる率がこれほどひどかったら、彼は首になりそうだ。けれど、いま、わたしはこうも疑っている。彼らは強情な捕虜たちをわざとわたしにさらして、こちらの士気をくじこうとしているのではないかと。捕虜を徹底的に痛めつけて屈辱を味わわせるとともに、協力を渋っているわたしにその音を聞かせ、自分がそんな目にあっていないことに感謝させるという、二重の効果を期待しているのかもしれないと。

わたしはまだ人前に出てもかなり体裁がいい。彼らはいつもわたしの手や顔にはひどい危害を加えないため、わたしがきちんと服を着れば、つい先ごろ串を刺されてバーベキューにされたとは、だれの目にも映らない。彼らは一部の設備を取りのぞいた無線機を、なめらかできれいなケースにおさめた。たぶんフォン・リンデンはわたしをちょっとした宣伝活動に使おうと、ずっと前からもくろんでいたのだ。そして、もちろん、わたしは喜んでそうするつもり。どうして彼にはわかったのだろう? 最初から、わたしが彼に話しもしないうちから、どうしてわかったの? わたしが大いなる《グレート》ゲームに目がなくて、いつだって喜んでそうするということが?

ああ、わが親衛隊大尉、見さげ果てた邪悪なドイツ人、シラミだらけの毛布の代わりに羽根布団をくれたことに感謝します。たとえわたしを回復させるための一時的な計画のひとつにすぎないとしても、それはこのうえない幸せだ。中身の半分は抜け、湿気でいっぱいの地下貯蔵室みたいなにおいがするけれど、それでも羽根布団――絹の羽根布団なのだから！　そこには〝CdB〟と刺繍《ししゅう》してあるので、この建物が以前シャトー・ドゥ・ボルドーとして使われていたとき、不良品としてしまわれていたものにちがいない。このホテルの設備はどうなったのかと、わたしはときどき疑問に思っている。すべての客室から衣装戸棚やベッドや化粧台を取り払い、窓のよろい戸に横木を打ちつけるには、かなりの苦労があったはずだ。彼らはすべてをどうしたのだろう。カーペット、カーテン、照明器具、電球を。確かに、わたしの小部屋にはうっとりするようなフランス的な魅力がない。ちょっときれいな寄木張りの床だけはべつだけれど、わたしはほとんどの時間、それが見えないし（ほかの捕虜の部屋すべてと同じように、わたしの部屋の窓は板でふさがれている、ものすごく冷えていて、そこで眠るのは難しい。

仕事に戻ったほうがよさそうだ――あと一週間稼いだけれど、いまは書く時間が一日につき、これまでの半分しかない。一日のうちにやることが増えているから。

わたしは疲労がたまってきている。

わかっている、わかっている。特殊作戦執行部のこと。書かなくては――。

マディはオークウェイへ戻った。当時そこには補助航空部隊の輸送機が集められていて、オークウェイはイギリス最大のパラシュート訓練センターにもなっていた。補助航空部隊のパイロットとして、マディは階級が下がり、ふたたび民間人になったけれど、実家に住めたし、飛行場へ行くためにバイク用のガソリンを支給されたうえ、一日の輸送終了証をキャドバリーのミルクチョコレート・バー五十グラムと交換できた。

マディはようやく本領を発揮していた。たとえ空が変化していても——航路には防空気球のケーブルや、飛行制限区域や、軍用機といった障害があり、しばしば荒れ模様の天気に見舞われた。それでもマディは本領を発揮していたし、彼女の本領とは空中だった。

彼らは実際には決して使われないような曲芸飛行を少しさせ、離陸と着陸の様子を何度か見たら、なんと、クラス三の飛行機（軽双発機）を操縦する資格をくれたし、そうした飛行をろくに見ないままクラス二の飛行機（重単発機）すべての操縦資格をくれた。マディが言ったところによると、地図を見ずに飛べるまで、国を縦横に飛ぶ長距離訓練を三十回行なうことになっているのだけれど、まずまずの天気になるまで時間がかかりすぎるうえ、彼女の手が必要とされたため、十二回で承認されたという。補助航空部隊のパイロットは、毎週ひとり亡くなっている。敵の爆撃によって撃ち落とされたのではない。爆撃機や戦闘機が〝飛行不能〟とされる天候のなか、無線や誘導設備なしに飛ぶからだ。

　そんなわけで、マディは勤務初日、オークウェイの補助航空部隊のパイロットが笑いながら〝食堂〟と呼ぶ小屋へ歩いていった。

「きみの名前が書かれてるライサンダーがここにあるよ」移送予定の飛行機リストが書かれた黒板を指さして、マディの新しい作戦主任が言う。

「ええっ、ほんとに?」

　みんな、彼女を笑う。でも、悪意はない。

「まだ飛んだことがないのかい?」と言うのは元オランダ航空《KLM》パイロットのオランダ人で、オークウェイができて以来ずっと通常の旅客機で着陸してきているため、マディにひけを取らないほどイギリス北部のことを知っている。

「さて」と作戦主任が言う。「トムとディックはホイットリーをニューカッスルへ運ぶ。ハリーはハリケーンを。残る輸送機のアンソンとライサンダーは女性に任せよう。ジェーンはアンソンだ」

「ライサンダーはどこへ行くんですか?」

「エルムツリーだ。修理のために。水平尾翼の手まわしハンドルが壊れてる。飛べるんだが、操縦桿をまっすぐ前方に倒しつづける必要がある」

「やります」とマディは言う。

安全な仕事ではない

彼らはあらかじめ航路についてこと細かに説明した。飛行機のその欠陥のせいで、彼女の手がふさがってしまうからだ。飛行中に地図を出して見るのは不可能だろう。マディは一時間ほど、腰を下ろしてパイロット用説明書をじっくり読んだ（ある型の飛行機でしか飛んだことのないパイロット向けに、詳しい情報を書いたものだ）。そのあと、天候が荒れそうになっていることにあわてた。いますぐか、取りやめにするかだ。

整備工は、故障したライサンダーで女性が飛ぶことに仰天した。

「それほど強い力があるはずないよ。尾翼が離陸用になってるから、あんたみたいな細っこい女の子が着陸のときに操縦桿を強く前へ倒しておくのは無理だ。ほかのだれかにできるかどうかだって、定かじゃないのに」

「でも、だれかがここへ着陸させたんでしょ」マディは指摘した。すでにその仕事の指令書は与えられており、ペニン山脈がまだ見えるうちに発ちたかった。「ほら、乗りこむ前に手でニュートラルにしておけばいいのよ。簡単もいいところでしょ――」

マディは尾翼をそっと押してニュートラルの位置にし、後ろに下がって、両手の汚れをスラックス（色はネイビーだ。それに、空軍のブルーのシャツ、ネイビーの上着と帽子という格好）で払った。

整備工はまだしかめっ面だったけれど、首を横に振るのはやめていた。

「飛ぶのは難しいと思う」とマディは言った。「急上昇で離陸して、着陸は浅い角度でたっぷり長い距離を取ってする。速いスピード、時速百六十キロぐらいで入れば、自動フラップが開く。そんなに風は強くない。うまくいくはず」

ようやく整備工のひとりが、しぶしぶながらゆっくりとうなずいた。

「そんなら、なんとかなりそうだ」と彼は言った。「うん、なんとかなるだろう」

マディが行なった補助航空部隊での最初のその飛行は、難しい仕事だった。恐ろしいというのではない。単に難しい仕事というだけだ。まず初めに難しかったのは、射撃照準器や、カメラ固定板や、いまは積んでいない爆弾用のずらりと並んだ爆弾選択スイッチや、やはりいまは接続されていない無線用のモールス信号キーに気をとられないことだった。

飛行機を飛ばして、マディ。

操縦桿の向こうから、見慣れて親しんだ六つの飛行計器盤が、にこやかに笑いかけていた。整備工のひとりは、強制着陸用機首上げ装置の位置を彼女が知っているかどうか、心配そうに確かめた。

天候は彼女に味方したものの、ライサンダーは二時間近く彼女に闘いを挑んだ。エルムツリーへの着陸を試みたとき、マディは必要となる滑走路の距離の判断を誤った。着地するために、手や手首が痛むほど操縦桿をぐっと前へ倒しつづけたマディは、タッチダウンせずに再度飛びあがり、また滑走路上へ入るということをさらに二回行なったあとで、成功させた。ともかく、ついに安全に着陸を果たしたのだ。

なんだかずいぶん横柄《おうへい》な書き方になってしまった！　アスピリンがさっそく効いてきたにちがいない。ベンゼドリン（中枢神経刺激剤）をもらったらどうなるか、想像してみて（なのに、わたしはまだコーヒーが飲みたくてたまらない）。

マディもやはりコーヒーが飲みたくて、サンドイッチでもあるかと飛行場の簡易食堂へ行き、自分よりも先にそこにいた別の輸送パイロットを見つけた。背が高く、角ばった顔で、マディよりも短いこげ茶色の髪をし、制服であるネイビーのスラックスと、将校であることを示す金色のストライプが二本入った肩章のついている上着という格好だった。一瞬、マディは幽霊を見ているのかと思い、クイーニーのようにうろたえた。

「ライアンズ！」マディは声を張りあげた。

そのパイロットは目を上げて、顔をしかめ、ためらいがちに口を開いた。「ブロダット？」

そのあとでマディは気づいた。その人は、よくメイドセンドから飛んでいて、去年の九月に撃ち落とされ、サウスダウンズ上空で炎を上げる燃料に焼かれて灰になった司祭の息子ではないと。明らかに、彼の双子の妹のようだった。あるいは、双子ではないにせよ、妹だろう。ふたりはしばし当惑して互いを見つめた。これまでに会ったことはなかった。

相手のほうが先に疑問を口にした。「どうしてわたしの名前を知ってるの？」

「お兄さんにそっくりだから！　メイドセンドの空軍婦人補助部隊にいたとき、お兄さんといっしょだったの。地図の話をよくしたっけ――絶対にダンスはしようとしなかったけど！」

「キムね」その娘は笑みを浮かべた。

「いい人だった。気の毒だったね」

「わたしはテオっていうの」彼女はマディに片手をさしだした。「ストラットフィールドの女子飛行機輸送隊にいるのよ」

「あたしの名前はどうして知ってるの？」マディは尋ねた。

「無線室の任務掲示板にチョークで書かれてたから」その将校が言った。「わたしたち、今日はここで、たったふたりの補助航空部隊のパイロットよ。たいてい女性はライサンダーに乗せられるの。男性はみんな、もっとスピードが出るものに乗りたがるから。サンドイッチでも食べなさいよ。おなかがすいていそうだわ」

「ライサンダーを操縦したのは初めてでね」マディは言った。「二度とやりたくない。ほんと、死にそうだったから」

「ああ、水平尾翼が壊れてるのを運んできたのね！　初めて乗るのに、故障してるライサンダーをあてがうなんて、とんでもないわ。さっそくまた飛ばなくちゃならないんでしょ。今度はちゃんと動く飛行機で」

マディはさしだされた、半分に切ってあるサンドイッチを食べた。いつものように、中身は缶から出したままの塩漬け牛肉だった。「うん、そうしなくちゃならないみたい」とマディは返事した。「午後には、ある飛行機をここからその所属基地へ運ぶことになってる。最優先事項じゃないけど、秘密にして要報告っていう〝S〟付きの指令書がついててね。その仕事をするのも、今日が初めて」

「あら、ラッキーじゃない、それはイギリス空軍の特殊任務《SD》よ！」

「特殊任務？」

「わたしもよく知らないんだけど。あなたが飛んでいくそのイギリス空軍基地のなかにある任務みたいなもの。そこに二、三回着陸したら、わかってくるわ。黒と深緑色で偽装されたライサンダーの小さな機団があってね、どれもが長距離用の燃料タンクを積んでいるし、滑走路には電球が並んでるの。短い着地場での夜間着陸用に――」

　彼女はそのあとの言葉を濁した。フランス、ベルギー、レジスタンス運動員、亡命者、無線設備、ナチに占領されたヨーロッパへこっそり持ちこむ爆薬などのことは、あえて口に出さなかった。そんなこと、できやしない。

「訓練場でライサンダーを着地させるのは、ものすごく楽しいわよ。仮の照明路があってね、小さな黄色い旗が使われてるんだけど、特殊任務のパイロットって気分になれるの。ライサンダーは短い滑走路向けの名機ね。あなたのおばあさんの庭にだって着陸できるわ」

　マディはそんな話がとても信じられなかった。ついさっき、滑走路のありったけを使って、初めてライサンダーを着地させたばかりだったのだから。

　テオは自分のパンをちぎり、三つのかけらを逆さL字に並べて、フランスの暗い牧草地で光っている懐中電灯を模した。「こういうところで、やるのよ」彼女は左右の肩越しにすばやく目を走らせ、だれにも聞かれていないことを確かめた。「そのあとでコックピットから女性が飛びだしてくると、いつもみんな、ちょっとびっくりするの」

「今朝、あたしが降りたとき、みんな、ちょっとびっくりしてた！」

「その基地までちゃんと行ける？　その飛行場は地図に印をつけちゃだめなのよ。発つ前に少し確認すれば、自分で見つけられると思うけど」

「なんとかできる」マディは正直に自信を持って言った。その日、早くに、ほとんど同じようなことをしていたのだから。

「きっと楽しいわよ」テオが熱をこめて励ますように繰りかえした。「講習を受けたとしても、これほど充実した訓練は受けられなかったはずよ！　故障した飛行機で二時間飛んだあと、修理した飛行機を同じ日に二十メートル以内で着陸させるなんて――わたしたち、特殊作戦員のようなものね」

　そのとおり、この飛行場は特殊作戦用飛行場だ。マディとわたしが五週間前に離陸したのと、同じ飛行場。そこを使うパイロットは、月光飛行中隊《ムーン・スクワドロン》と呼ばれる――月の光を頼りに、月の光だけを頼りに、飛ぶから。その飛行場の場所は、何よりも堅く守られている秘密のひとつなので、ありがたいことに、わたしはその名も知らなければ、どこにあるか皆目見当がつかない。本当に。ただ、そこには少なくとも五回ほど行ったことがある。いつもオックスフォード郊外にある自分の基地から、暗いなか、ときには別の飛行場経由で連れていかれたので、そこへ行くのにどの方向へ向かったのか、知りもしない。彼らは故意にそうしたのだ。

特殊作戦の飛行機は整備がたっぷり必要になる。しょっちゅう出動しては、暗いなかで脚と車輪を強打し、復路で高射砲にやられてあちこち吹き飛ばされるからだ。のちに、マディはそうした飛行を何回か行なった。損傷を受けるか修理されるかした飛行機を、収容能力のあるもっと大きな飛行場へ運んだり、そこから出したりして。さらに最近では、彼女はかなり特別な乗客を運ぶパイロットとして飛行機を操縦した。そこに配属されている十数人ほどの非常にむこうみずな命知らずのパイロットたちは、短い距離で飛行機を完全停止させられるマディのますます熟達していく着陸技術に詳しくなり、やがてはマディが飛行機から降りもしないうちに、彼女が到着したことがわかるようになった。

また時間切れだ——残念。わたしは書くことを楽しんでいる。

オルメ　43・11・18　JB‐S

エンゲルは、わたしがフォン・リンデンの忌まわしいノートを翻訳していると思っているけれど、わたしは彼女よりも早く仕事を終えたので、自分のレシピカードにこっそりと書きこんでいる。

その気になっているときの彼女は、完璧な情報の泉となる。わたしが仕事をせっせと進めているあいだ、彼女は遅れをとっているのに、ぺちゃくちゃとおしゃべりをしてくるからだ。彼女の話では、わたしはここで用済みになったとき、運がよければラーフェンスブリュックという場所に送られるそうだ。そこは女子用の強制収容所で、労働収容所でもあり刑務所でもある。たぶん、キャベツを盗んだあの家政婦が送られたところだ。基本的に、それは死刑宣告だ。いずれ働けなくなるまで飢えさせられ、我らが連合軍の爆撃機によってめちゃくちゃになった道路を平らにするため、瓦礫《がれき》をならせないほど弱ってきたら、首をつられる（わたしは瓦礫をならすのが格段にうまい。メイドセンドの滑走路で以前に経験しているから）。もし石を割る仕事を命じられなかったら、首をつられた仲間の死体を焼く羽目になる。

もし運がよくなかったら——言いかえれば、もしあてがわれた時間内に満足な報告書ができない場合——わたしはナッツヴァイラー＝ストリュートフという場所に送られるらしい。そこはもっと小さい、より特殊な強制収容所で、〝夜と霧〟の囚人たちが消えるところだ。主に男性の囚人だけれど、ときには女性も医療実験の生きた標本としてそこへ送られる。わたしは男性ではないものの、〝夜と霧〟の対象なのだ。

なんてこと。

もしとても運がよかったら――うまくやればということだけれど――、わたしはみずからを銃で撃てる。ここで、まもなく。エンゲルが話したことではない。わたしが自分で考えたことだ。わたしはイギリス空軍がこの場所をこっぱみじんに爆撃してくれるという望みをあきらめている。

〝わたしがこわいと思う十のこと〟を更新したい。

(一) 寒さ（暗闇というわたしの恐れを、マディの恐れである寒さに取りかえた。いまは暗闇などなんでもない。とりわけ、静かならば。たまに退屈になるけれど）。
(二) 仕事中に寝てしまうこと。
(三) 大好きな兄に爆弾が落ちること。
(四) ケロシン。その言葉それだけで、わたしはおどおどしてしまう。みんなそれを知っていて、大きな効果を出そうとその言葉をつかう。
(五) 親衛隊大尉アマデウス・フォン・リンデン。実際には、彼はリストの一番先に来るべきなのだけれど（この人のこわさに、わたしは自制心を失ってしまう）、わたしはこのリストを元の順番に沿って書いていて、彼は大学の門番に取ってかわった。

(六) わたしのセーターを失うこと。これは寒さのなかに入ると思う。でも、それとは別に心配なのだ。

(七) ナッツヴァイラー＝ストリュートフに送られること。

(八) イギリスに送りかえされて、〝自分はフランスで何をしたか〟について報告書を提出しなければならないこと。

(九) この話を最後まで語れないこと。

(十) そして、それを語り終えてしまうこと。

わたしはもう年をとることなど、こわくない。まったく、自分がそんな考えなしなことを言ったなんて信じられない。そんな子どもっぽいことを。そんな無礼で傲慢なことを。

いや、とにかく、それはもう、浅はかだった。いまのわたしは、年をとりたくてたまらない。

ラジオ局のアメリカ人女性の訪問に、だれもが興奮してきている。わたしのインタビューは、フォン・リンデンの書斎というかオフィスというか、そういう部屋で行なわれる予定。わたしは今日、早めにその部屋へ連れていかれ、そこを見せられた。インタビュー直前に初めて見て、驚くあまり失神して倒れないよう、あらかじめ警告を与えるためだ（わたしに対する〝尋問〟はすべて、この木の羽目板のはまった居心地のいい私室で、ベネチアン・シャンデリアの下で行なわれるとの見せかけ。わたしが毎日、午後には、十八世紀に寄木細工で作られた彼のきれいな小さいテーブルについて、書きものをするという見せかけ。わたしが行きづまったときには、知らないドイツ語の意味を、竹かごに入っている彼のペットのオウムに尋ねるという見せかけ）。

（いや、それはたぶんない。オウムが助けてくれるなんて、ちょっと現実味がなさすぎる）

わたしはいま、そこで書いてはいない。いつものからっぽの掃除用具入れのなかで、パイプ脚のついたテーブルを前に、両足首を椅子に縛りつけられている。親衛隊軍曹チボーと、名前を知らされていないその相棒の息を、首にかけられながら。

わたしはスコットランドについて書くつもり。そこへマディといっしょに行ったことはないけれど、行ったような気がする。

彼女がアバディーンの近くのディーサイドで動けなくなった夜、何を操縦していたのか、わたしは知らない。とにかく、輸送していたのはライサンダーではなかった。その最初の年、彼女は輸送の仕事をあまりしなかったから、たぶんアンソンではなかった。スピットファイアだったとしておこうか。単なる楽しみのために――最も魅力的で愛されている戦闘機なのだ――ドイツ空軍のパイロットですら、スピットファイアの操縦を一時間するのと引きかえに、ペンチで奥歯を抜かせるだろう。四一年の十一月後半、マディがスピットファイアをこのスコットランドの飛行場へ運んでいたとしよう。彼らはそこから北海航路を守るために飛びたっていく。あるいは、おそらく、ノルウェーのドイツ空軍に占領された飛行場の写真を撮るために。

わたしたちの偵察機は雲と同じような、きれいなサーモンピンクがかった藤色に偽装されている。なので、マディはピンクのスピットファイアを操縦しているとしよう。ただ、戦闘機のパイロットのように青空の高みへとのぼっていくのではない。彼女は注意深く飛んでいた。海岸に沿って進んだあと、スコットランドの広い谷間の上を。雲が低かったからだ。飛行機の高度は海抜九百メートルだったけれど、テイ川とディー川のあいだにあるケアンゴーム山地はそれよりも高い。マディはひとりで、注意深く、楽しみながら飛んでいた。雪をいただいたスコットランド北部の高地上空を、低く。あの先が細くなっている美しい翼で。マーリン・エンジンで耳を聾《ろう》しつつ、位置を推測しながら。

谷間は霜と霧におおわれていた。霧が丘陵のひだの奥に漂い、スピットファイアの翼までは届かない低い太陽の光を浴びて、遠くの山頂がまばゆいピンクと白に輝いていた。北海沿岸に特有の海霧が、たちこめてきていた。非常に寒かったので、湿った空気がプレキシガラスのフード内で結晶し、コックピットのなかはちらほらと雪が降っているように見えた。

マディは日没直前にディーサイドに着陸した。とはいえ、暗くはならず、ぼんやりした灰色が青に変わっただけで、彼女は将校用宿舎にある客室の、整えられていない予備ベッドで寝心地のよくない夜をすごすか、アバディーンで宿を探さなければならなかった。あるいは、暖房のない真っ暗な電車に乗って夜の半分をすごし、おそらく午前二時ごろにマンチェスターに着いてから引きかえすという手もあった。飛行場のお粗末な宿泊設備のなかで寂しさを味わいたくもなく、配給切符を受け取って急な夕食の用意をしたがらない、険のある顔をした不機嫌なアバディーンの女将《おかみ》と面と向かいたくもないので、マディは電車を選んだ。

まず、ディーサイドの支線の駅まで歩いた。壁に路線図は貼ってなかったけれど、不思議の国に出てくるようなポスターがこう命じていた。〝いま自分のいる場所がわかるなら、ほかの人たちに教えてあげてください〟と。待合室には明かりがともっていなかった。ドアをあければ、明かりが見えるから。切符売り場には、格子のある小さな窓口の向こうに、薄暗いバンカーズランプがついていた。

マディは背筋をややぴんと伸ばした。補助航空部隊の女性たちはよく新聞に載るので、ある程度はきちんとしていることが求められていた。とはいえ、マディは補助航空部隊のパイロットであることを示す金色の翼のついたネイビーの制服に、いつも人々が気づくわけではないとわかっていた。それに、納得できることだけれど、スコットランドはマディにとってフランスと同じような外国だった。

「電車はじきに来る?」彼女は尋ねた。

「あい、来るよ」駅のポスターに劣らず謎めいた切符売りが答えた。

「いつ?」

「十分後さね。あい、十分後」

「アバディーンに行く?」

「おお、いやいや、アバディーンには行かん。次の電車は支線のキャッスル・クレイグ行きさね」

話をわかりやすくするために、わたしは切符売りのアバディーンなまりを標準語に直している。マディはその方言が得意ではないので、正しく理解できているのか不安だった。

「クレイグ・キャッスル?」

「キャッスル・クレイグだよ」幽霊のような鉄道職員がぶっきらぼうに繰りかえした。「キャッスル・クレイグまで片道かい、娘さん?」

「ううん——まさか!」マディは賢くも否定したけれど、そのあと、どう考えても寂しさと空腹と疲れのせいで、ふっと魔がさし、こうつけ加えた。「片道じゃない。戻ってこなくちゃならないから。往復をお願い。キャッスル・クレイグまで三等で往復を」

三十分後、マディはつくづく反省した。ああ、あたしはなんてことをしちゃったんだろう! 年代物の冷えきった二両編成の鈍行列車が、いくつもの真っ暗な名もない駅のプラットホームをのろのろとはうようにすぎていきながら、マディをスコットランド高地の幽霊が出そうな丘陵地帯の奥へ奥へと運んでいった。

「折りかえしの次の電車はいつ?」彼女は切符を集めている職員に尋ねた。

「二時間後の最終だよ」

「その前にないの?」

「二時間後の最終だ」彼はそっけなく繰りかえした。

（わたしたちスコットランド人のなかには、いまだにイングランド人を許さない人々がいる。カロデンの戦いという、一七四六年にイギリスの地で行なわれた最後の戦いを根に持って。わたしたちがこれから二百年ものあいだアドルフ・ヒトラーのことをなんと言うか、想像してみるがいい）

マディはキャッスル・クレイグで電車を降りた。持っている荷物は、ガスマスクが入っている飛行用かばんだけだった。かばんのなかには、操縦していないときにはくつもりのスカートがあったものの、着がえられないままでいた。さらには、地図、パイロット用メモ、風速計算のための円形計算尺も入っていた。歯ブラシや、前回の飛行でもらった五十グラムのチョコレートバーも。フォックスモスの後部座席で夜をすごす羽目になって危うく凍死しかけたというディンプナの話を聞いて、うらやましさに涙ぐみそうになったことを、マディは思いだした。ちょうど降りたばかりの電車が二時間後にようやくディーサイドへ戻る前に、自分が凍死したらどうなるだろうと考えた。

ここで、わたしの家族はイギリス貴族のかなり上の階級のなかでも長い歴史を持つ家系だということを思い起こしてもらいたい。マディは、すでに知ってのとおり、移民の小売店主の孫娘だ。彼女とわたしは、平和なときなら決して出会うことはなかっただろう。そう、決して。もしかしてわたしがストックポートでバイクを買うことにしていたら――マディが応対していたかもしれないけれど。とはいえ、もし彼女があれほどすばらしい無線技術士でなくて、あれほど早く昇進しなかったら、戦時でも友だちになったかどうか疑わしい。イギリスの将校というのは、下の階級の人々と交わらないから。

（わたしはいっときたりとも信じない。なんらかの形でわたしたちが友だちにならなかっただろうとは。不発弾が爆発してわたしたちふたりを同じ弾孔へ吹き飛ばしはしなかっただろうとは。あるいは、神みずからやってきて、きらめく緑色の太陽光線でわたしたちを感動させなかっただろうとは。けれど、それはとてもありそうになかったことなのだ）

いずれにせよ、マディのこのなんとも計画性のない鉄道旅行に対するふくれあがりつつある誤解は、大地主の城の扉を気軽に叩き、一夜の宿を、あるいは帰りの電車を待つあいだに紅茶を一杯だけでもと、頼むわけにはいかないという確信にほぼ基づいていた。彼女はどうということのないマディ・ブロダットなのであって、スコットランド女王メアリーやマクベスの子孫ではないのだから。

けれど、彼女は戦争というものを考えに入れていなかった。戦争はイギリスの階級制度を水平化しつつあるとかなり多くの人々が言うのを、わたしは耳にした。〝水平化〟というのはおそらく強すぎる言葉だけれど、戦争がわたしたちを交ぜあわせたのは確かだ。

マディはキャッスル・クレイグで降りた唯一の乗客で、五分ほどプラットホームでおろおろしていると、駅長がじきじきに挨拶しにやってきた。

「あのお屋敷のジェイミー坊っちゃんのご友人かな？」

一瞬、マディはあまりの驚きに返事できなかった。

「気のきいたご友人が来てくれて喜びなさるだろうて。あのお城にひとりきりですからな。グラスゴーから来たわんぱくどもの面倒をみながら」

「ひとりきり?」マディはかれた声で尋ねた。

「あい。奥さまは国防婦人会で三日ほどアバディーンに行ってなさるでね。戦地で戦っているわれらが兵士たちに送る靴下やら煙草やらをつめていなさる。ジェイミー坊っちゃんおひとりが、疎開児たちとごいっしょだ。八人、奥さまがお引き受けなさったもんで。順番待ちの最後の八人を――汚くて幼い子どもたちを、だれも引き受けたがらなんだ。シラミだらけで、鼻水たらしたちびどもだからね。父親はみんな船で働いているとか。爆弾が昼夜かまわず降るなか、ちびすけたちはこれまで安アパートから出たことがなかったらしい。奥さまがおっしゃるには、ご自分の子を六人育て、そのうちの五人が男の子だったんだから、よその男の子の八人ぐらい、たいした差はないんですと。ただ、奥さまがお出かけなもんで、残るジェイミー坊っちゃんがお茶をいれなくてはならないというわけでね。お気の毒に、あのご不自由な手で――」

ジェイミーがグラスゴーから来た八人の疎開児にお茶をいれるのを手伝おうと考えると、マディの心は舞いあがった。

「そこへは歩いて行ける?」

「あい。大通りを一キロ弱歩けば、門がありましてね。そこから私道を一・五キロほどです」

マディが駅長に礼を述べると、駅長は帽子を上げて挨拶した。

「どうしてあたしがジェイミーの友達だってわかったの?」とマディは尋ねた。

「そのブーツですわい」駅長は言った。「イギリス空軍の軍人さんはみんな同じブーツをはいてなさる。ジェイミー坊っちゃんがそのブーツを脱いだ姿なぞ見たことがない。わしもほしいくらいだ」

マディは強い風の吹く暗がりをクレイグ・キャッスルまで歩いた。鼻高々で笑い声をあげ、ほっと安心し、期待に胸を弾ませながら、浮き浮きと。

あたしはイギリス空軍の軍人よ！　と彼女は思い、暗闇のなかで高らかに笑った。

クレイグ・キャッスルは小さな城だ。まあ、エディンバラ城やスターリング城と比べればだけれど。あるいは、王さまが夏をすごすバルモラル城や、女王さまの家族が住んでいるグラームズ城と比べれば。でも、れっきとした城であって、一部は六百年近く前のものだし、包囲されたときのために独自の井戸があり、牢屋やワイン倉として使える地下室も備わっており、各階の部屋すべてがじかにつながらないよう、四つのらせん階段があちこちに延びている。さらに、塗りこめられた壁の奥になって失われた部屋がひとつある（外壁に塗りこめられた窓と煙突があるので、そこに部屋があったことがわかる）。また、銃の部屋、狩猟の戦利品の部屋、ビリヤード部屋、喫煙室のほか、図書室がふたつ、数えきれないほど多くのお手洗いや客室がある。いま、そのほとんどはほこりよけカバーにおおわれている。使用人を含め、だれもが戦争に行ってしまったからだ。

マディが着いたとき、そこにはだれもいないように見えた——もちろん、灯火管制のせいだ——が、正面玄関の扉についている鉄製の歯止めをしきりにガタガタ動かしていると、やがて、左の口端から耳まで卵のあとがついている、なんとも汚らしいグラスゴーからの疎開児童が、ドアをあけた。その男の子はスズの蠟燭立てに立てた蠟燭を手にしていた。

「〝すばしこいジャック〟（マザーグースに登場する、蠟燭をすばしこく飛び越すジャックのこと）みたい」とマディは言った。

「おいら、ジョックっていうんだ」その疎開児童が言いかえした。

「お茶を邪魔しちゃった?」

ジョックはわけのわからないグラスゴーなまりで何やら大騒ぎした。マディの感覚としては、まるでドイツ語で話しかけられているような気がした。

その男の子はマディの金色の翼をさわりたかったのだ。彼女にわかってもらうには、それを指ささなければならなかった。

マディは男の子にさわらせてやった。

「入って」男の子はにっと笑いながら、きっぱりと言った。マディがテストに合格したかのように。男の子はどっしりしたオークと鉄製の扉を閉めた。マディは彼のあとから、わたしが生まれた迷宮へと入っていった。

ふたりは地階のキッチンへ下りた——五十人の客に食事を提供するに充分な四つの流し台、三つのオーブンとバーナー、使用人がいるとすれば全員が座れるほど大きい松材のテーブルがある。このテーブルの周囲に、七人の子どもたちがいた。明らかに幼く、小学生くらいの年齢で、ジョックは最年長の十二歳くらいだった。みんな、底に釘を打った靴と、短いズボン（布の節約のため）をはき、さまざまな汚れ方をしたつぎだらけの学校用セーターを着ており、そろいもそろって卵のついた顔をし、そろいもそろって驚くほどの勢いで細切りトーストをぱくついていた。大きな黒いヴィクトリア朝のストーブのそばに立ち、煮えたぎる鉄製の大釜を監督しているのは、クレイグ・キャッスルの城主の末息子殿だった。ハンティング・スチュワート柄のタータンの色あせたキルトに、手編みのウールのキルト柄長靴下に、イギリス空軍の機械編みウールのセーターというその姿は、どこから見ても現代のスコットランド高地の英雄だ。彼のブーツはマディのとそっくり同じだった。

「三分。ほしいやつは?」彼は大きな模造金箔《きんぱく》の砂時計をひっくり返し、銀の角砂糖つかみでゆで卵をつまんでかざしながら言った。

彼の不自由な両手、それぞれ指二本と親指の残った両手が、器用にすばやく動いた。彼は鼻をひくひくさせた。「おい、タム、こげないうちにトーストをひっくり返せ!」彼はそう怒鳴ってから振りむき、マディを見た。

それがジェイミーだと、マディにはわからなかったかもしれない。その夜の彼は、血色のい い健康体そのものだった。最後に会ったときの、包帯だらけで車椅子にだらりと座ったまま返事もろくにしない、青白い顔の気落ちした傷病兵とは、似ても似つかなかった。けれど、それが親友の兄だということは疑いの余地がなかった。そっくりのつややかな金髪、そっくりの小柄で軽やかな体つき、かすかないたずらっぽい光を明るい瞳の奥に宿した、そっくりの活発で魅力的な姿。

彼はマディに敬礼した。その効果は驚くほどだった。七人の子どもたち(とジョック)はいっせいにぴょんと立ちあがり、椅子をきしらせて後ろへ押しやって、すばやく彼にならったのだ。

「補助航空部隊のブロダット准将校だよ」彼はマディを紹介した。男の子たちは整列した士官よろしく、次々と名乗った。ヘイミッシュ、アンガス、マンゴー、ラビー、タム、ウリー、ロス、そしてジョック。

「クレイグ・キャッスル少年団《イレギュラーズ》なんだ」とジェイミーが言った。「いっしょにゆで卵を食べたいかい、ブロダット准将校？」

マディの卵の配給は週一個だった。彼女はたいていそれを祖母に渡し、焼いたり日曜の朝のいため物料理に使ってもらったりしていたので、結局は食べそこなうことがしばしばだった。

「庭のあちこちにメンドリがいるんだよ」ヘイミッシュが、男の子たちといっしょに腰を下ろしたマディに話しかけた。「見つけた卵はみんな食べるんだ」

「この子たちも忙しいんだ、卵探しで」とジェイミー。

マディはスプーンで卵のてっぺんをすくった。熱い鮮やかな黄身は、雲間から顔を出す夏の太陽、雪の下からのぞく春いちばんのタンポポ、白い絹のハンカチに包まれたソブリン金貨のようだった。彼女はそのなかにスプーンをひたし、なめた。

「みんなは」マディは汚れた顔を見まわしながら、ゆっくりと言った。「魔法のお城に疎開してきたのね」

「そや、ほんにな」ジョックがグラスゴーなまりの早口でまくしたてた。マディが将校であることを忘れて。

「ゆっくり話せ」ジェイミーが注意した。

ジョックはそうでなく、声を大きくした。マディにおおよその意味は伝わった。「お化けが塔の階段のてっぺんに座っちゃるん。歩いててうっかりその体を抜けちまうと、ものすごく寒くなるで」

「おいら、見たことあるん」アンガスが得意気に言った。

「ふーん、そりゃ知らんかった」ウリーがいかにも馬鹿にするように茶化した。「おまえなんか、クマのぬいぐるみ《テディ》とぐっすり眠っちゃるし、お化けなんかいねえのに」

子どもたちがいっせいにわけのわからない言葉でお化けについてしゃべりだした。ジェイミーがマディの向かいに腰を下ろし、ふたりは微笑みを交わした。

「全然ついてけない」マディは言った。

「ぼくもだよ」ジェイミーがうなずいた。

ジェイミーはほとんどキッチンか小さいほうの図書室にいた。クレイグ・キャッスル少年団はたいてい外で遊び、夜はわたしたちの先祖が代々使ってきた四本柱のベッドひとつにつき三人ずつ寝た。男の子たちはみんなで群がっているのが好きだったのだ。家にいるとき、そうしていたから。それに、何人かで使えばシーツの節約になる。ただし、ロスとジョックはふたりで一枚のシーツを使った（ロスはジョックの弟だ）。ジェイミーは軍隊式に（あるいは学校式に）、顔を洗ったり歯を磨いたりさせた。キッチンの四つの流し台で、ひとつの流し台につきふたりずつ並ばせるという効率的なやり方で。そのあと、彼は子どもたち全員を文字どおり行進させてベッドに向かわせ、その途中でマディを図書室になっているこぢんまりした部屋に案内した。そして、二十分後、湯気を立てている銀のコーヒーポットを持って、彼女のところへ戻ってきた。

「本物のコーヒーだよ」とジェイミーは言った。「ジャマイカ産なんだ。母が特別なときのためにと取っておいたものなんだけど、もう香りがなくなりかけていてね」彼はため息をつきながら、火格子の前にあるひびの入った革の肘かけ椅子のひとつに身を沈めた。「いったいどうしてここへ来たんだい、マディ・ブロダット？」

「〝ふたつめの星のところを右に曲がって、朝になるまでひたすらまっすぐ〟」マディは即座に答えた――そこはまさにネバーランドのようだったから。

「なんとなんと。じゃ、ぼくはまぎれもなくピーターパンだね？」

マディは笑った。「迷子《ロストボーイ》たちもいるし」

ジェイミーは自分の両手をつくづく眺めた。「母はぼくたちが戦争に行っているあいだ、ずっとぼくたちの寝室の窓をあけたままにしているんだよ。ミセス・ダーリング（『ピーターパン』に登場するウェンディの母親）みたいに。いつのまにか、ぼくたちが飛んで家に帰ってくる場合に備えてね」彼はマディのため、カップにコーヒーを注いだ。「いま、ぼくの部屋の窓は閉まっているんだ。ぼくはもう飛ばないから」

彼の言葉に悲痛の色はなかった。

マディは初めて彼に面会したときに聞きたかった質問をした。そのときは尋ねる勇気がなかったのだ。

「いったいどうやって手の指を少しでも守れたの？」

「指を口のなかに突っこんだんだよ」ジェイミーは間髪をいれずに答えた。「三十秒ぐらいごとに左右の手を入れかえて。でも、一度に三本以上は入らなかったから、なくなったらすごく困りそうな指に集中したんだ。兄たちや妹はみんな、ぼくのことを〝あしゆびのないポブル〟って呼ぶようになったよ。エドワード・リアのものすごくおかしな詩に出てくるんだ」彼は自分のコーヒーを飲んだ。「集中する何かがあったおかげで、たぶんぼくは命ばかりか手も救えたんじゃないかな。ぼくのナビゲーターは、いっしょに撃ち落とされたんだけど、あきらめちゃってね。海につかってたった一時間ほどしたあと。手を放してしまったんだ。そのことは考えたくない」

「戻るつもり？」

ジェイミーはややためらったが、口を開いたときには、きっぱりした口調だった。パズルを解いたかのように。「爆撃機の乗組員としては戻れないだろうって、主治医に言われているんだ。でも――補助航空部隊には片腕で飛行機の操縦をしているやつがいるんだろう？　そこなら受けいれてくれるかもしれないと思って。きみはATAはATAでも、あちこち傷だらけの知恵ある飛行士《ATA》って呼ばれているんじゃないかい？」

「違うわ」マディは言った。「あいにく、あたしは臆病な青くさい飛行士《ATA》よ」

ジェイミーが笑った。「きみが、臆病だって！　まさか」

「銃が好きじゃなくて」とマディは言った。「いつか空中で撃たれて、炎に包まれながら落ちるんじゃないかな。だから、飛行機の操縦がものすごくこわい」

ジェイミーは笑わなかった。

「情けないでしょ」マディは静かに言った。「あれから――操縦はしてる？」

ジェイミーは首を横に振った。「できるけどね」

その夜、マディが見たところでは、たぶん彼はできるだろうと思った。

「これまで何時間飛んだ？」

「何百時間も」とジェイミー。「半分以上は夜間だよ。ほとんどがブレニム機――出動するときはたいていブレニムだった」

「訓練はどの飛行機で？」マディは尋ねた。

「アンソン。最初はライサンダーだったな」

ジェイミーはコーヒーを飲みながらマディをじっと見つめていた。まるで彼女に面接をされていて、その仕事を受けるかと聞かれるのを待っているかのように。もちろん、採用については彼女の出る幕ではなく、マディにはなんの権限もなかった。けれど、彼女はライサンダーで数えきれないほど何度もイギリス空軍特殊作戦用の飛行場に着陸していたし、おまけに、通常の飛行場の端にある小さな森のなかに隠された、月光飛行中隊のツタにおおわれている秘密のコテージで、ひと晩をすごしたことすらあった（彼女を泊まらせる別の場所がなかったし、彼女はほかの来客と接触しないよう注意深く配慮された）。それで、この特殊な中隊が、協力してくれるパイロットを探すのに難儀していることを知っていた。何百時間もの夜間飛行の経験や、フランス語に堪能であることが求められるうえ、志願者しか受けいれられないのに、極秘の作戦であるため、だれでもいいからと大っぴらに募集するのが無理だったのだ。

マディは好意というものについて、〝飛行場送り届けルール〟というものを自分に課している。それはとても単純だ。だれかが飛行場へ行く必要があれば、そこへ送り届ける。輸送用アンソンでにせよ、バイクでにせよ、小型馬車でにせよ、豚の背に乗せてにせよ、常に連れていく。いつかきっと自分だってどこかの飛行場まで乗せていってもらう必要があるだろうから。ただ、連れていってくれる人は別のだれかだろうから、そのお返しは当人にではなく、ほかの人にする。

いま、ジェイミーに話をしながら、マディはディンプナ・ウィゼンシャウが自分のためにしてくれたり話してくれたりした、ちょっとしたことすべてについて考えた。ディンプナにとってはなんの負担にもならなかったけれど、マディの人生を変えたことについて。マディはディンプナに恩返しができないことを知っていた。でも、いま、〝飛行場送り届けルール〟に従って、人生を変えるお返しをするチャンスを手にしていた。

「あなたの部隊長に、特殊任務飛行について聞いてみて」彼女はジェイミーに言った。「それに携われる格好の機会に恵まれると思うから」

「特殊任務?」ジェイミーが繰りかえした。数か月前に、マディがテオ・ライアンズに繰りかえしたのとそっくりに。

「極秘任務で飛ぶの」マディは説明した。「距離の短い飛行場での作戦。夜間着陸。ライサンダーとか、たまにはハドソンで。大きな部隊じゃない。イギリス空軍特殊任務の志願者よ。詳しく知りたかったら、問いあわせは――」

彼女がジェイミーに教えた名前は、わたしをスカウトした情報将校の別名だった。

たぶん、それは彼女がそれまでにした最も勇気あることだった。マディはその情報将校が何者であるか、推測するのがせいぜいだったはずだ。けれど、彼の名前を――というか、その男性が〈グリーンマン〉でウィスキーをご馳走してくれたときに使った名前を――覚えていた。そして、秘密の飛行場で彼を見かけていた。一度ならずも(なのに、彼は自分を非常に賢いと思っていた)。その飛行場には大勢の変わった民間人が出入りしていたのだけれど、マディはその大部分を目にしなかったし、以前に会ったことのある人に気づいたとき、偶然の一致にしてはなんともおかしいとぴんときたのだ。

(全能であるがごとくふるまう、とんでもなくずる賢い情報将校)

ジェイミーはその名前を口に出して繰りかえし、頭に叩きこんでから前のめりになって、図書室の火格子からの明かりのなか、マディをさらにしげしげと見つめた。

「いったいどこからそんな情報を手に入れたんだい?」

「〈不注意な会話は命を奪う〉よ」マディはきっぱりと答え、〝あしゆびのないポブル〟は声に出して笑った。妹そっくりの言い方だったから。彼の妹、ということだ（つまり、わたしのこと）。

どれほどわたしがクレイグ・キャッスルの図書室でひと晩中ふたりといっしょにいたかったことか。あとで、マディはわたしのベッドで眠った（母はいつもわたしたちのベッドを整えておく。万一の場合に備えて）。窓が開いていたので寒かったけれど、わたしの母やミセス・ダーリングのように、マディは窓をそのまま開いておいた。やはり、万一の場合に備えて。わたしの寝室について、好きなだけ書ければいいと思うけれど、今日は早めに切りあげなければならない。フォン・リンデンが明日に迫った例のラジオ・インタビューのためにわたしの準備をするから。そもそも、故郷のキャッスル・クレイグにあるクレイグ・キャッスルのわたしの寝室は、戦争にはなんの関係もない。

この忌まわしいラジオ・インタビュー。みんな嘘、嘘、嘘っぱち。

オルメ　43・11・20　JB‐S

いまの時間は、昨日のラジオ・インタビューについて自分なりに書くために使うことになっている——実際の放送がフォン・リンデンの記憶と合わない場合、その一種の裏づけとなるように。いずれにせよ、わたしはそれについて書いただろうけど、**まったくもう、この裏切りの大論文はいつ終わりになるの？**

わたしを人前に出せるよう、彼らは本気で努力した。まるでわたしがまた社交界にデビューしてイギリス国王に謁見する娘ででもあるかのように。わたしの大好きなセーターはちょっとぼろぼろになってきていて、しかも、それを着ると、わたしがあまりに瘦せて青白い顔に見えるということで（わたしが決めたのではない）、彼らはわたしのブラウスを洗ってアイロンをかけ、わたしのグレーのシルク・スカーフを一時的に返してくれた。彼らがまだそれを保管していたなんて、驚きもいいところだ——さしずめ、それはわたしの書類の一部で、彼らはまだそのペイズリー織りのなかに隠された暗号を探しているのだろう。

彼らはわたしの髪をアップにさせてくれたけれど、どうやって固定するかで大騒ぎをした。だれもわたしにヘアピンを持たせてはいけないと思っているからだ。結局、わたしは**鉛筆の使い残し**を利用することを許された。**あきれた。**なんて人たち。わたしはアップにするのを自分でやってもいいことにもなった。理由は、A：エンゲルがしっかり固定できなかったのと、B：彼女はわたしほど上手に鉛筆を隠せなかったから。また、指をケロシンに一時間もつけておいたのに（ケロシンにそれほど多くの使い道があるとは、よく気づいたと思わない？）、わたしの指の爪の下からインクのしみを消すことはできなかった。とはいえ、それはわたしが速記を行なっているという話の信用性を高めると思う。さらに、手が明らかにケロシン臭くなったので、わたしは体全体をうっとりするほどなめらかな珍しいアメリカの小さな石鹸で洗うことを許された。洗面器のなかで泡立てると、それは浮いた。いったいどこからきた石鹸なのだろう？（間違いなく〝アメリカ〟からだけれど、それは別として）見かけはホテルの石鹸みたいでも、包み紙が英語で印刷されているので、このホテルの石鹸であるはずはなかった。

CdMだ。シ《C》ャトー・デ《d》・ミ《M》ステール。つまり、謎の城、ということ。

エンゲルがわたしの爪の手入れをした。自分ではやらせてもらえなかった。爪やすりでだれかを刺すかもしれないからと。彼女は実際に血が出ない程度に、思いつくかぎりの意地悪をした（わたしが泣き叫ぶくらい）が、それを別にすれば、爪の手入れは完璧だった。彼女には、ゲシュタポ向けに見せかけているゲルマン娘という顔の下に、間違いなくファッションセンスがひそんでいると思う。

彼らはわたしを寄木細工の机につかせ、仕事用にと、どうでもいいような、形ばかりの書類を渡してよこした――フランスの鉄道とバスの時刻表から、最適な接続を見つけ、ドイツ語でそのリストを作るのだ。彼らがインタビュアーを連れて入ってきたとき、わたしは作り笑いを浮かべて立ちあがり、彼女を歓迎しようと年代物のペルシャ絨毯《じゅうたん》を横切った。まるでアガサ・クリスティ原作の戯曲〈アリバイ〉の初日の夜のセットで、秘書を演じているかのように感じながら。

「ジョージア・ペンです」ラジオのアナウンサーは自己紹介して、手をさし出した。わたしよりも三十センチほど背が高く、杖をついており、ひどく足を引きずって歩いた。フォン・リンデンぐらいの年齢で、体格がよく、声が大きくて、親しげで――まあ、とにかくアメリカ人だった。スペイン内戦のあいだ、外国人記者としてスペインで働き、共和国側からひどい扱いを受けた。熱心なファシストびいきだったからだ。ふだんはパリを根拠地として、〈故郷に勝るものはなし〉というラジオ番組を担当している。スウィングミュージックやパイの作り方をふんだんに流し、もしあなたが戦艦に配置されて地中海にいたら、あなたの恋人は故郷のアメリカできっと浮気をしているという、意気阻喪させるようなほのめかしに満ちた番組だ。そんなくだらないことが、アメリカ兵をホームシックにさせるために繰りかえし放送されている。アメリカ人というのは、気楽な音楽が聞けるなら、どんな番組でも聴くらしい。BBC放送は彼らには硬すぎるのだ。

わたしはその裏切り行為をしている女性と握手をし、親衛隊大尉のためにフランス語で冷ややかに言った。彼は英語が話せず、わたしたちはフランス語なら理解できるから。「すみませんが、わたしは名前を教えられないんです」

彼女はフォン・リンデンにちらりと目をやった。フォン・リンデンは彼女の肩近くにうやうやしく控えていた。

「なぜ《プールクワ》？」彼女は尋ねた。フォン・リンデンよりも背が高いくらいだ。そのフランス語の母音は、彼女が話す英語とそっくり同じくアメリカ的で、かなり鼻にかかった響きがある。「なぜ名前を教えてもらえないのかしら？」

彼女はその巨大な背の高みから、わたしに視線を戻した。わたしはスカーフを直し、おびただしい矢が突き刺さった聖人のような、なにげないふりをした。両手を後ろでゆったりとつなぎ、膝を少し曲げた片足の前にもう一方の足を出し、首を横にかしげて。

「自分を守るためです」とわたしは言った。「名前を公表されたくないんです」

なんというたわ言。こう言えたらよかったのに。「わたしは〝夜と霧〟のなかに消えていくことになっているので――」と。彼女がそれをどう考えるかはわからない。わたしは彼女に自分の所属する部隊名を話すことすら許されていなかった。

フォン・リンデンはわたしにも椅子を勧めた。ミス・ペンの隣の、わたしが仕事をしていた机から離れたところにある椅子を。エンゲルがついてきた。ミス・ペンがフォン・リンデンに煙草を勧めたが、彼は手を振って断った。

「吸ってもいいかしら？」彼女はそう尋ね、彼が慇懃《いんぎん》に肩をすくめると、自分で一本取り、わたしにも一本さし出した。きっとエンゲルはほしかったにちがいない。

わたしは礼を述べた。「どうもありがとうございます《メルシー・ミル・フォワ》」彼は何も言わなかった。ああ、わが**親衛隊大尉！　この臆病者！**

彼女はさっそく煙草に火をつけ、きびきびとした平板なフランス語で告げた。「主義や思想の宣伝を聞くことで時間を無駄にしたくないの。わたしはそういう仕事をしていて、詳しく知っているから。はっきり言わせてもらうと——真実を探しているのよ。ジュ・シェルシュ・ラ・ヴェリテ」

「あなたの発音はわかりにくいので」わたしはこれもフランス語で言った。「英語で繰りかえしていただけますか？」

彼女はそうした——悪くは受け取らず、いたって真面目に、紫煙のとばりを通じて。

「わたしは真実《ヴェリティ》を探しているの」

フォン・リンデンがわたしに煙草を許したのは、なんとも幸いだった。でなければ、この場にいるみんながそれぞれ彼女の**真っ赤な嘘**につきあっていることを、わたしは隠せなかったかもしれないから。

「真実《トゥルース》」わたしはようやく口にした。英語で。

「真実《トゥルース》よ」彼女が同意した。

エンゲルが皿を持って、わたしのために急いでやってきた（灰皿がなかったため）。わたしは答える前に心を静めようと、五、六回長く煙草を吸い、根元まで吸いつくしていた。

「真実」わたしは英語で言い、胸のなかにあったニコチンと酸素を一分子も残さず吐きだした。そのあと、あえぎながら続けた。「〝真実は時の娘であり、権威の娘ではない〟（フランシス・ベーコンの言葉）」さらに、こうも言った。「〝とりわけ、己に対して忠実なれ〟（シェイクスピア作『ハムレット』第一幕第三場）」と。

正直なところ、わたしはわけのわからないことをまくし立てていた。「真実！　わたしは真実の人間なんです」思いきり高らかに笑うと、親衛隊大尉が咳払いをし、自制することをわたしに思いださせた。「わたしは真実の人間なんです」とわたしは繰りかえした。「ジュ・スイ・レスプリ・ドゥ・ヴェリテ」

　煙草のにおいが漂うなか、ジョージア・ペンはなんとも親切なことに、持っている煙草の残りをわたしにくれた。

「まあ、それを聞いて、とてもうれしいわ」彼女は母親めいた口調で言った。「では、正直な答えをしてくださると信じてもいいわね——」彼女はフォン・リンデンをちらりと見上げた。「この場所がなんと呼ばれているか、ご存じ？」

　わたしは両眉を上げ、肩をすくめた。

「虐殺者の城《ル・シャトー・デ・ブーロー》よ」と彼女は言った。

　わたしはふたたびやや騒々しすぎるほどの笑い声をあげ、脚を組んで、手首の内側をしげしげと眺めた。

（そう、それはしゃれだ——シャトー・ドゥ・ボルドー、シャトー・デ・ブーロー——ボルドー城、虐殺城）

「いいえ、そのようなことは聞いていません」とわたしは答えた。本当に、そのとおりだった——おそらく、わたしがほとんどの時間、ほかの人と接触がないままでいるせいだ。ここがそういう場所だとみずから気づかなかったことに、わたしがどれほど取り乱したか、言うまでもないだろう。「ともかく、ご覧のとおり、わたしはまだ無事でいます」
彼女は一瞬、わたしを本気でじっと見つめた――ほんの一瞬だけ。わたしはスカートを膝のほうへなでおろした。やがて、彼女はてきぱきとノートとペンを出した。そのあいだ、十二歳ぐらいに見える青白い顔をした下っ端のゲシュタポが、コニャック（**コニャック！**）を三人（わたしたちのうちの三人――フォン・リンデンと、ジョージア・ペンと、わたし――エンゲルにはない）に注いだ。クリスタルのデカンターから、わたしの頭ぐらいの大きさのブランデーグラスへと。

このとき、わたしはこの部屋の全員をあまりにも深く疑うようになっていたので、自分が何を言うことになっていたのか、思いだせなかった。アリバイ、自分の身の潔白を証明するもの、頭に浮かんだのは、それだけだ。でも、それは違う。何が起こっているのかわからない。彼はわたしが油断しているところをつかまえたがっている。これは新手の策略だ。この部屋は盗聴されている？　なぜ彼らは暖炉に火をつけたのに、シャンデリアはつけていないの？　それに、あのしゃべるオウムはこれにどう関係あるの？

待って、待って、待って！　我を忘れては、だめ。**わたしは知っていることすべてをゲシュタポに明かしているところなのだから。**何週間ものあいだ、ずっとそうしてきているのだから。気を取り直すのよ、お嬢さん、あなたはスコットランドの英雄ウィリアム・ウォレスの末裔《まつえい》でありスコットランド女王メアリー・スチュアートの末裔よ！

ここで、わたしは自分の煙草をわざと手のひらに押しつけた。だれも気づかなかった。

真実などくそ食らえ、とわたしは自分に激しく言い聞かせた。どうしても、もう一週間ほしい。わたしはあと一週間ほしいし、それを手に入れるつもりだ。

インタビュー中、英語で話してもいいかと、わたしは尋ねた。アメリカ人には英語で話したほうがより自然だと感じたし、エンゲルが通訳できるので親衛隊大尉に問題はなかった。というわけで、まさに、うまく演じるのはわたし次第となった。

彼はわたしが教えた暗号について、彼女には話すなと言った。わたしが圧力に耐えかねて白状した、なんというか、辛い状況については、絶対に話すなと。マディのライサンダーのなかの十一の無線装置が、墜落したときの火事ですべて破壊されたことについても（彼らはそれらの写真をわたしの尋問中に見せた。パイロットの操縦席の引き伸ばし写真は、少しあとで。そのことについて、わたしは前に書いたと思う。いま、その話はしないつもり）。アメリカ人アナウンサーに何を話してもいいのか何を話してはいけないのかについての論理が、わたしにはまったくわからない。だって、彼女がその気だったら、そうした破壊された無線装置について、オルメのだれからでもたやすく聞けたはずなのだから。でも、たぶんだれもまだ諜報部に話していないだろうし、ゲシュタポはいまも無線ごっこ――ダス・ファンクシュピール――をしているだろう。わたしが白状した暗号と周波数を、彼らが以前に手に入れた無線装置で再生しようとして。

（わたしはそれらの写真について書くべきだったと思う。ただ、書けなかった――まさしく、書けなかった――そのころは紙がなかったから。でも、いまだって書かない）

わたしは無線技術士だったと言った。注意を引かないよう、民間人の服装をして、ここへパラシュートで降りたものの、文化的な間違いをしたせいで、捕まってしまったのだと。外国人であることと、フランスの日常生活に溶けこもうとすることとの違いについて、わたしたちは少しおしゃべりをした。エンゲルはそのとおりとばかり、悟っているかのようにうなずいたけれど、それはわたしの話を聞いているあいだではなく、フォン・リンデンに通訳しているときだった。

ああ、この戦争はなんて奇妙なの。語るも奇妙なことだ《ミラービレ・ディクツ》。小柄なスコットランド人無線装置、つまり無線技術士が、残酷で非人間的な尋問のあいだに受けた小さなひどい傷をまだひそかに抱えていて、それなのに真面目くさった顔を崩さず、アメリカ人のペン、ドイツ人のエンゲルやフォン・リンデンとともに、ベネチアン・シャンデリアの下に座り、コニャックを飲みながら、フランス人への不平を口にしているなんて！

とはいえ、そういうことになってよかった。わたしたち全員が同意できる話題を見つけられて。

そのあとペンが、エンゲルは英語をアメリカ中西部で身につけたにちがいないと述べた。しばらく、わたしたちは次の言葉が出てこなかった。やがてエンゲルが、一年間シカゴ大学に通っていたと告白した（そこで、化学者になる勉強をしていたのだ。それほど才能を無駄にする人には、これまで**だれひとりとして**会ったことがないと思う）。ペンは互いに知っている相手の話で盛りあがろうとしたものの、ふたりがともに知っているのはヘンリー・フォードだけで、エンゲルは彼とチャリティーの夕食会で会ったらしい。エンゲルの知人はだれもがかなりのドイツびいきで、ペンの知人はそれほどでもなかった。また、ふたりがシカゴにいたのは別の時期で、ペンは三〇年代初めからヨーロッパに基盤を置いていた。フロイライン・アンナ・エンゲル、ＭｄＭ——謎の娘《メッチェン・デ・ミステール》。

　わたしたちは、わたしが翻訳したバスの時刻表を眺め、フォン・リンデンのモンブランの万年筆を褒めた。わたしが借りていた万年筆だ。ペンは、来《きた》るべき〝裁判〟が心配ではないかとわたしに尋ねた。

「正規の手続きですから」これについては、はっきりと答えるしかなかった。「わたしは銃殺されるでしょうね」彼女は真実を求めているのだから、結局のところ。「わたしは敵地内で民間人のように変装しているところを捕まった、軍の密使なんです。スパイと見なされます。ジュネーブ条約はわたしを守ってくれません」

　彼女はしばし沈黙していた。

「戦時中ですから」わたしはそうつけ加えて、彼女に思い起こさせた。

「そうだわね」彼女は自分のメモ用紙に何かを走り書きした。「なるほど。あなたはとても勇敢だわ」

　なんてくだらない言い草！

「ここにいるほかの捕虜たちのことを話せる？」

「あまり顔を合わせないんです」この手の質問は、はぐらかさねばならなかった。「というか、言葉は交わしません」いや、顔は見ている。しょっちゅう。「ここを見学なさいましたか?」

彼女はうなずいた。「とても快適そうね。どの部屋のシーツ類も清潔だわ。ちょっと質素だけれど」

「暖房もしっかりしていますし」わたしは辛辣《しんらつ》な口調で言った。「元はホテルだったんです。本格的な地下牢はありませんし、湿気もなく、関節炎で苦しむ人もだれひとりいません」

彼らは当番兵用に使っている部屋を、彼女に見せてまわったにちがいない——たぶん、偽の捕虜を何人か入れすらして。ゲシュタポは一階と、ふたつの中二階を、自分たち用の宿舎やオフィスとして使っていて、これらはすべてきれいな状態に保たれている。本物の捕虜たちは、最上階の三階分に収監されている。少なくとも地上十二メートルにいたら、脱出するのはかなり難しい。

ペンは満足げだった。こわばった笑みをフォン・リンデンのほうへ向けて言った。「イッヒ・ダンケ・イーネン——ありがとう」と、かなり重々しく改まった口調で。そのあとフランス語で、この例のない特別な機会に心から感謝するとつけ足した。ペンは彼のこともインタビューするのだろう。わたしとは別に。

ついで、彼女はわたしに身を寄せて、内緒話をするように言った。「何か届けましょうか? 何か——ちょっとした小物はどうかしら? ナプキンとか?」

止まってしまったと、わたしは彼女に告げた。

そう、止まっている。それに、どうせ彼らはペンにそうさせはしまい。でしょう? わからないけれど。ジュネーブ条約によると、戦争の捕虜には実用的な品を送ることが許されている――煙草、歯ブラシ、金鋸《かなのこ》を隠したフルーツケーキなどを。けれど、ついいましがた指摘したように、ジュネーブ条約はわたしには適用されない。ナハト・ウント・ネーベル、〝夜と霧〟だ。ブルブルッ。ジョージア・ペンの知るかぎり、わたしには名前がない。彼女はだれあてに小包を送るの？

彼女は尋ねた。「まさか――？」

考えてみれば、妙な会話だった――わたしたちは暗号で話していた。ただし、軍の暗号でも、諜報部の暗号でもなければ、レジスタンスの暗号でもない――単なる女の暗号だ。

「違う――？」

エンゲルは空白を埋めることができたはずだ。

――あなたに（生理用）ナプキンを送りましょうか？

――いえ、けっこうです。（生理は）止まっていますから。

――まさか（妊娠してはいないでしょうね）？（レイプされたのと）違う？

レイプ。もしそうされたなら、彼女はどうするつもりだったのだろう？

どちらにせよ、正確なところ、わたしはレイプされていない。

そう、止まってしまっただけ。

イギリスを発って以来、一度もない。最初の三週間で、わたしの体は生産活動をやめてしまったのだと思う。いまは基礎的な機能を働かせているだけ。生殖の目的のために呼び覚まされることは二度とないだろうと、悟っている。わたしは無線装置にすぎない。

ペンは肩をすくめ、うなずいた。疑っているように口をゆがめ、両眉を吊りあげて。そんなしぐさは、さしずめ開拓農夫の妻といったところだ。「それにしても、あなた、あまり健康そうではないわね」

わたしはサナトリウムから出てきたばかりで、肺結核との長い闘いに負けつつあるように見える。飢餓と睡眠剝奪が、目に見える痕跡を残しているのよ、**何も知らないお馬鹿さん**。

「五週間も太陽を見ていませんから」わたしは言った。「ですが、故郷でも同じような天気のことがあります」

「ともかく、本当によかったわ」彼女はゆっくりと言った。「ここで捕虜たちがとても恵まれた扱いをされているのを見られて、よかった」

ふいに、彼女は自分のコニャック――口をつけていない、グラスに入っているまるまるひとり分――を、一気にわたしのグラスにあけた。

わたしはだれからも取りあげられないうちに、まるで水兵のように一滴残らずごくごくと飲み干し、その午後ずっと吐き気に襲われた。


昨夜、彼がしたこと――フォン・リンデンが、という意味。彼は仕事を終えたあとでやってきて、わたしの収容部屋の戸口に立ち、ゲーテを読んだことはあるかと尋ねた。彼は、わたしが自分のちっぽけな魂と交換に時間を〝買う〟ことができるという思いつきを、これまでずっと温めてきており、わたしが自分をファウストになぞらえるかどうか考えていた。処刑されるまでの時間を、専制的な支配者と文学について論じながらすごすことほど、妙なことはない。

彼が立ち去るとき、わたしは声をかけた。「ジュ・ヴ・スエットゥ・ユヌ・ボンヌ・ニュイ」――「よい夜をすごされますように」と。彼がよい夜をすごすことを願ってのことではない。ヴェルコール作『海の沈黙』――フランス人の果敢な抵抗を描いた、レジスタンス精神あふれる文学――のなかで、ドイツ将校が宿の主人である断固とした消極的抵抗をするフランス人に毎晩かける言葉だからだ。わたしにその本をくれたのは、去年の終わりごろ、戦場から戻った直後にわたしとつきあいがあったフランス人女性だった。フォン・リンデンもその本を読んだかもしれないと思ったのだ。彼は〝己の敵を知れ〟タイプの人間だから（かなりの読書家でもある）。けれど、彼はそれが引用だと気づかないようだった。

彼が戦争前に何をしていたか、エンゲルが教えてくれた。ベルリンのかなり一流の男子校の校長だ。

校長先生！

しかも、彼には娘がいる。

その娘はスイスの学校にいて、安全だ。スイスは中立国なので、連合国軍の爆撃機が夜間襲撃することはない。彼女がわたしの出身校の生徒でないことは、自信をもって断言できる。わたしの出身校は戦争が始まる直前に、イギリス人とフランス人の生徒の大部分がやめたとき、閉校したから。そのせいで、わたしは少し早めに大学へ入ったのだ。

フォン・リンデンには、わたしよりもほんの少しだけ若い娘がいる。彼が自分の仕事に対してだいぶ冷静に距離を置いている理由が、いまわかった。

それでも、彼に情けがあるかどうか、まだ確信は持てない。結婚式の道具《ウエディング・タックル》（男性器を指す）が正常ならば、どんなにろくでもないドイツ人でも娘の父親になれるのだから。おまけに、残虐好みの教師はいくらでもいる。

ああ、わたしったら。なぜこんなことを書いているの——いつまでも。わたしにはライチョウなみの脳みそしかない。彼にはわたしの書くことすべてが伝わるというのに。

## オルメ　43・11・21　JB－S

　ありがたいことに、エンゲルがゆうべフォン・リンデン用に翻訳するとき、昨日わたしが書いた最後の数小節を省いてくれた。わたしに対する好意というよりも、自分の保身のためだったと思う。エンゲルがおしゃべりであることはいつかだれかが気づくだろうけれど、わたしが彼女を困らせようとしていることに、彼女は気づくようになってきている（しばらく前に、彼女はフォン・リンデンにこう指摘した。わたしがメートル法への換算をすらすらできるくせに、知らないふりをして彼女にいやがらせをすると。けれど、いやがらせならわたしよりも彼女のほうが上手なのは間違いない）。

　わたしはあと一週間もらったうえに、新たに紙を与えられた。とじていない一枚刷りの楽譜で、これも虐殺者の城から不正入手した略奪品に間違いない。この十年ほどのあいだに流行した曲が大半で、フランス人の作曲家による曲もいくつかあり、フルートとピアノ用の楽譜だった。フルートのパートの裏面がすべて白紙なので、わたしはまた大量の紙に恵まれた。いまましいレシピカードにややうんざりしてきていたところだった。わたしたちはまだそのレシピカードを別の仕事用に使っているけれど。

戦時行政政策

わたしはいま、長い話を凝縮している。あまり早く書けない。

マディはそうと気づくまで長いあいだ、特殊作戦執行部《SOE》によって訓練されていた。ジェイミーがイギリス南部のどこかでふたたび飛びはじめたのとほぼ同じころ、またマンチェスターに戻ったマディは夜間飛行の訓練を受けていた。そのチャンスに飛びついたのだ。紅一点であることにすっかり慣れていたし、マンチェスターの補助航空部隊《ATA》の飛行機輸送員にはほかの女性がふたりといたことはなかったので、いつもと変わったことが行なわれているとは気づきもしなかった。

その訓練を受けたほかの人々は、爆撃機のパイロットかナビゲーターばかりだった。飛行機輸送のパイロットは、通常、夜間飛行をしない。実際、マディは訓練期間が終わって登録証にスタンプを押されたあと、しばらくは夜間飛行をしなかった。そのため、技術を保ったままでいるのは難しかった。一九四〇年以降、わたしたちは夏時間をやめず、夏季にはずらす時間が倍になったので、まるまるひと月のあいだは真夜中近くまで暗くならなかった。一九四二年の夏、マディは真夜中に飛びでもしないかぎり、夜間飛行ができたはずはないから、そのことを疑問に思ったりはしなかった。忙しかったせいもある――どんな天候であれ、飛行機輸送を十三日して、ふつか休みというサイクルだった。それに、膨大な意味不明の行政政策があったし、なんとなく的はずれの夜間訓練はさして重要ではないという思い違いもあった。

彼らはマディにパラシュートに関する訓練もさせた――同じく不定期で、明らかに無駄な技術だった。マディは実際のパラシュート隊員として訓練を受けたのではなく、ほかの人たちが降下するあいだの飛行機の操縦方法を習ったのだ。パラシュート訓練にはホイットリー爆撃機が使われる。それはマディが以前に操縦したことのない機種で、彼女の所属する飛行場から飛んだ――そんなことはなんら奇妙だとは思わなかったのだけれど、それも、わたしがチェシャーの低い丘陵（この時点で、わたしは自分のこわいもののリストから〝高いところ〟を消すしかなくなった）へと飛行機から初降下するとき、ふたりめのパイロットとして同行してほしいと言われたときまでだった。マディはまさかわたしと同乗するとは思ってもいなかったし、頭が切れるので、それを偶然の一致とは受け取らなかった。彼女は飛行機に乗りこんですぐ、わたしに気づいた――わたしはいつもと違って、ポニー乗馬クラブの競技に出るかのように、髪を後ろでリボンを使って結んでいたのに（そうしないと、クリスマスケーキに頭を突っこんだみたいに見える、あの小さなかわいいヘルメットのなかにおさまらなかっただろうから）。マディは驚いたことも、わたしだとわかったことも、顔に出さないだけの分別があった。このグループがどんな人間たちなのか――あるいは、どんな人たちではないのか――前もって知らされていたのだ。合計六人のうち、女性はふたりで、全員が初めて飛行機から降下すると。

わたしたちがパイロットに話しかけることも許されていなかった。わたしはその週、三回降下した――女性は男性よりも一回少なく降下訓練をする。しかも、男性よりも先に降下させられる。わたしたち女性のほうが男性よりも上手だとか、勇敢だとか、活発だとか、はたまた単に生き残る可能性が低いから、よぶんな燃料やパラシュートをたたむ手間をかける価値がないなどと見なされていたせいかどうかはわからない。いずれにしても、マディは飛行機のなかでわたしと二度会い、挨拶はしなかった。

わたしは彼女が操縦するのを見たけれども。

実は、わたしは彼女をうらやんだ。その仕事の単純さ、その仕事の精神的な汚《けが》れのなさを――〝飛行機を飛ばして、マディ〟。彼女がしなければならないのは、それだけ。罪の意識も、道徳上の板ばさみも、迷いも、苦悩もない。そう、危険はあったけれど。彼女は常に自分がそれに直面していることを知っていた。さらに、わたしは彼女がその仕事をみずから選び、やりたいことをやっていることをうらやんだ。わたしは自分が何を〝したい〟のか、わかっていなかったと思う。だから、選ばれたのだ。選ぶのではなく。選ばれることには、名誉や栄光がある。でも、自由な意思が入りこむ余地はあまりない。

十三日の飛行と、ふつかの休み。次の食事をどこでとり、夜をどこですごすのか、前もってわからない。とりたてて話すようなことのない人生。ただし、時折、たったひとりで味わう思いがけない予期せぬ喜びの瞬間がある。ひとりぼっちで飛行中の空のなか、チェヴィオット丘陵や、フェンズ沼沢地や、イングランドとスコットランドの境界地方の、高度千二百メートルを水平飛行しているとき。あるいは、スピットファイアのV字形編隊とすれ違いながら、翼を振って挨拶するとき。

　副操縦士であるトムといっしょに（マディは彼よりも飛行時間が百時間も多い先輩だった）、彼女はハドソン機をイギリス空軍特殊作戦用飛行場へ輸送した。ハドソンを輸送するときには、助手のパイロットを伴わなければならない。月光飛行中隊はそれを夜間のパラシュート降下に使う。ハドソンはリジー（ライサンダーの愛称）よりも大きいので、滑走路の短い場所への着陸にはあまり向いていないから。ただ、乗せる人数が多い場合には、ハドソンを着陸させるときもある。マディはそれまでほかの双発爆撃機を何機か操縦していたけれど（たとえば、ホイットリー）、ハドソンは初めてだったため、着陸時に尾部を少し打ってしまった。そのあと、彼女はぶつけた部分を探して、地元の整備工三人といっしょにじっくり時間をかけて尾輪を調べた（三人は、どこも悪いところはないという結論に達した）。マディと副操縦士が輸送証にサインをもらおうと、ようやく本部へ行ったとき、無線係がマディに丁寧に言った。「よろしければ、〝コテージ〟の戦況報告室へほんの数分おいでください。迎えの運転手が来ます。副操縦士にはこちらでお待ちいただきます」

　それは、〝コテージ〟が厳しく立ち入り禁止となっているからだった。その大きな飛行場へ正式な任務で着陸した人間にとっても。とはいえ、もちろん、マディは以前にそこへ行ったことがあった。

　マディは不安にはっと息を呑んだ。軍事裁判？　いや、あれは単なる硬着陸《ハードランディング》だ。それについて整備工と話をしていたとき、副操縦士は彼女を嘘偽りなく支持してくれたし、もし彼女が事故報告書を提出したら、航空省は笑うだろう。彼らの時間を浪費したことで軍事裁判にかけられるかもしれない。ああ――と彼女は思った――だったら、あたしは何をした？

月光飛行中隊のために車を運転している救急看護国防義勇軍の魅力的で賢そうな女性は、マディになんの質問もしなかった。乗客になんの質問もしないよう訓練されているのだ。

〝コテージ〟のなかで、戦況報告室ほど立ち入りが制限されている部屋はほかにない（わたしは知っている）。以前は洗濯室（およそ二百年前）だったと思う。石灰塗料を塗った石壁に囲まれ、床の中央に大きな排水溝があり、部屋を温めるための電気ストーブが一台だけあった。この虎穴でマディを待っていたのは、わが愛しの友人、偽名を使っている情報将校だった。彼の偽名をわたしから聞きだしたいと思うかもしれないけれど、それは無意味というものだ――いまはどうなっているかわからないから。一九四二年初めにジェイミーの面接をしたとき、彼はもうその偽名を使っていなかったし、その洗濯室でマディを追いつめたときにも確かにその偽名を使っていなかった。

その眼鏡は間違えようがなく、マディはただちに彼だとわかり、即座にかなりの警戒心を抱いたので、ドアのなかへ足を踏みいれなかった。彼は、その部屋に以前からずっとある唯一の家具である使い古した松材の机になにげなく寄りかかり、骨張った手を電気ストーブの前で曲げていた。

「ブロダット准将校！」

その男は魅力的だ。

「かようにきみを驚かせるのは、なんとも遺憾なんだが、このように会う約束を前もってするのは不可能でね」

マディは目を大きく見開いた。おばあさんのベッドにいる狼を見つめている、赤ずきんになったような気がした。あなたはなんて大きな目をしているの！

「お入り」彼は招いた。「座ってくれ」椅子が——椅子は二脚あった——ストーブの前に寄せてあった。この冷え冷えした小部屋を居心地のいい打ち解けた雰囲気にすることができるかのように、椅子がそんなふうに置かれているのだとマディはわかった。彼女はふたたび喉をごくりとさせてから、腰を下ろし、ようやく何かを口にする勇気を出した。

「あたしに何か問題でも？」

彼は笑わなかった。彼女の隣に座り、ひたいに気づかわしげなしわを一本刻んで、かがみこんだ。「いや。いや、そうじゃない。きみに仕事があるんだ」

マディはひるんだ。

「きみが望めばだが」

「望みません——」彼女は深く息を吸った。「そういう仕事はできません」

今度、彼は笑い声をあげた。短く、そっと、好意的に、くすくすと。「できるとも。航空輸送なんだ。なんの陰謀も付属しない」

彼女は口をきっと結び、疑わしげに彼を見つめた。

「きみにとって何かが変わるわけじゃないよ」彼は続けた。「大陸へのなんら特別ではない飛行任務だからね」

　マディはあるかなきかの笑みを浮かべた。

「必要なのは夜間飛行と、要請されたときに飛べること。飛行予定について前もって知らされることはない」

「飛行の目的は？」マディは尋ねた。

「効率的にすばやく内密に輸送するべき人間がいるんだ――要求があったとき、それに応じて夜のうちにそこへ行き、戻ってくる。ガソリンの配給に関する心配はないし、国道での時速制限もなく、鉄道時刻で不便な思いをすることもない。鉄道の駅にいるところも、信号の明かりに照らされて自動車の窓から目撃される危険もない。筋が通っているだろう？」

　マディはうなずいた。

「きみは腕の立つパイロットだし、すぐれたナビゲーターで、非常に頭が切れるうえ、並はずれて口が堅い。きみよりも能力のある男性は大勢いるし、女性だって何人かはいるが、この特別な輸送にまさにぴったりなのは、きみをおいていない、と思う。きみはわたしの名前を覚えていた。ここでのわたしたちの仕事についてよく知っていて、そのことをずっと口にしないでいる。こちらに候補者を送ってきたときをのぞいてね。もしきみがこの任務を引き受けるなら、指令はきみの補助航空部隊《ATA》の飛行場を通じて極秘に伝えられる。〝S〟証票で。秘密《シークレット》のSだ。そして、報告書が求められる。きみが送る男女に関しては、何も知らされない。きみはすぐに無数の飛行場を知ることになるだろう」

彼に抵抗するのは、それこそ非常に難しい。というより、おそらくマディは飛ぶ機会をのがせなかっただけなのだ。

「やります」彼女はきっぱりと言った。「やります」

「きみの副操縦士には、こう話すといい。前回の飛行のさい、衣料配給切符をここに忘れてしまって、われわれがそれを保管していたので――」

彼はファイルをぱらぱらとめくり、何かをつかむと腕を伸ばして遠ざけ、ため息をつきながらそれを戻すと、重々しい眼鏡を鼻の上に戻した。「年をとったものでね」彼は謝った。「手元の字が見えにくくなってしまって！　これだ」

彼はその書類をふたたびためつすがめつしたあと、マディの衣料配給切符をさし出した。彼女の胃がひっくり返った。どうやって彼がそれを手に入れたのか、見当もつかなかった。

彼はそれをマディに手渡した。「同僚には、こう説明しなさい。きみが今日ここへ呼ばれたのは、われわれがこの切符を返し、個人的な書類をより注意深く扱うよう訓戒するためだったと」

「はい、以後、その扱いにはいっそう厳重に注意いたします」マディは挑むような口調で答えた。

ああ　いけない。泣きやむまで　ここでやめておかなければ　読めないほど汚れてしまう

ごめんなさい　ごめんなさい　ごめんなさい

## オルメ　43・11・22　JB－S

### 補助航空部隊《ATA》　〝S〟証票（秘密）

最初のころは、ほぼ彼の言ったとおりだった――マディの生活にはほとんど変化がなかった。なんの連絡もないまま数週間がすぎた。その後、週に二度、〝S〟のしるしと、彼女の特別な暗号名《コードネーム》が書かれた証票を渡された――いわば、彼女は〝特殊任務にある〟ということを知らせるために。とはいえ、その任務が通常の輸送飛行と実際に異なるのは、乗せる人間が明らかにパイロットではないという点だけだった。

ついで、特殊飛行が定期的に始まったけれど、頻繁ではなかった。数週間に一度ぐらいだ。この輸送任務にあたって、マディにあてがわれたのは、以前は民間機だった訓練用の小型飛行機や、オープンコックピットのタイガーモスや、プスモスだ。たまにある夜間飛行は別として、マディがやりがいを覚えるような飛行は実際あまりなかった。

記憶に残っているのは、ライサンダーによるある飛行で、それは乗客にふたりの護衛がついていたからだった。ライサンダーにはパイロットと乗客とを分ける、装甲板で強化された隔壁がついている――少し開口部があって、メモやコーヒーやキスなどを送ることができ、パイロットは客に撃たれたくないなら、それを閉めることができる。もっとも、自分の乗った飛行機のパイロットを撃ったら、どこへも迅速に到着せず、墜落する羽目になるけれども。ライサンダーでは、操縦を代わることはできないだろうから。

マディは未来の暗殺者から安全に隔離されていた。彼が暗殺者だとすればだけれど。あとあとまで、その乗客が捕虜として監視つきで輸送されていたのか、保護下にある要人だったのか、わからなかった。いずれにしても、ライサンダーの後部に成人男性三人では、かなりきつかったにちがいない。

そのあと、ついに、わたしの番が来た。

マディは寝る前のココアを飲んでいるところだった。ストックポートにある祖父母の家でくつろぎ、すっかりのんびりしていた。そこへ作戦主任からの電話があり、その夜、別の飛行場へ飛んで、ある人物を乗せ、その人物をほかの場所へ運んでもらいたい、すべてすみやかに、との要請があった。どこへ飛ぶかはオークウェイに着いたら教えられるが、電話では言えない、ということだった。

それは一年前の九月で、輝くばかりに美しい、風のない澄みわたった夜だった。それほどまで飛行に絶好の天気を、マディは数えるほどしか経験したことがなかった。小さなプスモス機を操縦する必要などほとんどなく、ただ暗くなっていく丘に沿って南へと機首を向ければいいだけだった。乗客を拾う飛行場に着いたとき、見事に大きなすばらしい満月が皓々《こうこう》と光を放ちながらのぼってきた。マディが着陸するとすぐに、地元の飛行中隊が離陸した。作戦部の兵舎まで滑走していくあいだには、真新しいランカスター爆撃機が次々と飛び立っていくところだった。それが巻き起こす風を受けて、マディのおとなしいプスモスは機体を揺らした。大型のアオサギの群れに囲まれた、一羽のクイナのように。なにしろ、相手は翼から翼までの幅が三倍もあり、エンジンの数が四倍で、夜間飛行用の燃料や積んでいる爆薬で重く、ドイツ西部の都市エッセンの工場や鉄道操車場を破壊せんとの復讐心に燃えているのだ。マディは作戦部の兵舎の前にある広場までその小さな飛行機を進ませ、エンジンをかけたままで待った。エンジンを切るなと言われていたから。

ランカスター爆撃機が轟音をあげて通りすぎた。マディは鼻を風防ガラスに押しつけて見つめていたので、乗客用の扉が開いたことにすぐには気づかなかった。気配を感じて目を向けると、帽子を目深《まぶか》にかぶり、顔が翼の陰になって隠れた整備工が、乗りこむ乗客に手を貸し、ハーネスを締めてやっていた。荷物は雑嚢《ざつのう》に入れた欠かせないガスマスクだけ。いつもどおり、マディは特別な乗客の名前を知らされていなかった。空軍婦人補助部隊《WAAF》の前びさしのある帽子の輪郭が見え、かなりの緊張のせいで気持ちが高ぶって張りつめた雰囲気は感じたものの、自分が知っている人だという印象はまったくなかった。特殊作戦執行部《SOE》の運転手と同じく、彼女も質問はするなと命じられていた。エンジン音にかき消されないよう声を張りあげて、非常の場合の脱出方法と救急箱がある場所を告げた。

いったん空へ舞いあがってからは、マディは自分から口を開かなかった——特別な乗客とそうしたことは、一度もない。眼下に広がる暗がりが、月光を浴びてときおり銀色に染まると息を呑むほどすばらしい景色だということも、言わなかった。この人物が夜間に運ばれていくのは、その目的地の見当がつかないようにとの理由からでもあるからだ。マディが通常手順として、座席の横からヴェリー信号ピストル（色彩閃光を出す銃）を出したときのカチリという音に、乗客がはっと息を呑んだ。「心配しないで」とマディは叫んだ。「ただの照明弾だから！　無線がないの。この照明があたしたちの位置を知らせてくれるのよ。到着地の管制官がこの飛行機の音に気づかなかったり、こちらに向けて光をあてなかったりした場合に」

けれど、マディが照明弾を使う必要はなかった。一、二分ほど円を描いて飛ぶと、滑走路のライトがまばゆく光ったからだ。そこで、マディは着陸灯をつけた。

なんともきれいな着陸だった。飛行機が完全に停まり、マディがエンジンを切ったあとで、乗客が身を寄せて頬にさっとキスをしてきたので、マディはびっくりした。

「ありがとう。すばらしかったわ！」

整備工が早くも乗客用の扉をあけていた。

「あんただって教えてくれればよかったのに！」マディは声をあげた。その友人は荷物を手に、夜のなかへ消えていこうとしていた。

「空の上で驚かせたくなかったんだもの！」クイーニーはまだきちんと整っている髪を無意識に確かめ、ガゼルのようにぴょんと優雅に跳ねると、飛行機からコンクリートへと飛び降りた。

「飛行機に慣れていないし、夜にどこかへ行かなければならないこともなかったから。ごめんなさいね！」

クイーニーはしばしコックピットに寄りかかった。その後ろで、何人かがうなずいたり言葉を交わしあったりしているのが見えた。午前二時近かった。

「幸運を祈って」クイーニーがせがんだ。「初めての任務なの」

「幸運を祈るわ！」

「終わったら、会いましょう。わたしを故郷へ連れていって」

クイーニーは何人かに連れ添われてコンクリートの向こうへ姿を消した。

マディはだんだんと慣れてきた〝コテージ〟の小さな客室をあてがわれた。何がどうなっているのかを知らないのは、妙な感じだった。しばらくして、うとうとしたかと思うまもなく、その夜の作戦でフランスから戻ったライサンダーに起こされた。彼らの戦利品は、撃ち落とされたアメリカ人飛行士たちと、おびえたフランス人の大臣らのほか、シャンパンひと箱とシャネル五番の香水瓶十六個だった。

その香水がどういうものかをマディが知ったのは、翌朝だれもが浮き浮きしていたからだ。おそらくそれは、シャンパン付きの朝食のおかげだったかもしれない（マディは夜明けにまた飛び立つ予定だったので、賢明にもシャンパンは飲まなかった）。クイーニーは猫のように気取っていて、成功したことで顔が上気していた。オリンピック競技で金メダルを取ったばかりのように見えた。飛行中隊の隊長は、そのとき飛行場にいた女性全員に、フランスの香水をひと瓶ずつ配った。配給ではない卵三ダースと牛乳三リットルをバスケットに入れて、〝自由へようこそ〟の朝食用にと自転車で持ってきてくれた、婦人農耕部隊の女性にも。

自由。ああ、自由。物不足で、灯火管制が敷かれ、爆撃があって、規則に縛られ、日常はほぼあまりにも単調で退屈であっても——いったんイギリス海峡を渡れば、自由がある。なんて単純なのだろう。フランスにいるだれもが不安や猜疑《さいぎ》と無関係ではいられないとは、実に驚くべきことだ。無残な死を遂げるかもしれないという、純粋な不安のことではない。裏切り、反逆、残虐行為、強いられる沈黙といったことへの、意気を阻喪させる油断のならない不安のことだ。隣人を信用できないとか、卵を持ってきてくれる女性を信用できないという不安。ドーヴァーからほんの三十キロほどしか離れていないところでの。あなたなら、どちらを選ぶ？ シャネル五番がいくらでも手に入ること？ それとも、自由？

馬鹿な質問だ、まったく。

さあ、ここで、この報告書にオルメ以前の自分について書かなければならないところへきた。でも、わたしはそうしたくない。

月明かりのなか、ずっと空を飛んでいたいだけ。わたしはマディと空を飛んでいる夢を見た。五分か、もっと短いあいだだけだったけれど、そのとき隣の部屋の苦しげな声が中断していて、わたしは眠りに落ちたのだ。夢のなかで、月はまん丸だったけれど、緑色だった。明るい緑色。それで、わたしはずっと考えていた。〝ライムライトのなかにいるんだわ〟って。でも、言うまでもなく、石灰光《ライムライト》は白であって、緑ではない。化学物質の石灰のことであって、柑橘《かんきつ》のライ《ラ》ム《イム》ではないのだから。夢のなかの月はシャルトルーズ酒の輝きに似て、緑色に光っていた。そして、わたしは不思議に思っていた。自分はどうやってオルメを脱出したのかしらと。思いだせなかった。でも、それはどうでもよかった。わたしはマディのプスモスで故郷へ帰る途中だったし、身の危険はなかったし、マディが隣にいて自信たっぷりに操縦してくれていたし、空は静かで、美しい緑色の月が光をたっぷり投げかけていたから。

ああ、わたしは疲れている。本当にまたよけいなことをして、いま、それを後悔させられているのだ。わたしを監視する人間がいなくなるまで、また仕事に戻されている。これがいいことなのか悪いことなのか、決められない。だって、紙はいくらでもあるので心配はないけれど、今夜、罰としてキャベツスープをもらえなかったのだから。ここ何日か、あまり眠れていなかった（あの哀れなフランス人の女の子のことを、**もうあきらめてほしい**。彼女は絶対に何も話さないだろうから）。

何があったかというと、今朝、彼らがわたしを連れていったとき、気の毒なフロイライン・エンゲルがドアに背を向けてテーブルにつき、わたしの書いたレシピカードにせわしなく番号を振っていたので、わたしは厳しい命令調で低い大きな声を出して「気をつけ《アハトゥング》、アンナ・エンゲル！　ハイル・ヒトラー！」と言い、彼女をびっくり仰天させたのだ。彼女はぱっと立ちあがり、肩を脱臼《だっきゅう》せんばかりの勢いで敬礼した。その顎の下の肉があんなに白くなったのは、見たことがなかった。彼女はまたたく間に状況に気づくと、わたしを力いっぱいバシッと殴ったので、わたしは床に倒れてしまった。チボーがわたしを立たせたら、彼女は気がおさまらずに、またわたしを殴った。アワワワワ。いまでも顎が痛む。あのいんちきなインタビューをまた行なう予定はないのだろう。

あんなもの、やるだけの価値があるのかどうか、わからない。なんとも楽しいひとときだったけれど。ただし、今回わたしが成し遂げたように思えることは、エンゲルとチボーとのまったく予期せぬ衝突だ。

わたしは以前、彼らふたりをローレルとハーディと呼んだことがあった？　そのときは、いまいましいロミオとジュリエットという意味だった。これから書くのは、おふざけ。ゲシュタポの下っ端版だ。

彼女：まあ、あなたってとっても強くて男らしいのねえ、ムッシュ・チボー。あなたが結んだ紐、ものすごくしっかりしてるわ。
彼：そのくらいお手のものさ。ほら、ぎゅっと結んだから、ほどけないだろ。試してごらん。
彼女：ほんとだわ、ほどけない！　ああ、もっときつく締めて！
彼：かわいい人《シェリ》、すべて仰せのとおりに。
これはわたしの足首だ。彼女ではなくて。彼は力いっぱいきつく、男らしい魅力を発揮して縛っている。
彼女：あしたの朝もあなたを呼ばなくてはならないわ、こんなふうにしてもらうために。
彼：縄を交差させてやろう。そして、そうそう、後ろで縛って——
わたし：ぎゃっ、痛い！　痛い！
彼女：黙って書け、このうるさいスコットランドのチビ娘。

いえ、まあ、彼女はそういった言葉づかいをしなかった。けれど、感じはつかめるだろう。何かが持ちあがっている。彼らは部屋を少し格上げしてくれた。わたしのだけでなく。レジスタンスの囚人に対して、情け容赦ないというのに。視察でもあるの？　フォン・リンデンの謎のボス、あの恐るべき親衛隊少佐ファーバー（わたしは角と先割れした尻尾の悪魔を思い描く）の訪問？　たぶん、彼はフォン・リンデンのここでの仕事を点検しているのだ。それで、なぜフォン・リンデンがわたしの書いたものをきちんと整理しにかかっているのか、納得がいく。自分をよく見せようとしているのだ。

わたしは必死に、ものごとが起こった順番に自分の考えを整理しようとしている。とても疲れていて（そのことでお涙ちょうだいの話をしましょうか？）、〝空腹で気が遠く〟なりそう——本当のところ、気が遠くなりそうなのは空腹のせいなのかどうか、わからないけれど、とにかくおなかがぺこぺこで、頭がふらふらしているのだ（例のコニャックの一件以来、もうアスピリンをもらえなくなっている）。たぶんエンゲルのせいで、脳震盪《のうしんとう》を起こしているのだろう。もうしばらく時間を稼ぐために、ちょっとしたリストを作るつもり。

## マディとの飛行

| 時 | 出発地 | 目的地 | 帰着地 |
|---|---|---|---|
| （夜）一九四二年九月 | オックスフォード<br>バスコット飛行場 | ？（特務） | バスコット（翌日） |
| 九月 | バスコット | ブランストン | バスコット |
| 十月 | バスコット | ？（北東） | ニューカッスル<br>その後、列車で<br>オックスフォード |
| 十月 | 〃 | イプスイッチ | 列車でオックスフォード |
| 一九四二年十一月 | 〃 | ？（北東） | 〃 |

（夜）一九四三年一月　〃　？（特務）　バスコット

一月　オークウェイ　グラスゴー　ニューカッスル<br>その後、列車で<br>マンチェスター

一月　オークウェイ　グラスゴー　列車で<br>オックスフォード

この日、グラスゴーの天気はあまりにひどくて、だれも離陸しようとせず、みんなそこで立ち往生していた。わたしは列車で戻ったけれど、マディは雲の切れ間を待つ羽目になった。わたしはいまいましいグラスゴーでの用事がまだ終わっていなかったので、また行かなければならなかった。

一九四三年二月　オークウェイ　グラスゴー　だれが気にする？

三月――五回飛行。あちこちへ。すべてイングランド南部。このうち二回は夜間。

四月——
ああ——

## イギリス空軍特殊任務、国外展開作戦

わたしは任務にも飛行機より列車を使うことが多かった。マディはわたし以外の人々を運んだけれど、その人たちは十中八九、わたしと同じ仕事をしているわけではなかった。ただ、わたしがたったいまリストにした飛行は、重要だ。半年で十五回。マディはわたしよりも秘密を重く受けとめていた。彼女が秘密をどこまで察していたかはわからなかったけれど（結局、さほどではないとわかった。彼女は秘密とされていることを絶対に知ろうとしなかった。なにしろ、そもそも特殊任務職員として雇われたのだから）。

四月最後のその夜、わたしたちは例の飛行場へ戻らなければならなかった。秘密の飛行場。月光飛行中隊がフランス行きのために使っている飛行場だ。当時、ジェイミーがそこに配置されていた。マディは彼と親しく、しばらくそういう仲だった——信用され、受けいれられていて、実際、その夜は夕食に招待されていた。とはいえ、かわいそうなクイーニーの夕食はなかった。いつもの〝連中〟によって、さっさと連れ去られてしまったからだ（本当のところ、わたしの歓迎団はたったの三人ほどで、わたしの崇拝する人も含まれていた。空軍警察の巡査部

長にして、この〝コテージ〟の警備員兼ソーセージ炒《いた》め主任だ。けれど、自分よりも大きい人はだれでも〝連中〟という感じがするし、どこへ連れていかれるのか見当もつかない）。クイーニーは小さな旅行かばんを持っており、それをマディに預けていった。経験から、マディは少なくとも翌朝まで友人に会うことはないとわかった。マディはパイロットたちとの夕食に行った。

それは彼女が頻繁にしていたことではなく――たぶん季節に一度ぐらいだろう――、特別なことだった。なぜなら、ジェイミーがそこにいたから。実は、彼はその夜、送迎任務に出るところだった。これは、いわゆる〝二重ライサンダー作戦〟と呼んでいたもので、同じ飛行場へふたりのパイロットが二機の飛行機を飛ばすことをいう。月明かりを利用して、三機めの飛行機もいっしょに離陸するのだけれど、こちらは厳密には作戦のうちに入らない――飛行隊の新メンバーがフランスへと国境を越えていく初訓練なのだ。新メンバーは、ほかのふたりといっしょにイギリス海峡を越える。そのあと、ひとりで少しだけフランス上空を飛んで、着陸せずに戻ってくるというわけだ。

パイロットのひとりである青年――マイケルと呼ぶことにしよう（『ピーターパン』に登場するダーリング家の末っ子にちなんで）――は、自分のナビゲーション能力にかなりの不安を抱いていた。ジェイミーと同じく以前は爆撃機のパイロットで、常にナビゲーターが隣に座っていて、どちらのほうへ向かったらいいのかを教えてくれていたし、初めてライサンダーを操縦したのはほんの一か月前なのだ。彼の仲間たちは、みんなそうだったので、同情しきりだった。マディは違った。

「リジーの練習を一か月も！」マディは馬鹿にするような口調で言った。「どうしようもないね、そんなにかかるなんて。機器はみんなおんなじなのに。バラクーダ急降下爆撃機だろうが、古いおんぼろのタイガーモス機だろうが。フラップは自動だし！　めちゃくちゃ簡単だってば！」

一同はそろってマディを見つめた。

「だったら、きみが操縦してフランスへ行けばいい」マイケルが言った。

「行くわよ、代わってくれるんなら」彼女はうらやましそうに応じた（高射砲や夜間戦闘機のことは念頭になかった）。

「じゃあ、こうすればいいよぉ」〝あしゆびのないポブル〟のジェイミーがいかにもスコットランド風な発音を強調し、母音を延ばして言った。「このちっちゃな女の子を連れていくんだぁ」

マディは雷に打たれたように感じた。ジェイミーを見上げ、その目におなじみのいたずらっぽい光が宿っていることに気づいた。自分から何も言わないだけの分別はあった。ポブルが許可をもらってくれるか、彼女がいっしょに行けないか、道はふたつしかないのだから。

ほかの面々がどっと笑い、しばらくのあいだ、ああだこうだと意見が飛びかった。その夜に降下する予定の特殊作戦執行部員は、反対だった。月光飛行中隊のパイロットたちは、職務からしてどうしてもひどく突飛な連中で、それを提案として隊長に一任した。隊長は見るからに心揺れていた。そのおもな理由は、その夜、単独飛行をすることになっているのがマイケルだったからだ。

「ライサンダーの後部座席に彼女がいたって、マイケルが飛行機を操縦する役には立たないさ！」

「どうすればいいかを教えてやれるじゃないか。コースをはずれたら、正してやりゃいい」

ジェイミーがからの皿を押しやって椅子の背にもたれ、両手を頭の後ろにやって低く口笛を吹いた。

「へえぇぇ！　彼女がわれらのマイケルよりも腕ききのパイロットだって言うのかい？」

全員がそろってマディを見つめた。マディは非戦闘員の制服を着て、静かに座っていた。金色の翼と黄色のストライプのついた（彼女はそのころまでに将校になっていた）制服を身につけた彼女は非常にきちんとしていて、いかにも有能そうに見えた。マディは勇気をふるって、その夜に降下する予定の特殊作戦執行部員の視線を受けた。彼は反対を取り消そうと頭を振り、〝きみがマイケルよりも腕ききだっていうんなら、ぼくは口にチャックをするよ〟と言わんばかりだった。

「彼女のほうが優秀なパイロットだってことは間違いない」飛行中隊長が言った。

「なるほどぉ。だったら、いったいどうして彼女はおんぼろのタイガーモスで輸送の仕事にあたっているんです？　権謀術数に長けた課報部に電話を入れて、許可をもらってくださいよぉ」ジェイミーが提案した。

マイケルはやや興奮して口を添えた。「これを国境越え作戦とは考えないでください。ぼくには練習が必要なんです」

「作戦飛行でないなら」と飛行中隊長。「諜報部に電話を入れるにはおよばないな。わたしが責任を持とう」

マディはやったと思った。自分の幸運が信じられないくらいだった。

「本件はこの部屋の外に漏らさないように」と飛行中隊長が言うと、全員が表情を消し、何も知らないし関係もないというように肩をすくめた。待機している飛行機に乗るため、マディが外へ出て、特殊作戦執行部員と肩を並べて歩いていくと、整備工たちが怪訝《けげん》な顔を向けてきた。

「マイケルがまたナビゲーションの手伝いをほしがってるのかい?」整備工のひとりが、はしごを使って飛行機の後部に乗りこむマディに手を貸しながら、親しげに尋ねた。

マディは心のなかで、顔中にジャムをつけた少年のようなマイケルは幸せだと思った。フランス中部まではるばる行って戻るあいだの高射砲や飛行目印がひとつ漏らさず詳しく書かれた地図を持っているのだから。

マディは自分の地図を持っていなかった。後部に座るのだから。けれど、両側と後方の目を奪われるような絶景が見えた。いつもはそこまで見られないし、楽しむゆとりもないのだ。仕事もあった。夜間戦闘機がいないかどうか、目を凝らしていなければならないから。イングランド南部の灯火管制された村々の上を低く飛び、海岸に出た。大きな金色の月の光が作戦用ライサンダーの前部にある翼端にあたって青く変わるさまは、星との区別がつかないほどだった。

星はマディの視界のなかで上下左右に動き、光っていたかと思うと消えたりしたけれど、彼女は飛行機の位置がわかっていた。あの川、あの白亜の石切り場、星降る夜のあの河口――見慣れた陸標だ。イギリス海峡の信じられないほど燦然《さんぜん》と輝く美しさが目前に広がった。それは、ちらちらと光を放ちながら果てしなく延びる銀色と青の箔入り布だった。船団の黒いシルエットが見えた。ドイツ空軍に見つかるまで、あとどのくらい時間があるだろうか、と思った。

「ちょっと、マイケル」マディはインターコムで呼びかけた。「このまま行ったらフランスだって思ってるんじゃないでしょうね！　ここで方向を変えて、ずっと南へ飛ぶんじゃない？」

前部から数かぎりない悪態が聞こえてきたあと、パイロットは自制心を取り戻して、コースを正した。その後、恥ずかしげな声がした。「ありがとさん、同志」

〝ありがとさん、同志〟。マディはうれしさと誇りで胸がいっぱいになった。〝あたしは仲間なんだ〟と感じた。いま、フランスに向かっているところなのだ。作戦に参加しているようなものかもしれない。

心奥深くには、ふたつのどうも気になる不安がうごめいていた。(一) ふたりはクビになるかも。(二) 軍事裁判。けれど、マイケルのルートは高射砲や飛行場を避けるよう注意深く計画されていることが、マディにはわかっていた。最も危険なのは、たぶん輸送船団上を横切るときだったということも。安全に帰着すれば、軍事裁判にかけられる心配はないだろう。安全に帰れなかったら、まあ、その場合でも、軍事裁判はたいした問題ではなさそうだった。

いま、彼らはノルマンディー東部の、幽霊のように白い崖の上空にいた。セーヌ川が、太い銀色の網の目がほどけるかのように、港の突端から弧を描いて輝いていた。マディはその川の思いがけない美しさに、息を吞んだ。そして、子どものように涙をこぼしている自分にふと気づいた。攻めこまれている故国のためだけでなく、ヨーロッパすべてのために。なぜすべてがこんなにも恐ろしいほど徹底的にめちゃくちゃになってしまったのだろう?

フランスには明かりひとつなかった。イギリスと同じく灯火管制されていたのだ。ヨーロッパの灯《ひ》はすっかり消えてしまっていた。

「何、あれ!」マディはインターコムに息せき切って話しかけた。

マイケルは同時にそれを見て、方向転換しようと飛行機をぐっと傾けた。円を描こうとして、最初は角度がきつすぎたけれど、やがて方向舵をなめらかに動かした。前方の下に不気味な遊園地さながら光っているのは、灯火管制されているはずの景色を冒瀆《ぼうとく》するように、白くくっきりとぎらぎら輝く長方形の光だった。

「あそこが最終目的地のはずなんだ!」マイケルが言った。

「なんて目的地なの! 飛行場? だとしたら、思いっきり活動してるじゃない!」

「違うんだよ」マイケルは弧を描いて戻り、ふたたびそれを凝視しながら、ゆっくり言った。「違う、あれは強制収容所だと思う。ほら——囲ってある柵のまわりに明かりがある。逃げようとした人間を捕まえるために」

「ここ、正確な最終目的地?」マディは疑わしげに尋ねた。

「こっちが聞きたいくらいだよ」けれど、彼の言葉には自信がにじみでていた。彼は隔壁の隙間から、小型の懐中電灯に続いて、目印の書かれた地図を取りだした。「明かりが漏れないようにして」と彼は言った。「飛行場は三十キロ東にあるはずだよ。そっちにだけは行かないようにしてきたんだ。ぼくには付き添いなんか必要ないのさ」

マディは自分の上着でおおって、地図をじっくり見た。彼女が判断したかぎりでは、マイケルは見事に正しい目標に向かっていた。収容所のぎらつく柵は、川にかかった鉄橋に近く、その川は折りかえし地点を示すものにちがいなかった。マディは懐中電灯を消し、窓の外を見つめた。地図を確かめたことで、夜間視力が利かなくなっていた。けれど、飛行機が折りかえしたことはわかった。

「結局、あたしの助けなんていらなかったんじゃない」彼女はそう言って、マイケルに懐中電灯と地図を返した。

「あのとき、方向を変えることをきみに教わらなかったら、ジェイミーにならって、パリまでずっとオレについていくって顔をしてたと思うよ」

「ジェイミーはパリへ行かないでしょ？」

マイケルはうらやましそうに言った。「エッフェル塔の上空を飛びはしないだろうけど、パリっ子のエージェントを何人か拾う予定なんだ。街のかなり外に着陸しなくちゃならないだろうけどね」そのあと、マイケルはもっと真面目な声でつけ加えた。「とにかく、きみがついてきてくれて、ものすごくうれしいよ。あの収容所にはびっくり仰天した。自分が正しい場所にいるってことには、かなり確信があったんだ。それでも——」

「正しいわよ」マディは言った。

「きみがついてきてくれて、ものすごくうれしいよ」マイケルは繰りかえした。

二時間後、イギリスに戻って着陸したとき、彼はその言葉をまた繰りかえした。三度めだった。ふたりを迎えた飛行中隊長はほっとした顔でにやりとし、鷹揚にうなずいた。「滞《とどこお》りなく行き着いたか？」

「快適もいいところでしたよ。目的地がいまいましい巨大な収容所の隣だってわかった最後をのぞけば！」

飛行中隊長が笑った。「まさしく行き着いたようだな。いつも最初は、そいつに度肝を抜かれるんだよ。まあ、目的地に行けたってことの証明でもあるんだが。あるいは、助けを借りたのか？」

「彼は自力で見つけたんです」マディは心から言った。「いっしょに行かせてもらって、感謝の言葉もありません」

「四月のパリはどうだったかな？」

「感激するくらいすてきでした」マディは占領されて隔てられた近くて遠いパリを思うと、胸が痛んだ。

「今年はだめだ。たぶん来年だな！」

マイケルは口笛を吹きながら、寝にいった。真っ暗な〝コテージ〟のなかを歩くマディの耳に、そのメロディが残った。それが〈思い出のパリ〉（一九四一年のヒット曲、〈ザ・ラスト・タイム・アイ・ソウ・パリス〉）だということにマディが気づいたのは、しばらくしてからだった。

## 飛行終了後の情報報告

明け方の四時近く、マディは意気揚々と、クイーニーとの相部屋へそっと入っていった。灯火管制用のブラインドが下りていることを確かめて、蠟燭をともした。電気をつけて友だちを起こしてしまいたくなかったから。けれど、クイーニーのベッドはからっぽで、寝た様子もなく、上がけは平らで乱れひとつなかった。クイーニーの小さな旅行かばんは、閉まったままベッドの足元にあり、そこはマディがもともと置いたところだった。クイーニーが何をしにここへ来たにせよ、まだその任務は終わっていないのだ。

マディはパジャマを着て、毛布を顎まで引き寄せた。頭のなかは、空と、月明かりと、銀色のセーヌ川でいっぱい。眠れなかった。

クイーニーは五時半に戻ってきた。マディを起こしてしまうかどうかを考えず、ブラインドが下りていることを確認すらしなかった。頭上の電気をつけると、旅行かばんを何ものっていない机に放るように置き、空軍婦人補助部隊規定のパジャマとヘアブラシを出した。そのあと、鏡の前に腰を下ろすと、自分をじっと見つめた。

マディも彼女を見つめた。

クイーニーは感じが違っていた。いつものように髪をアップにしてヘアピンでとめていたけれど、ゆうべマディと別れたときと同じフレンチ・シニヨンの巻き髪ではなかった。ひたいから地肌にぴちっと沿って後ろへとかし、うなじのところで硬いお団子にまとめてあった。すてきではなかった。ひどく平凡に見えた。顔は薄化粧で、これもすてきではなかった。口もとに漂う厳しさは、マディがそれまで見たこともないものだった。

マディは目を凝らした。クイーニーはヘアブラシを置き、空軍婦人補助部隊の青い上着をゆっくりと脱ぎにかかった。すぐに、彼女が注意深く脱いでいることに気づいた。動作が遅いのは丁寧なせいではなく、肩を伸ばすと痛むせいらしかった。彼女はブラウスを脱いだ。

片腕があざで赤黒くなっていた。彼女の腕を情け容赦なく力いっぱい握って、しばらく放さなかった大きな手のあとがくっきりとつき、赤から紫へと変色していた。喉や首のつけ根にも、同じ醜いあとがぐるりとついていた。だれかが数時間前に彼女を窒息させようとしたのだ。

クイーニーはそっと喉に触れ、首を伸ばして、ドレッサーの上の小さな鏡で傷の具合を調べた。部屋はあまり暖かくなかったので、一、二分すると、彼女はため息をついて、パジャマにしている男性用の綿シャツに少しずつ腕を通していった。やはり、注意深い動きで。そのあと立ちあがったけれども、今度は無造作だった。そして、硬くとめつけた髪からスチールのヘアピンをはずした。次に、手の甲で口からベージュの口紅を乱暴にこすり取った。とたんに、ずいぶん彼女らしく見えるようになった。ほんの少し乱れた身なりだったけれど、仮面をはずしたようだった。そこでくるりと振りかえり、自分を見ているマディと目を合わせた。

「おはよう」クイーニーはゆがんだ笑みを浮かべて言った。「起こすつもりはなかったのよ」

「わかってる」マディは待った。何があったのかと聞かないだけの分別はあった。

「見た？」

マディはうなずいた。

「痛くはないわよ」クイーニーは力をこめて言った。「それほどは。ただ——今夜は大変だった。いつもより臨機応変にやらなくてはならなくて。限界ぎりぎりまで——」

彼女はふと煙草を探して上着のあちこちに触れた。マディは静かに見ていた。クイーニーがマディのベッドの端に腰を下ろし、少し震えている手で煙草に火をつけた。

「今夜あたしが飛行士とどこへ行ったと思う？」マディが言った。

「パブ？」

「フランスよ」

クイーニーはぱっと体の向きを変えてマディを凝視し、まだマディの目を輝かせている月と空を見て取った。

「フランスですって！」

マディは内密の飛行の魅力と恐ろしさに頭がくらくらし、両膝を抱えた。

「それをわたしに話してはいけないのよ」クイーニーは言った。

「うん」マディは同意した。「行ってもいけなかった。でも、実際に着陸はしなかったから」

クイーニーはうなずき、煙草にじっと目をやった。マディは友人がこれほど身なりに気をつかわないところなど見たことがなかった。

「ねえ、いま自分がどんなふうに見えると思う?」マディは言った。「ここに入ってきたとき、髪をあんなヴィクトリア時代の家庭教師みたいにひっつめにしてたから、まるで——」

「——アイネ・アゲンティン・デア・ナチス」クイーニーがあとの言葉を引き取って言い、震えながら煙草を長く吸った。

「えっ? ああ。そう。ドイツ人スパイみたいだった。まあ、なんていうか、ドイツ人スパイだって、みんなが思うような。きっぱりしてて、こわい感じ」

「アーリア人にしては、わたしはちょっと小柄だと思うわ」クイーニーは自分を批判的に評価した。ふたたび首を伸ばして、あざになった腕を注意深くさわってから、今度はだいぶしっかりした手つきで煙草を口へ持っていった。

マディは何があったのかと尋ねなかった。クイーニーがこれほどおどおどしていたことはなかった。十五キロの大きな鮭が深いところを泳いでいるときに、水面にいる雑魚《ざこ》を相手にする人ではない。

「ねえ」マディは静かに尋ねた。「いったい何をしてるの?」

「〈不注意な会話は命を奪う〉よ」クイーニーが言いかえした。

「だれにも言わないから」とマディ。「何をしてるの?」

「ドイツ語を話しているのよ。イッヒ・ビン・アイネ——」

「わかるように教えて。通訳をしてる……何の? だれのために?」

クイーニーはまたマディに向き直り、おびえたネズミのように目を細くして見つめた。

「捕虜の通訳をしてるの？　諜報部のために――尋問のときの通訳？」

クイーニーは煙の雲で自分を隠した。

「通訳じゃないわ」彼女は言った。

「でも、さっき言ったじゃ――」

「違うわ」クイーニーも静かに言った。「そう言ったのは、あなたでしょう。わたしはドイツ語を話していると言っただけ。でも、通訳じゃないの。尋問するほうよ」

諜報活動がどういうものかをまだ理解していないなんて、馬鹿みたいね、アマデウス・フォン・リンデン。あなたのように、わたしはただの無線技術士よ。あなたのように、わたしは無線に関してものすごく優秀。

やり方は違うけれど。

いわゆる〝仕事上〟、わたしはエヴァ・ザイラーと呼ばれている。訓練中につけられた名前だ――わたしたちはもうひとりの自分として生活し、息をするよう教えられ、それに慣れていった――ザイラーというのはわたしの学校の名前なので、覚えやすい。うっかりわたしのことをスコッティと呼んだ人には、罰が与えられた。英語を話すとき、わたしはドイツ語なまりよりもスコットランドのオークニーなまりのほうが上手なので、任務中はそうしていたのだけれど、わたしがどちらをしゃべっているのか、相手にはわかりにくいようだった。

初日——最初の仕事、まさに初めてのとき——、そのあとの朝にみんながどれほど浮き浮きしていたかを覚えている？　〝コテージ〟で、シャンパンや香水をみんなに配った朝。わたしは二重スパイを捕まえていた。フランスの抵抗運動員になりすました、ナチのスパイを。彼を怪しいと思った当局は、彼がイギリスに着いたあとで、わたしを引きあわせた。わたしは彼が気力を失ってぐったりしている隙をついた（彼はフランスから連れてこられて、長い夜をすごしていた。みんな、そうなのだ）。彼は女好きだと知られていた。あの凍るように寒い小さな戦況報告室で、わたしが笑ったり泣いたりドイツ語で叫んだりしながら迫ったとき、彼はわたしの言っていることが理解できないとはねつける強さもなかった。その部屋は盗聴されていて、当局はわたしたちの言ったことすべてを聞いた。

いつもそれほど簡単だったわけではないけれど、これがわたしの道を決めた。たいてい、こういう男たちはみんな、すっかり自暴自棄になっていたり混乱したりしているので、わたしが話しかけると、喜んで協力することが多い。たとえわたしの魅力のとりこになっていなくても。安心を与える公式チェックリストを持って姿を現し、スイスで使われる癖のないドイツ語で話しかけると、喜んで協力することが多い。

けれど、この夜は違った。マディがフランスへ飛んだ、この四月の夜は。その夜わたしが尋問した男は、わたしを信じなかった。彼はわたしの裏切りを非難した。祖国に対する背信だと——敵のため、イギリスのために、どんな仕事をしているんだと。彼はわたしを協力者、裏切り者、汚らわしいイギリス人の売女《ばいた》だと言った。

わかると思うけれど、この愚かな男の大きな間違いは、わたしをイギリス人だと言ったことだった。売女――それには腹が立ったかもしれない。汚らわしい――もちろん、これも同じ。ただ、わたしはどんな女であろうと、**イギリス人ではない**。

「あなたは祖国の役に立たなかったじゃないの。捕まってしまったのだから」わたしは大声を張りあげた。「おまけに、シュトゥットガルト（ドイツ南西部の都市）に戻されたら、裁判にかけられるのよ」わたしは彼のなまりがわかったのだ。偶然だったけれど、どんぴしゃだった。「わたしはここで自分の仕事をしているだけだわ。ベルリンの通訳連絡係として」――ええ、そう、わたしはそう言った――「**よくもわたしをイギリス人呼ばわりしたわね！**」

そのとき、彼がわたしに飛びかかってきた――わたしたちは通常こういう男たちを縛らない――そして、わたしの頭を片腕でガシッと絞めつけた。

「助けを呼べよ」男は命じた。

わたしは逃げようと思えば逃げられた。そのような攻撃に備えて自衛する訓練を受けてきたから。わたしが捕まったときに路上で抵抗したことが、その証《あかし》になると思う。

「なぜ？」わたしはまだ彼を鼻であしらっていた。

「助けを呼べったら。おまえのイギリス人のご主人さまたちを助けにこさせろ。でないと、首をへし折るぞ」

「イギリス人に助けを頼むのは、力を借りるということよ」わたしはあえぎながら冷たく言い放った。「何があろうと、わたしはイギリス人に頼らない。さあ、首をへし折りなさい」

彼らが見ていることは、わかっていた。キッチンに通じる細長いのぞき穴があって、そこから見られるのだ。わたしが助けを呼んだり、完全に主導権を発揮できないようだったりしたら、助けにきていただろう。けれど、彼らはわたしのしていることを、わたしがどんな危ない橋を渡ろうとしているかを見て取り、爪をかんで座ったまま、わたしが自力でこの闘いに勝つに任せた。

そして、わたしは勝った。やがて彼が床に泣き崩れ、わたしの脚にしがみついて許しを請う結果となって。

「あなたの任務を話して」わたしは命じた。「あなたの連絡相手を教えなさい。イギリス人たちには、肝心なところをのぞいた話だけを伝えるから。わたしに話して。あなたは祖国の女性に告白したのであって、敵には何も漏らしていないことになるのよ」（わたしは恥知らずだ）「さあ、話して。そうすれば、わたしを殺すと脅したことを許してあげられると思うわ」

そのあとの彼の行動は、手のひらを返したようで戸惑うほどだった。彼が話し終えたとき、わたしはなんと彼の頭のてっぺんに祝福のキスをした。惨めな、情けない男。

その後、わたしは助けを呼んだ。ただし、恐れからではなく、軽蔑すべき相手が用なしになったからだ。

〝すばらしい見ものだったよ。いやはや、きみは鋼鉄のような意志の持ち主なんだな！　実にすばらしい、一流の見世物だった〟

わたしはどれほどの傷を男から受けたか報告しなかったし、彼らは調べようと思わなかった。六週間前にわたしをフランスに着陸させたのは、その夜の鋼鉄のような意志だった。

服を着がえたとき、わたしは髪を普通に戻すのを忘れた。尋問のときは、空軍婦人補助部隊の制服を着ないのだ。その髪型は小さなミスだった。彼らは男がわたしを傷つけたことに気づかなかったし、わたしがときどき致命的な小さいミスをすることにも気づかなかった。

けれど、マディはその両方に気づいた。

「こっちへ来て、温まって」と彼女は言った。

クイーニーは煙草をもみ消し、電気を消した。でも、自分のベッドには入らず、マディの隣にもぐりこんだ。マディはあざになっている肩をそっと腕に抱いた。そのとき、友だちがガタガタと震えていたからだ。それまで、クイーニーが震えるなんてことはなかったのに。

「いい仕事じゃないわ」クイーニーはささやいた。「あなたの仕事みたいじゃないの――後ろめたいものよ」

「あたしだって、後ろめたいよ」マディは言った。「あたしが運ぶ爆撃機は戦争に使われて、人間を殺すんだから。民間人も。あたしのおばあちゃんやおじいちゃんみたいな人たちを。子どもたちも。自分が手を下さないからって、責任がないことにはならない。あなたを運んできたのは、あたしよ」

「金髪の爆弾ね」クイーニーはそう言って、自分の冗談にいきなり笑いだした。そのあと、声をあげて泣きはじめた。

マディは彼女を軽く抱き締めた。友だちが泣きやんだら手を離すつもりだった。けれど、友だちがあまりに長いあいだ泣いていたので、先に眠ってしまった。なので、マディは友人を離さなかった。

わたしは苦しい、とても口にはしないけれど
わたしは苦しい、あの人を想うあまり
ああ、わたしは冬の夜でも起きていられる
ずっとずっと、あの人のためならば

ひたむきな愛に宿るあなたの力よ
ああ、あの人にやさしく微笑んで
さまざまな危機から彼女を守り、
わたしのもとへ無事に帰して

わたしたちふたり、小川の浅瀬で遊んだね
朝日がのぼるのを待ちかねて、日がな一日
けれど、荒々しい海がわたしたちのあいだに広がった

あれからどれほどの日々がすぎ去ったのか

すぎ去ったなつかしい日々のために、友よ
すぎ去ったなつかしい日々のために
さあ、友情の杯をくみかわそう
すぎ去ったなつかしい日々のために

ああ、もう、わたしはものすごく疲れている。夜通し書きつづけさせられたから。まったく眠れなくなって、三晩めだ。ともかく、眠れるのは、ほんのわずか。わたしの監視係であるあの三人の気配はない。チボーとエンゲルはそれぞれの部屋で夜具にくるまり、フォン・リンデンはいま叫んでいるフランス娘の拷問にいそしんでいる。

わたしはマディのことを書くのが好き。思いだすのが好き。そこに焦点をあて、記憶の底をあさり、前後関係を整理して、話を作りあげるのが好き。けれど、わたしはひどく疲れている。今夜はもう何も作りあげられない。わたしが手を止めたり、伸びをしたり、新しい紙に手を伸ばしたり、目をこすったりする様子を見せると、わたしを見張っているこの馬鹿野郎は、吸っている煙草をわたしのうなじに押しつける。わたしがこれを書いているのは、そうすれば彼に火傷させられないからにすぎない。彼は英語（あるいはスコットランド語）が読めないので、わたしが〈タム・オ・シャンター〉の詩（ロバート・バーンズ作）を何ページも書きつづけているかぎり、わたしを傷つけない。永遠にこれをやりつづけることは無理だけれど、ロバート・バーンズの詩ならいくらでも暗記している。

バーンズ。なんていうお笑いぐさ。たくさんの火傷《バーンズ》を阻止するための、バーンズ。

首を切られようと、つるし首にされようと、そんなものはこわくない――

**わたしはオーキンダウン城を燃やしてやる、この命がつきる前に**

燃えてる燃えてる燃えてる燃えてる

ああ、なんてこと。あの写真。

燃えてる

マディ。

マディ

# オルメ　43・11・23　JB-S

ゆうべ、この成りゆきに終止符を打ったのは、フォン・リンデンだった。軽騎兵旅団の突撃さながらに荒々しく入ってくると、何枚もの紙をざっとひとまとめにした。わたしは机にインクがこぼれてたまったなかに、目を閉じて突っ伏していた。

「まったくなんてこった、ワイザー、おまえ馬鹿か？　こんな状態じゃ、彼女は読むに値するものを書けないじゃないか。見ろ――これは詩だ。イギリスの下手くそな詩だぞ。何ページも何ページも！」この無教養なドイツ人は、わたしが覚えているかぎりの〈タム・オ・シャンター〉をくず同然にぐしゃっと丸めた。バーンズをイギリス人だとわかっているなら、みずから認めている以上に英語が読めるのかもしれない。「このゴミを焼いてしまえ。おまえが手を貸さずとも、彼女にはいやというほど的はずれのたわ言を聞かされてるんだ！　こいつに水をやって、部屋へ連れ戻せ。その臭い煙草もやめろ。それについては、明日、話をする」

そんなふうに怒りを爆発させたのは、彼にしては珍しいほどだったけれど、彼も疲れ果てているのだろう。

ええ、そう。そして、**エンゲル**はずっと**泣いている**。目を真っ赤にし、鼻をこすりつづけているので、そこも赤い。勤務中の女監視人、フロイライン・エンゲルが任務がらみで大泣きするとは、何があったのだろう。

## 特殊作戦の訓練

今年四月の悲惨な尋問（諜報部にとっては悲惨ではなかったと思う。でも、エヴァ・ザイラーにはいくらかショックだった）のあと、ベルリンの通訳連絡係は、〝自分の仕事について、これからも続けたいかどうかを考えるため〟、一週間の休暇を与えられた。言いかえれば、クイーニーは優雅に引退する機会をもらったのだ。彼女はキャッスル・クレイグで、貴族である母親とその週をすごした。（言ってみれば）苦労の絶えないミセス・ダーリング——気の毒なミセス・ダーリングは、自分の六人の子どもたちが実際に何をしているのか、いつ来ていつ帰るのか、さっぱりわからなかった。そして、華奢《きゃしゃ》な娘のケルト人特有の白い肌に黒いあざがあることを、おおいに気にした。

「海賊よ」とクイーニーは言った。「マストに縛りつけられたの。キャプテン・フックに」

「このひどい戦争はいつ終わるのかしらね」とクイーニーの母親が言った。「〝何ひとつ隠されていないすべての詳細〟を知りたいわ」

「わたしの仕事の〝何ひとつ隠されていないすべての詳細〟は、公職秘密法の対象になるのよ。それについて何かしらしゃべったりしたら、わたしはそのあと一生、刑務所暮らしだわ」クイーニーは母親に話した。「だから、聞くのはやめて」

　グラスゴーから疎開してきた子どもたちのうち、いちばん年下のロスが、この会話を耳にした。クイーニーが母親になんの詳細も話さなかったのは幸いだった（なにしろ、〈不注意な会話は命を奪う〉とかだから）。けれど、軍務についているとみえるこの美しい無線技術士は、その後クレイグ・キャッスル少年団から心底あがめられる女神になった。なんと海賊に囚われていたのだから。

（このおちびさんたちを、わたしは愛している。切ないほどに。シラミも何もかも、ひっくるめて）

　さらに、この週には、クイーニーのやさしくエレガントなフランス人の乳母、貴族である母親の忠実な話し相手は、慈母のようにクイーニーのセーターを編みはじめた。物不足と配給制のせいで材料がかぎられていたので、一九一二年にオルメの最高級婦人服仕立て人に作ってもらった上下そろいのニットをほぐした、見事な夕映え色の毛糸を使った。わたしのセーターの由来をここで話すのは、最終段階の一部だと思うからだ。その愛すべき乳母は、残念な結果になるとも知らず、まるでドファルジュ夫人（ディケンズ作『二都物語』に登場する革命家）であるかのように、わたしが勇敢に抵抗したときに着ていたウールのセーターのひと針ひと針に、わたしの運命を着実に編みこんでいった。それは軍の支給品にはとても見えなかったけれど、軍務による活動のときに着ていたもので、その証明となる血痕がいくつもある。それに暖かくて、流行を取りいれてあった。少なくとも、流行の名残《なごり》がまといついている。そして、いまでも暖かい。

熟慮のために与えられた一週間の終わりに、わたしは先祖であるスコットランド王マクベスのように煮えきらないながらも、たとえて言うならこの仕事に首までどっぷりとつかっているため、いまさら引きかえす意味はないとの結論を出した。それに、エヴァ・ザイラーでいることも気に入っていた。芝居をすること、別の人物のふりをすること、それが秘密であることが大好きで、自分は重要な存在だとうぬぼれていた。ときに、わたしは〝お客さん〟から非常に有用な情報を引きだした。飛行場の場所、飛行機の種類、暗号といった、あれこれを。

ともかく、あの四月の尋問のあと、だれもが、エヴァも含めて、環境の変化が必要だということで意見が一致した。大陸での数週間がいいかもしれないと。ナチに占領されたフランスなら、彼女の冷静さと複数の言語と無線技術士としての技術が広く必要とされ、役立つだろうと。

そのときは、名案に思えた。

知っているだろうか――たぶん、よくわかっているだろう――敵地では、無線技術士、あるいは特殊作戦執行部で使われる用語である無線電信技師の平均余命が、たったの六週間だと。隠された無線機をあなた方の方向探知機で探しだすのにかかるのが、たいていそれくらいなのだ。レジスタンスにかかわるそのほかの連絡員たちは、暗闇へと逃げ、爆薬を隠し、郵便配達人に任せられない伝言を運び、居所を毎日変え、同じ場所で二度とは会わない。車輪の軸という、動かないため危険にさらされやすいところに位置する無線技術士は、場所を移動させるのが難しく隠しにくい機器にへばりついている。その機器は、暗号による情報が決まった周波にのってせわしなく行き来して、騒がしい電子音を放つため、まるでネオンの広告のように、無線技術士を追跡する者をさし招くのだ。

今日で、わたしがここへ着陸してから六週間経つ。無線技術士としてはまあよく生き延びたものだと思うけれど、捕まる前になんとか無線を送れていたら、こんなに長く生きていられることにもっと価値を見出せただろうに。いま、わたしはおまけの時間を生きている。話すべきことは、もうあまりない。

それでも、フロイライン・エンゲルはマディが行なったフランスへの作戦飛行の話が完結するのをきっと喜ぶだろう。そのことでは、だれかが軍事裁判にかけられるのではないかと思う。だれかはわからないけれど。

特殊作戦飛行中隊の隊長は、わたしを採用するつもりでいた。月光飛行中隊は九月の終わりごろ、やや不調だった。夏のあいだは華々しい成功ばかりで、月に十二回も飛び、その倍の数の工作員を降下させ、多数の避難民を乗せて戻ったけれども、この九月、怪我や事故のせいで、ライサンダーのパイロットは四人に減っており、そのうちのひとりはひどい流感にかかって立てないほどだった（みんな疲れていたのだ）。明らかに先行きが心配な状態である。

わたしの準備には、何か月もかかった。新たなパラシュート訓練のあと、入念な実地訓練があり、わたしは実際の町（彼らはわたしをバーミンガムの見知らぬ町へ送った）のなかをなんとか歩きまわりながら、会ったこともない連絡員への暗号化された伝言を残し、偽の荷物をひそかに受け取る手配をした。おもな危険は、怪しげな行動を警官に見とがめられて逮捕されることだ。その場合、敵のために動いているのではないことを警察に認めてもらうのは、かなり難しい。

その後、わたし自身の任務に関する特別準備があった。あのいまいましい無線機を十回以上も分解しては組み立てること。絶対に自分の服がイギリスと結びつかないよう、肌着からもすべてラベルをとりのぞくこと（あのセーターがいかに理想的な服だか、わかるだろう。どこで作られたか知られることはなく、地方で手に入れた材料で編み直しされたものなのだから）。さらには、長々と続く大量の暗号を覚えること。（わかりすぎるほど）わかっているだろうけれど、無線暗号は覚えやすいように詩に連動させてある。なので、わたしはフォン・リンデンが部下の暗号解読人に〈タム・オ・シャンター〉を読み解くよう命じることをかなり期待し、そうしたらふたりを笑ってやるつもりだった。でも、彼はそんなわたしのもくろみぐらいお見通しだ。

さらに、わたしは自分のことを正直に話していると相手に確信させるための、最も不快な訓練を受けなければならなかった。わたしに対する模擬尋問をするのは、非常に難しいことが判明した。真夜中に起こされて尋問のために引きずりだされると、たいていの人間は狼狽《ろうばい》するものだけれど、わたしはどうしてもそれを真剣に受け取れなかったのだ。そういうやり方を知りすぎるほど知っていたから。五分ぐらい経つと、わたしたちは模擬尋問の詳細をめぐって意見を闘わせているか、わたしが何かに大笑いしているかになる。極端なときには、彼らはわたしに目隠しをし、弾をこめた銃をわたしの後頭部に六時間近くもあてつづけた。それは悪意に満ちていて、疲労を呼び、わたしはやがて少しふらふらになった（わたしたち、みんながそうだった。楽しいものではなかった）。けれど、たとえそうでも、わたしは怖気《おじけ》づかなかった。わかっていたから。結局は自分に危害は加えられないと。彼らは見張りの交代をしなければならなかったので、かかわっている人々は大勢いた。でも、わたしの部隊長《CO》は、それがだれかをわたしに教えるのを拒んだ。彼らを守るために。当然でしょう？　二週間後、わたしは予想した人物リストを彼に渡し、それは九割がた正確だと判明した。数日間、全員に疑うような細い目を向けていたら、次の週、模擬尋問の夜にいた男たちはひとり残らずわたしに飲み物をおごった。女性のほうが見抜くのは難しいけれど、彼女たちがこっそりくれたチョコレートや煙草で、闇市の隅っこに店を開けるほどだった。罪悪感を与えるのは、すばらしい武器になる。

　というわけで、精神面での準備ができたら、今度は荷造りだった。煙草（贈り物や賄賂《わいろ》に）、衣料切符（偽造したり盗んだりしたもの）、配給カード、小額紙幣で二百万フラン（いまは押収されている――そのことを考えると、本当に気分が悪くなる）、銃、コンパス。頭のなかに備わっている知力。そして、いよいよ、月を待つだけとなった。実のところ、わたしは予告なしに行動するよう呼びだされることに、とてもうまく適応できた。そういったことに慣れていたのだ（詩を暗記するのにも）。ただ、月を待って、待って、待つという行為、爪の甘皮をかみながら、空をじわじわと渡っていく月を眺めているのは、かなりの試練だ。午前中ずっと電話のそばに座り、電話が鳴るとびっくり仰天して飛びあがる。そのあと、イギリス海峡に霧が大量に発生したり、着陸する予定の畑を所有している農夫にドイツ軍が見張りをつけたりしたのがわかり、その日は放免される。となると、することといえば、紫煙にけむる映画館に座って六回めの〈老兵は死なず〉（ナチズムに対する批判を描いたイギリス映画）を観《み》る価値があるかどうか、あるいは、もしそうしたら厄介に巻きこまれるかどうか、考えることぐらいしかない。というのも、チャーチル首相はこの映画を認めていないし、自分はひそかにアントン・ウォルブルック演じるドイツ人将校を気高い軍人だと思っていて、わたしの部隊長は間違いなくそのことを知っているからだ。ちょうど、〝首相なんてどうでもいいわ〟と結論を出し、またもやアントン・ウォルブルックと夢心地の午後をすごすのを楽しみにしていると、また電話が鳴り、いよいよ指令が出た。

正しい靴をはいているかしら、と必死に考え、とんでもないことに、わたしの二百万フランをどこへ置いたっけ、などと思う。

## 変則的な輸送飛行

マディは幸運なことに、このようなことに耐える必要がまったくなかった。いつものようにオークウェイ作戦本部から指令書を受け取り、〝S〟マークと〝イギリス空軍バスコット〟という行き先を見て、にんまりした。これから二十四時間以内に、親友とお茶を飲み、ガスマスクと飛行かばんを持ってプスモスへと歩いていくことを、意味していたからだ。それが常だった。もう彼女の日常がどんなものだったかなど、考えもつかなくなっていた。

わたしたちがイギリス空軍特殊作戦執行部に到着したときは、まだ明るかった。月の出は早く、六時半かそこらで、ダブルサマータイム（標準時より二時間早い夏時間）なので、暗くなるのを待たなければならなかった。ジェイミー（呼び出し名はジョン）も、その夜飛んできていた。マイケルも。言うまでもなく、その呼び出し名はすべて『ピーターパン』からの借用だ。その夜の試みはシリウス作戦と呼ばれたが、それはいかにもふさわしく思えた。〝ふたつめの星のところを右に曲がって、朝になるまでひたすらまっすぐ行けば〟、ネバーランドへ行けるわけで、シリウスはふたつの星から成る連星だから。

そのことをこんなふうに話すなんて、いやになってしまう。まるでこの結末を知らないかのように。ほかの結末があったかもしれないとでもいうように。それはロミオが毒を飲むのを見るようなものだ。それを見るたび、彼の恋人が目を覚まして彼を止めるかもしれないと思わされる。それを見るたび、〝馬鹿ね、ちょっと待って〟と叫びたくなる。そして、やがて彼女が目をあける！　〝ああ、あなた、なんてことを。目をあけて。目を覚まして！　こんなときに死なないで！〟けれど、ふたりはいつもそうなってしまう。

## シリウス作戦

わたしが書いたような紙の山は、ヨーロッパ中にどれくらいあるのだろう。わたしたちの沈黙させられた声の、唯一の証《あかし》。それはわたしたちが消えるとき、夜と霧のなかへ消えるとき、書類戸棚や、薄い旅行かばんや、段ボール箱に葬られる？

わたしの書いたすべての記録をあなたが読んだあとで灰にしないとしたら、わたしが表現したいのは――琥珀《こはく》のなかに閉じこめるように、ここに永遠に保存しておきたいのは、この地に来るのがどれほどわくわくするものだったかだ。わたしはプスモスから出て、コンクリートの上をスキップした。葉のけぶるかおりと排気ガスのにおいがする十月のひんやりする空気のなか、フランス、フランス！　と思いながら。またオルメに来た、ようやく！　と。三年前、ドイツ軍が進軍したとき、クレイグ・キャッスルの人たちはみんなオルメを思って泣いた――みんな、ここに来たことがあったから。わたしのおばあちゃんの家族《ラ・ファミーユ・ドウ・マ・グランメール》に会いに。いま、ニレの木はみな伐採《ばっさい》されて薪《たきぎ》やバリケードにされ、噴水は馬への水やりや火事を消すために使われるもの以外すべて干上がっているし、記憶に残る市役所広場《プラス・デ・ジロンデル》の大おじのバラ園は掘りかえされ、その広い場所には装甲車がびっしり並んでいる。わたしがここへ着いたとき、市役所のバルコニーからは、腐りつつある死体がずらりと吊りさがっていた。ここでの日常生活のひどさといったら名状しがたく、これが文明だとすれば、ナッツヴァイラー強制収容所のような場所のひどさは、わたしの小さな脳の限界を超えていて想像もできない。

言っておくけれど、わたしはドイツを愛しているのでドイツ語を話す。ドイツ文学の学位など持っていても、どれほどのいいことがあった？　わたしはドイツ文学が好きだから、読んでいたのだ。ドイチュラント、ダス・ラント・デア・ディヒター・ウント・デンカー。ドイツは詩人と哲学者の国だ。いまのわたしは、ドイツを見ることすらないだろう——ラーフェンスブリュック強制収容所に送られなければだけれど。ベルリンも、ケルンも、ドレスデンも、見ることがないだろう。シュヴァルツヴァルトも、ライン峡谷も、青いドナウ川も。**あなたを憎むわ**、アドルフ・ヒトラー。あなたは利己的ないけすかないチビ男よ。ドイツを自分だけのものにしておくなんて。**あなたはすべてを破壊してしまう**

ああ、いやだ。こんなふうに話をそらすつもりはなかったのに。ただ思いだしたくて——。夕食のあと、わたしのあこがれである警察の巡査部長兼料理人が、どうやって本物のコーヒーをわたしたちにいれてくれたかを。ジェイミーとマディがどんなふうに居間の暖炉の前に寝そべり、炉棚に置かれたキツネやヤマウズラの剝製のガラスの目に見下ろされながら、あらゆる規則に反しつつも、オルメへの航路について話しあったかを。なめらかな金髪のジェイミーと、ぼさぼさの黒髪のマディが、共謀でもするかのようにジェイミーの地図におおいかぶさって。それから、どんなふうにわたしたちみんながラジオのまわりに集まって、BBCで自分たちの暗号が放送されるのを聞いたかを——〝トゥ・レ・ザンファン、ソファン、グランディス〟。この唐突な言葉は、フランスでわたしたちを待っている人々に、その夜だれが行くかを伝えるものだった。それは『ピーターパン』の最初の一行だ。〝子どもはみんな、ひとりをのぞいて、成長する〟ひとりをのぞく、いつもの青年たちが行く——今夜、ひとりの小柄な娘がついていく。

わたしたちみんなはどんなふうに、〝コテージ〟の庭のデッキチェアに震えながら座り、沈む夕日を見たことか。

電話が鳴ったとき、わたしたちみんなはどんなふうに飛びあがったか。

それは飛行中隊長の奥さんからだった。ピーター――本名ではないわよ、エンゲルのお馬鹿さん――は、昼食のとき奥さんに会い、そのあと奥さんを鉄道の駅へ車で送って降ろした直後に、ひどい交通事故に巻きこまれて、あばら骨を半分折り、午後はほとんどずっと意識がまったくなかった。奥さんの乗った電車は軍用列車を優先するため、側線に引きこまれて三時間も遅れたので、そのことをもっと早く知ることができなかった。ともかく、ピーターは今夜フランスへ飛ばないだろうと。

白状すると、代わりを見つけようというのは、わたしの考えだった。

巡査部長が電話を切ったあと、だれもが狼狽と心配と失望のあまり、ため息をつき、しきりに舌打ちした。わたしたちは夕方ずっとピーターの遅い帰りにときどき舌打ちしていたけれど、彼が出発に充分間にあうようやってこないとは、だれも思っていなかった。そしていま、暗くなり、BBC放送が流れ、フランスの受けいれ団体は待っており、ライサンダーは長距離用タンクを燃料で満杯にし、後部座席に銃や無線をぎっしり積みこんで待機していた。コーヒーと勇気と暗号で体を満たし、平らな靴で弾むように歩いているのは、ロンドンと連携しているベルリンの通訳連絡係、エヴァ・ザイラーで、まもなくオルメのドイツ語を話す地下世界へと入っていくことになっていた。

「マディなら、その飛行機を操縦できるわ」

彼女には堂々たる貫禄がある。その夜、彼女が自分をだれだと思っていたにせよ、エヴァ・ザイラーには。そして、人々は彼女に注意を払う。いつも彼女に同意するわけではないけれど、一目置くのだ。

ジェイミーは笑った。ジェイミー、やさしいジェイミー――通訳連絡係の愛すべき足指のないポブル兄さんは笑って、力強く言った。「だめだ」

「どうして？」

「とにかく――だめなんだ！　そもそも規則違反だし、まだ充分慣れていないし――」

「ライサンダーに？」通訳連絡係はとがめるように言った。

「夜間飛行だし――」

「それなら、彼女は無線や地図がなくてもやっているわ！」

「地図を持たずに飛んではいないけど」マディは本心を隠して用心深く訂正した。「それは規則違反だから」

「でも、たいていは目的地や避けるべき場所を記していないでしょう。だから、同じようなものよ」

「夜間にフランスへは飛んでないだろう」ジェイミーは反論し、唇をかんだ。

「兄さんは彼女をフランスへ飛ばしたじゃないの」妹が言った。

ジェイミーはマディを見た。マイケルと、クイーニーの荷造りを監督するためそこにいる女神のような特殊作戦将校と、イギリス空軍警察巡査部長と、その夜に飛び立つことになっているほかの工作員たちは、興味津々《しんしん》で見守った。

ジェイミーは奥の手を使った。

「飛行を許可する人間がいない」

「あのいまいましくてずる賢い情報将校に電話すれば」

「彼には航空関係の権限はないんだ」

補助航空部隊の将校ブロダットがようやく動き、冷静に切り札を出した。

「輸送飛行なら、あたしが許可を取れる。電話を使わせて」

そして、彼女は自分の部隊長に電話し、いつものイギリス空軍特殊作戦の乗客を〝秘密の場所〟へ輸送するよう依頼があったと知らせた。その結果、部隊長はマディに飛行の許可を与えたのだった。

## オルメ　43・11・24　JB－S

いま、彼は知っている。

ナハト・ウント・ネーベル、〝夜と霧〟。エヴァ・ザイラーは地獄で焼かれるだろう。ああ――自分が正しいことをしたかどうか、なんらかの手がかりがあればいいのに。でも、この話をどう終わらせ、エヴァを秘密にしておけるのか、わからない。わたしは彼にひとつ残らず詳細を話すと約束した。どう考えても、彼女の正体を明かしてしまうことが、どんなものであれ、わたしの運命を大きく変えることになるとは想像できない。

おととい、わたしはずいぶんたくさん書いたので、フォン・リンデン親衛隊大尉がその翻訳を読むにはしばらくかかる。彼とエンゲル（あるいは、だれか）は、昨夜わたしがまた収容部屋に監禁されたあと、わたしのいないところで動きつづけていたにちがいない。わたしはまだその日のやりすぎた分をたっぷり眠って取りかえしていなくて、ぐっすり眠っていたのだけれど、午前三時、あるいは何時にせよ、彼が入ってきた――わたしのドアの南京錠と掛け金がドン、ガチャガチャと一連のいつもの音を出しはじめたとき、わたしはとたんに目を覚ました。彼らがわたしの収容部屋のドアの鍵をあけるときに感じる、狂おしいばかりの希望と吐き気を催す恐怖がなんとも奇妙に交じりあった思いが、いつものように押し寄せてきて。空襲があっても眠っていたことは一度ならずあるけれど、自分の収容部屋の鍵があくとき、わたしはたちまち警戒する。

わたしは立ちあがった。壁に背をつけても意味はないし、髪を気にすることはやめてしまっている。けれど、わたしのなかのウォレスはいまだに、自分の足で立って敵に面と向かいたいと思わせる。

もちろん、それはフォン・リンデンだった。〝いつものように〟と言いたいくらい、いままでは仕事が終わるとドイツ文学についてわたしと少しおしゃべりをするために、よくやってくる。一日の過酷な仕事のなかでの唯一の楽しみなのだと思う。寝る前のひととき、『パルツィヴァル』（十三世紀に書かれたドイツの叙事詩）について語るのは、彼の黒い襟章の銀色の星に点々と飛んでいる血を記憶から消すためなのだ。彼がわたしの収容部屋の戸口に立ち、ヘーゲルやシュレーゲル（ともにドイツの哲学者）についてのわたしの意見を求めるとき、わたしは彼にすべての注意を集中させないわけにはいかない（ヘッセやマンといった現代作家をもっと重く受け取る必要があると、彼に提案はしたけれど。ベルリンにいる彼の教え子たちは、きっと『知と愛』（ヘッセ作。知性と愛欲をテーマにした小説）を気にいるだろう！）。

というわけで、予想していないわけではない訪問なのだけれど、ただ昨夜は〝いつも〟と異なった。彼は生き生きしていた。顔は活気にあふれて赤く、両手を後ろに組んで、震えているのがわたしに見えないように（そしてたぶん、彼の指輪に気づかれないように――わたしはそういう些細《ささい》な駆け引きに鋭く気づく）していた。彼はドアを広くあけ、尋問室の燃えるような電球でわたしの収容部屋を照らし、信じられないという口調で言った。「エヴァ・ザイラーだと?」

彼はちょうどそれを知ったところだったのだ。

「嘘つけ」彼は非難した。

いったいなぜわたしがそんな嘘をつくというの? わたしはエヴァ・ザイラーよ。あはは、本名ではないけれど。

それより、彼がわたしについて知っていたので、びっくりした。エヴァ・ザイラーがどういう人物かを彼が知っているようだったので。彼女に関する秘密をうっかり漏らしたのは、おおかた馬鹿丸出しのカート・キーファーだろう。パリに戻り、自分の冒険についてべらべらしゃべったついでに。この男は二重スパイになれるほど賢くないと、わたしは諜報部に警告していた。

エヴァはドイツ兵たちがイギリス人に漏らさない情報を引きだすのが非常に得意だった。そして、おそらく彼女は総統のちょっとした目の上のたんこぶのひとつにすらなっていた。けれど、わたしが話している人間のことをフォン・リンデンが知っているとは思わなかった(もし思っていたら、もっと早く彼女の話をしていたかもしれない)。ともかく、わたしは一瞬たりとも躊躇《ちゅうちょ》しなかった。それがわたしのやり方だ。それこそわたしの何よりも得意なことだ。手がかりがあれば、ほんのわずかな手がかりでも、利用する。重大な結果になるかもしれない小さな発端、というわけよ、いいこと。

わたしは顔にかかっている髪を、以前よくしてもらったように厳しい女校長風にまとめて、片手で頭に固定し、背筋をぴんと伸ばすと、かかとをカチッと合わせた。自分よりも背の高い人間があまりに近すぎるところにいることに耐えられないとしても、その人を見下すふりはできる。わたしはそっけなくドイツ語で言った。「いったいどんな理由でわたしがベルリンとロンドンとの通訳連絡係のふりをしなくてはならないのかしら?」

「証拠は? 正式な書類が何もないじゃないか」彼は勢いこんで言った。「捕まったとき、きみはマーガレット・ブロダットの身分証を持っていたが、マーガレット・ブロダットじゃない。だとしても、なぜエヴァ・ザイラーなんだ?」

このとき彼はわたしに話しているのかエヴァに話しているのか、自分でもわからなかったにちがいない(彼もかなりの睡眠不足に苦しんでいるのだ。仕事の性質上)。

「どちらにせよ、エヴァ・ザイラーに関する証明書はどれも偽造されたものよ」わたしは指摘した。「なんの証拠にもならないわ」

わたしは間を置き――三つ数えてから――彼のほうへ進んだ。まず片方の足の爪先にもう一方の足のかかとをつけ、次に後方の足を前方の足とそろえただけだけれど、つめ寄られたという印象を彼に与えるために。ふたりの距離はまだ充分で、一メートルほどはあったけれど、彼は自分の背丈を有利に利用できなかった。そのあと、もう一歩。彼に身長で優越感を与えるために。わたしは髪から手を離して、彼を見上げた。乱れた髪で女らしく、いかにもか弱いメスの目で。それからドイツ語で、たったいま思いついたというように、驚きと痛みをこめた声で尋ねた。「あなたの娘さんの名前は？」

「イゾルデ」彼は警戒を解き、穏やかな声で答えると、恥ずかしさのあまり真っ赤になった。

わたしは彼の急所を握ったのであり、彼はそのことに気づいた。わたしは大声で笑いだしそうになったけれど、すぐにまた自制した。

「身分証など必要ないでしょう！」とわたしは叫んだ。「証拠なんか必要ないわ！　電気針も、氷水も、電池酸も、灯油《ケロシン》の脅しも！　わたしがするのは質問だけ。すると、相手は答えるの！　あなたが愛しい名前を口にしたのが、何よりの証拠よ。イゾルデって。わたしは無線技術士なの！」

「座れ」彼が命じた。

「イゾルデはあなたの戦時の仕事をどう思っているの？」わたしは尋ねた。

彼は自分の身長をかさにきて、わたしのほうへ最後の一歩を踏みだした。「座れ！」

彼には威圧感がある。わたしは自分がしてきた数多くのちょっとした抵抗のせいで罰を受けることに、ほとほと疲れている。わたしは暴力を受けるだろうと思って（彼みずからわたしに指一本触れたことはないけれども）、震えながらおとなしく座った。わたしは首のまわりに羽根布団を引き寄せた。よろいのような気がして。

「イゾルデはわたしの戦時の仕事について何も知らない」彼はそう言ったあと、急にやさしげな声で歌った。

〝イゾルデ　ノホ

イム　ライヒ　デア　ゾンネ
イム　ターゲスシマー
ノホ　イゾルデ……
ズィー　ツー　ゼーエン、
ヴェルヒ　フェアランゲン！〟
イゾルデはまだ太陽の世界にいる。まだ、ほのかに輝く陽を受けて。イゾルデよ――どれほど会いたいことか！

（それはワーグナーが書いた、死にゆくトリスタンの歌曲のひとつだ。すべてをはっきりとは覚えていないけれど）

彼の声は明るい鼻にかかったテノールで、とても美しかった。叩かれるよりもずっと辛かった。彼の人生の皮肉を見せられるのは。そして、わたしの人生、わたしの人生の。そう、わたしの人生の。イゾルデは昼の太陽を浴びて生きているのに、わたしは〝夜と霧〟に包まれて息づまっている。その不公平さ。すべてにおける、いわれのない不公平。わたしがここにいて、イゾルデがスイスにいて、エンゲルがコニャックを手に入れられず、ジェイミーが足指を失うという。そして、マディ。ああ、大好きなマディ、

マディ

わたしは羽根布団を頭からかぶり、彼の足元ですすり泣いた。

すると、彼はいきなり歌うのをやめ、腰をかがめると、わたしに触れないようにして、そっ

と羽根布団を頭から取った。

「エヴァ・ザイラー」彼はささやいた。「このことをもっと早く告白していたら、これほど痛い目にあうことはなかったかもしれないのに」

「でも、そうしたとしても、すべてを書くことはできなかったわ」わたしは泣いた。「だから、いま白状してよかったの」

「わたしにとってもだ」

（エヴァ・ザイラーは大きな獲物にちがいない！　また同じような鱒を釣りあげたと思ったら、十五キロ近くもある鮭が釣り針のトゲからのがれようともがいているとわかったのだから。彼はたぶん昇進を期待していることだろう）

「きみはわたしを救ってくれたよ」彼は背筋をぴんと伸ばし、礼儀正しく頭を下げた。敬礼とほぼ変わらなかった。最後に彼は丁寧におやすみなさいと述べた。フランス語で「ジュ・ヴ・スエットゥ・ユヌ・ボンヌ・ニュイ」と。

そしてまた、わたしは口をぽかんとあけることで、彼を喜ばせた。

彼はドアをバタンと閉めて出ていった。

彼はヴェルコールの小説を読んでいる――ル・シランス・ドゥ・ラ・メール、『海の沈黙』――フランスのレジスタンス文学を、わたしの薦めにしたがって！　なぜそんな――？

彼はそのことで厄介ごとに巻きこまれるかもしれない。わたしは当惑した。それは彼も同じだろう。

いま、わたしは自分がどこにいるかわかっている。自分がどこから離陸したか、正確にわかっている。わたしたちがどこにいたか、正確に。マディがどこにいたか。

何度も何度も、異なる四人が配給手帳やパラシュートや書類をチェックした。マディに簡潔な指示を与え、帰るときに乗せてくる人物について知らせ、地図や航路を点検し、フランスに着くまでに無線で使うコールサインを与えた（もちろん、〝ウェンディ〟だ）。警察の巡査部長はリボルバーを持たせようとした。特殊任務《SD》のパイロットは全員、フランスへ飛ぶときに銃を持っていく、と彼は言った。万一のために、と。けれど、マディは受け取らなかった。

「あたしはイギリス空軍じゃないから」とマディは言った。「一般人だもん。一般人を武装させるのは国際協定に反するでしょ」

というわけで、彼は代わりにボールペンを与えた――エターペンと呼ばれていて、実にすばらしいものだ。いちいちインクを補充する手間がいらず、すぐに乾く。彼が言うには、飛行機のなかで（航法の計算をするため）使うようにと、イギリス空軍のために三万本を注文してあるということだった。最近フランスからこっそりと助けだされたイギリス空軍の将校が、感謝のしるしとしてそのうちの一本をピーターに贈り、ピーターが巡査部長に贈り、巡査部長がマディに贈ったというわけ。自分の使命を見事に果たしたら、それをほかのだれかに贈るようにと、巡査部長は言った。彼はわたしたちのことが心から好きなのだ。

マディはそのペンをもらって、大げさなほど喜んだ（そのとき、わたしは彼女がなぜそれほどうれしいのか理解できなかった。インクが早く乾き、補充の必要のないペンなんか。けれど、いまならわかる）。彼女は作戦が成功したあとでそれをだれかに贈るということも、気に入った。飛行機で飛行場から飛行場へと送り迎えを繰りかえすやり方に似ているから。彼女は飛行機の客に、小声でこう白状した。「リボルバーなんて持ってても、どうしたらいいかわからないし」と。それはまったくの真実ではなかった。クレイグ・キャッスルへ二度めと三度めに来たとき、ジェイミーが狩猟に連れていったら、なんと彼女はクイーニーの二十番径のショットガンでキジを一羽どころか二羽もしとめたのだから。けれど、マディは謙虚な人だった――過去形でなく、現在形？　いえ、やっぱり過去形だ。謙虚な人だった。

「着陸練習の用意、できた？」マディがなにげない口調で乗客に尋ねた。まるでオルメがオークウェイと同じくいつもの目的地ででもあるかのように。「訓練場に急ごしらえの照明をつけてくれたの。あたし、夜間に照明のついた滑走路に降りたことがあんまりないから。いよいよ出陣となる前に、ちょっと練習してみよう」

「もちろん」彼女の乗客は同意した。どちらも意気揚々とした気分にならざるをえなかった。ひとりはフランスへ向かい、もうひとりは飛行機を操縦するのだ。すべてが積みこまれ、あとはクイーニーだけとなった。巡査部長が手を貸し、彼女をはしごから後部座席へと導いた。

「待って、待って！」

彼女はマディに飛びついた。マディは少なからず驚いた。しばし、ふたりは難破船の生存者みたいにしっかりと抱きあっていた。

「さあ、行くわよ！」とマディは言った。「フランス万歳《ヴィーヴ・ラ・フランス》！」

　ふたりだけの連合軍による共同侵攻。

　マディは照明路に三度も完璧なすばらしい切れのある着陸を行なった。そのあと、ときどきペニン山脈上で悪天候になりつつあることが心配で胃が痛んだときのように、月が隠れるのではないかと心配で胃が痛みはじめた。ようやく彼女はフランスへ針路を定めた。

　サウサンプトン防空気球が月明かりを受けて輝きながら浮かぶさまは、ゾウやカバの幽霊のようだった。マディはイングランド南岸にある銀色のソレント海峡とワイト島の上空を横切った。その後、戦争で引き裂かれたイギリス海峡を。エンジンのうなりに交じって、乗客のハミングがインターコムから聞こえた。〈思い出のパリ〉だ。

「浮かれすぎ」マディが厳しい声で非難した。「真剣になって！」

「常に笑顔でいるようにと言われているのよ」クイーニーは言った。「特殊作戦執行部の教官の手引きに書いてあるわ。笑顔で歌っている人間は、反撃しようともくろんでいるようには見えないから。心配そうな顔をして歩きまわっていたら、何を心配しているんだろうって疑惑を招くのよ」

　マディは答えなかった。その後三十分ほど、いつまでも変わらぬ静かなゆったりとしたイギリス海峡が黒い海面を銀色に輝かせている上を飛んだあと、クイーニーが急に尋ねた。「何を心配しているの？」

「カーン（フランス北西部の都市）の上空がくもってる」マディは答えた。「そして、雲が光ってる」

「どういうこと、光っているって？」

「ピカピカしてる。ピンクがかった色。雷かも。砲撃かも。爆撃機の飛行中隊が炎に包まれて墜落してるのかも。少しコースを変えて迂回《うかい》するね」

これはちょっとしたお楽しみだった。雲が光っているからって、別にいいじゃない？　方向を変えればいいだけ。わたしたちは旅行客なのだから。マディがノルマンディーの沿岸を飛ぶルートを変えたことで、モン・サン・ミッシェルの真上を飛んだ。この要塞島は月明かりにまばゆく輝き、こぼれた水銀のように光る湾内の満ちつつある潮に、長い月影を投げかけていた。いくつものサーチライトが空を行きかっていたけれど、灰色の胴体のライサンダーは姿をとらえられなかった。マディはアンジェー（フランス北西部の都市）に向けて別のコースを飛んだ。

「この調子なら、あと一時間とかからない」マディは乗客に言った。「まだ笑顔？」

「しまりのない笑顔よ」

そのあとは――信じられないけれど、そのあとはしばらく退屈だった。フランスの田舎は月明かりに照らされていても、イギリス海峡ほどには目を奪われなかった。どこがどこやら見分けがつかないほどの暗闇を長いあいだ見つめていたあと、クイーニーは正真正銘、眠ってしまった。後部座席の床に置かれた段ボール箱や梱包《こんぽう》した無線機のあいだで丸くなり、パラシュートに頭をのせて。それは紡績工場の機関室で眠るのに少し似ていた。信じられないほど騒がしいけれども、意識を薄れさせるようなリズムがある。彼女はここ数週間、病的なほどの興奮状態にあったし、いまは真夜中をとっくにすぎていた。

彼女が心地よい眠りから覚めたのは、体が機体の後方へ、十一個の箱といっしょにいきなり叩きつけられたせいだった。怪我はしなかったし、こわくなどなかったけれど、自分がどこにいるのかまったくわからなくなった。大きな衝撃音がぼんやりした頭に響いており、実は彼女が目を覚ましたのは、放り投げられたせいというより、その音だった。明るいオレンジ色の光が後部座席の窓を縁取っていた。ライサンダーが大音響をあげながら東のほうへ急降下していることがわかったとたん、増加した重力にふたたび気を失った。しばらくあとでまた目が覚めたとき、外は暗く、エンジンはまだしっかりと音を立てていて、彼女は崩れた荷物のあいだにうずもれていた。

「聞こえる？　大丈夫？」マディの必死の声がインターコムから聞こえた。「ああ、なんてこと、また来た――」白く美しい火の玉が、透明アクリル樹脂製の操縦席の窓の上を、優美な弧を描いて飛んでいった。音はなく、操縦席を隅々まで照らした。石灰光、ライムライトだ。マディの夜間視力が即座に損なわれた。

「飛行機を飛ばして、マディ」クイーニーはひとり言をつぶやいた。「飛行機を飛ばして」

三年前のマディを考えてみて。砲火を浴びて、恐怖にめそめそしていたかわいい女の子を。ところが、いまの彼女ときたら。交戦地帯で、得体の知れない火と暗闇のなか、損傷を受けた飛行機を操縦している。その親友は、飛行機の後部でへなへなになり、恐れと愛に震えていた。クイーニーにはわかっていた。マディが彼女を無事に着陸させるか、そうしようとして死ぬかだろうと。

マディは操縦桿を、それがまるで生きているかのように縦横無尽に操っていた。リンのピカピカする光に照らされて、彼女の張りつめた手首が疲労して白くなっているのがわかった。乗客の小さな手が、装甲された隔壁の隙間から伸びてきて肩をつかんだとき、彼女はほっとして口から息を吐いた。

「どうなっているの?」クイーニーが尋ねた。

「アンジェーのいまいましい対空砲火よ。尾翼に当たった。高射砲だと思う。戦闘機じゃなくて。じゃなかったら、死んでた。メッサーシュミット110が相手だったら、勝ち目はないから」

「墜落しているのかと思ったわ」

「火を消すために、わざと急降下したから」マディは不機嫌に言った。「風が火を消してくれるまで、できるかぎり速く急降下するってわけ。蠟燭を吹き消すみたいに! ただ、水平尾翼の制御装置の電源が切れたか何か。とすると――」

彼女は歯をきしらせた。「でも、正しい方向へ進んでる。機体はまだ無事だし。急降下したからずいぶん高度が下がっちゃったけど、これから上げればいい。だから、そう、それは問題じゃない。だけど、あんまり高いとこへ行くと、ドイツ空軍のレーダーに引っかかるかも。この飛行機は、ともかく、まだ飛べるし、これまで調子よかったから、予定に遅れてすらいない。といっても、知っておいてもらいたいんだけど、着陸するのは――その――ちょっと大変になりそう。なので、あんたはパラシュートで降下しなくちゃならないかもしれない」

「あなたは？」

「うん、あたしも、たぶん」

マディはこれまで飛行機から飛び降りる訓練をしたことはなかったものの、故障した飛行機を着陸させる訓練は数えきれないくらいしてきていた――そう、故障した飛行機を、さまざまな状況下で着陸させる訓練は。そして、ふたりともわかっていた。こんな場合が千回あったとしても、マディは暗闇へいきあたりばったり飛び降りるよりも、両手で操縦桿を握ったまま死ぬだろうと。

なにしろ、撃ち落とされたイギリス人操縦士のおおかたのように、マディは学校で習うごく基本的なフランス語しかしゃべれず、ナチに占拠されたフランスでなんとかやっていけるような、巧みに偽造された身分証がなかったのだから。

「あんたを降下させてから、飛行機で戻る努力をしようかな」マディはさりげなく言った。歯をかみしめたまま、希望にあふれる言葉を。

「手伝わせて！　何かすることを言って！」

「着陸場所を探して。あと三十分はない。この飛行機の音が聞こえたら、あっちから信号を送ってくる――モールス信号のQを。ツーツートンツーって」

小さな手は離れなかった。

「パラシュートをつけたほうがいい」マディは乗客にうながした。「持ち物を忘れないように確認して」

しばらくのあいだ、後部座席では物音や悪態がひっきりなしに続いていた。数分後、マディは大笑いしながら聞いた。「いったい、なんの騒ぎ?」

「荷物をみんな縛りつけているのよ。明日の朝、またこれを目にできるかどうかわからないとしても、わたしに責任があるから。それに、もし飛行機が地面に当たって跳ねあがるとしたら、電線コードにからまって窒息したくないわ。あと、あなたが着陸しようとする前に飛び降りなければならないとしたら、引きずっていった荷物が頭に当たるなんてことは願いさげだもの」

マディは何も言わなかった。暗闇に目を凝らし、飛行機を飛ばしていた。クイーニーはその肩をふたたびぎゅっとつかんだ。

「もうすぐのはず」マディがようやく口を開いた。その声は、雑音の入るインターコムを通じてかすかにひずんでいて、なんの感情もこもっていない、安心も恐れもない口調だった。「さ、二百メートルまで降下するよ、いい?　さっき言った光を探して」

その最後の十五分間が、いちばん長かった。マディの両腕は痛み、両手はしびれているようだった。まるでなだれを押しとどめているかに見えた。マディはこの半時間ほど地図を見ておらず、記憶とコンパスと星だけから判断して針路を選んでいた。

「やった、めざす場所だ!」マディが唐突に言った。「あのふたつの川の合流するとこが見える?　ちょうどあのあいだに着陸する」彼女は感情を高ぶらせ、身震いした。その肩をつかんでいた励みになる小さな手が、急に離れた。

「あったわ」

クイーニーが指さした。隔壁のほんのわずかな隙間からどうやってそれを見つけたのかは謎だけれど、とにかく彼女にはその合図が見えた。機体の少し左側に。同じ合図を繰りかえす、はっきりした明るい光——クイーンのQを示すモールス信号、ツーツートンツーが。

「あれでいいの？」クイーニーは心配そうに尋ねた。

「そう。そうよ！」

ふたりとも思わず歓声をあげた。

「手が離せなくて、返事ができない！」マディがあえぐように言った。「懐中電灯を持ってる？」

「備品のなかにあるわ。待って——返事はどの文字を使うの？」

「ラブのL。トンツートントン。短く、長く、短く、短く。正しく送らないと、明かりをつけてもらえない——」

「正しく送るわ」クイーニーはやさしく気づかせた。「わたしは眠っていてもモールス信号が打てるのよ。忘れた？　無線技術士なんだから」

オルメ　43・11・25　JB―S

親衛隊大尉フォン・リンデンは、高度の教育を受けていながらわたしほど口の悪い人間は知らないと言う。昨夜の言い争いでわたしが彼の娘の名前を持ちだしたのは、間違いなくあまりにも愚かだった。今朝、わたしは石炭酸を口に塗られることになっている。学校で使うような石炭酸石鹼ではなく、本物の石炭酸――フェノール――で、（ナッツヴァイラー強制収容所で殺人に使われる薬剤と同じものだ――ナチに関する詳細の豊富な情報源、エンゲルによれば、彼女はそれをアルコールで薄めた。激しい火傷の恐れがあるため、混ぜるのに手袋をつけて。けれど、彼女はそれを持ってわたしのそばに来ないだろう。わたしが抵抗するとわかっているし、そうなったら薬品が四方へ飛び散るからだ。たとえ両腕を後ろ手に縛られていても（いま、こうして書いているのだから、縛られてはいないけれど）、わたしはそれを四方へ飛び散らせようと奮闘するだろう。できるだけ準備を遅らせれば、こんな状況は消え失せてくれるかもしれないと願っているし、彼女もそう願っていると思う。

その言い争いは、あの痛ましいフランス娘をめぐって始まった（ここに囚われている女性は、わたしをのぞくと彼女だけだと思う）。彼らはこの一週間ずっと昼も夜も彼女を執拗《しつよう》にいつまでも尋問していて、彼女は彼らと同じく執拗にいつまでも質問に答えるのを拒否している。昨夜、彼女は何時間も騒がしく泣いていた。まさしく心臓が止まるかと思うほどの苦しそうな叫び声をさまざまにあげて。その叫び声に耐えようとしながら、わたしは自分の髪をごっそりと引き抜いてしまっていた（それほど髪が弱っているのだ）。夜がだいぶ更けたころ、わたしはついに耐えきれなくなった――彼女は持ちこたえていたけれど、わたしはだめだった。

わたしはすっくと立ちあがり、声をかぎりに叫びはじめた。フランス語で、その気の毒な抵《アン・フランセ、プール・ク・》抗運動家にわたしの言っていることがわかるように《ラ・レジスタント・マルウルーズ・ピュイス・ム・コンプランドル》。

**「嘘をつくのよ！**　嘘を話せばいいのよ、馬鹿な女！　何かしゃべりなさい！　そんないまいましい殉教者ぶってないで、**嘘をつきなさいったら！」**

そして、わたしは磁器の取っ手があった（わたしがそれをはずして、チボーの頭に投げつけるまで）ところに打ちつけてある鉄製の太い釘を、気も狂わんばかりに抜こうとしはじめた。けれど、それは無駄だった。ドアの取っ手とその付属の金物は形ばかりのもので、外側にかんぬきやら横木やらが取りつけられているのだから。

**「嘘をつくの！　嘘を話しなさい！」**

なのに――望まなかった結果となった。だれかがやってきて錠をいきなりはずしたので、わたしはドアの外へ倒れ、急なまばゆい明かりに目をぱちくりさせながらも、悲惨な状態の娘を見ないようにしているところを、つかんで引き起こされた。

するとそこに、フォン・リンデンがいた。民間人の服装で、凍ったばかりのカーリング用の池みたいに冷たく静かに、刺激臭のある煙のなかにまるで魔王さながら座って（彼が近くにいるところではだれも煙草を吸わない――何が燃えているのか、わからないし知りたくない)。彼は何も言わずに、ただざし招き、わたしは彼のほうへ連れていかれ、乱暴にひざまずかされた。

彼は数分、わたしを縮みあがらせておいた。

そのあと。

「囚人仲間にアドバイスしたのか? おまえがアドバイスしていることに、彼女は気づいていないと思うぞ。もう一度、話してやれ」

わたしはかぶりを振った。今度は彼がいったい何をもくろんでいるのか、さっぱり見当がつかずに。

「彼女のそばに行って、顔を見て、話しかけろ。わたしたちにみんな聞こえるように、はっきりとな」

わたしは言われたとおりにした。わたしはいつもそうする。それがわたしの弱点だ。わたしのよろいにある欠点。

わたしは内緒話をするように、彼女の顔に自分の顔を寄せた。あまりにも近いので、親しい間柄に見えるにちがいないけれど、わたしたちにとっては近すぎて互いをまともに見られない。わたしはごくりと唾を呑んでから、はっきりと繰りかえした。「自分を大事にして。嘘をつくのよ」

彼女はわたしがここへ初めて来たとき、〈勇敢なるスコットランド〉をよく口笛で吹いていた。昨夜は口笛を吹くどころではなかった。話せると思われていることが不思議なくらいだ。彼女の口があんな目にあわされたあとで。けれど、ともかく彼女はわたしに唾を吐こうとした。

「おまえのアドバイスを重く受け取ってはいないんだな」フォン・リンデンが言った。「もう一度、言ってやれ」

「嘘をつけばいいでしょ!」わたしは彼女に叫んだ。

しばらくして、彼女はわたしになんとか返事をしようとした。かすれて、がさがさした、痛みに耐える耳ざわりな声で、みんなに聞こえるように。「嘘をつく?」と、声を喉から振り絞って。「あなたはそうしてるの?」

わたしは罠にはまった。おそらく、彼がわたしをはめようと故意に仕掛けた罠だ。長いあいだ、あたりはしんと静まりかえっていた(感じたほど長くはなかったかもしれない)。そしてようやく、フォン・リンデンが冷たく言った。「質問に答えろ」

そのとき、わたしは理性を失った。

「なによ、この偽善者」わたしは浅はかにもフォン・リンデンに向かって怒鳴った(その言葉をフランス語で言えば彼にはわからなかったかもしれないけれど、それにしても言わないほうが賢かった)。「あなたはこれまで嘘をついたことがないの? いったいどんな仕事をしているわけ? 愛娘《まなむすめ》になんて言っているの? あなたの仕事は何かと聞かれたら、かわいいイゾルデはあなたからどんな真実を聞くの?」

彼は血の気を失った。冷静ではあったけれども。

「石炭酸を」

だれもがためらって彼を見た。

「フランスでだれよりも口汚い女だ。こいつの口を焼いてきれいにしてやれ」

わたしは暴れた。彼の部下たちはわたしを押さえつけながら、使用量についてあれこれ言いあった。石炭酸で彼がわたしを本当に殺したいと思っているのかどうか、はっきりしなかったからだ。注意が自分からそれたのを幸いと、フランス娘は目を閉じて休んだ。部下たちは瓶や手袋を取りだし、室内はいきなり診療所のようになった。なんとも恐ろしいのは、部下のだれひとりとして彼の意図がわかっていないらしいことだった。

「わたしを見なさい！」わたしは金切り声をあげた。「わたしを見て、アマデウス・フォン・リンデン、この残虐好きな偽善者。いいこと、気をつけなさいよ！　あなたはいまわたしを尋問しているんじゃない。これはあなたの仕事じゃない。わたしは無線暗号を吐きだしている敵の情報員じゃないわ！　あなたの娘を大声で侮辱した、ただの口汚いスコットランド女よ！　さあ、ゆっくりと高みの見物をすれば！　イゾルデのことを考えながら！　イゾルデのことを考えながら、見物しなさいよ！」

彼は部下たちを止めた。

彼にはできなかった。

わたしはほっとするあまり息がつまって、あえいだ。

「明日だ」彼は言った。「食事をさせてから。フロイライン・エンゲルが石炭酸の用意の仕方を知っている」

「臆病者！　臆病者！」わたしは激しい怒りに泣きじゃくった。「いまやりなさいよ！　自分でやればいいでしょ！」

「こいつをここから連れだせ」


今朝、いつものように紙と鉛筆がわたしに用意されており、飲み水といっしょに石炭酸とアルコールがあった。フロイライン・エンゲルは、わたしから何か読むものを渡されるのを待つあいだいつもするように、指の爪で机をいらいらと叩いている。今朝わたしが何を書くか見たくて待ちきれないということは、こんな残忍な罰を与えられるなんて、いったいわたしが昨夜何をしたのか、説明されていないのだ。フォン・リンデンは眠っているにちがいない（彼は冷酷だけれど、血も涙もないというわけではないのだろう）。ああ、神さま。わたしには書くことがもうあまり残っていない。彼はわたしを最後にどうするつもりなの？　この話の終わりはおおかた決まっているの？　もう終わらせたいけれど、でも、それについて考えるのはいや。

ミス・Eはわたしに飲ませる水に入れるため、氷を手に入れていた。フランスきっての汚い口を洗い流しにかかるころには、とけているだろうけれど、なかなかいい考えだ。

いま、飛行機はまた空へと舞いあがっている。着陸できない飛行機のなか。下には、オルメの北の畑や川。上には天高く美しい銀色の光を投げかける、まんまるではないけれども澄みわたった月。無線技術士が正しい信号を地上へ発すると、一分もしないうちに、照明路が現れた。よく見慣れた、逆さまになったLの字を表わす、三つの揺らめく光の点。四時間前にイギリスでマディが見事な着陸練習をした、急ごしらえの滑走路とまったく同じだった。

マディは畑の上を一度旋回した。照明路がどのくらい長く明るいままなのかわからないので、それを利用しそこないたくなかった。以前にやったことのある、長い距離をとって着陸する飛行法で下降しはじめた。その肩越しに、隔壁の隙間から、友人が高度を示す計器盤のかすかに光る目盛りを見つめた――あまり低くなっていなかった。

「できない」マディが息を切らして言い、ライサンダーはヘリウムの入った風船のように急速に浮きあがった。彼女が出力を上げたわけではなかったのに。「とにかく、無理！　あたしが着陸させた最初のライサンダーの話、覚えてる？　水平尾翼を調節するハンドルが故障してて、あたしには操縦桿を前に倒しつづけていられるほどの力がないって整備工が思ったときのこと。ただ、そのときは乗りこむ前に水平尾翼をニュートラルに入れておけた。でも、いまはニュートラルじゃなくて、上昇用にセットされたままになってるはず。この一時間、上昇を食い止めるために、あらんかぎりの力が必要だったから。そして、着陸できるように操縦桿を前に倒しつづけていられるほどの力が、あたしにはない。出力を下げつづけてきたけど、効果はちっともない。エンジンを切って、失速させようとしても、まだ上昇しようとするんじゃないかな。そんなことしたら、スピンしながら落っこちて、ふたりとも死んじゃうけど。ま、失速させることができればって話。リジーを失速させるなんて、どだい無理だから」

クイーニーは答えなかった。

「旋回する」マディがうなるように言った。「とにかく、もう一回やってみる。浅い角度で。燃料がまだたっぷりあるから、墜落して燃えあがるのだけは避けなくちゃ」

マディがここまですべてを説明したときには、ライサンダーは七百五十メートルまで上昇していた。マディは手首を何度か曲げてから、ふたたび操縦桿を前へぐっと押さえつけた。「えいっ、こいつめ。くそっくそっ」(〝くそっくそっ〟というのは、マディが使う最大級の悪態だ)

マディは疲れてきた。最初に下降したところまで高度を下げることがどうしてもできず、畑を通りすぎてしまった。急な角度で折りかえした。高度は下がらない。飛行機がどのくらいの速度で飛んでいるのかを判断しようとして、自動下げ翼《フラップ》が警告を発するようにガタガタ鳴り、機体が震えたとき、マディはまたののしった。

「失速させるのはたぶん無理!」マディが息を切らしながら言った。「高度が百五十メートルだって、失速なんかさせたくない。命はないから。考えさせて……」

クイーニーは彼女の考えを待ちながら、高度計を見つめていた。飛行機はまた高度を増してきていた。

「じゃ、故意に上昇する」マディは険しい声で言った。「九百メートルまで。それ以上は高くしない。でないと、あたしが地上に戻れなくなる。あんたは飛び降りても安全よ」

ちょうど、あの恐ろしい見張り三人組が、わたしをどこかへ連れにやってきた。エンゲルがドアの外、わたしにぎりぎり声が聞こえないところへ行き、戸惑った口調で彼らとしゃべっている。三人は手袋をしていないようなので、石炭酸を浴びせにここへ来たわけではなさそう。お願い、神さま。ああ、なぜわたしはこんなに口が悪くて考えなしなの？　いま、彼らが何をしにやってきたにせよ、わたしは何がこわいといって、自分の話を終えられないことのほうが、ずっとこわ十五分もらった。

あの拷問されたフランス娘とわたしは、いっしょに階下へ降りて地下室を抜け、石造りの小さな中庭へ連れていかれた。かつてはホテルの洗濯場だったにちがいない。開いた傷で無残なありさまのかわいい足を引きずり、あざだらけで腫れた血の気のない顔をした、誇り高い彼女は、わたしを無視していた。わたしたちは互いに縛られていた。手首と手首を。石で囲まれた、空の見えるその狭い場所には、ギロチンがしつらえてあった。それはベルリンで女スパイが処刑される普通の方法だ。

わたしたちが待たされているあいだ、彼らはあれこれ準備した。通行人にショックと楽しみを与えるために、小道へ通じる門をあけ放ったり、刃やロープをあるべき場所に引きあげたり、などなど。わたしはその機具がどんな仕組みになっているのか、わからない。最近使われたらしく、まだ血が刃についていた。わたしたちは黙ってつながれたまま立っていた。わたしはこんなふうに思った。彼らはわたしに見物させるだろう。きっと彼女を先に殺し、わたしに見物させる。それから、わたしを殺す。

彼女もそう考えていることがわかった。けれど、もちろん、彼女はわたしに目を向けようとも話しかけようともしない。互いの手の甲が触れているにもかかわらず。

五分経った。

わたしは自分の名前を言った。彼女は答えなかった。

彼らはわたしたちをつないでいた縄を切り、彼女を前へ引っ張った。わたしは見つめていた。

彼女の顔から目をそらさなかった。それが、わたしにできる精いっぱいのことだった。

ギロチンに無理やりひざまずかされる間際に、彼女はわたしに向かって言った。

「わたしはマリー」


自分がまだ生きていることが信じられない。わたしはここ、この同じテーブルに戻され、また鉛筆を持たされている。ただし、いまテーブルの向かいに座っているのはフォン・リンデンで、Eでもなければ丁でもない。彼はわたしを見ている。そうしてほしいと、わたしが頼んだとおりに。

目をこすると、顔についているまだ真っ赤で生々しいマリーの血が、指の関節についてくる。

その日の仕事を続ける前に、これを書きとめてもいいかとフォン・リンデンに尋ねた。彼は、わたしがここで自分の身に起こっていることを詳しく書きすぎると言った。興味深い記録ではあるが、目的にかなっていないと。そのために、十五分しかくれなかった。しっかり時間を計っている。

残りはあと一分。もっと話ができればよかったと思う。彼女のふるまいをちゃんと認めて、わたしの役にも立たない名前なんかよりもっと意味あることを伝えればよかったと。

昨夜、わたしが大失敗したあと、彼らはわたしが嘘をついてきたことを白状させるために脅すという目的以外、なんの意味もなく彼女を殺したと思う。彼女が死んだのは、わたしのせい。これは、心底こわいと思うことのひとつだ。

けれど、わたしは嘘をついていない。

フォン・リンデンが、いま、わたしに言う。「時間だ」

彼はわたしを冷たい目で見ながら、椅子の背にもたれかかる。石炭酸はまだエンゲルが置いていったところにある。ただ、彼らがそれを使うことはないだろう。わたしはこちらをじっと見ているようにと彼に言ったし、彼はそのとおりにしている。

「書け、小さなシェヘラザード」と彼は言う。それは命令だ。「空中での最後について話せ。おまえの話を完結させるんだ」

マリーの血がわたしの両手についている。比喩のうえでも、実際にも。さあ、終わらせなければ。

「いつ飛び降りたらいいのか教えて」クイーニーは言った。「そのときが来たら」

「そうする」

マディの肩に置かれた小さな手は、上昇中ずっと離れなかった。マディははるか下の照明路をちらりと見下ろした。三つのごく小さな光の点が、合図し、招き、呼んでいた。そして、彼女は着陸を試みようと決心した。けれど、客を乗せてではない。ほかの人間の命を、手中にしたままではない。奪ってしまうかもしれないだれかの命を。

「いいよ」マディは言った。「ここから降りて大丈夫。ちょっと風があるから、あの光にじっと目をこらして、照明路に降りるようにして！　彼らはあなたを待ってる。降り方はわかってるでしょ?」

クイーニーはマディの肩をぎゅっと握った。

「急いだほうがいい」とマディ。「このいかれちゃった飛行機がもっと高いところへ行かないうちに」

「キスして、ハーディ」クイーニーが言った。

マディは息を切らしながらむせび泣くように笑った。肩にのっている冷たい手のほうへ顔を向け、心をこめてキスをした。小さな手がマディの頰をさっとなで、最後にもう一度肩をぎゅっと握ると、隔壁から引っこんだ。

マディは後部座席の天蓋《キャノピー》が開く音を聞いた。重みがかかったとき、飛行機がほんのかすかに沈みこんでバランスが崩れるのを感じた。そして、彼女はひとりで飛び降りた。

オルメ　43・11・28　JB-S

あなたはメアリーを知っているでしょう。スコットランドの女王を（その祖母は偶然わたしの祖母と同じフランス人だ。彼女の母親と同じく）。スコットランドの女王メアリーは、小さな犬を飼っていた。彼女に忠実なスカイテリア（長毛短脚のテリア）を。メアリーが首を切られた少しあと、見物していた人々は、メアリーのスカートが動くのを目にして、首のない死体が立とうとしているのだと思った。けれど、結局、その動きは犬のせいだとわかった。メアリーがスカートのなかに隠して、いっしょに断頭台まで連れていったのだ。メアリー・スチュアートは品位と勇気をもって処刑にのぞんだとされている（自分は殉教者であることを示すため、真紅のペチコートを着ていた）。けれど、飼っていたスカイテリアをこっそりと身に引き寄せ、震える肌にその温かくすべらかな毛を感じていなかったら、そこまで勇敢ではいられなかったにちがいない。

この三日間、わたしは自分が書いてきたものを読みかえして確認することを許されてきた。わたしが書いたものは筋が通っているし、なかなかいい話だ。

フロイライン・エンゲルは、それでも、これが当然あるべき結末にならないことに失望するだろう。おあいにくさま。彼女もあの写真を見ている。希望にあふれ、挑戦的な話を作りあげるのは、真実を話すつもりなのだから、意味がない。でも、正直になって、アンナ・エンゲル。アメリカ人みたいな軽い言い方をすると、マディはバッチリ着陸して、無事にイギリスへ戻ったんじゃない？　だって、それこそハッピーエンドであって、陽気な女の子の冒険物語の正しい終わり方だもの。

この紙の山は、うまく積み重ならない。幅も長さも厚さも、それぞれ異なる紙ばかりだから。最後に書くのに使うしかないのがフルートの楽譜で、うれしい。気をつけて書かなければ。もちろん、両面を使わなければならないので、楽譜のほうにも書くしかないのだけれど、音符のあいだに鉛筆でごく薄く書いた。だれかがいつの日か、これをまた演奏したいと思うかもしれないから。エステル・レヴィではない。これは、その人の楽譜だ。聖書から取ったヘブライ人の古典的な名前が、一枚一枚の楽譜の上に丁寧に書きこまれている。彼女がだれにせよ、この楽譜をまた目にするだろうなんて考えるほど、わたしは愚かではない。でも、たぶん、ほかのだれかが。爆撃が終われば。

形勢が変われば。そして、きっとそうなる。

ひとつ気づいたのは、この話を読みかえして、親衛隊大尉フォン・リンデンですら思いいたらなかったのは、わたしがこの三週間に書いたなかに、自分の本当の名前をいっさい書いていないことだ。あなたたちはみんな、わたしの名前を知っているけれども、そう、フルネームは知らない。だから、これ見よがしに、誇りをこめて、書こう。子どものころ、自分のフルネームを書くのが好きだった。わかると思うけれど、子どもにとって、それはとても達成感のあるものだったのだ。

ジュリア・リンジー・マッケンジー・ウォレス・ボーフォート＝スチュアート

これが、あなたたちの手には入らなかった、わたしの本物の身分証に書いてある名前。わたしの名前は、それ自体、総統に対するちょっとした反抗だ。わたしにはまったく似つかわしくないほど英雄めいている。それでもわたしはいまだにそれを文字にするのが好きなので、また書こう。ダンスカードに書くように。

レディ・ジュリア・リンジー・マッケンジー・ウォレス・ボーフォート＝スチュアート

でも、わたしは自分をレディ・ジュリアだとは思ってもいない。わたしはジュリーだ。スコッティではない。エヴァではない。クイーニーではない。この三つに返事はしたけれど、この名前では決して自己紹介しない。そして、これまでの七週間、〝ボーフォート＝スチュアート空軍婦人補助部隊将校〟であることが、どれほどいやだったか！　親衛隊大尉フォン・リンデンはたいていわたしをそう呼ぶ。とても礼儀正しく、形式的に。「さて、ボーフォート＝スチュアート空軍婦人補助部隊将校、今日は非常に協力的だったな。そこで、たっぷり水を飲んだら、第三の暗号に入ろう。正確に頼むぞ、ボーフォート＝スチュアート空軍婦人補助部隊将校、だれもこの真っ赤に焼けた火かき棒をその目玉に突っこみたくないからな。だれか、ボーフォート＝スチュアート空軍婦人補助部隊将校が自分の部屋へ戻される前に、その汚れたパンティーを水洗いしてくれないか？」

だから、自分の名前ではあったものの、わたしは自分をボーフォート＝スチュアート空軍婦人補助部隊将校だとは思っていないし、ましてや、彼がわたしを呼んだ別の名前、シェヘラザードでもない。

わたしはジュリーだ。

それは兄たちがわたしを呼ぶ名前、いつもマディがわたしを呼ぶ名前、わたしが自分を呼ぶ名前であり、マリーに教えた自分の名前だ。

ああ、神さま――いま書くのをやめたら、彼らはこの紙を持っていくだろう。全部。黄ばんだレシピカードも、処方箋も、浮き出し模様の入ったシャトー・ドゥ・ボルドーの便箋も、フルートの楽譜も。そしてわたしはフォン・リンデンの決断を待つしかなくなる。メアリー・スチュアートにはスカイテリアがいた。わたしは自分の処刑にのぞむにあたって、どんな慰めを持っていける？　わたしたち――マリー、マディ、キャベツを盗んだ日雇い家政婦、フルートを吹く少女、ユダヤ人医師――にとって、ギロチン台にたったひとりでいるとき、あるいは空の上や、息苦しい貨物列車のなかにいるとき、どんな慰めがある？

なぜ？　なぜなの？

わたしは自分の時間を稼いだだけ。これを書く時間を。実際には役立つことをだれにも何ひとつ話していない。お話を語っただけ。

でも、わたしが語ったのは真実だ。それは皮肉じゃない？　わたしがここへ送られたのは、わたしがとても上手に嘘をつけるから。なのに、わたしは真実を語った。

締めくくりにするためにずっと取っておいた、感動を呼ぶ有名な最後の言葉を、わたしは実にしっかりと覚えている。それはエディス・キャヴェルの言葉だ。彼女はイギリスの看護婦で、一九一四年から一九一八年まで続いた先の戦争において、二百人もの連合軍兵士をベルギーから密出国させたのだけれど、捕まり、反逆罪で銃殺された。その非常に不格好な記念碑が、トラファルガー広場にほど近いところに建っていて、わたしは最後にロンドンへ行ったとき〈思い出のロンドン〉、爆撃されてはいないけれど土嚢にうずもれたそれを目にした。彼女の最後の言葉が、銅像の台座に刻まれている。

〝愛国心があるだけでは充分ではありません。わたしはだれに対しても憎しみや恨みをいっさい持っていないのです〟

彼女の頭にはいつも必ずハトが止まっている。土嚢が積まれていてさえも。〝空飛ぶネズミ〟に対して彼女が憎しみを感じないでいられる唯一の理由は、亡くなってもう二十五年以上も経っていて、〝ネズミ〟がいることなどわからないからだと思う。

彼女の本当の最後の言葉は、〝祖国のために死ねるのはうれしいです〟だったという。そんな殊勝らしげなたわ言など、とても信じられない。キスしてくれ、ハーディ。そう、わたしは〝キスしてくれ、ハーディ〟のほうが好き。すばらしい最後の言葉だ。ネルソン提督がそう言ったとき、それは本心だった。エディス・キャヴェルは自分を偽っていた。ネルソンは正直だった。

わたしも正直だ。

さあ、わたしの話は終わった。だから、ただここに座って、何度も何度もそれを書く。これ以上起きていられなくなるか、だれかがわたしのしていることを見つけてペンを奪うかするまで。わたしは真実を話した。

わたしは真実を話した。わたしは真実を話した。わたしは真実を話した。わたしは真実を話した。わたしは真実を話した。わたしは真実を話した。わたしは真実を話した。わたしは真実を話した。わたしは真実を話した。わたしは真実を話した。わたしは真実を話した。わたしは真実を話した。わたしは真実を話した。わたしは真実を話した。わたしは真実を話した。わたしは真実を話した。わたしは真実を話した。わたしは真実を話した。わたしは真実を話した。わたしは真実を話した。わたしは真実を話した。わたしは真実を話した。わたしは真実を話した。わたしは真実を話した。わたしは真実を話した。わたしは真実を

O. HdV. A. 1872 B. No. 4 CdB

〈ニコラウス・ファーバーからアマデウス・フォン・リンデンへの通達。ドイツ語からの翻訳〉

武装親衛隊N・J・ファーバー

オルメ ᛋᛋ

一九四三年十一月三十日

親衛隊大尉フォン・リンデンに告ぐ

本状は最後通告である。ボーフォート‐スチュアート空軍婦人補助部隊将校は、〝夜と霧〟の囚人とされているにもかかわらず、貴君の管理下にある姿が二度も目撃されている。同様の状態が続くなら、貴君に対して規定の行動を起こさざるをえない。

彼女を標本としてただちにナッツヴァイラー‐ストリュートフへ送るよう勧告する。指令により、彼女は六週間後に致死注射によって処刑されるだろう。実験に耐えられた場合ではあるが。

もし貴君がこの狡猾《こうかつ》な嘘つき女にほんのわずかな同情を示しでもしたら、貴君を銃殺刑に処するほかない。

ハイル・ヒトラー！

# 第二部　キティホーク

あたしの手もとにあるのは、ジュリーの身分証。
あたしのもとにあるのは、ジュリーの身分証。
あたしの手もとにあるのは、ジュリーの身分証。
**まったくもうなんてこと　くそっくそっ　こんちくしょう**
**あたしの手もとにあるのは、ジュリーの身分証**
**身分証なしで、どうするっていうの？？？**
どうするっていうの？

いつこうなっちゃったのか、てんでわからない。ジュリーは自分の身分証を確かめたし、あたしも自分の身分証を確かめたし、シルヴェイ巡査部長は両方の身分証を確かめたし、ジュリーの面倒を見てるあの女校長みたいな特殊作戦執行部将校も確かめた。みんなが確かめた。だれだって、入れかえることはできた。

くそっ。くそっくそっ。彼女はあたしのを持ってるにちがいない。

ここに書いたりするのはあんまりよくない――あたしの補助航空部隊《ATA》飛行士手帳をよごしちゃうし、何かあった場合に備えて、たぶん記録なんかするべきじゃない。でも、何か読むとか書くとか、なんにせよすることといったら、これしかない。レジスタンス仲間のひとりが戻ってくるまでは。もっと早く点検しとけばよかった。あたしたちがここに着いてから、二日も経ってる。何度も何度も見たけど、補助航空部隊の隊員証はあたしのものだ。でも、飛行免許証と国家登録証がなくて、その代わりにジュリーの配給切符と偽造した身分証《カルト・ディダンテイト》がある――ちっとも彼女らしくない写真、いかにもこわそうなナチのスパイって顔をしてる。カタリーナ・ハービヒト。彼女のことをカタリーナだなんて思えやしない。この夏ずっと、彼女はあたしにケーテって呼ばせようとしたけど――あたしは彼女をエヴァだと思うことに慣れただけだった。

自分の身分証がどうとか、ないとかってことより、**フランスにいるはずなのはあたしじゃない**ってことのほうが大問題。だって、ここにいることになってるジュリーに、**身分証がない**んだから。あたしが彼女の**偽造した身分証**を持ってるんだから。

なぜ――どうやって？　諜報部があたしの衣料切符を取りだしたときかも。とにかく、わざとやられたんだ。もっと注意するべきだったのに。

どうしたらいいんだろ。

こんなこと書いてるとこを捕まったら、困ったことになっちゃう。相手がだれでも――ドイツ人でも、フランス人でも、イギリス人でも。アメリカ人でさえ。何も書いちゃいけない。**軍事裁判**。でも、あたしはほかにすることがひとつもなくて、世界一すごいペンを持ってる。エターペンっていって、先端に小さなボールベアリングがついてて、たちまち乾く印刷インキがたっぷり入ってる。インキがボールのまわりを伝っておりてくるんだ。飛行機で飛んでるときだって書けるし、にじまないし、インキは一年ももつ。このペンを発明した亡命中のハンガリー人新聞記者に、イギリス空軍は三万本も注文してて、あたしが持ってるのはサンプルのひとつで、シルヴェイ巡査部長からの贈り物。彼は女性パイロットや、小柄な美人二重スパイにやさしい。

書いちゃいけないってことはわかってるけど、何かしなくちゃいられない――何か。あのついさっきの輸送飛行は、〝S〟扱いだろう。ってことは、報告書を書かなくちゃならない。事故報告書も。うえっ。どっちみち書かなくちゃならないんだ。だったら、書いとこう。

事故メモ

一九四三年十月十一日、オルメ近くのダマスクの畑に強行着陸――航空機ライサンダーR3892

飛行許可は部隊長から取得。出発前、夜間着陸に四回成功、三回は似せて作った仮の照明路で。順調にイギリス海峡を飛行するも、高射砲の射撃を避けるため、カーン上空で予定航路からそれる。新たな航路により、モン・サン・ミシェルからアンジェーへ。そこで、地上から飛行機が砲撃され、水平尾翼に当たる。火を消そうと奮闘したものの、水平尾翼のコントロールがまったくきかず、水平飛行が不可能に。こうして機体は急上昇を続ける体勢となり、下降のための操作がほぼできなくなった。

いまそのことを考えてみると、水平尾翼を調節するケーブルが、急降下からの上昇中にプツンと切れちゃったにちがいない――でなければ、急降下できたはずはないから。

そう思うと、ぞぞっとした、いまさらながら。

まあいい。どこまで書いたっけ？　上昇するようにしか機器が動かず、方向舵《だ》も動きにくくなった。エンジン圧力と温度&燃料計は良好だったので、飛行を続けて目的地へ。そこは（乗客の手伝いのおかげで）難なく見つかった――ただ、到着はしたものの、降下がかなり難しいとわかり、着陸できるか心配だったので、乗客には畑上空から脱出してもらうことに決定。彼女は適切な訓練を受けてたし、タンクに燃料が半分残った状態で、プラスチック爆薬808を二百キロ以上も積んだまま強行着陸した結果、無線機を爆破してしまうよりは、パラシュート降下したほうが命の危険はなさそうだったから。

前もって畑の上空を二度旋回してから、乗客を降下させたあと、着陸はひどく難しいとわかったので、三十分ほど上空にいて、燃料を使いきってから、着陸のため最後の試みをした。照明路がまだ明るかったので、自分が降りることをまだ待ってくれてるんだと思ったし、そう信じるしかなかった。きっと乗客が無事に降下して、飛行機の損傷について受けいれ団体に知らせてくれたんだろう。水平飛行を保つのはなおも大変な状態が続いてたけど、やがて高度を下げることに挑んだ。

このくそ飛行機をいったいどうやって着陸させたのか、よくわからない。粘りに粘ったおかげかな。方向舵をいくら操作しても下方へは向かわなかったし、フラップを下げて低速にしたまま出力をゼロにしても、こいつは機首を上げたがってた。結局、着陸灯をつけられずに、暗闇のなかを後部から落ち、ふたたびまっすぐはねあがって――地上からその姿を見てみたかった――水平尾翼がボキッと折れたあと、かわいそうなリジーは畑の突端の軟らかい地面、もう少しで川が流れているすぐ近くに、胴体の後方が突き刺さった格好で止まった。まるで立ってるかのように。飛行機全体で空を指さすように。ディンプナのプスモスがハイダウン・ライズに不時着したときのことを考えた。そのときは反対に機首が下だったけど。何が起こったのか、しばらく経つまでわからなかった。だって、操縦桿《かん》がガシッと胃にあたって息ができなくなると同時に、隔壁の装甲板に後頭部をぶつけたから。操縦席であおむけになって伸びている格好で目が覚めると、星が見えて、爆発するまでどのくらい時間があるだろうって思った。

あたしはこれを事故報告みたいにしようとしてるんじゃない。とんでもない。ただ、覚えてるうちに書きとめとこうとしてるだけ。

強行着陸のための操縦士の手引きや標準規定に従って、着地の前にイグニッションスイッチと燃料スイッチを切ってあったので、あたりはしんと静かだった。ちょっとしたきしみは聞こえたけど、それだけ。すると、受けいれ団体の男性三人、うちひとりはイギリス人（特殊作戦執行部員で、この輸送任務の組織者《オーガナイザー》。コードネームはポール）が操縦室の天蓋《キャノピー》をあけて、あたしを操縦席から逆さまに引っ張りだした。あたしたち四人は大きなひとかたまりになって地面に転がり落ちた。フランスの地であたしが最初に発した言葉は、こうだ。

「ごめん、ごめんなさい、ごめんなさい！」

何度もそう繰りかえした。あたしが帰るときにイギリスへ送っていくはずだった、不運な亡命者ふたりのことを考えて。さらには、思いついてフランス語でも言った。「ジュ・スイ・デゾレ」ああ、なんてことになっちゃったんだろ。

彼らはあたしが起きあがるのに手を貸し、あたしの服から泥を落とそうとしてくれた。「きみ、ヴェリティだね」特殊作戦執行部員のポールが英語で言った。

「ヴェリティじゃない！」

そんなことを言っても役には立たなかったけど、あたしが思わず口にしたのはそれ。あたしの頭は、戸惑いと混乱と銃でいっぱいになった。恥ずかしいことに、たぶん操縦するべきじゃなかった飛行機に乗って、報告義務のある墜落事故を初めて起こしちゃったあとで、銃が頭に浮かぶと、あたしはすっかり耐えきれなくなって、わっと泣きだした。

「ヴェリティじゃないって！　じゃ、だれなんだ？」

「キティホーク」あたしは泣きじゃくりながら言った。「コードネームはキティホーク。将校。補助航空部隊の」

「キティホーク！　びっくりだな！」イギリス人の特殊作戦執行部員が叫んだ。「ぼくがフランスへ来た夜、イギリス空軍の特殊作戦執行部まで飛行機で運んでくれたのは、きみだよ！」ポールはあたしのことをフランス語で仲間たちに説明してから、またあたしのほうに向き直って言った。「ピーターが来ると思ってたんだけど！」

「彼は今日の午後、車で事故にあっちゃって。ほんとはあたしなんかが――」

彼は泥のついた大きな手であたしの口をふさぎ、ぴしゃりと命じた。「卑下するようなことを言うんじゃない」

あたしはまたわっと泣きはじめた。

「何があったんだ？」と彼。

「アンジェー上空で対空砲火」わたしはすすり泣いた。これこそ、銃と爆撃に対するあたし本来の普通の反応で、いつもより一時間半遅くやってきたのだった。「後部に火がついて、水平尾翼のケーブルが切れて、方向舵のケーブルの一部も切れたと思う。火を消すために急降下しなくちゃならなくて、かわいそうなジュ――じゃなくてヴェリティを後部座席で気絶させちゃって、最後は飛行機を必死に操縦しなくちゃならなかったから、地図を見るどころじゃなくて――」

ほとほとあきれたことに、そこでまた涙、涙、涙。

「撃たれたのか？」

彼ら一同は度肝を抜かれた。あたしが撃たれたからじゃなくて。あとでわかったんだけど、アンジェー上空で炎に包まれても、なんとか落ちずにすんだうえ、プラスチック爆薬８０８二百キロ以上を無事に運んできたから。それからというもの、彼らはものすごくあたしによくしてくれた。彼ら三人とも。ほんとはあたしの手柄じゃないのに。アンジェー上空で炎に包まれて墜落しなかった理由はたったひとつで、それはジュリーが後部座席にいるとわかってたからだ。彼女の命を救おうとしてたんじゃなかったら、あの火を消すために落ちついてはいられなかっただろう。

「きみの飛行機は破壊しなくちゃならない。申しわけないけど」というのが、ポールの次の言葉。

最初はどんな意味なのかわからなかった。飛行機をものの見事に破壊したのは自分だと思ってたから。

「この飛行場は二度と使えないんだ」とポール。「残念だけど。それでも――」

彼らはドイツ人の番兵を撃ったのだ。

ほんとはこんなことを書いちゃだめなんだけど。

ま、いいか。あとで焼こう。書かないと、まともに考えられない。

彼らはドイツ人の番兵を撃った。その番兵は間の悪いときに、彼らが照明路を作ってるときに、自転車でやってきた。番兵はしばらく立って眺め、あとでわかったんだけど、メモを取ってた――彼らに見つかると、ものすごい速さでペダルをこいで去ったので、彼らは走っても自分たちの自転車に乗っても、追いつくのは無理だったから、イギリス人の特殊作戦執行部員が男を撃った。そういうこと。彼らは自転車が手に入って喜んだけど、始末しなくちゃならない死体ができて困ってた。

操縦士は生きているけど壊れたリジーは、降ってわいた幸運だった。どっちみち、その飛行機は破壊しなくちゃならなかったから。計画した着陸ではなく、単なる墜落だと見せかけるために。そこで、彼らは死んだ番兵にあたしの補助航空部隊の上着を着せ、ズボンをはかせて、操縦席に据えた。信じないかもしれないけど。その気の毒な男にズボンをはかせるには、脇縫いのところを裂かなければならなかったし、それでもボタンはしまらなかった。男はあたしよりずっと体が大きかったから。そうするにはしばらく時間がかかったけど、あたしはあんまり手伝わず、畑の端っこにぼうっと座ってた。借りたセーターとオーバーの下に、キャミソールとパンティーだけで。あたしにセーターを貸してくれたミトライエットは、コートの下にひらひらのブラウスだけで寒かったにちがいない。彼らはあたしのブーツも取った――ブーツがなくなって、あたしはがっくりきた！　けど、飛行かばんは別として、イギリス製の飛行士用具はみんな処分しなくちゃならなかった。ヘルメットとか、パラシュートとか、いろいろ。ガスマスクまで。ま、それはなくなってもいいけど。だって、場所を取るだけだったから。この四年間、羽のないカーキ色のアホウドリみたいな雑嚢《ざつのう》に入ったまま、役にも立たずにあたしの肩からぶらさがってて。訓練のとき以外、それをつけた覚えはない。

あのタイピスト養成コースを取っとけばよかったなって、いま思う。速記を知ってたら、便利だったのに。あたしはいままでいちばん小さい字で、飛行士手帳を三ページ使ってこれを書いてる。字が汚くて読めなくても、書くのは悪くない。

飛行機が爆発して燃えあがるよう準備するには、時間がかかった。おまけに、月明かりのなか、うんと走りまわらなきゃならなかった。三人はてきぱきしてたと思うけど、あたしは何がどうなってるのかあんまりよくわからなかったし、このときは役立たずで必要とされてなかった。それに頭がガンガン痛くなってきて、ジュリーのことが心配で、どうして彼らがあのくそ飛行機を燃やして使えなくしようとしてるのか考えてた。結局、あの厄介な死体のほかにも消してしまいたい道具がものすごくたくさんあるんだって、わかったけど。すでに必要な部品を取りのぞいてしまった十台の用なし無線機と、もうだれもほしがらない古びた無線機。彼らはそういうものを隠してある場所から持ってこようと、自転車で出かけ、手押し車で戻ってきた。そういうものを隠すのに使ってた納屋に、あたしはいまいる。ここの持ち主の農夫は、ホーンのない古びた蓄音機や、段ボールのスーツケースに入れた壊れてるタイプライターや、何にもつなげないほど短いコードをどっさりつめこんだ、孵卵器《ふらん》を、手押し車に投げいれた。あの飛行機が無線機を満載してたように見せかけるために！　ミトライエットはこの農家の長女で、その場所にいた女の子はあたしをのぞくと彼女ひとりだったんだけど、ものすごく楽しそうにあの飛行機をくだらないものでいっぱいにした。

「オンズ・ラディオ！」彼女はそうつぶやいては、くすくす笑っていた。「オンズ・ラディオ！」って。つまり、十一台の無線機ってこと。冗談だけど。一度に十一台も無線機を送るなんて、まさかありえないから。無線機はそれぞれオペレーターにつながってて、各オペレーターには異なる暗号と鉱石検波器と周波数が割りあてられてる。

残骸を調べたら、ドイツ人たちは戸惑うだろう。

二百キロのプラスチック爆薬８０８は、荷馬車にのせて持っていかれた。すべて回収するには時間がかかった。いくつかの箱は破損した機体から落ちてしまってたから。後部座席からも、当然、ジュリーがあけたままにしてったので、落ちてた。荷物のほとんどが結びつけられてたのは、彼女のお手柄だ。だれも明かりをつける勇気がなかったので、こうした作業は月明かりで行なわれた。夜間外出禁止令が出てるので、みんなだんだんと気が立ってきた。あたしが着陸したのは午前一時すぎで、リジーを破壊する段取りをするのに一時間ほどかかった。

抵抗運動をする人たちに頼るのは、あんまり安心できることじゃなかったけど、彼らは知恵者ぞろいだった。無線や、無線に見せかけたものが積みあがると、死んだドイツ人が置かれた。あとはただ燃料タンクをあけただけ。言うまでもなく飛行機は直立に近かったので、燃料が流れでてきた。そして、爆薬を少しと導火線を使って火をつけた。とても簡単だ。ものすごく立派なたき火になった。

ピーターのライサンダーが炎に包まれて、あたしたちがその畑から走り去ったころには、午前三時近くになってたはず。あたしはそのときズボンも靴もなかったので、手押し車に乗るしかなかった。彼らが無線を隠すのに使った袋の下に隠されたんだけど、その袋はタマネギと牛のにおいがした。そのあと手を貸してもらって、急ごしらえのはしごを使い、納屋の二階の上にあるロフトに上がって、いまそこにいるってわけ。屋根の先端の真下にある、秘密の隠れ場所に。屋根のとんがりの真下で膝を曲げれば、なんとか座れるって感じ。まだ閉所恐怖は始まってない。あたしって人生の多くを、狭くて窮屈な場所に押しこめられてすごしてると思う。横になれば、伸びをする余裕はたっぷりある。フォックス・モスの後部座席にいるつもりになってみる。負けず劣らず寒い。なんたって不便なのは、洗面だのなんだので、水や汚水を入れた鍋が手渡しではしごを上がったり下りたりする。

墜落について、ほかに話すことが思いつかない。あたしが見つかったら全員が銃殺されるのを考えると、服や食事や隠れ家の世話をしてもらってるあたしは、恵まれてる。あたしの存在は大きな危険なのだ――自分にとっても、まわりのみんなにとっても。たぶん、あたしはロシアの外側で撃ち落とされた唯一の連合軍女性飛行士だろう。ちらしを見たことがある。連合軍の飛行隊員かパラシュート隊員を捕まえたら、一万フランの賞金で、〝特別な場合はそれ以上〟だって。〝特別な場合〟っていうのは、イギリス空軍の月光飛行中隊《ムーン・スクワドロン》の正確な位置をドイツ空軍に教えられる娘を含んでいるに決まってる。

これには、ぞっとした。本当の名前をだれにも言わなきゃ、きっと気づく人はひとりもいないだろうけど、それより何より、あたしはユダヤ人なんだから。あたしがイギリス国教会の中学校へ通ったのは本当だし、うちの食事は休日ですらユダヤ人向けに調理されたものなんかじゃなかったし、ユダヤ教会堂《シナゴーグ》に行ったことがあるのはおじいちゃんだけ。それでも、苗字はやっぱりブロダットだ。不信心だからということで、ヒトラーがあたしを放っておいてくれるとは思えない。

そのことは考えないのがいちばん。

最初の一日半は、何についても考えなかった。くたくたになって二十四時間以上も眠り、それがかえってラッキーだった。なんたって、ちょうどその日はこの農家にドイツ兵がうじゃうじゃいたから。墜落現場は二日間も立入禁止になって、彼らはできるかぎりあらゆる角度から、空からも写真を撮り、瓦礫《がれき》をふるいにかけた。そこはまだ立入禁止だけど、いつものハゲワシ――イギリス空軍の記念品をあさる小さな男の子たち！――を追い払うのに、彼らは手を焼いてるみたい。ちびっ子どもときたら。フランスではイギリスでよりもずっと危険な遊びなのに。

あたしはいまでも信じられないくらい体が痛む――墜落のせいじゃなくて、最後の一時間ぐらい、ずっとあのくそ飛行機を水平に保とうとしてたせい。腕の筋肉が、指先から肩まで、さらには背中にかけて全部、焼けるようだ。トラとレスリングをしたみたいな気がする。休めるのはありがたい、ほんとに。休みの日でも、心ゆくまでゆったりした気分にはなれなかったから。一週間だって眠れそう。

いままた、こっくりしてきた。ハトを入れないために金網がかけてある横木の隙間から、光が入ってくる。このロフトの床は、横木の高さの半分ほどのところにある――不審に思った人が数えてみたら、内側の横木よりも外側のほうがずっと多いだろう。よく考えられた隠れ場所だけど、絶対に確実ってわけじゃない。また眠ってしまわないうちに、このろくでもないメモを隠す場所を作ろう。だれかに読まれたら、最低でも軍事裁判にかけられる心配があるから。

ジュリーが姿を見せてくれたらいいなあ。

*

今日（十月十四日木曜日）の午後はずっと、この納屋の脱穀場でコルト32リボルバーの撃ち方を習ってすごした。楽しい。ミトライエットとその仲間の何人かは警備を続け、ポールが銃の手ほどきをしてくれた。その銃は特殊作戦執行部《SOE》の装備の一部だけど、彼はもっと大きい銃、コルト38を持ってる。連合国側が空中投下した武器だ。それに、彼らはみんなこう思ってる。あたしには銃が必要だって。いざというときに頼るものが何もないから。書類も、ほんの片言のフランス語も。ポールに言わせると、あたしは訓練期間が短かった特殊作戦執行部の部員なんだって。どうしてそうなったのか、よくわからないけど。でも、ともかく、特殊作戦執行部ならではの〝ダブル・タップ〟法が上手になってきてる。二回すばやく発砲する方法だ。どちらも、囚われてる人間に当たらないように、ねらいをつけて。あたしはけっこううまい。音がなければ、すごくやりがいのある練習だろうに。あと、ポールの手があちこちさまよわなければ。そういえば、イギリスにいたときのあの輸送飛行で、ポールがどうだったかを思いだす。**空の上だっていうのに、**彼の手はあたしの太ももにあった。やんなっちゃう。ミトライエットが言うには、あたしだけじゃないんだって。彼は近くに来る四十歳以下の女性には、必ずさわるらしい。どうしてジュリーはそんなことに我慢できるのか、わからない。仕事のうちにせよ、誘いかけたりして。きっと、彼女はあたしよりも大胆なんだろう。そういうことに。どんなことにも、そうだけど。

やがてわかったことには、レジスタンスにかかわってる娘の名前、ミトライエットは本名じゃない。本名だと思ってたなんてどうかしてるって、笑われた。それはコードネームだ。彼女は本名も教えてくれた。まあ、彼女がメンドリたちにエサをやるころになると、あたしがいるルーバーを閉めた窓の真下からお父さんが娘を本名で呼ぶんだから、知らないままでいるなんて変だけど。ニワトリを飼ってる農場なんだ、ここは。彼女の本名は書かない。ミトライエットは〝軽機関銃《サブマシンガン》〟っていう意味だ。彼女にぴったり。

ママン――彼女のお母さん――はアルザス出身で、子どもたちはみんなドイツ語ぺらぺらだ。末っ子の妹はラ・カデットって呼ばれてる。〝小さな妹〟って意味だと思う。いちばん上はお兄さんで、ゲシュタポの将校――純粋なフランス人で、ゲシュタポのオルメ支部の下っ端だ。家族はママンも含めて、この長男がナチに協力してることを忌みきらってるけど、彼が家に帰ってきたときには、みんな彼のことを心配して大騒ぎする。明らかに、オルメではナチ協力者はひどく嫌悪されてるので、だれに撃たれないともかぎらないからだ。レジスタンスと関係ない、ふつうの市民にすら。だから、彼は目立たないようにしなくちゃならない。エチエンヌ、って彼は呼ばれてると思う。本名だ。本人は知らないけど、彼は安全そのものだ。家族がレジスタンスにかかわってることの格好の隠れみのなので、彼を生かしておけっていう指令が出てるから。

ミトライエットとあたしは昨夜たっぷり二時間もおしゃべりした。暗いなか、このロフトで。お粗末さにかけて、彼女の英語はあたしのフランス語とどっこいどっこいだけど、あたしたちは相手の言葉をめちゃくちゃに発音しながらも、お互いにとってもよく理解できた。レジスタンス仲間が爆薬の一部を運ぶあいだ、あたしたちは道路を見張ってた。彼女が木製の鳥の笛を持って、ヘッドライトが丘をくだってきたら、下にいる仲間に警告するって寸法。あたしが来てからずっと、爆薬は納屋の床に積まれた干し草の下に隠してあって、あんまり安全じゃなかった。この納屋は建てられてからゆうに三百年は経ってて、たぶんもっとかもしれないけど、ウィゼンショー・ホール（イギリスのマンチェスター郊外にある十六世紀の邸宅）みたいな、木組みで荒打ち漆喰《しっくい》の建物だ。だれかがマッチや煙草を落としでもしたら、ベスビオス山なみに一気に火を噴きあげるだろう。あたしがなんとか逃げだせる望みなんかない。そのことは考えないようにしよう。

　ジュリーのことも深く考えないようにしてる。うわさじゃ、おととい、ジュリーは最初の連絡員に会ったらしい。どこで、だれに、ってのはわからないけど――あたしに入ってくる情報は、みんなまた聞きだから――彼女が無事に着陸したとわかって、ものすごくほっとした！聞いたところじゃ、あの着陸場所を用意した受けいれ団体は、前もって手配されてたジュリーのオルメでの連絡員とはつながってないらしい。もっと正確に言うと、彼らは同じチームにいる別々のメンバーなのだ。リレーみたいにジュリーをバトンとして引き継いでくようになってるんだけど、彼女はレース最初の走者、こっち側の連絡員に会いそこねた。暗闇のなか、間違った場所に降下してしまったせいだろう。

彼女のことはヴェリティって呼ぶ習慣をつけなくちゃ。ほかのみんなはそうしてる。彼女のチームはダマスクって呼ばれてる。いちばん尊敬すべきメンバーにちなんでつけられてるんだけど、その人は八十三歳で、ダマスクローズを育ててるんだって。チーム名はたいてい、職業から取る。バラを育ててるその人の名前は、教えてもらってない。だれも本名は使ってないし、知りもしないから。うっかりジュリーの名前を漏らすなんてことは、絶対にしたくない。

ジュリーの使命は極秘なので、最初の連絡員は、彼女がじかに話すまで、本人とその荷物が到着したことは知らされない。つまり、オルメ郊外でライサンダーが墜落した情報は入っても、彼女に会わないかぎり生きて到着したかどうか不明なのだ。しかも、彼女がその連絡員と話せたとしても、爆薬も無事に着いたかどうかはふたりともわからない。ただ、ジュリー＝ヴェリティと爆薬がここに着いてるっていう情報は、そのチーム内に広まりつつある。彼女が次に向かうべきは、市役所だ。彼女はそこの記録保管所に入りこみ、ゲシュタポがオルメ支部の拠点として使ってる古いホテルの設計図を調べることになってる。あたしたちが彼女の身分証を届けるまでは、そうできないけど。

あたしたちはどうやって届けようかって悩んでる。ミトライエットは直接ジュリー＝ヴェリティの連絡員に話をしちゃいけないことになってるから、伝言を頼めるだれかを探さなくちゃいけない。でも、彼らは役割や名前をものすごく慎重に隠してる。それに、あたしたちはヴェリティの〝カタリーナ・ハービヒト〟っていう身分証をヴェリティ、つまり〝カタリーナ〟本人以外のだれかに手渡したくはない。ミトライエットはヴェリティがそれをレジスタンス用の

〝カシェット〟、つまり彼らの秘密の隠し場所から取りだすようにするつもりでいる。だから、あたしたちはなんとかして伝言を送らなくちゃならない。

〝あたしたち〟だなんて、まるであたしがなんかすごい手助けをしようとしてるみたいだけど、ほんとはここにただ座って、手に息を吹きかけてあったまろうとしながら、だれにも見つかりませんようにって思ってるだけ！

作戦は計画どおりに進むだろう。彼らはそれなりの準備をしてるし、ヴェリティが協力するし、連絡員たちはみんな配置についてる。ちょっとした用心と計画をもってすれば、ベスビオス山みたいに火を噴くのはゲシュタポのオルメ支部だ。この納屋じゃなくて。ひとつだけ、ケーテ、つまりカタリーナ・ハービヒトがイギリス人キティホークの身分証を持って、いわば〝敵方〟で諜報活動をしてるんじゃなければいいけど！

キティ・ホークをドイツ語に直した名前、カタリーナ・ハービヒトって彼女が名乗るなんて、あんまり賢い考えじゃなかったって気がしてきた。けっこうかわいい名前だけど、実際に使うのはどうかな。ただ、言っとくと、彼女はあたしがいっしょに来るなんて思ってもみなかったわけだから。

ポールのリボルバーを七回も分解しては、また組み立てた。星形エンジンほど面白くない。

＊

もう一機、ライサンダーが着陸した。

信じられないけど、ほんと。今度のは対空砲火をなんとかくぐり抜けて、まさに計画どおりに来た。らくらくと。ここから百キロほど北へ、十月十八日、月曜日に。残念ながら、着陸場所は泥の海になってたけど。先週は雨、雨、雨ばっかりだったから。たぶん、フランス中。その着陸場所の受けいれ団体は、飛行機を泥から引っ張りだすのに五時間もかかった。雄牛二頭をつなげたのだ。あんまり泥だらけで、トラクターを畑に入れることすらできなかったから。けど、結局、明るくなってきちゃったので、あきらめざるをえなかった。それで、やっぱり飛行機を破壊する羽目になったもんで、そこにも特殊作戦の飛行士がもうひとり、足止めされてるってわけ。

もうひとりって言ったけど、もちろん、あたしは実のところ特殊作戦のメンバーじゃない。ともあれ、たったひとりじゃないっていうのは、ちょっとほっとする。なんだか意地が悪くて、さもしい感じだってわかってるけど、しかたない。

その飛行機であたしをここから脱出させようっていう話もあった。そもそもあたしがイギリスへ運ぶことになってたふたりといっしょに押しこめて。あたしは床に座らなくちゃならないだろうけど、特殊作戦執行部と補助航空部隊はあたしを本国に置いておくため、どうしてもここから連れ戻したいのだ。でも、そうはならなかった。そうするには、たくさん調整する必要があって、再調整もされたのに、土壇場になっておじゃんになっちゃった。ロンドンへの通信はどれも手間をかけて暗号化され、十五キロほど離れたところに隠してある無線機のところへ自転車で運ばれる。そのメッセージがたぶんすぐに送られなかったのだ。鍵穴に入れておいた葉っぱが破れてたり、運び屋へのメモにはさんでおいたまつげがなくなってたりと、だれかに気づかれた恐れがあって。そんなときは、監視されてないことを確認するために、三日間待たなくちゃならない。とにかく雨がひどくて、三百メートル上空には雲がたれこめてて、川が流れる谷には霧がかかってて、視界はかぎりなくゼロ。どっちみち、だれもここには着陸できなかった。あたしが台なしにしちゃった畑の代わりになる、いちばん近い畑といえばトゥールだけど、八十キロも離れてる。

台なしになった畑を、彼らはブルール——焼け野原って呼んでる。あたしが降り立ったところも、そう。

あたしたち三人を連れて帰るなら、ライサンダーじゃ狭いから、ハドソンが送られてこなくちゃならない。つまり、泥が乾くのを待つってこと。

ああ、やだ！　こんなに長く惨めでうんざりしてたことなんか、ありゃしない。明かりもなけりゃ温かくもない、テントのなかですごしてるみたい。ガチョウの羽根をつめたキルトを何枚かと羊皮の敷き物を持ってきてくれたけど、雨は続いてる。灰色の重い秋の雨。屋根裏の立てないくらい天井の低い空間に閉じこめられてなくたって、何もできなくなる。まあ、あたしは何度もここから下りてるけど。毎日、あたしを温め、単調な日々を破ろうと、農家へ食事に呼んでもらってるから。それにしても、一週間ぐらいここで何も書いてなかった。指が霜焼けになりかけてるせいだ。ここはいつも死にそうなくらい寒い。おばあちゃんがくれたデザインブックを見て作ったミトンが、ここにあればいいのに。先っちょをめくると、指が使えるようになってるミトン。〝軍隊の必需品〟って、その本に書いてあった。いまどれほどあのミトンが必要かわかってたら、飛行かばんから出さなかったのに。使うとは思わなかったんだ。いまいましいガスマスクと違って。

作家だったらよかったな——この十日間ずっと心に沈んでる不安や退屈さの入り交じった強い感情を、言葉に表わせたらいいな。これからもかぎりなく、だらだらと続く感情を。刑務所に入れられてるのと、ちょっと似てるにちがいない。宣告を待ちながら——処刑を待ちながらじゃない。だって、あたしには希望がなくはないから。けど、死で終わる可能性だってある。現実に。

とにかく、いまの日々は、紡績工場の娘として際限なく杼《ひ》を動かしてすごすよりも単調だ。冷たい指を口に入れるぐらいしか、することがない。北海にいたジェイミーみたいに。そして、もんもんとしてる。あたしはそういうことに慣れてない。いつも動いてる。いつも何かしてるから。全身を使って忙しくせずに何かに夢中になるにはどうしたらいいのか、わからない。メイドセンドのほかの女子たちはみんな、雨のせいでだれも飛べないほど視界が悪いとき、横になっていびきをかいてるか、編み物をしてるか、爪の手入れをしてた。編み物は、ちょっと物足りない。あきちゃうから、ソックスか手袋よりも大きいものには集中できない。あたしは結局いつも自転車でどこかへ出かけてた。

　自転車で遠出したとき、ジュリーに自分のこわいものをみんな教えたことを思いだす。いまでは、ものすごくつまらないものばかりに思える。急に爆弾が落ちてきてあっという間に爆発するなんていう恐怖は、見つかって捕まるっていう骨の髄《ずい》までしみるような終わりのない恐怖とは別物だ。それはどうしても消えやしない。心が休まるときがない。空襲警報解除のサイレンが鳴る可能性なんかないんだから。いつなんどき最悪のことが起こるかもしれないってわかってるので、胸のなかには絶えずもやもやしたものがある。

　寒さもこわい、ってあたしは言った。確かに、寒いのは不愉快だけど……こわいのとはちょっと違うよね？　いま、あたしがこわいもの十個って、何？

（一）火。

　寒さや暗闇じゃない。この納屋の床に山と積まれた干し草の下には、爆薬８０８がいまだにたっぷり隠されてる。そのにおいときたら、たまに耐えきれないほど。マジパン（粉末アーモンドや砂糖で作るお菓子）そっくりだ。ここにあるって、忘れられないくらい。ドイツの番兵がここに鼻を突っこんだら、気がつかないなんてこと、ないんじゃないかな。

　このにおいのせいで、あたしはいつ果てるともなしにフルーツケーキに砂糖ごろもをかけてる夢を見る。ほんとに。

(二) おばあちゃんとおじいちゃんに落とされる爆弾。これは変わってない。

(三) ジェイミーに落とされる爆弾。ほんと言うと、ジェイミーが直面したことをわずかながら経験したいま、あたしは前よりずっとずっと彼のことが心配。

(四) このベストテンに初登場――ナチの強制収容所。名前も知らないし、どこにあるのかも知らないけど。気にしてこなかったんだと思う。ちっとも身に迫ってなかったから。おじいちゃんがガーディアン紙にのってる恐ろしい話を読んでは腹を立てて怒鳴ってても、自分とは結びつかなかった。でも、あたしがそんな強制収容所のひとつで人生を終えることも充分ありうるって思うと、これまでのどんなニュースよりもこわくてたまらない。もし捕まったら、すぐには撃ち殺されず、黄色い星をつけさせられ、そのひどい場所のひとつに送られて、あたしに何があったのかだれにも知られずじまいになってしまう。

(五) **軍事裁判。**

ほかに自分がこわいと思う何をジュリーに話したのか、思いだそうとしてる。あの初めて出会った日に、簡易食堂であたしたちが話した〝不安〟の多くは、ものすごく甘かった。いまとなっては、もう古くさい！　そのことを考えると、恥ずかしいほど。自転車で出かけた日に彼女に話したことのほうが、ずっといい。犬がこわいって。あはは、思いだす。

(六) ポール。あたしは彼に銃口を突きつけて、ここから追いださなくちゃならなかった。もちろん、彼の銃。彼があたしにくれて、使い方を教えてくれたやつ。銃を突きつけるなんて、あまりにも大げさだったかも。でも、彼はなんとあたしのいるロフトに上がってきたりしたから。それも勝手に真っ昼間、ここに来ることをあの家族のだれにも知らせず。それだけでもびっくり仰天。彼らは細心の注意を払って、行き来する人を監視してるから、ポールを信用するしかないけど。きっとキスをして抱きしめたいだけだったんだろう。彼がものすごく傷ついた顔であとずさりして行っちゃったあと、あたしは上品ぶってたかなとか、もうしわけなかったなとか、いやな女だなとかっていう感情でいっぱいになった。

もっとあとになって、そのときのことを考えたら、ものすごくこわくなった。もし彼から――ううん、だれからでも――無理強《じ》いされてたら、逃げだせなかった。助けを呼べなかった。抵抗せず、黙って耐えるしかなかっただろう。でないと、みずからナチの前に出てくような危険をおかすことになる。

あたしはほぼひと晩中びくびくしながら起きてた。ポールのいまいましい銃を手に、はねあげ戸に耳を押しつけて、彼が闇に乗じてまたあたしに手を出そうとやってくる音はしないか聞き耳を立てて。彼が闇に乗じてすることは、それしかないとばかりに！　ようやく眠りに落ちると、ドイツ兵がはねあげ戸を激しく叩いてる夢を見た。ドイツ兵がはねあげ戸を打ち破って姿を現わしたとき、あたしはその顔を銃で撃った。そして、恐怖にあえぎながら目を覚まし、また眠りに落ちては同じ夢を何度も見た。少なくとも続けて三回。どのときも、こう思った。これは、いまのは夢だって。でも、**ポールのこと**は事実だ。

ミトライエットがパンとタマネギとまずい代用コーヒーというあたしの朝食を持ってやってきたとき、あたしは思わずこのひどいできごとの一部始終をしゃべった。もちろん、英語で。

話し終わって、わっと泣きだした。彼女はやさしくしてくれたけど、困ってた。どこまで理解してくれたのかわからないし、どうせ彼女に何かできるとは思えない。

〝もちろん、英語で〟というのは、不安の七つめに通じる。イギリス人であることだ。あたしはジュリーに、服装の規定にそぐわないことと、なまりを笑われることがこわいって話したと思う。ある意味、いまだにそんなことが心配。もっとまともな理由からだけど。だって、あたしの服ときたら！　ミトライエットのじゃ、ウエストとヒップが合わないので、彼女のお母さんのワンピースを着なくちゃならない。流行遅れで、地味で、あたしぐらいの年齢の自意識過剰な女の子がこんなの着てるとこを見られたら、死んじゃいそうな代物だ。ミトライエットのセーターはぴったりだったし、彼女の兄さんのお古で何度もつぎをあてたジャケットもある。ただ、この暖かいふたつと、なかに着るやぼったいワンピースの組みあわせは、とんでもなく変。服装の仕上げは、木靴だ。イギリスでおばあちゃんちに来る庭師がはいてるみたいなやつ。これ以上ましな服が着られる望みは、ジュリーの衣料切符を使わないかぎりゼロだ。おしゃれじゃなくたって、かまわない。でも、どう考えたってあたしはもう捨てるような服をちぐはぐに組みあわせて着てるし、この姿を見た人はだれだって首をひねるだろう。

それから、あたしの〝なまり〟！　当然。

ミトライエットによると、**歩き方**であたしはオルメの人じゃないってわかるんだって。あたしが最新流行の服装をしてても、角の店へ歩いてったら、だれかにひと言もしゃべらなくたって、自分の正体ばかりか、まわりにいるみんなのことがばれてしまうだろう。彼らのことを裏切る結果になるのが、ものすごくこわい。

うん、そう、人を裏切ること。これが次のこわいもの？　あるいは、これは罪悪感？　それは花崗岩《かこうがん》のかたまりみたいに、あたしの頭のなかにある。彼らがしていることを明るみに出してしまうこと。裏切ってしまうこと。失敗や心配が次から次へとつながってリストになっていく。あたしが捕まって、イギリス空軍の月光飛行中隊の場所を明かしてしまったら、どうだろう。あたしはとっくにあのライサンダーの飛行士たちを裏切ってる。むこうみずにも、彼らの飛行機でぜひフランスへ行っておいでと勧めるほど、あたしのことを気に入ってくれた人たちを。特殊作戦執行部の幹部たちも、あたしを信用してくれた。あたしがここから飛行機に乗せていくはずだった亡命者たちだって。補助航空部隊の飛行輸送に関するかぎり、あたしは大失敗をやらかしてる。無断で姿を消し、いつまでも所在を明らかにしないんだから。そしてあたしは、面倒を見てくれてる農家の人たちをうっかり裏切ってしまうのがこわい。彼らの敷地内で見つかって、あるいは捕まって強要され、彼らのことをばらしてしまうのが。ゲシュタポから圧力をかけられたら、何かを隠しつづけられるなんて、とても思えないから。ああ、どうしよう。ここであたしはまた、月光飛行中隊の場所とゲシュタポのことを考えてしまう。

なんでもかんでも、オルメのゲシュタポに結びつく。そう、これがこわいものの九個め。ナチの秘密警察とか、そんなのを思い浮かべると、吐き気がしてくる。あたしがどこの強制収容所で終わりを迎えるにせよ、その前にまず連れていかれるのはゲシュタポのオルメ支部だってことは、絶対に間違いない。

例外は、ゲシュタポのオルメ支部がさっさと粉々に爆破された場合。でも、そんなことは近近起こりそうもない。あたしたちがここへ来てから十日経つ。先週から何も書かなかった理由のひとつは、これから書こうとしてることを文字にしたくなかったから。この不吉な〝たぶん〟に、何かしら現実味を与えたくなかったから。それに、何か書いたって、可能性や予想ばかりで、手持ちの紙の半分を無駄にするだけだっただろう。長すぎる。知らせを、何かを待つのは苦痛だ。耐えがたい苦痛。

ジュリーは消えてしまった。

彼女が最初のミーティングを行なったのは確かだ。十月十二日、火曜日、あたしたちがここへ着いた翌日に。でも、そのあと、彼女はいきなり姿を消した。フランスに来なかったかのように。今日は二十一日。一週間以上も行方不明だ。

いまなら、彼女のお母さんがミセス・ダーリングを真似して、子どもたちが家にいないときにその寝室の窓をあけ放しておく理由が理解できる。子どもたちが帰ってくるかもしれないと思ってるかぎり、望みはあるから。自分の子どもに何が起こったのかを知らない状態――皆目わからない状態――ほど残酷なことは、この世にないと思う。

ここでは、それがしょっちゅう起こる。**しょっちゅう起こる**のだ。人がふっと消えてしまう。ときには、一家まるごと。彼らからの音信は二度とない。失踪。撃ち落とされた飛行士なら、ありうる。魚雷にやられた水兵だって、もちろん、ありうる。でも、ここフランスでは、それが普通の人たちにも起こるのだ。ある朝、不意に隣の家がもぬけのからになったり、郵便局員が仕事に出てこなかったり、友だちや先生が学校に来なかったり。数年前なら、スペインやスイスへ逃げるチャンスがあったと思う。いまだって、どんなものかわからないけど何らかの危機が去るまでジュリーは地下にもぐってるんだという、ささやかな希望はある。でも、たいてい、いなくなった人はナチの死の機械《デス・マシーン》のエンジンに吸いこまれてしまってる。ランカスター爆撃機のプロペラに当たった不運なタゲリみたいに、飛行機が飛び去ったあとにふわふわ漂う羽根だけを残して。その温かい翼や鼓動する心臓など、存在してもいなかったかのように。

逮捕の公《おおやけ》の記録はない。そういうことは毎日起こる。路上でもみあいがあっても、そっぽを向く人はけっこういる。面倒に巻きこまれないようにと。

ジュリーは姿を消した。

こんなことを書く羽目になるなんて、ショック。ここ補助航空部隊の飛行士手帳の隅に、〝デ・ハヴィランド・モスキート――離陸後、エンジン故障〟というメモと並んで、書いてあるのを見ることになるなんて。でも、それは間違いない。彼女は姿を消した。もう死んじゃってるかもしれない。

あたしは捕まるのがこわい。ジュリーが死んでるのがこわい。でも、たくさんあるこわいもののなかで、ジュリーがオルメのゲシュタポに捕まってるかもしれない――かなり確実――ってことほど、こわいものはない。

こう書いたら、背筋がぞくっとしたし、たったいま書いたばかりの字を読んだら、また震えが走った。

やめなくちゃ。このインクはすごい。わんわん泣いて涙がこぼれたって、ほんとににじまない。

*

ヴェリティ。ヴェリティ。彼女のことをヴェリティと呼ぶのを忘れちゃだめ。ああ、やだ。彼らはことを進められない。内部連絡員からなんの音沙汰《おとさた》もないから。ジュリーが消えてしまったので、すべてが立ち往生してる。彼女はこの作戦の中心軸になるはずだった。情報提供者であり、市役所とゲシュタポのオルメ支部とのあいだを行き来する、ドイツ語がしゃべれる通訳として。ミトライエットにはそれができない。地元民なので、疑われやすいから。いま、ダマスク・チーム全体がピリピリしてる。ジュリーが捕まったことで、彼らのことがバレるんじゃないかって心配して。

それはつまり、ジュリーが彼らについてバラしてしまうってこと。強要に負けて、彼らを裏切るってこと。沈黙が長くなればなるほど、彼女が捕まった可能性は高くなる。

同時に、彼らはあたしをなんとかしようとしてくれてる。もう二週間以上経つ。何も変わってない。

写真を撮られた。現像するには少し時間がかかりそう。信用できる写真屋とあたしを会わせるのが難しかったみたい。その写真屋はあちこちの前線へ出かけて忙しいから。交渉のほとんどに、あたしはかかわらなかった。またもや、彼らはあたしのためにずいぶん骨を折ってくれた。あたしと写真屋とポールを居間で会わせることに、ミトライエットのママンがどれほど気をつかったか、よくわかる。

目的は、ヴェリティの偽造身分証を使って、キティホーク——あたし——をケーテ、つまりカタリーナ・ハービヒトにすること。あたしはこの家族のアルザス出身の親類で、両親が空襲で亡くなったため、面倒を見てもらおうとここへ来て、農場を手伝ってる、頭が鈍くておとなしい女の子になる。これには、数えきれないくらいの理由で危険がともなう。最悪は、もしジュリーが捕まってるなら、すでにその名前を白状してしまってるかもしれないっていう可能性が否定できないこと。あたしたちはそれについて、何度も何度も話しあった。ミトライエットと、ママンと、パパが。主としてあたしに意見を求めながら、ポールを通訳として。もしナチがジュリー、すなわちヴェリティを捕まえてるなら、次のことを予想せざるをえない。(一)彼らはマーガレット・ブロダットの飛行免許証と国家登録証も持ってて、あたしの本名も知ってる。それから、(二)ジュリーは自分の本名を話した。というのも、ジュネーブ協定に守られた将校として、それこそ彼女がやりそうなことだし、戦争の捕虜として適切な扱いを受ける最良の手段だから。偽造した身分証に書いてあるカタリーナ・ハービヒトという名前を彼女がナチに話すとは思えない。ポールの考えじゃ、ナチはそこまで追及しないだろうし、たとえそうしたとしても、彼女は別の名前を言えばいいんだし、彼らにその真偽はわからないだろうって。彼女は何か名前をでっちあげることができるし、きっとそうする。あるいは、エヴァ・ザイラーだって言うかもしれない。

でも、彼女がナチにカタリーナ・ハービヒトって名前を言わない本当の理由は、もしあたしが無事に着陸したんなら、あたしが持ってる身分証はそれしかないってわかってるからだ。

その写真屋は〝敵のため〟にも仕事をしてる。ヨーロッパ大陸上空を飛ぶ正規のイギリス人飛行士は、救急用品のなかに写真が二枚入ってる。撃ち落とされて、偽造の身分証が必要になった場合に備えて。でも、あたしの写真は正式にゲシュタポに雇われてるフランス人写真屋が撮ってくれたものだ！　その写真屋はほかの仕事のひとつとして、墜落したあたしの飛行機の写真を撮って引き伸ばした。何枚かを持ってきて、あたしたちに見せてくれた。彼が厚紙のフォルダーの紐とめ具をほどいてから、つやつやした紙をそっと引きだすのを見つめるときの、恐怖と興奮の入り交じった気持ちといったら、うまく表現することなんて無理。なんたって、ゲシュタポのオルメ支部長のデスクにのることになってる写真なんだから。振り切ろうとしてる雷雲が追いつきそうになったとき、冷たい空気がふっと指を伸ばして翼に触れたせいで感じる振動みたい。あたしはオルメのゲシュタポのこんな近くにいる。この写真屋は写真といっしょにあたしのこともさしだせる。

彼はあたしに英語で警告した。「気持ちのいい写真じゃないよ」

何より心が乱れたのは、それがあたしに見せかけたものだってわかってることだった。その真っ黒に焼けこげた死体は、あたしの服を着てて、粉々になった操縦席のあたしの場所に骨や皮がとけかかってた。落ちこんだ胸骨の残骸の上には、補助航空部隊のパイロットであることを示す金色の翼が、まだかすかな痕跡を残してた。ぼんやりした翼の形を大きく引き伸ばした写真もあった。翼しかなくて、それが補助航空部隊の記章だと特定はできなかったけど。

いやな気持ちがした。どうして飛行士のバッジを大写しにするの？　だって……どうして？「これはなんのため？」あたしは尋ねた。どうにかこうにかフランス語で言えた。「この写真で敵は何をするつもり？」

「オルメにはイギリス人飛行士がひとり捕まってるんだ」写真屋が説明した。「この写真を見せて、いろいろ質問したいんだよ」

敵は今週、イギリスの爆撃機を撃ち落とした。まずまずの天気だと、連合国軍の飛行機が群れをなして飛んでいくのが毎晩見えるし、昼間だって見えるときがある。先月の連合国軍による上陸作戦のあと、連合国側はイタリアへの空爆をやめてたと思うけど、イタリアがドイツに宣戦布告したいま、戦いはかなり激しくなってきてる。あたしたちはオルメからだいぶ離れてるので、風向きの具合がよくないと空襲警報が聞こえない。でも、通りすぎる飛行機に地上の砲兵が発砲するとき、空がぱっと光るのは見える。

あたしは焼けこげた翼の引き伸ばし写真をしっかりつかんで、それをためつすがめつした。身代わりの飛行士の写真はちっとも恐ろしくないけど、動揺は隠せなかった。ようやく顔を上げてポールを見た。

「爆撃機に乗ってて捕まった飛行士だったら、破壊された偵察機から何がわかる？」

ポールは肩をすくめた。「きみならわかるだろ。飛行士なんだから」

つやつやした写真が、手のなかで震えた。

あたしはすぐに震えを止めた。飛行機を飛ばして、マディ。

「捕まったイギリス人飛行士は、ヴェリティかもしれないって思う？」

ポールはまた肩をすくめた。「彼女は飛行士じゃないだろ」

「イギリス人でもない」あたしはつけ加えた。

「ただ、イギリスが発行したきみの飛行免許証と国家登録証をたぶん持ってる」ポールが静かに指摘した。「きみのイギリス人身分証には写真がないだろ？　きみは民間人だ。だから、たとえ敵がきみの名前を知ったとしても、顔まではわからない。教えてくれよ、キティホーク、この写真はどのくらい相手をごまかせる？　きみなら見抜ける？　ほかのだれかはどうかな？」

熱でとけてしまったその死体は、とても人間とは思えなかった。でも、補助航空部隊の翼の記章は……。ああ、ジュリーにはこの写真を見せてほしくない。これはあたしなんだと言われたくない。

だって、彼女はこの飛行機を知ってるから。同じ飛行機だってことは間違いない。標識がまだ見える。R　3892。そんなこと——考えられない。ジュリーが捕まって、この写真を見せられるなんて。

あたしはポールに言った。「写真屋に聞いて。どのくらいこの写真を渡さないでいられるかって」

写真屋は通訳されずとも、あたしの言葉が理解できた。

「まだ渡さない」と彼は言った。ゲシュタポのオルメ支部長はまだ待てる。現像してみたら、あまりよく撮れてなかったってことにする。そうだな、ちょっとぼけてるから、やり直しが必要だって。それには時間がかかる。支部長には、捕まってるイギリス人飛行士がほかのことを話すにちがいない。この飛行士の写真は、まだ見せない。あいつらにはまずほかの写真を見せて――」

写真屋はもっと光沢のある紙をフォルダーから取りだして、そのうちの一枚をあたしにさしだした。それは後部座席の内部で、〝オンズ・ラディオ〟――十一台の〝無線機〟が灰になった残骸でいっぱいだった。

あたしは息もできないほど大笑いした。とんでもないことだってのは、わかってるけど、みごとな写真だから。疑いなどつゆほども起こさせないはず。この二週間で目にした最高の写真だ。もし敵がジュリーを捕まえてて、彼女にその写真を見せたら、それはもうけもの。彼女は無線技術士になりすまして、その偽無線機ひとつひとつの送り先ばかりか、それぞれの周波数や暗号をでっちあげればいい。敵を途方にくれさせてやれる。

「ウイ、メ・ウイ、そ、そうよ!」あたしは少し異常に興奮して、どもってしまい、みんなが顔をしかめた。あたしは両方の写真を返した――ジュリーを打ちのめしそうな一枚と、彼女を救ってくれるかもしれない一枚を。「どっちも敵に渡して」

「よかった――」写真屋は淡々と冷静に言った。「よかったよ。写真を持っていくのが遅れないほうが、わたしにとっては面倒が減るからね」あたしはものすごく――みんながおかしてる危険や、みんなが送ってる二重生活や、みんなが肩をすくめては仕事を続ける姿を思って、心から申しわけなく感じた。「さあ、きみの写真を撮ろう、マドモアゼル・キティホーク」

ママンが大騒ぎして、あたしの髪をかわいくしようとしてくれた。でも、絶望的。写真屋は写真を三枚撮ると、笑いだした。

「きみはにっこりしすぎるよ、マドモアゼル」と彼は言った。「フランスじゃ、身分証ってのはうれしいものじゃないんだ。顔は――普通にして。ウイ？　中立に。スイスみたいに！」

そこで、みんな笑った。屈託なくってわけじゃなかったけど。で、あたしはとにかくカメラをにらみつけてたと思う。いつもあたしはだれにだって笑顔を見せようとしてる。敵に占領された土地で匿名でいるにはどうしたらいいか、それぐらいしか知らないから。それと、〝ダブル・タップ〟法を使ってリボルバーを発砲するやり方ぐらいしか。

どれほどポールを憎んでるか、とても言葉では言い表わせない。

写真屋は裏つきのウールでできた登山用ズボンをあたしに持ってきてくれてた。奥さんのだったもので、すてきで、しっかり作られてて、あんまり使われてない。写真屋は道具を片づけたあとで、それをあたしにくれた。あたしはあんまりびっくりしてうれしかったので、またわんわん泣いてしまった。気の毒に、写真屋はそれを悪く受け取って、もっときれいなドレスを持ってこられなかったことを謝った！　ママンがあたしに飛びついてきて、片手でエプロンをつかんであたしの涙をぬぐいながら、もう一方の手でそのズボンがどれほど分厚くて暖かそうかを見せてくれた。ママンはあたしのことをすごく心配してくれる。

ポールが写真屋のほうを向いて、いかにも友だちみたいな低い声で何か言った。パブでビールでもいっしょに飲んでるみたいな感じだった。でも、英語で言った。あたしにわかるように、そして写真屋以外のだれにもわからないように。

「キティホークはズボンでもかまやしないよ。どうせ脚のあいだにあるものを使わないんだから」

ポールなんて**大っきらい**。
彼が組織者《オーガナイザー》だってことは、わかってる。このレジスタンス組織の中心だってことは。あたしの命が彼にかかってることも。あたしをここから救いだそうとしてる彼を信用できることも。だけど、それでも、彼が**大っきらい**。

写真屋は遠慮がちなくすくす笑いをポールに返した——男同士の、楽しくてきわどい冗談だ。そして、あたしのほうを横目でちらっと見て、意味がわかったかどうかを確かめた。でも、ほら、あたしはいかにもフランスの農婦って感じのママンの豊かな胸のなかで泣きじゃくってたから、たぶん聞こえなかったように見えたと思う。それに、あたしは聞こえなかったふりをした。だって、ポールに反撃するよりも、写真屋に心から感謝するほうが大事だから。

**あいつ、大っきらい。**

写真屋が帰ったあと、あたしはポールとまた射撃練習をしなくちゃならなかった。彼はいまだに手を伸ばしてくるし——銃口を突きつけられて追いかえされたあとだってのに。ミトライエットが見てるってのに——、その手をなかなか離さない。ただ、ちょっと長すぎるくらい腕か肩に手を置くだけ。あたしが彼からもらった銃でその脳みそをどれほど吹き飛ばしたくてたまらないか、知ってるにちがいない。でも、彼は危険をおかして堂々とやってるし、あたしは物騒なことを夢見ながらも、実行に移す勇気なんかない。彼はそのこともわかってる。

*

毎月、最後の週末には、ママンは特別に飼育を認められたニワトリをしめることが許されてる。ゲシュタポの将校六人に日曜日の夕食をふるまえるようにって。エチエンヌが地元民なので、その家族は上司を粗《そ》相《そう》のないよう定期的にもてなさなくちゃならない。それに、ナチスは農家のほうが町よりも食べ物がおいしいってわかってる。彼らが先月やってきたとき、あたしはまるまる三時間もコルト32をぎゅっと握ってたので、そのあと四日ぐらい、手がこわばってた。納屋の小割り板の隙間から横目でちらっとのぞいたら、中庭に停めてある彼らのぴかぴかのメルセデス・ベンツのボンネットがなんとか見えた。それから、支部長の長い革のコートの裾も、ちょっとだけ。それは、彼が帰ろうと車に乗るとき、フェンダーに引っかかった。

彼らが来ることを教えてくれたのは、ラ・カデット、末の妹だ。ラ・カデットの本名は、アメリっていう。この家族の名前を書かないことにしたって、あんまり意味はない。どっちみちナチスは彼らとすごく親しいんだから。でも、あたしはチボー夫婦をほんとのママンやパパだと考えるようになってるし、ミトライエットのことはガブリエルーテレーズだなんて思えない。ジュリーのことをカタリーナだと思えないのと同じで。ナチスがキッチンを占拠するとき、家族はアメリに会話のほとんどを任せる。彼女は幼く見えるけど、アルザス地方のドイツ語を自由自在にしゃべれるので、訪問客たちをすっかりとりこにしてしまう。みんな、彼女が大好きだ。

彼らはこの毎月の訪問を堅苦しくないようにしてる。着てるのは、普通の服だ。ゲシュタポのオルメ支部長にはだれもが敬意を表してるけど。まるでイギリス国王ででもあるかのように。ミトライエットと妹は彼を——冷静で柔らかい語り口の人なんだけど——ものすごくこわがってて、うっかりしたことを言わないようにしてる。農夫であるチボー家のパパと同じくらいの年齢だ。部下たちはみんな彼を恐れてる。支部長はだれのことも気に入ったりしないけど、アメリに話しかけるのは好きだし、来るたびにちょっとしたお土産を彼女に持ってくる。今回のは、ナチスがゲシュタポのオルメ支部として接収してるホテル——CdB、シャトー・ドゥ・ボルドー——の紋章が浮き出てるブックマッチだった。アメリはそれをあたしにくれた。やさしい子だ。けど、あたしはここにある何にも火なんかつけたくない！

彼らは飲み物から始める。男たちはみんなキッチンに立って、コニャックをちびちび飲み、ラ・カデットが給仕をし、ミトライエットはむっつりしたドイツ娘といっしょに、隅のほうに居心地悪げに座っている。その娘は支部長の秘書、お供、使用人として、どこへでも連れていかれるし、運転手でもある。男たちとコニャックは飲まない。男たちがおしゃべりをしてるあいだじゅう、彼女の両手は支部長のファイルフォルダーや手袋や帽子でふさがってる。

今日、兄のエチエンヌは左目の上のおでこに、ひどく大きくて醜いたんこぶができてた。できたばっかりで、紫色のあざになり、真ん中がひどくへこんで、まだはれてる。ラ・カデットは心から兄に同情したけど、ママンとミトライエットはもう少し自制した。彼女たちは、どうしてエチエンヌがそうなったのか、思いきって聞けなかった。ううん、下の妹は聞いたけど、彼は答えようとしなかった。たんこぶに注目されることが、ひどく気まずい様子でもあった。支部長や、ふたりの同僚や、ドイツ娘の前で、大騒ぎされることに。

そこで、ラ・カデットが支部長のほうを向いて尋ねた。「エチエンヌは一日中だれかと喧嘩するのが仕事なの？　だったら、学校に戻ったほうがましなのに！」

「きみのお兄さんはとても立派にふるまっているよ」と支部長は答えた。「ただ、たまに気性の荒い囚人がいてね。そんなとき、取調官の仕事は危険なこともあると思い知らされるんだよ」

「あなたのお仕事も、危険？」

「いいや」支部長は穏やかに言った。「わたしの仕事は事務だからね。人と話すだけなんだよ」

「気性の荒い囚人とでしょ」と末の妹はつけ加えた。

「だから、きみのお兄さんに守ってもらっているんだよ」

このとき、奴隷同然の秘書が、手で隠しながら見つからないようにこっそりと忍び笑いをした。咳払いをするふりをしながら、エチエンヌのあざになったおでこのほうへさっと手を振って。そして、隣にいるミトライエットにささやいた。「女にやられたの」

「兄はやられても仕方ないことをしたの?」ミトライエットがささやきかえした。

秘書は肩をすくめた。

*

ジュリーに何が起こったのか、何が起こってるのか、わからないのはつらい。もう三週間以上経って、すでに十一月。音沙汰はまったくない。得体の知れない場所にいるのかもしれない。なんとも細い糸に望みをつなぐことになるなんて、信じられない。

オルメで尋問される女性は、多くはない。女性はたいていパリの収容所にすぐ送られてしまうという。それを聞いたとき、間違いなくあたしの心臓は実際に一瞬止まった。これを書いたときも、もう一度。

〝女にやられたの〟

がっかりしてるのか、ほっとしてるのか、われながらわからない。昨日（十一月七日、日曜日）のほとんどをフランスから出ようとして使い、いまはここ、同じ古い納屋に戻ってる。くたくただけど、隙間風が入ってくるけど、書くことはできる。もう明るくなってきてるし、あたしが眠らないようにポールが昨夜ベンゼドリン錠をくれたから。

この手帳をまた手にできて、うれしい。離着陸する畑までの八十キロのあいだに捕まったりしたときにこれを持ってたくなかったので、ここに置いてったのだ。もちろん、百万回も自分に言い聞かせてきたように、そもそもこんなメモは書くべきじゃない。けど、次のときは持っていこう。ここへ置いてったとき、ちょっと身を引き裂かれるような気がしたし、飛行士手帳をなくすなんて、不忠行為だから。

あたしはチボー家のパパが親友から借りた小型車、シトロエン・ロザリー――四気筒エンジンで、少なくとも十年は経ってて、てんさいから作るエタノールとコールタールを混ぜた気持ち悪い燃料だけで走る――のトランクに乗せられた。気の毒なエンジンはそんな燃料なんか大きらいで、ずっとゲホゲホ、プスプス音をたててた。排気ガスで窒息しなかっただけ、あたしは運がいいかも。チボー家のパパは農場の配達用小型トラックを持ってるんだけど、そのトラックも運転手も時間や行き先が細かく規制されてるので、それをレジスタンス活動に使うのは危険がともなう。出かけたのは昨日、日曜日の午後だけど、通らなくちゃならない検問所が六か所以上もあって、二十キロと行かないうちに次の検問所があるのだ。どこが検問所になるか、いつも決まってるわけじゃないので、その日はそんな具合だとわかって助かった。帰りは夜間外出禁止時間が始まったあとにして、検問所を避けることができたから。あたしは枝編みのピクニック用バスケットや何羽かのニワトリ――卵を産むメンドリで、別の農場へ送ることが合法的に認められていた――といっしょに、トランクに入ってた。検問所でそのメンドリをめぐって起こる大騒ぎときたら、信じられないほど。あたしと違って、メンドリたちにはちゃんと書類がある。

まあ、大騒ぎといっても、なかなか面白い気晴らしなんだけど。だれかがトランクをあけると――通った検問所の半分ぐらいで、そうなった――、メンドリたちはいっせいに鳴きはじめる。そう、メンドリの鳴き声！　トランクの奥でからっぽのエサ袋の下に丸まってたあたしにとって難しかったのは、だれかがのぞきこむたびに心臓マヒを起こさないようにすることじゃなくて、けたたましく笑って自分がいることを暴露してしまわないようにすることだった。

離着陸する畑に行き着くまでには、恐ろしく時間がかかった。着いたときは暗くなりはじめてて、メンドリはいなかった。最後の目的地で降ろしたのだ。メンドリたちの受け渡しが終わるまでの一時間近く、あたしは隠れ場所にひそんでなくちゃならなかったけど、サンドイッチと、コニャックをほんの少しもらった。そのあと、離着陸する畑に着いた。ややのぼり勾配だけど、そんなに悪くない。残念ながら、高圧線が進入路の上に何本かあって、それがあたしはまったく気に入らなかったし、結局はパイロットもいやがって、そこに着陸しなかった。あたしだったら、なんとかやったと思うけど――

車には、あたしとメンドリたちのほか、運転をする、チボー家のパパの友だちや、メンドリの売買に信憑性《しんぴょうせい》を与えるためにと、チボー家のパパや、日曜日のピクニックも兼ねてることを信じてもらえるように、アメリとミトライエットや、全般的な知識を持ってて計画を実行するポールもいた。ポールはふたりの女の子にはさまれて座ってて、そのあいだずっとアメリは彼の肩にもたれて甘えるような声で話をしてた。名女優なのだ、ラ・カデットは。後部座席の下には、ステン短機関銃が数丁――ミトライエットの名前の由来となったサブマシンガン――と、無線機が一台隠してあった。離着陸用の畑は土の道路のすぐ奥にあって、そこへ行くまでに三つの木製のゲートが開いては閉まった。味方の〝警備係〟たちが、すでにそれぞれのゲートについてた。彼らはみんな自転車でやってきてて、いまは道路脇の茂みにひそんでる。何人かはふたり乗りで来てた。あたしたちが飛行機で去ってしまっても残された人たちが自転車に乗って帰れるようにと。地元の〝地上整備員〟が、あたしたちの持ってきた無線機を気の毒なロザリーにつなげ、うまい具合に車を風から守ってもくれてる木の上にアンテナを立てた。最初、受信状態は良好だった。あとで風が強くなってくると、だんだん何も聞こえなくなっちゃったんだけど。

あたしたちがヘッドホンのまわりに集まり、ひとつのイヤホーンに二、三人で耳を寄せてると、BBC放送が流れてきた――

――イスィ・ローンドル――

**こちら、ロンドン！**　それはもう、わくわくした。ほかに言い表わす言葉がない。わくわく。ＢＢＣが聞けるなんて、ほんと信じられない。こんな技術があるとは、驚きもいいところだ。こんなふうにつながるなんて。ふたつの土地は何百キロも離れてて、そのあいだには畑や林や川や海があって、警備兵や銃があふれてるってのに、あっという間につながるんだから。そのあと、穏やかな声の、あたしでもわかるはっきりしたフランス語が流れてきた。その男の人が隣に立ってて、この灯火管制がしかれてるヨーロッパの畑で、こっそりと教えてくれてるみたいに。あなたを救う飛行機がこっちへ向かってると！

　ポールが受けいれ団体の面々をすべて紹介してくれた。本名じゃないけど、もちろん。いちいち、みんなと握手をする。暗がりでたった一度会っただけで、全員の名前をおぼえるのは難しい。あたしたちといっしょに飛行機に乗ることになってる女の子がいた。無線技術士で、どうもパリにいるゲシュタポの半数に追われてるとかで、みんなは彼女をどうしてもイギリスに帰したがっていた。

「きみがいないと、どうしたらいいのかわからないよ、プリンセス」ポールが彼女の腰に手をまわして抱き締めた。

「戻ってくるわ」彼女は静かに言った。全然ジュリーとは違うタイプ。恥ずかしがってるような、柔らかい語り口だ。でも、負けず劣らず勇敢にちがいない。こういう人たちがどれほど芯《しん》が強いか、想像もできないほどだから。

　そのあと、ポールがあたしに言った。「ほら、ちょうど最後に自転車でやってくるあの若い男が、もうひとりのパイロットなんだよ。ここの西で泥にはまっちゃったやつ。たぶん、きみの知りあいじゃないか?」

あたしは顔を上げた。ジェイミーだった。ジェイミー・ボーフォートｰスチュアート。満月に近い月の光を背後から受けて顔が影になってても、彼だってわかった。同時に彼もあたしを見た。彼は自転車を乗り捨て、あたしたちはカンガルーみたいに互いのほうへ飛び跳ねていった。彼が大声で言った。「マ――」

彼は危うくあたしの名前を言いそうになったけど、はっと抑えて、少しどもったあとで、すらすらとフランス語を叫んだ。「マ・シェリ!」〝かわいい人!〟と。そして、背中がそるほどにあたしを後ろへ倒してハリウッド映画みたいなキスをした。

あたしたちはふたりとも空気を求めてあえいだ。

「ごめん、ごめん!」彼はあたしの耳にささやいた。「最初、つい――きみの本名をばらすつもりはなかったんだ、キティホーク! 二度としない、約束する――」

それから、あたしたちはどちらも頭のネジがはずれてしまって、馬鹿みたいにくすくす笑った。あたしはさっと彼にキスを返した。気にしてないってことが伝わるように。彼はあたしをすばやくまっすぐに立たせたけど、片腕をあたしの肩にかけたままにした。みんなそんなふうなのだ、ボーフォートｰスチュアート家の人たちは。子犬なみに人なつこくて、ざっくばらんで。イギリス的なんかじゃない! イングランドとも違うけど、スコットランドらしいってわけでもないと思う。ふと、ポールがあたしたちに目を向けてることに気づいた。彼自身はもうひとりの女の子の腰にまだしっかりと片腕をまわしたまま。そのあと顔をそむけ、着陸準備をした面々のひとりに何か言った。

「ヴェリティから連絡は？」ジェイミーがいきなり尋ねた。

あたしはかぶりを振った。言葉でちゃんと説明できそうもなかったから。

「なんてこった」ジェイミーがつぶやいた。

「ポールが大胆な計画を立ててるの、聞いて――」

あたしたちはアメリのいる車に乗った。アメリは後部座席でぐっすり眠ってた。ミトライェットは軽機関銃を膝にのせてボンネットに腰かけ、いつものようにしっかり見張ってた。飛行機が到着するまでには数時間あり、受けいれ団体は棒に懐中電灯を結びつけて、照明路を作ってるところだった。明かりをつける時間になるまで、あたしたちふたりにできるのは待つことだけ。

「大胆な計画って？」ジェイミーが促した。

「アメリカ兵向けのラジオ放送を流してる女性がパリにいてね」あたしはジェイミーに話した。「彼女がオルメのゲシュタポを取材できるかどうか、ポールが聞いてるの。彼女の番組で、ゲシュタポを支持する宣伝活動をするって名目で。イギリスがうら若い娘をスパイとして使うのがいかに残酷なことか、そんな女の子を捕まえたドイツ軍がどれほどいい待遇をしてるか、戦場のアメリカ兵に知らせるのが目的よ。そのアナウンサーの名前はジョージア・ペンっていって――」

「ああ、それは第三帝国放送だかなんだかってもののために、〈故郷に勝るものはなし〉って番組で、うんざりすることをアナウンスしてる女性じゃないか？　てっきりナチス側の人間だと思ってたよ！」

「彼女は――」ぴったりの言葉は、これしか思いつかなかった。「――二重スパイなの」それはあたしの言いたかったことじゃない。本当はそのとおりかもしれないけど。「ええと、伝言を運ぶわけじゃないから、密使でもなくて――王さまが敵の軍隊に送る人で、殺されないことになってる人のこと、なんていうんだっけ？」

「軍使《ヘラルド》？」

「そう、それ！」思いだしてもよさそうなものだった。彼女が働いてたアメリカの新聞の名前なんだから。

「彼女はオルメでナチスのための宣伝活動をしながら、ぼくたちのために何をしてくれるんだい？」

「ヴェリティを探してみるの」あたしは小声で言った。

それこそ、その女性が、そのむこうみずなアメリカ人アナウンサーがすることだ。給料はベルリンのナチス宣伝省によって支払われるんだけど、捕虜収容所や強制収容所に臆することなく入っていくこと。ときには。入るのを断られるときもある。遅すぎるときもある。彼女が探している人の影も形もないことは、しょっちゅう。でも、彼女はやってみる。拘束されてる兵士たちのための気晴らしとして入れてもらい、情報を持って出てくる。しかも、まだ捕まってない。

いまいましい風。まだフランス中をびゅうびゅう吹き荒れてる。そうじゃなけりゃ、いい天気。いまのところ。

ともあれ、飛行機はやってきた。ようやく。月光飛行中隊のリジー——ころんとした感じのかわいい見慣れた機体と、タカみたいなちっちゃい翼——だ。あたしたち三人が後部に乗ったら、ぎゅうぎゅうだろうけど、乗れはしただろう。三人とも、あんまり大きくないから。でも、結局は着陸しなかった。風速が二十メートルぐらいあって、離着陸用の畑に横殴りに吹きつけてたし、進入経路に電線があって、からまってしまいそうだし、照明路を照らすために使ってた懐中電灯の電池がなくなりつつあったので、あげくの果てにポールとジェイミーとあたしはそこに立って、パイロットが高度を上げて飛び去ったら電源を切り、パイロットが戻ってきて旋回しはじめたらスイッチをまた入れなければならなかった。そのパイロットは上空を四十五分も旋回して、六度も着陸を試みたけど、最後には怖気《おじけ》づいてしまった。〝怖気づいた〟なんて言うのは、ちょっと意地悪かも。少しでも常識があるなら、だれだって同じことをしただろうし、あたしだったら彼ほど粘らなかったかもしれない。月は午前四時ごろに傾きかけた。彼がイギリスに戻るまでには、沈んでしまうにちがいない。

ジェイミーとあたしはわかってた。彼はうまく着陸できなかっただろうって。それでも——飛行機が高度を上げて西へ戻ってったときは、見捨てられた気分になった。あたしたちは暗いなか、顔を空に向け、懐中電灯のスイッチに指を置いたまま、飛行機を見つめて立ちつくした。

ほんの数秒後、当然のことながら、何も見えなくなった――けど、機体がはるかかなたへと消えてっても、一、二分はなつかしいエンジン音が聞こえてた。

〈オズの魔法使い〉の最後に、気球がドロシーを残して飛んでってしまうのとそっくり。畑をとぼとぼと引きかえしながら、あたしは思わず、抑えようもなく、大声で泣いた。赤ん坊がところかまわず泣きわめくように。車のところに着いたとき、ジェイミーがあたしの頭の後ろに手を置いて、その肩にあたしの顔を押しつけ、黙らせようとした。

「しーっ」

あたしは泣きやんだ。なんたって恥ずかしかったから。追われてる無線技術士の女の子は、ものすごく冷静だった。

道具をみんなしまって、はるばる来た道を引きかえすしかなかった。あたしたち密入国者たちは、それぞれ別の隠れ場所へ。しかも、いまはもちろん、夜間外出禁止時間を大幅にすぎてて、今度は目くらましのニワトリがいない。あたしはジェイミーに別れを告げなくちゃならないとき、またわんわん泣きだした。

「ほら、泣きやんで。きみはオルメに戻って、ヴェリティを探すんだ」

彼も妹のことを死ぬほど心配してるし、あたしを元気づけようとして気丈にふるまってるのがわかるから、あたしはうなずいた。彼は両方の親指であたしの頬をぬぐってくれた。

「いい子だ。しっかりしろ、キティホーク！　大泣きするなんて、きみらしくもない」

「役立たずだって気がするから」あたしはすすり泣いた。「一日中隠れてばっかりで、みんなは命をかけてあたしのために駆けずりまわって、ずっとあたしの世話をしてくれて、パンのひとかけらだって大事なときに食事を分けてくれるのに、あたしは自分のズボン一枚洗えなくて――それに、イギリスに着いたら、どうなる？　部隊長をだまして、イギリス空軍の飛行機にこっそり乗って、フランスに墜落させちゃったことで、どうせ刑務所に送られて――」

「ぼくたちはみんな厳しく尋問されるだろうけど、みんなきみの味方をするよ。上官はぼくたちが飛ぶのを止めたことがないんだ。月光飛行中隊パイロットには仕事をしてもらいたくて仕方ないんだから。きみは言われたことをしただけさ」

「上官たちになんて言われるか、わかってる。馬鹿な娘、脳なし、甘ちゃんもいいところ、男の仕事を女がするとは信じられないって。女が特殊作戦の飛行機を操縦するのは、そうするしか手がないときだけ。で、あたしたちがなんかへまをすると、いつもすごく厳しいんだから」

それはみんな事実で、次にあたしが言ったことも事実だったけど、ちょっとお門違いだった。

「あなたは**軍靴**《ぐんか》を取られなくてすんだけど、あたしのは**焼かれちゃったし**」

ジェイミーはいきなり笑いだした。「ぼくが軍靴をはいていられるのは、男だからじゃないよ」彼の声には、あたしの声にこもっていたにちがいないくらいの憤慨がこもっていた。「ぼくには足の指がないってだけの理由さ！」

それを聞いて、ようやくあたしはちょっと息が切れるほど笑った。

ジェイミーはあたしのおでこに軽くキスをした。「きみはジュリーを探さなくちゃ」彼はささやいた。「妹がきみを頼りにしてること、わかってるよね」

そのあと、ジェイミーは穏やかに呼びかけた。「ああ、ポール！　ちょっと話があるんだ！」

彼は片腕をあたしの腰にいとしげにまわしたままだった。自分の妹ででもあるかのように。ポールが暗がりのなか、こっちにやってきた。

「この畑を前にも使ったことがある？」ジェイミーは尋ねた。

「パラシュート降下のときに」

「着陸のとき、あの電線はどうしたって邪魔になる。横風が吹いてないとしたって。なあ、いいかい、もしきみがキティホークを昼間にもう少し連れだせる危険をおかせるなら、彼女はオルメ付近の畑を選ぶのにきっと役立つよ。彼女は優秀なパイロット・ナビゲーターだし、整備工としてもなかなかの腕前なんだ」

ポールはしばらく黙ってた。

「飛行機の整備工？」ようやく彼が口を開いた。

「バイクも」あたしは言った。

またしばらくの沈黙。

やがて、なにげなくポールは尋ねた。「火薬を扱ったことは？」

そんなものについては考えたこともなかった。けど——まあ、いいじゃない？　あたしのなまった心を仕事に向けるのは、名案だ。爆弾を作るってことに。

「まだ、ない」あたしは用心しながら答えた。

「女の子には大変な仕事だよ。それでもやってみたいのか、キティホーク？」

あたしはひたむきな子犬みたいにうなずいた。

「次の飛行機で帰るのを待つあいだ、いくつか書類を作ってもらって、きみの首についてる革紐をちょっとゆるめてやるとするか」ポールはジェイミーに向き直って、あたしの耳に入らないかのように、あたしの耳が不自由であるかのように、また例の男同士の気安い口調で言った。「少し意外なところがあるんだ、キティホークには。男ぎらいかと思ったよ。あんたとはくっつきたがってるみたいだけど」

ジェイミーはあたしから手を離した。「その汚らしい口を閉じろぉ」暗がりのなか、彼はあたしたちの恐れを知らぬリーダーにつめ寄り、上着の襟をつかむと、スコットランドなまりそのままに、ぐっと抑えた声で怒りに震えながら脅した。「この勇敢な女の子たちに聞こえるところで、またそんな口をきいてみろ、その汚《けが》らわしいイングランド人の舌を引っこ抜いてやるぞ。いいか、本気だからな」

「ああ、わかったよ」ポールは動じずに答え、ジェイミーの手をそっと揺すりながら離した。「まあ、落ちつけ。みんな、ちょっと気が立ってるな――」

ポールのがっしりした手につかまれたジェイミーのほっそりした手は、妙に小さく見えたし、ジェイミーはどこをとっても、体格のいいポールとは比べものにならない。ラブラドールのあとをついていくフェレットって感じ。そのとき、ブーンという音が聞こえてきた。別の飛行機が、安全に飛べるぎりぎりの低さで、風に流されないようななめ飛行してきた。幅の広い二本のサーチライトの光が、その前後の地表にさっと伸びた。

ポールがまず反応し、自転車が隠してある茂みに無線技術士を押しいれた。残りのみんなは、畑の境界になってる浅い掘割に飛びこんだ。その後の五分間だけは、昨夜の続きとは思えなかった。凍った泥と枯れ草のなかに体を押しこんで無防備に横たわり、ドイツ空軍の機関銃があたしたちを撃ち抜いて硬い土に突き刺すか、何ごともなく飛び去るかを待った。

どうやら飛行機は飛び去ったらしかった。あたしたちのいる畑の上空に、ことさら長くはいなかった。決まりきったパトロールみたいなものだったにちがいない。あたしたちがライサンダーに乗りこんでるところに飛んできてたらどうなってたかなんて、考えたくもない。

それはみんなの気を引き締めた。

あたしたちは密入国者と、彼らがいる安全な家の二、三キロ以内に住んでる支援者を送った。三台の自転車をロザリーの踏み板や屋根に結びつけて。車はぎゅうぎゅうもいいところだった。前の座席に三人、後ろに四人、トランクにふたり。あたしと無線技術士は、後ろのバンパーに足をのせ、母親にしがみつく赤ちゃんザルみたいに屋根につかまって。というのも、車を停止させられたら、ともあれ彼女とあたしは飛び降りて一目散に走れるようにと。ほかのみんなはだれひとりとして逃げられないだろう。

スピードは信じられないほど速く、命をものともしないという点ではすばらしかった。炎に包まれた飛行機が、火を消そうと急降下するときのようだった。

あたしたちふたりは検問所があるたびに飛び降りてゲートをあけ、ロザリーが通過するや後ろのバンパーに飛び乗った。

「ダマスクにいられて、あなたはすごくラッキーよ」暗闇のなかをガタゴト走っているとき、無線技術士の女の子があたしに叫んだ。あたりに明かりはまったくなかった。灯火管制用の役立たずな細長いヘッドライトすらも。満月に近かったので、そんなものは必要なかったけど。「ポールはあなたの面倒をちゃんと見てくれるわ。それに、居所が知れないあなたの友だちのスパイを見つけようと、あらゆる手をつくしてくれるはず。それは彼のプライドの問題だから。彼は自分のグループの人間を失ったことがないの」かすかなフランスなまりのある、優雅な南イングランド風の発音だった。「わたしのグループはつぶれちゃったのよ。先週、十四人が逮捕された。組織の中心人物も、連絡員も、全部。だれかが名前を漏らして。ほんと、ひどかった。わたしはポールに預けられてたの。彼がいやらしいのはいやだけど、少なくとも――」

「あいつには我慢できない！」あたしは感じているとおりのことを言った。

「そんなの、無視すればいいの。彼に悪気はないんだし。目をつぶって、イギリスのことを考えて！」

あたしたちは声をそろえて笑った。ちょっと興奮してたんだと思う。ベンゼドリンを飲んだせいでもあるし、月明かりに照らされてるフランスの田舎を車でガタゴト走ってるところだったし、あたしたちが愛してて、いっしょに働いてる人たちが、燃えつきた花火のようにまわりにひそんでてくれるから。だれにも出会わなかったら、あたしたちがどんな死に方をしてたか想像もできない。ともかく生きてられて、無傷だなんて。

彼女が捕まることなんて、考えたくない。無事にフランスから出られますように。

あたしはいまカタリーナ・ハービヒトだ。考えてたほどこわいことじゃない。毎日の生活がぐっと楽になったから、それにともなう危険なんかなんでもない。こうするしかないよね？元のままじゃ、もっとまわりの迷惑になったかもしれないんだから。

＊

いまあたしはエチエンヌの部屋で寝てる。〝ありふれた周囲の風景にとけこむ〟ことの究極って感じ。そして、彼のものを使っちゃったりもしてる。ひとつの引き出しをからっぽにして、ケーテの下着や新しいスカート——ジュリーの衣料切符でせしめた——を入れる場所を作った。その引き出しの奥には、缶切りとねじまわしがついてるスイス製のかっこいいポケットナイフと、このノート——十五年前の日づけが書いてある学校の宿題帳——があった。エチエンヌは最初の三ページに、この地域に住む鳥の名前を書きだしてた。一九二八年のある一週間、エチエンヌ・チボーは自然愛好家になるつもりだったらしい。十歳の子どもにありがちなことだ。そのころ、あたしはおばあちゃんの蓄音機をバラバラにしたっけ。

鳥のリストを見て、あたしは悲しくなった。鳥の観察が好きな小さい男の子がゲシュタポの取調官になるなんて、どんな変化があったんだろう？

この部屋には、ものを隠すいい場所がない。エチエンヌは隠し場所をみんな知ってた。ゆるんだ二枚の床板や、窓敷居の下のくぼみや、漆喰《しっくい》の穴にはどれも、小さな男の子らしいものがつまってる――もう何年も手をつけてないようで、どこもほこりをかぶってるけど、彼がその場所を忘れてないのは間違いない。あたしはこのノートと自分の飛行士手帳を、マットレスのなかに隠してる。エチエンヌのナイフで切れめを入れたところに。

あたしは彼に会った。ケーテを認めてもらえるかどうかの厳しい試練だった。離着陸する場所を探すためにアメリやミトライエットとサイクリングをした、最初の〝出撃〟のときに。あたしたち女の子三人は自転車に乗って、いっしょに外で楽しい午後をすごすふうを装った。これ以上ありふれたことはないよね？　あたしの自転車は、あたしがここに着いたときポールが撃った見張り番のもので、〝作りかえ〟られてた。エチエンヌに会ったのは、大通りを走って帰る途中だ。向こうからやってきた彼は、ごく自然に妹たちをからかい、あたしがだれかを聞こうと立ち止まった。

あたしは馬鹿みたいにニタニタしたり、生きてるのも恥ずかしいというように肩で顔を隠したり、ちょっとクスクス笑ったり、ぶつぶつつぶやいたりして、ごまかそうとした。フランス語は上達してなかったけど、じかに話しかけられたときに返事するのを許されているいくつかの挨拶だけは教わってた。そのあとミトライエットやその妹が、あたしの代わりにしゃべってくれるのだ。「この子はママのいとこの娘さんで、アルザスから来たの。家が爆弾にやられて、お母さんが死んじゃったのよ。お父さんが新しく住むところを見つけるまで、うちでしばらくゆっくりしてるってわけ。いまはちょっと心が傷ついてるから、そのことについて話したがらないの。わかるでしょ？」

万一の場合に備えて、彼女たちは暗号――ママン――を口にすることになっている。そして、あたしに直接ドイツ語で話しかける。それを合図にあたしはいきなりわんわん泣きはじめ、ミトライエットと妹が負けず劣らず騒がしくあたしを慰めたりなだめたりする――すべてドイツ語で。こうした見世物は、あたしたちにしつこくまといつく人たちを驚かせて困らせ、さっさと身分証を返してもらい、あたしたちから離れて向こうへ行かせるためだ。そうすれば、あたしの身分証をこと細かに調べられずにすむ。

あたしたちはこの一連の手順を練習して、かなり見事にやり遂げられるようになった。それから、あたしがこの家のなかに住むようになってから毎朝、ラ・カデット――アメリ――がやってきては、あたしのベッドの上で飛び跳ねて、こう叫ぶ。「起きて、ケーテ、ニワトリに餌やりにいこ！」彼女たちがあたしの〝名前〟を覚えるのは、いとも簡単だったと思う。だって、あたしのことはキティホークとしてしか知らなかったから。

ともかく、あたしたちはエチエンヌにばったり会った。もちろん、会話はすべてドイツ語で行なわれた。彼らは家で母親と話すときにドイツ語を使ってるし、その親戚のあたしはドイツ語がわかるってことになってたから。あたしは彼らの会話に交ざる暗号を必死で聞き取ろうとした。彼らの会話ときたら、あたしの耳にはグラスゴーなまりみたいなものだった！　あたしが娘らしく顔を赤らめるのは、いんちきじゃなかった。こわいのと、何がなんだかわからないのとで、自然と顔が火のように熱くなるのだ。あたしのことをごまかすという大仕事は、チボー家の女の子たちに任せるしかなかった。エチエンヌがそれまで聞いたこともない親戚として、あたしのことを説明する役目は。

けど、そのあと、エチエンヌとアメリが口論を始めた。彼がよどみなくしゃべるにつれて、アメリは血の気を失っていった。あたしもそうだったと思う。しばらくして、アメリはほんとに具合が悪いんじゃないかって思うくらいになったんだけど、そのときちょうどミトライエットが裏切り者の兄に罵詈雑言《ばりぞうごん》を浴びせ、殴るよって脅した。エチエンヌは顔をこわばらせ、ミトライエットに捨て台詞を吐くと、自転車で出ていこうとした。ただ、ふと足を止めて振り向き、あたしのほうにうなずいてくれた。とても丁寧に、きちんと。そのあと、彼は自転車に乗っていった。

エチエンヌが話の聞こえないところに行ってしまったとき、ミトライエットは英語でたまりかねたように言った。「お兄ちゃんは**くそ野郎**よ！」彼女がどこでそんな言葉を覚えたのか、わからない。あたしからじゃない！「あいつは**くそ野郎**よ」彼女はもう一度繰りかえしたあと、フランス語に切りかえた。そっちだと、あたしにはわかりにくかったけど、彼女にとっては悪態をつきやすかった。

エチエンヌは尋問の手伝いをしている。彼はそのことがこたえてきてて、アメリについ八つあたりした。アメリは兄のおでこにできた、消えつつあるアザをまたからかった。するとエチエンヌは、もしアメリが囚人で、ゲシュタポに尋ねられたことを答えなかったらされるひどいことを細かく話した。

いま、それが頭から離れない。アメリからその話を少しずつ何度も聞かされてるから。アメリはあたしのことを、話の半分ぐらいしか理解できないけど聞き手としてぴったりだと思ってるのだ。彼女はゲシュタポのオルメ支部長がかかわってることに、ちょっと動揺してた。頭のなかで、彼を司祭や校長先生と同じ棚においてるせいだ。権力があって、ちょっと遠くの存在で、たいていやさしくしてくれるけど、何よりもまずは規則に厳しく従う人として。規則によって生きてる人として。

とはいえ、答えないからといって足の爪の下に針をさしこむ規則なんて、聞いたことがない。

「そんなこと、女の人にはしないでしょ」自転車に手をかけて道路に立ってたとき、アメリが兄に言った。

「相手が女だったら、針は胸に刺すんだよ」

そのときアメリははっと息を呑んで青くなり、ミトライエットは怒った。

「口にふたをしなさいよ、エチエンヌ、馬鹿じゃないの。子どもが悪い夢を見ちゃうじゃない！　まったく！　そんなにひどいとしたら、いったいどうしてそこにいるの？　女性の胸に針が刺さるのを見ると、興奮するわけ？」

とたんに、エチエンヌはよそよそしく硬い態度になった。

「ぼくがそこにいるのは、仕事だからさ。まさか、興奮するからじゃない。意識を取り戻させようと水を頭からかけてるときの女なんて、だれだって魅力的じゃないからね。吐いたものが自分の髪についちゃってる女もさ」

あたしはアメリに、そのことは考えないようにって言う。自分にも、そのことは考えないようにって言い聞かせる。そのあと、やっぱりそのことを考えなくちゃって自分に言う。それは**現実**なんだから。**いま**起こってるんだから。

ジェイミーが言ったことで、あたしは悪夢を見てる。もしジュリーがまだ死んでないなら——もし彼女がまだ死んでないなら、彼女はあたしをあてにしてる。あたしを呼んでる。暗がりのなかで、あたしの名前をささやいてる。あたしに何ができる？　あたしはあんまり眠れない。自分に何ができるか考えようとして、ひと晩中、堂々めぐりをしてるだけ。あたしに**何**ができる？

＊

とびきりの離着陸用の畑を見つけた。ここからちょっと遠いけど、一日中、Mと自転車で走りまわって。十一月十二日、金曜日に。特殊作戦執行部のためにちゃんとした離着陸場を見つけるのがどれほど難しいか、信じられないほどだ。あたりはあまりにも単調で、農場がいくつも連なり、四つ角ごとに礼拝堂があって、どの村にも共同パン焼き釜がある。畑は真っ平らなので、どこにでも、どんなものでも着陸できる。ただ、夜間に目印となるものがなかったり、受けいれチームの隠れ場所にこと欠いてたりする。平和なときなら、気持ちよく飛べるだろうけど。

*

あたしはもう五週間もフランスにいる。

足は以前よりも強くなってる。今週は二回もたっぷり百キロを自転車で走った。一度は離着陸用の畑を探すために、二度めは二日後にそれを見せようとポールを連れてくために。彼は例の無線技術士に頼んでイギリス空軍の飛行機を要請し、月光飛行中隊の承認を得るために写真を撮ってもらわなくちゃならない。あたしは自転車でせっせと走る合間に、ニワトリの世話をしたり、小さな爆発物の配線をつなぐ方法を覚えたり、イライラして声をかぎりに叫んだりしないようにして、かなりの時間をすごしてる。

アナウンサーのジョージア・ペンは、この地域のゲシュタポ司令部長――ファーバーという名前の、たぶん権力のある恐ろしい男で、オルメの支部長の上司――から、〝ノー〟という返事を受け取っていた。ペンは、司令部長の拒否を無視し、新たに支部長に直接頼んでみるつもりだと、あたしたちに知らせてきた。申請書に記載する日づけをずっと前のものにして、左手のしてることを右手が知らないという、お役所仕事の流れに任せると。すごい女性だけど、なんて突飛なことをするんだろう。言わせてもらうけど、彼女の右手は左手がしてることを知ってますように。

別のライサンダーが明日の夜、十一月十六日、火曜日、迎えにくる予定だ。トゥール近くの、電線がいっぱいある、あの同じ畑に。天気は予測できないけど、十一月の月明かりをあてにできる最後のチャンスだ。あたしは自分の爆発物作製能力を試されずに故郷へ帰るかもしれない。

*

ううん、あたしはまだここにいる。いまいましいロザリー。

あの気の毒な車のせいにしちゃいけないと思うし、愚かだけど善意あふれる運転手を責めるのもいや。

ああ、疲れた。昨夜は午後十時に月がのぼったので、午前二時まで沈まないのは明らかだった。ポールが夜間外出禁止時間の始まったあとであたしを迎えにきて、あたしたちは自転車で車のところまで行った。彼が自転車をこぎ、あたしが彼の後ろの、フレームに固定した棒の上に立って。八キロ先まで、必死に彼にしがみついていなくちゃならなかった。きっと彼はうれしかったはず。車があたしたちのところに来るのが遅れたため——運転手が思いがけないパトロールをやりすごさなければならなかったせい——、ポールとあたしは自転車を隠した排水溝のなかで震え、足を踏み鳴らしながら、三十分も立ってた。十一月なかばに、木靴で、氷みたいな泥のなかに立ってたので、いつ足の爪先が凍傷になるか気が気じゃなく、北海に浮かんでたジェイミーのことばかり考えてた。車がやってくるまでに、あたしは大泣きしそうになってた。

　この外出には三人しか、かかわってなかった。行き帰りが危険だったので、チボー家のパパまでまきこみたくなかったのだ。車の持ち主である、パパの友人は、全速力で出発した。エンジン全開で、ものすごく速く、いつものようにライトをつけずに。頼りは、半月よりも大きいけどだんだんと欠けてく月がのぼりつつ放つ、かすかな明かりだけ。ロザリーは本当のところ、ものすごく早く走りたくはなくて、のぼり坂になるたび、決まって肺を病んでるような音を出した。ディケンズの小説に出てくる死に瀕《ひん》したヒロインみたいに、ゴホゴホ、ヒューヒューと騒々しく。そして、あげくの果てには立ち往生した。エンジンはまだちょっとヒューヒューいってたけど、まったく動かなかった。とにかく、丘をのぼれなくなってしまったのだ。空気吸入調節弁《チョーク》を絞ってエンジン全開にしても、あたしたちが空気しか与えないでそのかわいそうなものを走らせようとしてるかのように、シリンダーが哀れな音を放つばかりで。

「チョークが効いてないからよ」あたしは後部座席から声をかけた。

　もちろん、運転手はあたしの言うことが理解できなかったし、あたしはチョークのフランス語を知らなくて、ポールも同じく知らなかった。結局、〝ル・スタルテール〟っていうことがわかったけど、イギリス車のエンジンをかけるときの〝スターター〟とは同じものじゃないらしい。そんなわけで、信じられない騒ぎになった。ポールが必死にあたしの言うことを通訳したけど、運転手は〝小娘〟に指示されるのをいやがった。〝小娘〟をフランス語でなんていうにせよ、どんな国の言葉でも、おおかたそこに隠されてるのは、〝間抜け〟って意味だ。なんであれ——飛行機を飛ばすとか、銃に弾をこめるとか、爆弾を作るとか、そして車を修理するとか——期待されたことができないと、そう呼ばれるから。というわけで、あたしたちはなんだかんだ言いながら十五分を無駄にした。

結局、チョークが効いてないってことに疑いの余地がなくなったので、運転手が乱暴にガタガタ動かしたら、とうとう何かがあるべき場所にはまったらしく、ロザリーは前よりも元気そうに何度かゴホゴホいったあと、いやいやいやながらもまた進みはじめた。

これと一から十までそっくり同じことが、**あと三回も繰りかえされた**。**全部で四回**。車が停まり、チョークが効いてないってあたしが言って、ポールがそれを通訳しようとするけどうまくいかず、あたしたち三人は十五分ものあいだ口々になんだかんだ言いあって、チボー家のパパの友だちがしばらくチョークのレバーを乱暴に動かすと、ようやくロザリーがあえぐような音を出して動き、またガタゴトと走ってくというふうに。

あたしたちはもう一**時間**も遅れていた。**まるまる一時間**。そして、あたしは頭がかっかしてた。フランス人の運転手も同じ。自分の娘よりも若い〝小娘〟に英語で怒鳴られることに、うんざりして。車がまた動くたび、ポールもまた元気づけるようにあたしの膝をぎゅっとつかむ。ついにあたしは彼をバシッと叩き、そのいやらしい手を引っこめといてと言ってやった。なので、車が動いてるときでも、あたしたちはみんなオス猫みたいに互いにうなりあってた。あたしはもうナチに捕まるのもこわくなかったし、ライサンダーの迎えに間にあわなくなることが心配でもなくなった。どっちも、あたしたちが道路で時間を無駄にすればするほど、現実味を帯びてきた。あたしは車のどこが悪いかわかってるのに、何もさせてもらえないので、スズメバチみたいに気が立ってた。

車が五回めに停まったとき、あたしはポールを乗り越えて外へ出た。

「馬鹿なことするんじゃない、キティホーク」彼が抑えた声で言った。

「あの離着陸場まで歩いてく」とあたしは言った。「場所は知ってるし、コンパスだってある。そこまで歩いてく。もし遅れちゃって飛行機に間にあわなかったら、オルメまで歩いて戻る。だけど、ほんとにあなたがあたしにこのフランス車に戻ってほしいなら、ほんとに本気なら、この車を運転してるフランス人の間抜け野郎にエンジンカバーをあけさせて、あたしにチョークを直させて。いますぐに」

「冗談じゃないよ、そんな時間はないんだ。もう一時間半も遅れてるし――」

「カバーをあけてくれないなら、銃を撃ってでもあけるわよ」

本気じゃなかった。でも、その脅しのおかげで、あることがひらめいた。あたしのコルト32を運転手の頭に突きつけて、彼を車から出させたらどうかって。

運転手はイグニッションを切りもしなかった。エンジンがまだヒューヒューいうなか、あたしたちはボンネットのサイドパネルをエチエンヌのスイス製ナイフについてる缶切りでこじあけた。その下はインクを流したように真っ暗だった。運転手は悪態をつき、文句たらたらだったけど、ポールがフランス語でなだめるような言葉をささやいた。いまやあたしのことはだれも止められなかったから。ひとりに懐中電灯であたしの手元を照らさせ、もうひとりに上着でその明かりをおおって隠させた。なんと——チョークにケーブルをとめとくネジがゆるんでて——**たぶん何度も乱暴に揺すったせい**——、キャブレターへの送気管をおおうフラップがきちんと閉まってなかったのだ。あたしがしなくちゃならないのは、ナチスからこっそり奪ったポケットナイフ付属のネジまわしで、ネジを締めることだけだった。

あたしがボンネットをバンと閉め、運転席のドアに寄りかかって、チョークをぐいっと引くと、エンジンは動物園にひしめく喜びいさんだライオンみたいに元気な轟音《ごうおん》を発した。

そのあと、あたしは後部座席に戻って娘らしく座り、離着陸用の畑に着くまで何も言わなかった。着いたのは、飛行機が飛び去った三十分後。受けいれチームはほとんど帰ってしまってて、何か恐ろしいことがあたしたちに起こった場合に備えて、ふたりだけがまだ待っててくれた。

今回、あたしはあまりにも腹が立ってたので、〈オズの魔法使い〉の最後の場面のドロシーのことを考えられなかった。気の毒なロザリーを木靴で蹴っ飛ばしたので、前のフェンダーがへっこみ、みんなをびっくりさせた。どうやら、あたしはおとなしくてちょっと泣き虫だとの評判だったらしい。ひと言でいえば、意気地なしだと思われてるってこと。

ポールはまた説明した。「待っていられなかったんだな。もう遅いから、イギリスに戻るまでに明るくなっちまう。フランス上空で明るくなって捕まる危険はおかせなかったのさ」

そのとき、あたしは自分がわがままで、いばってて、いけすかないやつだって感じて、チボー家のパパの友だちに謝ろうとした。つたないフランス語で、へこんだフェンダーのことを。「いや、いや、こっちこそあんたに感謝しなくちゃならんよ、マドモアゼル」彼はフランス語で言った。「わしのチョークを直してくれたんだから！」そして、彼は親切にもあたしのために車のドアをあけてくれた。お返しも期待できない恩知らずな外国人のために、命の危険をおかしてもうひと晩を無駄にしたなんてことは、おくびにも出さずに。〝飛行場送り届けルール〟の極みだ。

「メルシー・ボク、ジュ・スイ・デゾレ」どうもありがとう、ごめんなさい。ごめんなさい。いつもそういってるような気がする〝ありがとう、ごめんなさい〟って。

受けいれチームのひとりが、車に乗ったあたしのあとから頭をなかへ突っこんできた。「あのスコットランド人飛行士が、あんたにこれを渡してくれって」

ジェイミーはあたしにブーツを残してくれた。

意気地なしだっていう評判どおり、あたしはオルメへの帰り道のほとんどをわんわん泣いてすごした。でも、少なくとも足は温かかった。

ペンが彼女を見つけた。ジョージア・ペンが**彼女を見つけた**！　ジュリーが姿を消したのは十月十三日で、ペンが彼女と話をしたのは昨日、十一月十九日。**ほぼ五週間**。

あたしはもう自分の感情がわからない。単純にうれしいとか悲しいとかじゃない。恐怖と、安心と、動揺と、感謝とが、みんなごっちゃごちゃ。ジュリーは生きてる。まだオルメにいる。無事でいる。いつもどおり軍服を着て、きれいな髪を一本も乱さずに襟の五センチ上にきちんとまとめて。爪の手入れまでなんとか美しく仕上げてる。

でも、囚人には変わりない。ほとんどすぐに捕まってしまった。道路を渡る前の様子が、変だったって。いかにもジュリーらしい。ああ――笑ったらいいのか泣いたらいいのか、わからない。しょっちゅう泣いてることにはあきあきしてるけど、うろたえすぎてて笑えない。彼らに最初に尋問されたとき、正しい身分証を持ってたら、捕まらないですんだかも。身分証がなかったから、そんな望みはなかった。

ミス・ペンは英語を話す人質にインタビューできればと頼んでて、ふたりは面と向かって話すことができた。監視はいたけど。そして、ペンは暗号名から相手がジュリーである確証を得た。ジュリーの本名は明かされなかった。彼らがどんな言いわけをしたのか知らないけど。戻ってきたペンがかなりの確信をもって言うには、お膳立てされたそのインタビューは見せかけもいいところで、ジュリーはかなり厳しく管理されてるとのこと。隠されてるけど、そこにいる。自分が何か口をすべらせたら、ペンまで消されるかもしれないと、ジュリーにはわかってたんだと思う。ジュリーはそんな危険をおかさないって、わかる。彼女は命令に逆らわず、自分の名前を言わなかった。あらゆる情報は、ほのめかしや、含みのある言葉で表現された。大尉と秘書代わりの娘がふたりとも同席し、ほかにもひとりかふたりいて、みんな腰を下ろしてコニャックを飲んでた。秘書代わりの娘以外だけど、もちろん！　大尉のものすごく豪勢なオフィスで、一時的にジュリーは文書を訳す仕事をさせられてた。つまり、実のところ、彼女はここへ送られた目的のことを本当にしてたってわけ！

名前を言わず、軍隊における仕事や階級を明かさず、彼女は無線技術士だとペンに自己紹介した。彼女はナチスに自分は無線技術士だって話してたのだ。**どうかしてる**。彼女は無線技術士としてここへ来たんじゃない。ってことは、いまナチスは彼女から暗号を聞きだそうと、躍起になってるだろう。ナチスが彼女から暗号を聞きだしたことに、ペンはまったく疑いをいだいてなかった。もう使われてない暗号か、彼女が考えだした暗号にちがいないけど、ナチスがそれを利用しようとするのは間違いない。だからこそ彼女は無線技術士《w/op》だってナチスに話したのだろうと、ペンは考えてる。特殊作戦執行部では、無線電信士《W/T》って呼ぶんだけど。それで、彼女はナチスに暗号を教えることができた。スパイとしてフランスに降り立つ特殊作戦執行部の娘にとって、それはいとも簡単だ。けど、もしジュリーが自分はスパイだとナチスに言ったら、拷問されて仲間の名前を白状させられるだろう。白状するなら、もう使われてない暗号のほうが害が少ない。実際に生きてる人の名前よりも。それはジュリーがもともと受けた訓練や、彼女が空軍婦人補助部隊に所属してたことからすると、事実そのものだし、墜落現場でナチスが撮った写真と矛盾しない。ナチスがその写真を彼女にもう見せたことは確かだ。彼女の存在しない無線技術士としての仕事に目を向けてるかぎり、ナチスは彼女に、本当はなんて呼ばれてるんだか知らないけど〝ゲシュタポのオルメ支部爆破計画〟について聞かないだろう。

ペンはいくつかの執務室と、四つの整ったベッドがあるがらんとした部屋だけを見せられた。ほかの人質とは会わなかったし、人質たちが置かれてる状況を示すものは何もなかった。ジュリーは彼女に少しヒントを与えたけど。ペンは言った

彼女

ジュリーがいると

——**爆破して**。飛行機を飛ばして、マディ。

**あたしは泣かない**。

ミス・ペンとじかに話すことになった。ミトライエットとあたしはオルメのしゃれた住宅街にある小さな池のほとりで会い、ベンチに座って毛糸を巻き取りながら話した。あたしたちふたりがミス・ペンを囲み、ミス・ペンは毛糸をほぐす必要のあるはき古したソックスでいっぱいの帆布の袋を膝にのせて。彼女はあたしたちの乳母に見えたにちがいない。あたしたちのど

っちよりも三十センチ近く背が高かった。彼女が話をし、あたしたちは耳を傾けながら、もっと毛糸をほどこうと袋に手を突っこんだ。急に、報告の途中で、あたしがまたソックスを取ろうとしたとき、ミス・ペンはあたしの手をつかんでぎゅっと握った。あたしの手だけ。ミトライェットのではなく。深刻に受け止めそうなのはあたしだと、彼女がどうして察したのかはわからない。質問をする仕事に携わっているので、あまり饒舌《じょうぜつ》ではない相手から話を引きだすのに長《た》けてるんだろう。いま考えてみると、オルメにいるナチスの連中と同じ仕事だ。それぞれやり方は違うけど、仕事は同じ。ジュリーだって、やっぱりその道の専門家だから、やすやすと、ペンが尋ねなかったことへの情報を与えることができた。

「あなたは勇敢かしら、キティホーク?」ペンがあたしの手をぎゅっと握ったまま尋ねた。

あたしはゆがんだ笑みみたいなものを浮かべた。「たぶん」

「あたりさわりのない言い方がなくて」ペンは言った。そのアメリカ人らしい発音の、いたって真面目できびきびした声には、怒りがこもっていた。あたしたちは待った。

ペンは静かに言った。「彼女は拷問されているわ」

しばらく返事ができなかった。何ひとつ。

むっつりしてるように見えたかもしれない。驚いてはいなかった、ほんとのところ。でも、ペンがあんまりはっきりと言ったので、顔を叩かれたように感じた。ようやく、あたしはしわがれた声で馬鹿みたいな質問をした。「間違いなく?」

「見せてくれたから」ペンは言った。「はっきりと。握手をしたあとすぐ、スカーフを直すふりをして。わたしによく見せようとして。喉から鎖骨にかけて、細かい三角形の醜いやけどが並んでいたわ。ちょうど治りかけの。はんだごてでやられたみたい。手首の内側にも同じやけどが、もっとずらりとあってね。彼女はとても賢く見せてくれたのよ。落ちついて、と言ったらいいかしら。大げさでなく。脚を組むときにスカートをちょっと引いたり、煙草を取るときに袖をたくしあげたり。大尉が別のところを見ているときだけ動いて。両脚にはぞっとするようなあざがいくつもあったわ。でも、いまは薄れてきているから、やられたのはどれも二、三週間前にちがいないわね。扱いがゆるくなったんでしょう。理由はわからないけれど。彼らがなんらかの取引をしたことは確か。でなければ、彼女がまだここにいるはずがないの。いまごろまでに、オルメのナチスはほしいものを彼女から手に入れるか、彼女を見放していると思っていいから」

「ナチスと取引！」あたしは喉をつまらせた。

「そう。わたしたちの仲間がそれをなんとか明らかにしようとしているわ」ミス・ペンはあたしの手をやさしくソックスの袋のなかへと戻した。そのあとで、正直に認めた。「ただ、あなたの友だちが何をしようと考えているのか、予測するのが難しくて。彼女は——彼女には目的がありそうだった。会話に自分の暗号名が持ちだされるとは予期していなくて、ちょっと動揺したけれど、でも彼女は——そう、助けを求めるようなそぶりは何ひとつしなかった。まだ断固として自分の使命を果たすつもりで、それを内部からできると信じる理由があるんだと思うわ」ミス・ペンはあたしを横目でちらりと見た。「彼女の使命が何か、知っている？」

「ううん」あたしは嘘をついた。

「とにかく」ミス・ペンは言った。「彼女が話してくれたことを伝えるわね。あなたなら、その意味が何かわかるかもしれないから」

でも、あたしにはわからなかった。その情報をどうしたらいいのか、さっぱりわからない。それはまるで——古生物学とでも言ったらいいかも。ばらばらのいくつかの骨から、一頭の恐竜を組み立てるような。しかも、その骨がすべて同じ種類の動物のものかどうかも、わからないのだ。

でも、ジュリーが話したことを書きだしてみよう——ポールだったら意味がわかるかもしれないし——。
(一) オルメでゲシュタポが使ってる建物には、発電機がある。ペンが、ラジオの仕事をしているのに電力をあてにできないのは困ると、停電のことで不満を述べると、ジュリーはこう言った。「あら、ここは自家発電なんですよ」と。彼らの仲間でもあるかのように話すなんて、いかにも彼女らしい。〈老兵は死なず〉を見にあたしを連れていき、監禁されてるドイツ人将校がメンデルスゾーンを聴いてる場面でずっと泣いてたときみたい。
(二) ヒューズボックスは主階段の下にある。ミス・ペンは、わがジュリーがどんなふうに苦心してそのことを伝えたのか言わなかった。彼女はこうも言った——
(三) ナチスが市役所内のゲシュタポ司令部から広場をはさんだ向かい側に無線連絡所を

設置してることは知られた事実で、ジュリーによると、これはシャトー・ドゥ・ボルドーの建物内にちゃんとした放送設備がないせいだという。ペンの考えでは、壁が厚すぎて電波を受信できないのだろうとのこと。でも、あたしは、壁のせいというより、発電機が受信を邪魔してるんだと思う。この情報はいともさりげなく伝えられた。特殊作戦執行部は無線送受を〝関節炎〟と呼んでるから、伝えるのは簡単だ。ジュリーがどんなふうに言ったのか、想像できる。自分の爪をためつすがめつしながら。「運よく、わたしには関節炎がないの。ここの人たちは、みんなそう。ここのナチスの人たちって、なんて恵まれているのかしら！」

(四) ペンは奴隷のように使われてる女秘書について多くの発見もした。ジュリーによると、その女秘書は良心の呵責《かしやく》にとらわれそうになってるらしいので、あたしたちはそれを利用できるかもしれない。彼女を観察し、その気になったときにはレジスタンスの連絡員を見つけてもらうことが簡単にできるかもしれないってこと。

ゲシュタポのオルメ支部長が聞いてるっていうのに、こうした情報をすべてなんとか伝えようとしたジュリーのことを考えると、圧倒されてしまう。明らかに彼女たちは英語で話をしたのであり、奴隷同然の秘書はそれをオルメ支部長に通訳しなければならなかったはずだ。つまり、秘書はその意味がわからなかったか、ジュリーの意図が少しでもわかってしまう情報を伝えなかったのだろう。ジュリーは彼女を〝天使〟――〝ランジュ〟――と呼んでいる。なんていうか、ものすごく戸惑っちゃうけど。その気の毒な女性がジュリーに不利なことを黙っててくれたのが、納得できる。天使って、フランス語では男性名詞でもある。英語のようにただの名詞じゃなくて。それは彼女の苗字の直訳だ。エンゲルというドイツ語の。

ときどきあたしはジュリーがうらやましくなったものだ。その賢さ、男性への気安さ、上流階級であること――ライチョウ狩りやスイスの学校、三か国語に堪能で、青いシルクの夜会服を着て王さまに拝謁した――、それから、スパイを捕まえたあと、ナイト爵を授けられたかのように、大英勲章第五位をもらったことすらも。とりわけ、オックスフォード大学に通ったことが。そんなもの、うらやましくもなんともないと思ってきた自分が、いやだ。

いまあたしが考えられるのは、彼女がどこにいるのか、どれほどあたしが彼女を愛してるかってことだけ。そして、あたしはまた泣きはじめる。

*

ジュリーといっしょに空を飛んでる夢を見た。あたしは彼女を故郷へ連れてくところだった。ディンプナのプスモスで、スコットランドめざして。飛行機は北海に沿って沿岸上空を北へ向かってて、太陽が西に低く傾いてた。空と海と砂を金色に染めて。あたしたちのまわりはいちめん金色の光に包まれてた。防空気球も何もなく、平和なときの空みたいに、邪魔者はなかった。でも、平和なときであるはずはない。いまは、一九四三年十一月の終わりなんだから。西のチェヴィオット丘陵は初冠雪してた。

あたしたちはホリー・アイランドの長い砂浜の上を低く飛んでた。美しいところだった。でも、飛行機は上昇しようとするので、あたしは必死に高度を下げようとしてた。あのライサンダーのときみたいに。こわくて、どうしたらいいかわからなくて、うんざりもしてた。墜落する危険があるってのに、あんまりきれいなままの空に、腹を立てて。そのときジュリーが、あたしの隣に座ってるジュリーが言った。「わたしにやらせて」

夢のなかで、そのプスモスはティプシーのように操縦桿が隣りあってふたつ装備されてて、ジュリーが自分の近くの操縦桿を握って、その先端をそっと前へ押すと、急にあたしたちはいっしょに飛行機を操縦してるようになった。

重圧がすっかりなくなった。何もこわくないし、何かと闘ってもいなかった。あたしたちふたりはただいっしょに飛んでた。金色に輝く空のなか、隣に座って、いっしょに飛行機を操縦しながら。

「とっても簡単よ」彼女はそう言って笑った。ほんと、そのとおりだった。

＊

ああ、ジュリー、あんたが死んだら、あたしにわからないはずないよね？　そんなことになりつつあるんなら、心臓に電気ショックを受けたみたいに感じないはずないよね？　アメリがちょうどシャトー・ドゥ・ボルドーで行なわれた処刑を見てきた。いまはみんなにシャトー・デ・ブローって呼ばれてる。虐殺者の城って。ここの子どもたちは土曜日の代わりに木曜日が休みになり、アメリは仲良したち何人かとオルメにあるお気に入りの安いカフェに行った。たまたまその店は、ゲシュタポが使ってる建物の裏にある小路の突きあたりにあった。アメリと友だちがカフェの窓際に座ってると、小路に人がぞろぞろ集まってくることに気づいた。子どもとあって、何があるのか、わいわい見にいったところ、ナチスどもが裏の中庭にギロチン台を設置して処刑を行なってて――

アメリたちは見てしまった。何が起こってるのか知らず、何かを見ることになるのかどうかもわからなかった、とアメリは言う。でも、子どもたちがそこへ着いたとき、ちょうどそれが行なわれてるとこで、見てしまったのだ。**処刑が行なわれてる場面を**。アメリはその夜ずっとすすり泣いてて、慰めてもだめだった。彼女たちが見たのは女の子が殺されるとこで、アメリはその子が同じ学校に通ってたことに気づいたのだった。その女の子はアメリよりも何年か上で、もう卒業してたけど、もしそれがあたしの古い友だちのベリルだったら、どう？　あるいは、ベリルの姉妹だったら？　だって、それと同じことだから。学校の友だちがスパイとしてギロチンにかけられるなんて。以前は理解できなかった。ほんとに。子どもであって、爆弾に当たって死ぬかもしれないって心配するのは、こわいことだ。でも、子どもであって、警官に首を切り落とされるかもしれないって心配するのは、まったく別ものだ。そのことに対する言葉が見つからない。次々と襲いかかってくるとんでもない恐怖があるなんて、ここに来るまで**まったく理解できなかった。**

八歳のとき、大恐慌の前、あたしはおじいちゃんやおばあちゃんとパリへ遊びにいった。ところどころ覚えてるんだけど、セーヌ川でボートに乗ったり、モナ・リザを見たりした。でも、いちばん覚えてるのは、おじいちゃんとエッフェル塔のいちばん上までのぼったこと。上りはエレベーターに乗ったけど、下りは全部歩いた。降りる途中、第一展望台で足を止めると、おばあちゃんが下の公園に立ってるのが見えた。その朝に買った新しい大きな帽子をかぶってるおばあちゃんが。あたしたちは手を振った。おばあちゃんはシャンドマルス公園にひとりでいて、とってもおしゃれに見えたので、フランス人じゃないとは思えないくらいだった。おばあちゃんはあたしたちの写真を撮った。あたしたちはものすごく遠くにいて小さく写ったから、写真じゃ姿がわからなかった。けど、あたしたちがそこにいることを、あたしは知ってる。それから、第一展望台には店があったことを覚えてる。おじいちゃんはお土産に、金色の鎖についた金色の小さいエッフェル塔を買ってくれた。あたしはまだそれを持ってて、ストックポートの家に置いてある。

それはさほど昔のことじゃない。あたしたちに何が起こってるの?

チボー家のママンがキッチンの大きなテーブルで、アメリを落ちつかせようとカフェオレを飲ませてる。ミトライエットとあたしは代わる代わるアメリをぎゅっと抱き締め、その頭越しに怯えた視線をちらっと交わしてる。アメリはずっとしゃべりつづけ。あたしにはところどころしかわからない。ミトライエットが小声でだいたいの意味を教えてくれる。
「イリ・ヤン・ナヴェ・チュンヌ・オートル——もうひとりいたの。イリ・ヤ・ヴェ・デュ・フィーユ——女の子がふたりいた——ラ・カデット・エ・セ・ザミ・ノン・リアン・ヴュ・カン・トン・ナ・チュエ・ロートル——彼女たちはふたりめの女の子が処刑されるところは見なかった」

こうした情報をラ・カデットから引きだすのは、あたしたちみんなにとってつらいことだった。その場所にはふたりの娘がいっしょに連れてこられたという。互いにつながれて。ふたりめの娘は、ひとりめが殺されるのを立って見ていなくちゃならなかった。ものすごく近くで。あんまり近くに立たされてたので、血がふたりめの女の子の顔に飛び散った、とアメリは言った。そのあと、ナチスは門を閉めた。アメリと友だちは、中庭の壁の上から、ギロチンの刃がふたたび持ちあげられるのを見て、その場を去った。

ふたりめの女の子はジュリーだ。間違いない。オルメのゲシュタポに捕らえられてる、秋の葉っぱ色のセーターを着た小柄なブロンド娘が、ほかにいるはずはない。アメリは彼女を見たのだ。

でも、ナチスが彼女のことも殺したとは信じられない。絶対に信じない。あたしはあのパイロットの写真について、ずっと考えてる。ナチスはもうすでに、その写真をジュリーに見せたにちがいない。そして、おそらく彼女はあたしが死んでしまったと思ってるだろう。でも、あたしは死んでない。それは彼女にとっても同じこと。間違いない。彼女は死んだように見えるかもしれないけど、死んでない。いま、彼女が死んだように見せかけるべき理由があるんだろう。ジョージア・ペンが先週ジュリーと話をしたあと、オルメ支部側は自分たちの優位な立場だかなんだかを再構築する必要があるのだ。よくわからないけど、なんらかへの統制を。あのオルメ支部長は窮地に陥《おちい》ってるにちがいない。上司に知らせずペンを入れたから。たぶん、彼はジュリーを殺すよう命じられたのだ。ううん、思うに、彼はジュリーが死んだように見せかけるよう命じられただけなんじゃないかな。だから、ジュリーはまた姿を消した。コニャックをいっしょに飲んだばかりなのに、彼女をギロチンにかける？　そんなこと信じない。

**あの建物をバラバラに爆破してやりたい。**

飛行機が毎晩のように飛んでくる。フランスのこの地方には、イギリス軍がなんとか操業を止めたい、ドイツ軍のための軍需工場や広射砲陣地がいくつかある。でも、イギリス軍はオルメの真ん中に爆弾を落とさない。故意には。民間人に当たるのを恐れて。イギリス軍はこの街の列車ターミナルを爆撃したり、街の北部にある工場を攻撃してる。オルメには傘産業のほかに、重要な工場はないと思うけど。そう、イギリス空軍はこの町の中心を爆撃しない。だからこそ、ジュリーがここへ送られたのだ。地下世界から崩せるようにと。イギリス空軍がこの町への攻撃を避けようとしてることを、ここの多くの人たちは知らない。だから、だれも安全とは感じてない。アメリカ人たちは真っ昼間にルーアンに爆弾を少し落とした。空襲警報を聞いたみんなは血相を変え、あたしたちがマンチェスター大空襲のときにしたのとそっくりに防空壕へ飛びこんだ。でも、オルメの中心には何も落ちない。

ときどき、そうなったらいいのにと思う。虐殺者の城を吹っ飛ばすぐらいの巨大な爆弾が、一発だけ落ちたらと。そんなおぞましい場所なんか、燃えてしまえばいい。燃えつきてしまえばいい。そのあとで、思いだす。ジュリーがそのなかにいることを。

あたしはジュリーが死んだなんて信じてない。やつらのはったりとか、嘘とか、たちの悪い脅しなんて、どれも信じてない。彼女が死んだなんて信じてないし、**これからだって信じない**。**銃声をこの耳で聞いて**、彼女が倒れるのを見るまでは。

*

十一月二十八日日曜日、チボー家でまたナチスたちを招いて夕食会が開かれた。あたしは姿を消さなくちゃならなかった。ラ・カデットが彼らをだますのが想像できる。こんなふうに――「ケーテにいい人ができたの！　こんなに早く見つけるなんて、信じられない。相手はパパの運転手の友だちよ。ふたりが出会ったのは、二週間ぐらい前にメンドリを運んだとき。日曜日には決まって出かけるの。たまには夜にも！」

それから、ママンが目をまわしながら言う。「困ってるんですよ、あんなに若い娘が、倍も年とってる人といい仲になるなんて。でも、止めようがありませんでしょ？　わたしの娘じゃないですし。一生懸命に働いてくれて、お給料もないんですから、日曜の午後ぐらいはお休みをやるしかなくて。それに、お年ごろではありますしね。まあ、気をつけてくれればいいんですけど。厄介なことになるのだけは……」

〝厄介なことになる〟だって。ポールと――ゲゲッ。

あたしはポールといっしょに自転車でほかの人の家へ出かけて、爆弾つくりや射撃の腕を磨いた。あたりさわりのないことに集中してると、心が落ちついた。車を爆破するには、どのくらいのプラスチック爆薬が必要なのか。針金をどうやってスイッチに取りつけるのか。どんなふうにコンパスを起爆装置につけるのか。動いてる相手を小型ピストルでどう撃つのか。この小型ピストルは借り物だ。そんなものを持ってるところを見つかったら逮捕されるので、ケーテはふだん銃を持ってない。ありがとう、ジェイミーとジュリーのボーフォートースチュアート兄妹、最初に射撃の手ほどきをしてくれて。今日の動く標的は、メッサーシュミット109でもキジでもなく、棒に刺した空き缶で、庭の向こう側にいるなんとも勇敢な人が揺らしてくれてた。銃声は、その家の隣にある製材所の音にかき消される。製材所の人たちがいつも日曜日の午後に仕事をするのか、あたしたちのために特別に騒音を出してくれてるのかは、わからない。

「ここにずっといてもらえないとは残念だな、キティホーク」と、その家の人が言った。「あんたは生まれながらの兵士だ」

ふん。褒められてのぼせあがっちゃったけど、すぐにそんな自分がいやになる。なんて馬鹿ばかしい！　あたしは生まれながらの兵士なんかじゃなかった。戦争があったから、飛行機を輸送してる。でも、冒険や興奮を探しにいくんじゃないし、だれかに喧嘩を吹っかけてまわるなんてとてもできない。あたしは何かを動かすのが好き。飛行機を飛ばすのが大好き。

あたしはまだマディだってことを忘れちゃだめ。もう七週間もほんとの名前で呼ばれてない。それに、ケーテでいることには、あと何日かしたら限界になりそう。

彼女——あたし——は、伝言——提案？——を届けることになってる。ジュリーが捕らわれてるところにいる下っ端、秘書として奴隷のように仕えさせられてるあのドイツ娘、エンゲルに。どうして、あたしかって？　それは、あたしが地元民じゃなくて、運がよければ次の満月までにはここを去るから。エンゲルはあたしの顔を知らない。知ってる人はかなり少ない。それに、今日まであたしは彼女を見たことがない。だから、明日あたしが道路で彼女に話を持ちかける前に、相手がどんな顔かをよく確かめられるよう段取りされた。ナチスの客たちが帰るまでに、ポールとあたしはチボー家の農場へ戻り、彼らが出てくるのを待って——待って——待った。

門は閉めておいた。ゲシュタポのメルセデスが停車し、運転をするエンゲルが車から出てきて門をあけなくてはならないように。

あたしはチボー家のママンから借りた主婦が使うようなネッカチーフをかぶり、殺された男の自転車を支えながら道路脇に立って、メルセデスからかなり離れたところにたたずんでた。ポールはずうずうしくもドイツ娘に手を出した。そのせいで、だれもあたしのほうに目もくれなかったのは間違いない。彼はその気の毒な娘に門を三十センチぐらいあけさせたあとで、大きな手を彼女の両手にのせて手伝い、それはいいんだけど、いっしょに門を押しあけながら、もう一方の手を彼女のお尻に伸ばした。いま彼女はあたしと同じくらい彼を憎んでると言ってもいいと思う。彼女はコートとスカートをぎゅっと脚に巻きつけながら、あわてて車に戻った。エチエンヌが後部座席で声を出して笑ってた。

でも、ポールの馬鹿な真似のおかげで、あたしは彼女のことがよく見えた。彼女は背が高く、あたしと同い年ぐらいで、すごく縮れたこげ茶色の髪をおかっぱにしてる。ちょっと流行遅れの髪型だ。目はびっくりするほど薄い緑色。きれいじゃないけど興味を惹かれる顔立ちで、赤いカクテルドレスを着てたらすごく映えたかもしれない。でも、実用的な靴と鈍いとび色のオーバーのせいで、気難しくて冴えない女に見えた。

ああ、ジュリーだったら、こんなふうに言っただろう。「ねえ、ナチスの奴隷さん、ちょっと眉を描かせてくれたら、とびきりの美人に見えるわよ」

エンゲルはギアを入れようとしてエンストさせてしまった──それだけ怒ってたってこと。そのあとすぐにまたエンジンをかけて、すみやかに出てったけど、通りすぎるときにポールのほうを見もしなかったし、門を閉めるのは彼にやらせた。

あいつらのだれひとりとして、あたしには気づかなかったと思う。みんな、ポールがエンゲルにしかけたいやらしい一幕に目が釘づけになってたから。

あたしはゲシュタポのオルメ支部長を見た。

ほんとはうつむいてなくちゃならなかったって、わかってる。でも、ちょっと盗み見てしまわないわけにはいかなかった。あれがジュリーを尋問してる男、ジュリーの処刑を命じる男なんだ。ううん、もう命じたかもしれない。自分が何を期待してたのかわからないけど、彼はどこにでもいそうな男にすぎなかった。店にふらりと入ってきて、十六歳の息子の誕生日に小型オートバイを買う人。学校の校長先生のような。ただ、疲れ果ててるって感じだった。疲労困《こん》憊《ぱい》して、げっそりとやつれてた。一週間ぐらい眠ってないみたい。一九四〇年九月、ブリテンの戦いのあいだ、パイロットたちはみんなそんな顔をしてたっけ。牧師さんの息子がそんな顔で飛行機に乗りこみ、その日に戦死した。

あたしはそのとき知らなかった。つまり、昨日までは、オルメ支部長の顔を見て、彼がどれほど疲れて悩んでるように見えるかわかる前までは、知らなかったってこと。でも、いまならわかる。オルメのゲシュタポはとんでもない騒ぎになってる。オルメ支部長がペンの取材を許可するっていう間違いをしただけでなく、オルメ支部が盗みにあったせいで。このことは、チボー家でいつものようにコニャックがふるまわれてるあいだ、ミトライエットが奴隷娘エンゲルから聞きだした。先週の初めに鍵束が一時間ほどなくなり、そのあと別の場所に置かれてて、だれもその鍵束がなくなってた一時間について説明ができないらしい。職員はひとり残らず支部長に厳しく取り調べられたし、支部長自身は明日、上司であるあの恐ろしいニコラウス・ファーバーから厳しく取り調べられる。

あたしが支部長だったら、エンゲルに罪を着せる。彼女がそんな方法で情報を漏らすなんて、とても考えられないけど。そうだ、もし彼女が自発的にあたしたちに協力してくれなかったら、脅せばいい。いまがチャンス――

そして、彼女を引きいれられるかどうかは、あたしにかかってる。そんな仕事はできっこないとあの諜報部の将校に言ったなんて、信じられない！　いつもより不安なんかじゃない。役立つことができるから、心底ほっとしてる。今夜はあんまり眠れそうにないけど。初めてライサンダーで輸送飛行をしたあとテオが言ったことについて、ずっと考えてる――「わたしたち、特殊作戦員のようなものね」――

**飛行機を飛ばして、マディ**

＊

ギロチンのこわい夢。すべてフランス語で。たぶん、ものすごくひどいフランス語。フランス語で夢を見られるなんて、想像もしなかった！　あたしはエチエンヌのポケットナイフを使って、刃を持ちあげてる太綱を固定してるネジをしっかり締めようとしてた。間違いなく刃がすっと落ちるように。胸が悪くなりそうな話だけど、もし汚らしい死に方だったら、あたしのせいになる。あたしはずっと考えてた。これはまるでチョークみたいな働きをするって――セ・コマン・スタルテール――

あぁ、そんとおりだって――ジョックなら、そんなふうに言いそう。

もしあたしがブリキの洗い桶に首を投げいれられて、あのむかつくホテルの中庭で最期を迎えるんじゃなかったら、奇跡もいいところだ。

あたしはアメリお気に入りのカフェに一時間も座って、名前は知らないけどある老人がこう話しかけてくるのを待った。「ランジュ・デサンダン・ディ・ミニュット——」あと十分で天使が来る。つまり、エンゲルがガレージから車を出しにいったってこと。オルメのゲシュタポ支部長を恐ろしい上司に会いに連れてけるように。そうしたら、あたしの役割は、エンゲルがゲシュタポの支部長を車のなかへ案内するとき、ちょうどホテルの玄関を通りかかり、袖に隠しておいた紙切れ入りの口紅を彼女に渡すこと。その紙切れには、彼女が返事をどこに隠したらいいかが書いてある。もしレジスタンス側と接触する気があるなら、彼女はアメリたちが行った例のカフェにメモを残せばいい。テーブルが揺れないようにと、その脚の下にかませてある、リネンのハンカチに包んで。

もちろん、いまや彼女はあたしを罠にはめることもできる。あたしはそのメモを取りにいかなくちゃならないし、彼女はそのことをわかってるから。

ううん、違う。もし彼女があたしを密告するつもりなら、罠にはめる必要なんかない。もし彼女があたしを密告するつもりなら、あたしはもっと早く死んでるはずだから。

今日の午後、彼女に追いついたとき、あたしはすばやく彼女の足元にひざまずいた。彼女が何かを落としたかのように。ほんとは、そこにそれを置いといたのはあたし。そのあと、あたしは立ちあがって、小さなつやつやの筒をさしだし、馬鹿みたいに愛想よく、知ってる二十個ちょっとのドイツ語のうちの半分をしゃべった。

「フェアツァイウング、アーバー・ズィー・ハーベン・イーレン・リッペンシュティフト・ファレンゲラッセン――」あの、口紅を落としましたよ。

オルメ支部長はすでに車のなかにいて、エンゲルはまだ運転席のドアを開いてなかったので、彼に聞こえたはずはない。彼女がなんと答えるにせよ、あたしは理解できないだろうから、ただにこやかに笑い、もし彼女が口紅を受け取らなかったら、こう言うことになっていた。「エス・トゥート・ミーア・ライト、ダス・エス・ドホ・ニヒト・イーア・リッペンシュティフト・ヴァール――」すみません、あなたの口紅じゃなかったんですね。

彼女は顔をしかめてその金色の筒に目を落としたあと、顔を上げてあたしの間の抜けた邪気のない笑顔を見た。

そして、興味深げに尋ねた。英語で。「あなた、マディ・ブロダット?」

最初から笑顔でいてよかった。その笑みを顔に貼りつかせておくだけでよかったから。まったく自分の顔のようには感じられなくて、仮面をかぶってるみたいだった。ほかのだれかの顔を取ってつけたって感じ。でも、にこにこするのはやめなかった。あたしはかぶりを振った。

「ケーテ・ハービヒトよ」あたしは言った。

彼女は一度だけうなずいた。会釈《えしゃく》をするように。そして、口紅を受け取り、メルセデスの運転席のドアをあけて乗りこんだ。

「ダンケ、ケーテ」彼女はそう言って、ドアを閉めた。ありがと、ケーテ。いかにも、さりげなく。親しげな、くだけた口調で、あたしが幼い子どもでもあるかのように。彼女が車を運転していってしまったあとで、あたしは思いだした。ケーテは英語を理解できないことになってるのを。

＊

飛行機を飛ばして。

そうできたら、いいな。そうできたら。自分で決められたらいいのに。

あたしはまだ死んでない。そして、エンゲルの返事を手に入れた。あたしはそれをひとりで取りにいった。自転車で町へ行くことに、ずいぶん自信がついてきてるから。ミトライエットがいつも同じ検問所を使ってるおかげで。そこの警備員たちはいま、あたしのことを知ってて、身分証を確かめもせずに、手を振って通してくれた。エンゲルはジュリーのスカーフを残してくれてた。最初は気づかなかったけど、それはカフェのテーブルの下にあって、床を掃除してる男の子があたしに渡してくれたのだ。「セ・タ・ヴー？」——これ、きみの？　それが何か、わからなかった。とっさには。くすんだ灰色の丸めた布。でも、さわってみるとシルクだと気づいたので、大切なものかもしれないと受け取った。あたしはそれを首に巻き、邪気のない笑みを浮かべて言った。「メルシー」ありがとう。

そこには、さらに十分ぐらい座ってた。こわさと興奮とでひっくり返りそうな胃に、これまでにないほどまずい代用コーヒーを無理やり流し終わるまで。あわてて出ていって、疑われないように。

全速力で自転車をこいで家へ帰り、くしゃくしゃのシルクのスカーフを首からはずすと、エチエンヌの部屋のベッドの上に広げた。そのとき、気づいた。それはジュリーがパリで買ったというシルクのスカーフだと。

父さんが死んだとき、あたしはうんと小さかったけど、おばあちゃんがすべて捨ててしまう前に、父さんがネクタイをしまっておいた引き出しをよくあけては、すうっとにおいをかいだのを覚えてる。ネクタイにはどれも父さんのにおいがまだ残ってた。チェリーの香りがする煙草や、コロンや、つんとくるエンジン・オイルのような。あたしはそういうネクタイのにおいが大好きだった。父さんがすぐそこにいるように感じられるから。

ジュリーのスカーフはもうジュリーのにおいがしない。あたしはそこに鼻を突っこんだ。石炭酸石鹼のにおい。学校みたいな。というよりも、収容所のにおいなんだろう、きっと。ひとつの隅にはインクのしみがべったりとついてるし、真ん中はすっかりぼろぼろ。彼女がエンゲルと綱引きでもしたみたいに。

その薬品のにおい、コールタールから作られる物質の鼻をつくにおいは、ジュリーのにおいとは全然違う。そういえば、エンゲルの専門は化学だとペンが言ってたことを思いだした。

あたしは階下へ走ってった。「テュ・シェルシュ・ガブリエル－テレーズ――お姉ちゃんを探してるの?」ラ・カデットがキッチンのテーブルにいて、教科書から目を上げながら聞いた。
「ウイ。トゥ・ドゥ・スイット。いますぐ。アイロンがいるの——熱いアイロンが——ああ、もう——」じれったかった。アイロンをフランス語でなんて言うのか、知らなかったから。アイロンをかけるしぐさをした。その子はすごく頭がよくて、すぐに気づき、ママンのアイロンを温めようと、キッチンにある暖炉に放りこむと、アイロン台を指さしてみせてから、姉を呼びに走った。

ミトライエットとアメリとあたしは、『マクベス』に出てくる魔女みたいに、アイロン台を囲んで立ち、固唾《かたず》を呑んだ。スカーフを焦がして台なしにしちゃうんじゃないかと心配だったけど、焦がしはしなかった。一分ぐらいすると、灰色のペイズリー模様のあいだに、エンゲルのメッセージが茶色い走り書きの文字となって現われてきた。インクのしみとは反対側の隅に。見えないインクを使うのに、特殊作戦執行部の訓練を受ける必要はない。化学の専門家である必要すらない。ベリルとあたしはガールガイドでやり方を教わり、牛乳で秘密のメッセージを書いたものだ。簡単もいいところ。

エンゲルが何を使ったのかはわからないけど、フランス語で書いてあったので、正確な言葉は覚えてない。彼女は内密の情報を漏らしたのかもしれないし、あたしたちを罠にかけたのかもしれなかった。どっちなのか、今夜遅くまでわからないだろう。ミトライエットがポールを呼びにやった。仲介はポールの連絡員にしてもらってるので、あたしたちは彼がどこにいるのかまったく知らないのだ。

今夜、ポワティエから十九人の捕虜が、フランス北東部のどこかにある強制収容所へ移送される。そのバスはオルメに寄り、ここであと五人の捕虜を乗せる。ジュリーもそのなかに入るだろう。

*

これを事故報告書のようにすれば——

事故報告書のようにできるなんて、とても思えないけど、何か書かなくちゃ。覚えとかなくちゃならない。裁判があるかもしれないから。あったって、ちっともかまわないけど。忘れないうちに、きちんと記録を残したい。

ミトライエットが何分か前に、またあたしにこっそり眠り薬を飲ませようとした。三十分の無意識。でも、今回あたしはそんな彼女に気づいた。書きたいから。それはあとで飲もう。あとで飲むと思う。終わったら、もう考えたくないから。

## 事後報告書

トゥール―ポワティエ間の道路にかかるポワトゥー川橋での未遂妨害行為。目的は、二十四人のフランスおよび連合国の捕虜を乗せたドイツ軍のバスを停めること。一九四三年十二月一日水曜日。

結局、そのバスを停めることはできた。

橋にすごく大きな穴をあけることもできた。そのため、しばらくはトゥールの鉄道駅経由でナチスがだれかを移送するのを阻止できるだろう。

**あたしはやつらを憎む。**

**あたしはやつらを憎む。**

ポールを忘れちゃいけない。ポールのことも、あたしは憎んでた。

彼はすばらしかった。そのことは、ちゃんと言わなくちゃ。彼がすべて急いで計画した。行動しながら、その都度あれこれ決めながら。あの大殺戮《さつりく》は、彼の落ち度じゃない。彼は一時間ぐらいで、男性十二人と女性ふたりを呼び集めた。そして、あたしたちは自転車や車をみんな隠しといた。その車は、同じシトロエン・ロザリーだ。その所有者が見つかったり、少なくとも車を押収されたりするのをどうやって避けたのかは、知らない。そもそも、その所有者はこういう計画にかかわるにはおじいさんすぎてると思う。あたしたちはその車をガレージに隠した。まさかと思うかもしれないけど、ポワトゥー川のトゥール側の川辺にある屋敷にひとりで住んでる、美しくて勇ましい老婦人のガレージに。その老婦人はバラを育ててるので、それにちなんだチーム名になってる。あたしたちの車は、彼女の車の後ろに置いた。都合のいいことに、彼女の車はもっと新しくて大きなロザリーなので、あたしたちの車は彼女が以前使っていた車みたいに見えた。あたしたちの車はほこりよけのシートで隠した。自転車は、放っておかれてる馬小屋の、二十年前に刈りいれた干し草の下に隠した。

そのあと、あたしたちは老婦人の舟を借りた。十九世紀に作られたチーク材の優美な手こぎボート一艘と、クリ材のカナディアン・カヌー二艘を。あたしたちにはひどく上等な舟だ。橋はその屋敷の上流にある。ナチスはここの交通を少し前に遮断した。そして、しばらくのあいだ、老婦人は厳しい監視下に置かれた。いま、彼女がまた大変な迷惑をこうむってないといいんだけど。そのとき、彼女はうまいこと目をつけられずにすんだみたい。あたしたちが注意を払ってたし。

あたしは不信心者なんだけど、彼女がうまくやりすごしたことを祈ってる。そういうことって、池のさざなみみたいなものだよね？　ひとつのところにとどまらないで、伝わってく。

ともかく、あたしたちは爆弾を舟に積んだ。爆薬について、細かいことは報告できないと思う。あたしは責任がなかったし、注意を払ってもいなかったから。そのあと、あたしたちは暗闇のなか、橋まで舟をこいでいった。布でおおって音をたてないようにしたオールで。一時間ぐらいかかった。布でおおったオールは、海賊の話に出てくる。確か『ピーターパン』で、そういうオールがちょこっと使われてた。たぶん、『ツバメ号とアマゾン号』にも出てきた。いま、イギリスの夏と学校の長い休みは、ものすごく遠くに思える。視界はきかなかった。川に霧が立ちこめてて。でも、あたしたちはやった。橋に爆弾を仕掛けて、待った。

何がいけなかったんだろ？

わかんない。ほんとに、わかんない。それは罠じゃなかった。あたしたちは数で勝ってもいなかった。最初は。ドイツ軍に比べたら、大ばくちを打つようなものだったと思う。ドイツ軍があたしたちよりも残酷になれるってことを、予想するべきだったんじゃない？　でも、どうしてそんなことを予想できた？　こっちだって、ずいぶん残酷だったんだから。

何がいけなかったのか――たぶん、すごく暗かったこと。夜だし、霧が出てたし。霧は善《よ》し悪《あ》しだった。あたしたちを隠してくれたけど、とにかく視界が悪すぎた。どれほど役立つかは別として、半月が出るはずだったのに、空は雲におおわれ、あたしたちは闇のなかにいた。そこへ、捕虜を乗せたバスがヘッドライトを煌々《こうこう》とつけてやってきた。

その次はうまくいった。一分としないうちに、バスは立ち往生した。あたしたちは川岸のやぶのなかにうまく身をとけこませてた。ヤナギやハンノキやヤドリギがいっぱいついたポプラが、もつれあってるなかに。びっしり生えてる背の高い枯れ草が、あたしたちを隠してくれてた。霧のおかげもある。あたしたちが仕組んだ小さな爆発は、だれひとりとして人を傷つけず、橋とバスだけに危害を加えた。ただ、バスの前面にあるラジエーターグリルは吹っ飛んだけど、ヘッドライトは爆弾にやられず、バッテリーも無事にちがいなかった。充分明るかったし、ロザリーの持ち主とポールがなんとか三つのタイヤを撃ち抜けたから。

バスの運転手が出てきた。そのあとから、護衛兵もひとり。彼らは懐中電灯を手にバスの周囲をめぐって、悪態をつきながら損害の程度を調べた。

ポールがそのふたりをステン短機関銃でねらい撃ちした。移動遊園地で玩具《おもちゃ》のアヒルを相手にするように。そのあいだ、あたしは両腕で頭を抱えて丸くなり、歯をぎゅっとかみ締めたまま、なすすべもなく縮こまってたので、すべてをしっかりと見てたわけじゃない。生まれながらの兵士とは、どの口で言える？　急襲はどちらかといえば、小競《こぜ》りあいっていう感じ。争いではある。小規模の争い。それでも、**戦争**にはちがいない。

バスからほかの護衛兵ふたりが出てきて、暗がりのなか、あたしたちが隠れてるやぶのほうへめちゃくちゃに発砲した。あたしが思わず飛びだして居場所をばらしてしまわないようにと、ミトライエットはあたしを押さえつけていなくちゃならなかった。あたしはそれほど動転してたのだ。ついにはポールに頭を叩かれた。

「しっかりしろ、キティホーク」彼が押し殺した声で言った。「きみが必要なんだ。きみは射撃の名人だけど、人を殺すことを期待されてるんじゃない。道具をねらえ、いいか？　やつらはさっそく修理にかかるだろう。その器具を壊そうとしてもらいたい」

あたしはごくりと唾を呑み、うなずいた。あたしがうなずくのを見たかどうかわからないけど、彼はロザリーの運転手の横の、さらさらと音をたててるヤナギの葉やドクニンジンの下へと戻り、ふたりで護衛兵をまたひとり撃ち殺した。

助かったほうの護衛兵があわててバスに戻った。不気味な静けさが続いた。一、二分、物音ひとつしなかった。そのあと、残りの護衛兵四人が捕虜をひとり残らずバスから降ろし、道路の真ん中にうつぶせにして並んで横たわらせた。懐中電灯の揺れる明かりのなかですべて行なわれたため、あたしたちはもうだれのことも撃てなかった。捕虜のだれかに当たることを恐れて。

めいめいの顔は見えなかった。捕虜については何もわからなかった。年齢も、性別も、服装も。ただ、動き方から、怯えてる者もいれば堂々としてる者もいて、互いに足を鎖でつながれてる者もいることだけは見て取れた。鎖でつながれてる捕虜たちは道路へ出るのが大変で、バスから降りるとき互いによろけあった。全員がうつぶせに、缶詰のイワシみたいに並んだとき、護衛兵のひとりが捕虜六人の頭を撃った。

**あっという間のできごとだった。**

その恐るべき男がフランス語であたしたちに叫んだ。ミトライエットが聞き取れた言葉を英語であたしの耳にささやいた。「復讐――ひとりにつき、ふたり――彼らがひとり死んだら。こっちがひとり殺したら――」

「うん、わかる」あたしはささやきかえした。「ジュ・セ」あたしたちが護衛兵をひとり殺すごとに、あっちは捕虜をふたり殺すということ。捕虜はいくらだって替えがあるってわけだ。

三人の護衛兵が捕虜たちに銃を向けてるあいだ、四人めの護衛兵が徒歩で道路を戻りはじめた。電話を探しにいくんだと思う。

そこで、あたしたちは待機した。動きが取れなかった。刺すような寒さだった。

ポールと男性の何人かが小声ですばやく相談し、橋の下を通って護衛兵たちを背後から襲うことに決まった。実のところ、護衛兵は三人しか残ってないし、ひとりは助けを求めにいってしまったので、こっちに勝算があるように思えて当然だった。

ただし、相手には十八人の捕虜がいて、捕虜たちは寝そべって手出しができず、足を鎖でつながれてる者もいる。

その捕虜のうちのひとりがジュリーだった。

ううん、もしかしたら――そのとき、あたしは心配になった――もしかしたら、ジュリーはもう撃たれちゃったかもしれない。最初は確かめられなかった。でも、護衛兵たちが投光照明をバスのバッテリーにつなげて、捕虜たちを照らしたので、やがて捕虜のうちの何人かは女性で、捕虜はみんないまにも餓死しそうだってわかった。そのなかに、ちょうど真ん中に、あたしの探してる人がいた――豊かな金髪と、炎のような色のセーター。両手が背中で、針金みたいなものできつく縛られてるので、ほかの捕虜たちよりも顔が低くなってた。ほかの捕虜たちは前腕に顔をのせてたから。でも、死んではいなかった。殺されたばかりの六人に入ってなかった。

そして、静かに息をして、待ってた。あたしたちみんなと同じく、寒さに震えながら。

そして、あたしたちも待った。一時間ぐらいだと思う。

護衛兵は自分たちが絶対に標的にならないようにした。つねに動き、懐中電灯をあたしたちの顔に――というか、あたしたちの顔があると思われるところに――あてて、ときどきこっちの目をくらませた。あとでわかったんだけど、あたしはポールが計画した後方からの襲撃を待ちながら、両方の親指の爪をかんで、爪が指の先とくっついてるところから血を流してた。ポールたちの襲撃はなかなか行なわれなかった。三人のドイツ兵は整然と行動してて、いつも顔をあちこちへ向け、ひとりは捕虜たちに銃を向けつづけてた。あたしたちが彼らに手を出すなんて、とても無理だった。道路に横たわってる女性のひとりが、すすり泣きを始めた。ものすごく寒かっただけだと思うけど。隣の男性が彼女に腕をかけようとしたら、護衛兵が男性の手を撃った。

この戦いに勝ちめはないと悟ったのは、そのときだ。あたしたちは勝てないと。

ミトライエットも、そのときわかったんだと思う。あたしの肩をそっと握った。彼女もすすり泣いてた。声を出さずに。

四人めの護衛兵が戻ってきて、仲間と気さくにおしゃべりを始めた。あたしたちは待った。もう静かじゃなかった。兵士たちが話し、女性が泣いてただけじゃなくて、手を撃たれた男性がうめいたりあえいだりしてたから。でも、ほかにはあまり物音はしなかった。夜の川岸のちょっとした音、葉の落ちた枝のあいだを吹き抜ける風の音、壊れた石橋の下を勢いよく流れる川の鈍い響き。

そのとき、ジュリーが顔を上げて兵士に何か言い、なんと彼らを笑わせた、と思う。そう、彼女の声は聞こえなかったけど、間違いなくジュリーは兵士たちになれなれしくしゃべりかけてた。あるいは、そんなふうなことをしてた。兵士のひとりがやってきて、彼女の体のあちこちをライフルの銃床でつついた。肉の具合を確かめるかのように。そのあと、彼はジュリーの頭のそばに膝をつき、彼女の顎をつかんで何かを尋ねた。

ジュリーはその男にかみついた。

男は彼女の顔を道路に強く押しつけ、さっと立ちあがった。銃口を彼女のほうへ下げたけど、ほかの護衛兵のひとりが笑いながら男を止めた。

「彼女を殺すのはよせって言ってる」ミトライエットがささやいた。「ここで彼女を殺したら、ちっとも――楽しみがなくなるからって」

「彼女、気でも狂ってるの？　撃たれるかもしれないのに！」

あたしはひそひそ声で言った。「いったいなんだって、かみついちゃったんだろ？」

「エグザクトマン」ミトライエットが同意した。「セ・ラピッド――あっという間に。それじゃ、ナチスは楽しめないいけど」

援軍がやってきた。荷台に帆布が張ってある軍用貨物トラック二台。武装した兵士がそれぞれに六人ずつ乗ってた。そのときですら、あたしたちはまださほど数で負けてなかった。彼らは砂袋と厚板を降ろしはじめた。穴にはまってしまったバスを持ちあげてバックさせ、穴に厚板を渡して、貨物トラック二台を通そうというのだ。

けど、彼らが貨物トラックに捕虜たちを乗せる準備ができたとき、抵抗にあった。あたしたちからのじゃなくて。捕虜の何人か――鎖でつながれてないひと握りの男たち――がいきなり立ちあがって全速力で走り、道路の反対側のみぞに飛びこんだのだ。運のいいことに、そこはポールとその仲間がひそんでたところだったので、ポールたちは捕虜を橋の下へ急がせ、川べりの小道を通ってボートへ連れてった。兵士数人が捕虜たちのあとを追い、ポール側が兵士をねらって、銃弾が飛び交った。〝物をねらえ〟とポールが言ってたし、しばらくは激しい銃撃戦が続いたので、あたしの小さなリボルバーからの二発は気づかれないだろうと思った。そこで、鎖をねらった。〝ダブル・タップ〟法――ひとつの標的にすばやく二発撃つ方法で。あたしのねらった鎖が玩具の風船みたいにはじけた。自分の幸運が信じられなかった。あたしがなんとか自由にしたふたりの男が駆けだした。

もうひとりの男が走ろうとしたけど、兵士たちから手当たり次第に撃たれて倒れた。アメリカのギャング映画に出てくる銀行強盗みたいに。

最初のふたりが逃げ去ったとき、ジュリーにかみつかれた兵士がかかとで彼女のうなじを踏みつけて押さえた。逃げる隙を与えまいと。ジュリーは激しく抵抗し、そのせいで、彼女を殺すなと言った兵士に蹴られた。そんなわけで、捕虜の何人かは死に、何人かは貨物トラックに乗せられ、何人かは逃げて、道路に横たわってるのは生きてる七人だけになった。うなじを兵士のブーツで踏まれてるジュリーと、あとふたりの女性。残る男性のうちふたりは、足首同士を鎖でつながれてた。そして、いま、ドイツ人の伍長だかなんだか、援軍といっしょに着いた指揮官が、厳しい教訓を全員に与えることを決めた。捕虜を逃がそうとしたあたしたちと、逃げたいと思ってる捕虜たちに――

彼は、まず男を選んだ。鎖でつながれてない男ふたりを。それから、ジュリーがかかとでその場に踏みつけられるという特別な扱いを受けてるのを見て、彼女のことも引っ張って立たせ、すでに立ってるふたりの男性捕虜の隣に並べた。男のひとりはがっしりした肉体労働者で、もうひとりはあたしぐらいの年齢のハンサムな青年だ。どっちもみすぼらしく、痩せてた。

ジュリーもみすぼらしかった。まだフランスにパラシュート降下したときの服のままだった。灰色のウールのフランネルのスカートと、パリ製毛糸の垢抜けたセーター。火を入れたちょうちんみたいな燃えるような赤みがかったオレンジ色のそのセーターには、いまは肘に穴がいくつもあいてた。彼女の髪は人工の光を受けて真鍮《しんちゅう》のような金色に輝いてて、もつれたままだらりと背中に下がっていた。顔は骨と皮ばかり。まるで――まるで七週間のうちに五十歳も年をとったように、痩せ衰え、肌がくすんで、弱々しい。病院で初めて会ったときのジェイミーと瓜ふたつだけど、もっと細い。子どもみたいに見えた。いっしょに並んでる男たちの小さいほうよりも、頭ひとつ分背が低くて。兵士のだれでも、彼女をひょいとつかんで宙に放り投げられただろう。

一列に並んだ三人の捕虜。指揮権のある兵士の命令で、ジュリーを道路に押さえつけてた兵士が捕虜の青年のほうを狙い、股間に一発撃ちこんだ。

青年が叫び声をあげてくずおれたところに、彼らはまた発砲し、最初は一方の肘を、ついでもう片方の肘を撃ち砕いた。彼らは、まだ悲鳴をあげてる青年を引っ張って立たせると、貨物トラックのほうへ連れていき、乗りこませた。それから、ふたりめの男のほうに向き直り、また両足のつけ根に発砲した。

ミトライエットとあたしは恐ろしさにあえぎながら、並んで暗いやぶに隠れて膝をついてた。ジュリーは身をすくませて立ってた。投光照明の強い光を受けた顔には血の気がなくて、まっすぐに前を見た目はうつろだった。次は彼女だ。彼女はそれがわかってた。あたしたちみんなもわかってた。でも、彼らはまだふたりめの犠牲者を終わらせてなかった。

彼らが男の片肘を撃ち、そのあとまたすばやく同じところを打ち砕いたあと、あたしのさほどあてにならない自制力がふっと消え、あたしはわっと泣きだした。止めようがなかった。何かがプツンと切れて。メイドセンドで砲兵を助けにいき、死んだ兵士たちを見つけたときみたいに。あたしは大声でしゃくりあげ、赤ん坊のように泣きわめいた。

彼女の顔――ジュリーの顔――が、日の出のように急に輝いた。そこには喜びと安堵と希望が同時に浮かび、彼女はまたたく間にふたたび愛らしく、本来の彼女のように美しくなった。あたしの声が聞こえたのだ。銃撃をこわがってわんわん泣くあたしの声が、わかったのだ。あたしに呼びかけはしなかった。あたしがいることを明かしはしなかった。オルメにいる捕虜として、ぎりぎりの瀬戸際に立たされてても。

彼らはふたりめの男をさらに撃ち、もう一方の腕を粉々にした。男は気を失って死んだようになり、彼らは男を引きずって貨物トラックに乗せなければならなかった。

次はジュリーだ。

突然、彼女は思いきり笑い、震える声で叫んだ。甲高く、切羽つまった声で。

「キスして、ハーディ！　キスして、いますぐ！」

彼女は顔をそむけ、やりやすくした。

そして、あたしは撃った。

彼女の体がびくっとしたのが見えた。二発の銃弾は頭に当たり、彼女は倒れた。さっきうつぶせになってたときのように。そして、彼女は死んだ。

死んでしまった。一瞬、緑色の太陽光線のなかを飛んだときの光景が浮かび、そのあと空は急に暗く、灰色になった。光は蠟燭《ろうそく》のように消えた。ここで。それから、跡形もなくなった。

＊

とにかく、あたしは書きつづける。それでいいよね？　これで終わりじゃないから。小休止ですらないから。

その指揮官はジュリーの代わりに別の女性を地面から引っ張りあげた。その不運な女性があたしたちにフランス語で叫んだ。「アレ！　アレ！」行って！　行って！「レジスタンス・イディオ・サール、ヴー・ヌー・マサクレ・トゥ！」

とんでもないレジスタンスの馬鹿ども、あんたたちのせいで、あたしたちみんな殺されちゃうじゃない。

　学校で習ったつたないフランス語の能力しかなくても、彼女が言ってることはわかった。そのとおりだった。

　あたしたちは走った。彼らはあたしたちの背後から発砲しながらあとを追ってきた。ポールと仲間たちが彼らの背後から撃った。橋壁越しに。すると、ナチスたちは振りかえって、この背後からの攻撃に応戦した。大虐殺。**大虐殺**。わたしたちの半数、ポールも、橋の上にバタバタと倒れた。残りはボートに戻れて、なんとか救った五人の逃亡者とともに川を下りはじめた。川岸から離れ、だれかが舟をこぎ、あたしのすることが何もなくなったとき、あたしは膝に頭をつけた。心はずたずただった。いまも、まだずたずた。いつまでもずっと、ずたずただと思う。

　ミトライエットがコルト32からあたしの指をそっと離し、それを片づけさせてくれた。彼女はささやいた。「セテ・ラ・ヴェリテ？」あれはヴェリティだったの？

　あるいは、単にこういう意味だったのかも。あれは真実？　あれは夢じゃない？　本当に起こったこと？　この三時間は現実？

「そう」あたしはささやきかえした。「ウィ。セテ・ラ・ヴェリテ」

　どうやって生きつづけてきたのか、わからない。とにかく、そうしてる。そうしなくちゃならないから、そうしてる。

もともとの計画では、二十四人を移動させて隠すにあたって、彼らを対岸へボートで運び、そこで彼らを二、三人ずつの小グループに分けるつもりだった。そのあと、あたしたちのチームも分かれて彼らを田舎へ連れていき、あちこちの納屋や牛小屋で夜をすごさせ、ピレネー山脈やイギリス海峡を越えて安全にこっそりとフランスから出られるよう、もっと手のかかる複雑な手続きをすることになってた。でも、いまは隠す必要のある逃亡者はたった五人で、あたしたちは七人しかいないので、あの川岸の屋敷へ全員で戻れる余地があった。みんな一緒にいることに決めたのは、ミトライエットだ。それまで気づかなかったけど――あたしは自分の不安や心配で頭がいっぱいだったから――彼女はポールの右腕だったのだ。

彼女もいなかったら、あたしたちがうまくやり遂げたかどうかわからない。あたしたちはみんな呆然としてた。でも、彼女は必死にあたしたちをせきたてた。「ヴィット！　ヴィット！　早く！　命令が小声で鋭く静かに下された。ボートを引きあげて台にのせ、オールをはずし、すべてからほこりよけカバーで丁寧に水気を取り、あとで床板の下に隠した。ぼうっとしてても、仕事はできる。考えなくてもいい仕事が与えられれば、体だけは自然と動く。たとえ心がずたずたでも。ミトライエットが全部を取りしきった。もしや前にもやったことがあるのかも？　あたしたちは馬小屋にあった古い干し草でオールやボートをこすり、どれにもうっすらとほこりをつけた。捕虜を乗せたバスから逃げられた五人の男は、何かと手を貸したがり、あたしたちと一緒に快く静かに仕事をした。あたしたちが出たとき、ボート小屋は完璧――何年も使われてないように見えた。

そのあと、ナチスの捜索隊がやってきたので、あたしたちは川岸の泥のなかに一時間ぐらい横たわってた。モーセみたいに、葦《アシ》の茂みに隠れ、彼らが去るのを待って。ナチスがここの管理人と話すのが聞こえた。のちに管理人が戻ってきて、ボート小屋に鍵をかけ、あたしたちに危険が去ったことを知らせてくれた。まったく安全ってわけじゃないけど。いまは、ナチスの警備兵が正面の道路に配置されてるから、すぐロザリーを出すわけにはいかない。でも、管理人の考えじゃ、対岸の川沿いの小道を二台ぐらいの自転車で行くなら安全だろうってことだった。ベンゼドリンがみんなに配られた。またカヌーを一そう出して、自転車二台と、あたしたちの仲間ふたりと、捕虜だった男ふたりを対岸へ運び、彼ら四人が霧のなかへ消えるのを見送った。

　このとき、残ってる青年捕虜のひとりが震えながらうずくまり、ミトライエットがなんとか馬小屋まで連れていった。

「ヌー・ソム・フェ」と彼女は言った。わたしたちはやれるわ。

　あたしたちは自転車を置いてある馬小屋で寝た。世界で最も安全な場所ってわけじゃない。いま、そんな場所がある？　世界でいちばん安全な場所が。スウェーデンとかスイスとか、中立国ですら包囲されてる。アイルランドは北アイルランドと分かれたままで、中立国だけど、北アイルランドと地続きなのでイギリスだと思われてドイツ軍に空爆されないよう、白い漆喰を塗った石で〝**アイルランド**〟って大きい文字を描かなくちゃならない。あたしはそれを空から見たことがある。南アメリカあたりなら、たぶん安全なんだろう。

あたしたちみんなは明るくなってもまだ目がぱっちり覚めてた。あたしは膝を抱えて座ってた。あたしが鎖を撃ち砕いたときに逃げた青年のひとりの隣で。鎖でつながれてた男性たちは、あたしたちといるしかなかった。足首に残ってる足かせを取りのぞかないと、どこにも行けないから。

「どうして捕まったの？　何をしたの？」あたしは彼がフランス人であることを忘れて尋ねた。でも、彼は英語で答えた。

「きみがしたことと同じさ」彼は苦々しい口調で言った。「橋を爆破したんだけど、ドイツ軍を止めることに失敗したんだ」

「なぜ撃ち殺されなかったの？」

彼はにやっとした。痛ましいことに、上の歯がみんな折られてた。「どうしてだと思う、ゴサングレーズ？」イギリスの女の子。「撃ち殺しちゃったら、尋問できないだろ」

「どうして何人かだけは鎖でつながれたの？」

「危険な人間は何人かだけだからさ」彼はまだにやけていた。明るい気分になる理由があったからだと思う。もう一度生きて希望を持てるチャンスが与えられたんだから。げっそりしてたけど、十二時間前よりはましに見えた。「やつらは危険だと思った人間を、鎖でつなぐんだよ。後ろ手に縛られてた女の子、見たかい？　彼女は危険じゃなかったけどね。あの子は——コラボラトリースだったんだ」協力者。彼はばらばらになったわらに唾を吐いた。

ずたずたになっているあたしの心が冷たくなった。氷のかけらを飲みこんだみたいな感じだった。

「やめて」あたしは言った。「テ・トワ。**だまって**」

彼はあたしの声が聞こえないか、言うことを聞かないかで、容赦なく続けた。「死んだほうがよかったんだよ、あいつは。見たかい、昨夜、道に横たわってたときですら、護衛兵にドイツ語でおべっかを使ってたんだぜ。両腕を縛られてたから、どこへ連れてかれるにせよ、途中でだれかに手伝ってもらわなくちゃならなかったんだ。食べさせてもらったり、飲ませてもらったり。それをしてもらうのに、護衛兵たちに頼むしかなかったんだよ。ぼくらはだれもやってやらなかったから」

あたしだって危険になる。ときには。

その朝、あたしは対人地雷、バタフライ爆弾だった。まだ爆発してないけど、カチカチと作動してて、彼はその導火線に触れてしまったのだ。

何が起こったのか、実際には覚えてない。彼に襲いかかったことも覚えてない。でも、彼の折れた歯に当たったあたしの拳の皮膚が破れてる。ミトライエットによると、みんなはあたしが彼の目をえぐりだすつもりだと思ったらしい。

あたしは三人に押さえられ、彼に叫んだことを覚えている。「彼女に手を貸してやらなかったの？　**食べたり飲んだりするのを？　彼女はあんたたちのために、護衛兵たちにおべっかを使ってたのに！**」

そのあと、あたしがあんまり大声を出すので、彼らはまた必死にあたしを押さえつけた。でも、彼らが手を離したとたん、あたしはふたたび彼にのしかかっていった。「**あんたを自由にしてやったじゃない！**　あたしがいなかったら、いまごろあんたはまだ**鎖につながれたまま、**くさい貨物トラックに**牛みたいに押しこめられてたんだ！**　ほかの捕虜を助けてやらなかったの？　**食べたり飲んだりするのを？**」

「ケーテ、ケーテ！」ミトライエットが泣きながらあたしの顔を両手ではさんで、あたしを落ちつかせ、黙らせようとした。「ケーテ、アレット――やめて、やめて！　トゥ・ドワ――だめよ！　待って――アタン――」

彼女は冷たいコーヒーにコニャックを垂らしたブリキのカップを、あたしの口へ持ってきて――飲ませた。手を添えて、あたしに飲ませた。

彼女に睡眠薬を盛られたのは、それが最初だった。薬が効くまで、三十分かかった。あたしを早くおとなしくさせようと、自転車で頭を殴られなくて、よかったと思う。

目が覚めたら、あの運転手と一緒に屋敷へ行かされた。気が抜けて、ぼうっとしてて、少し気持ち悪くて、ものすごくおなかがすいてた。屋敷に住んでるおばあさんに門前払いを食わされて警察に引き渡されても仕方なかったと思う。**親友を殺しちゃったら、そうされるもんじゃない？**

でも、違った。運転手があたしをオークの羽目板のはまったすてきな暗い玄関へ連れてくと、おばあさんが迎えに出てくれた。前世紀に生まれた、肌のきれいな美しい人で、真っ白な髪をジュリーのシニヨンそっくりに結ってることに、あたしは気づいた。おばあさんは何も言わずにあたしの手を取り、二階にある舞踏室みたいに大きい風呂場に案内した。そこには湯気の立つバスタブが待ってて、おばあさんはあたしをその部屋へ押しいれると、あとは任せるわとばかりに、あたしをひとりにした。

あたしはエチエンヌのポケットナイフを出して手首を切ろうかと思ったけど、あんなにか弱くて勇気のある女性の家でそんなことをするなんて、とんでもないって感じたし、それに——**あたしは復讐したい。橋を爆破したい。**

なので、お風呂に入った。正直なところ、天にものぼる心地だった。明らかにあたしのために置いてある大きなふんわりしたタオルで体をふくと、後ろめたい気持ちがした。それに、なんだか現実じゃないみたいだった。

おばあさん——ううん、老婦人って言うべきかな。年寄りって感じじゃないから——は、上品な人で、あたしが風呂場から出ると、ドアのところにいてくれた。あたしの体はきれいだったけど、丘を歩きまわったズボンには泥がこびりつき、濡れた髪は突っ立ってて、浮浪児みたいにみすぼらしく感じた。でも、それはどうでもいいことのように思えた。老婦人はまたあたしの手を取って、今度は小さな居間に連れていった。そこでは暖炉に火が入り、暖炉内の横棚にやかんが置いてあった。老婦人はあたしを十八世紀に作られた長椅子のすりきれたシルクの上に座らせ、ちょっとした夕食を作ってくれた。パンと、蜂蜜と、コーヒーに、小さな黄色いリンゴがいくつかと、ゆで卵ひとつ。

夕食のトレイは、天板が大理石の小さなサイドテーブルに置かれた。あたしが赤ん坊で、食べさせてやる必要があるみたいに、老婦人はかわいい銀のスプーンで卵のてっぺんを割ってくれた。それから、老婦人が卵のなかにスプーンを入れると、地平線上にかたまってる雲から太陽が姿を見せるみたいに、黄金色の黄身が出てきた。たちまち、初めてクレイグ・キャッスルへ行ったとき、クレイグ・キャッスル少年団と夕食をともにしたときの記憶が舞い戻ってきた。そのあと、ジュリーとあたしは一緒にそこですごしたことがなかったこと、いまはもうそういうチャンスもないことに気づき、突っ伏して泣きはじめた。

老婦人は、あたしがだれだか知らず、そんなあたしを屋敷に入れただけでも命の危険があるっていうのに、古い長椅子のあたしのそばに腰を下ろして、しわのあるか細い手であたしの髪をなで、あたしは老婦人の腕のなかで一時間近くもひたすらすすり泣いた。

しばらくすると、老婦人が立ちあがって言った。「もうひとつゆで卵を作ってくるわ。きっちり三分――イギリスの方はそういうのが大好きですものね。これはもう冷めてしまったから」

老婦人はゆで卵をもうひとつ作ってきて、それをあたしに食べさせ、冷めたほうは自分が食べた。

屋敷を出て馬小屋へ戻るとき、老婦人はあたしの両頬にキスをして言った。「あたくしたち、同じことでひどく苦しんでいるのよ、かわいい人《シェリ》。あたくしたち、似ているわね」

あたしはその意味がよくわからなかった。

あたしも老婦人の両頰にキスをして、言った。「メルシー・マダム。メルシー・ミル・フォア」

千回もありがとうって言ったところで、足りないほどだけど。でも、あたしには老婦人に返せるものがほかに何もない。

老婦人の庭にはバラが満開——てんでに枝を伸ばし、古株がもつれて茂みになってた。そのうちの大部分が秋咲きのダマスクローズで、今年最後の花々がまだ雨に濡れて揺れたりうなだれたりしてた。このレジスタンスのチーム名は、そんな老婦人にちなんでつけられた。ミトライエットによると、戦争前、この女性は有名な園芸家——運転手兼管理人は実のところ腕のいい庭師——で、新品種を作って命名してたらしい。昨夜来たときはバラに気づかなかったし、昼間にぼうっとしつつ屋敷まで歩いてきたって気づかなかったけど、お風呂に入ったあとで馬小屋に戻るときには気づいた。花は十二月の雨に濡れそぼり、枯れかけてるけど、しっかり根づいてる茂みはまだ元気で、春には美しくなるだろう。ドイツ軍がオルメの広場でしたみたいに草木をなぎ倒さなければ。どういうわけか、その花はパリを思いださせてくれて、そのときからずっと、あたしの頭にはまたしてもあの歌がこびりついて離れなくなってる。

あたしたちのほかのだれもお風呂に入れなかったし、柔らかくて熱々のゆで卵をもらえなかった。冷たくなった固ゆで卵なら食べられたけど。あたしは気分を変えるためにあの屋敷へ送られたんだと思うし、そのあいだに、あたしがあの朝殺そうとした青年と、もうひとりの鎖でつながれてた男性は、いなくなってた。なんにせよ、あたしは二度と彼らを見なかった。足かせをどうやって取りのぞいたのかも、どこへ行ったのかも、無事でいるのかどうかも知らない。無事でいればいいと思う。心から、そう思う。

みんな、次の二日間で徐々に去ってった。ミトライエットが言うには、逃亡者なら夜よりも昼間に移動したほうが実は安全らしい。昼間は人々が外に出て歩きまわってるし、外出禁止令がないから。そんなこと、気づかなかった。いつも、遠くの飛行場へ真夜中すぎに到着する飛行機に乗ろうとしてるから。

ミトライエットとあたしとロザリーの所有者は、バラの老婦人の車で、そのお抱え運転手の運転で、家へ運んでもらった。ナチスがもう一度ガレージを点検にやってくる場合に備えて、あの古いロザリーをもう少しそこに置いとくべきだと思ったのだ。あの橋はまだかかったままで、あたしたちが殺したドイツ兵以外の死体は、ひとり残らずいまもそこにあって雨ざらしになってる。だれかが埋葬しようとするのを阻止するため、見張りが立ってるのだ。倒れてるのは十五人。あたしは見てない。橋が通行不能なので、どっちみちそっちの道は使えなかった。彼らが橋を修理するとき、道路をふさいでるものは片づけるしかないだろうけど、二度とそんなことをしないようにとの見せしめに、遺体はすべて道路脇に積みあげるだけにちがいない。

ジュリー、ああ、いとしいジュリー。

**ジュリー**

いま、あたしは薬を飲んで、ふたたび眠ろうとしてるけど、目が覚めたらするべき仕事があることを書きとめておかなくちゃ。ミトライエットとあたしが留守のあいだ、チボー家のママンの友だちで洗濯屋をしてる人が、〝ゲーテ・ハービヒト〟と書かれたラベルのついた、〝ドイツ製〟で洗い立てのシュミーズがいくつも入ってる袋を置いてった。シュミーズの下には、紙の束がどっさり入ってて、あたしはそれを読まなければならないのだ。それが何なのかはわからない。ちらりとでも見る勇気がない。でも、またエンゲルからにちがいない。アメリがのぞくと、紙に数字が振ってあったので、あたしのため順番にそろえてくれた。でも、英語で書いてあったから、アメリは内容まで読めなかった。それはまだ洗濯袋の、〝だれか〟があたしに新たに寄付してくれた下着の下に隠れてる。今夜はもう、エンゲルがくれたものを読む気にはとてもなれないけど、明日は日曜日で、クロワッサンとコーヒーが出るだろうし、まだ雨が降ってるんじゃないかと思う。

＊

それはエンゲルが書いたものじゃなかった
ジュリーが書いたものだった
まだ読み終わってない。読みはじめたばかりだって言ってもいいくらい。何百ページもあって、その半分は小さなカードだ。チボー家のママンはあたしにもっとコーヒーを作ってくれて、姉妹ふたりは表の通りや裏の小道をしっかり見張ってくれてる。読むのをやめられない。急いで読むべきなのかどうかわからないけど、エンゲルがこの書類を返してもらいたがるかもしれない。最後に赤いインクで当局が入れたらしい数字が書かれてるし、悪魔のようなニコラウス・ファーバーによってゲシュタポ用の書類に書かれた恐ろしい処刑執行命令が、添付されてる。ううん、命令じゃなくて、えっと、勧告にすぎないけど。エンゲルの翻訳によると。でも、あたしたちがバスを停めたとき、それは実行されつつあったんだと思う。

ジュリーがいつ泣いてたかが、わかる。そう書いてあるからじゃなくて、文字がにじんでて、紙がでこぼこになってるから。紙に落ちて乾いた彼女の涙は、あたしの涙と混ざりあって、紙がまた湿る。あたしはあんまり激しく泣いたので、頭がどうかしちゃったみたいな気がしてきた。やつらはあの破壊した飛行機の写真を彼女にやっぱり見せてた。だから、彼女はやつらに暗号を教えたんだ。符号化するための詩と、暗号と、周波数を、十一種類。十一種類の暗号セット——十一種類の偽の暗号セットを。**あたしたちの偽の無線通信を、ひとつずつ**。あの破壊したライサンダーにあたしたちが入れた〝オンズ・ラディオ〟一台につき、ひとつずつ。あの写真はありがたかった。彼女はやつらにものすごく多くのことを語れたはずだ。彼女は**ものすごく多くのことを**知ってたから。しかも、彼女がやつらに教えたのは偽の暗号だった。

ジュリーはあたしの暗号名をやつらに教えもしなかった。彼らは知りたがったにちがいないのに。ジュリーはケーテ・ハービヒトという名前も彼らに話さなかった。もしそうしてたら、あたしの正体はばれてたかもしれない。彼女はやつらに話さなかった、何ひとつ

*

名前　名前　名前。ジュリーはどうやってひねりだしたんだろう？　カタ一カップ――ストラットフィールド――スウィンレイ？？？　ニューベリー・カレッジ？　どうやってひねりだしたんだろう？　ひどく辛い目にあわされたから、彼らにこういった情報を与えるんだっていうように見せてる。でも、それはみんな彼女の頭から出たものだ。彼女はやつらに何も話さなかった。イギリス中のどんな飛行場の正確な名前も教えてないと思う。メイドセンドとバスコットは別だけど、そこは彼女が配置されたところだから仕方ない。やつらは簡単に確かめられたはずだから。それ以外はあまりにも真実に近くて、あまりにも出任せだ。彼女の飛行機の説明はかなりよくできてる。それについて彼女がどんなに大騒ぎをしたか考えれば。彼女に初めて会った日のことを思いだす。彼女はドイツ語で命令を次々と下したっけ。とても落ちついて、てきぱきと、威厳をもって。急に彼女は本物の無線技術士になった。ドイツ人の無線技術士に。彼女はなりすますのがものすごく上手だった。ジェイミーになってと言ったとき、彼女はどんなふうにいきなりジェイミーになってみせたことか。

ジュリーのこの自白は、間違いだらけだ。あたしが民間航空守備隊の訓練を受けたのはバートンであって、〝オークウェイ〟じゃないし、そのオークウェイの霧灯《フォグランプ》は電気であってガスじゃない。それに、あたしが初めてクレイグ・キャッスルへ飛んだのはスピットファイアじゃない。言うまでもなく、それは**ボーフォート**で、彼女はそのことをよく知ってた！　まあ、あたしは何度もスピットファイアを〝ディーサイド〟に運んだものだけど。ジュリーは本当の名前に注意を集めまいとしたんだと思う。彼女はイギリス空軍メイドセンド飛行中隊の隊長を〝クレイトン〟としてるけど、本名はリーランド・ノースだってちゃんとわかってる。クレイトンっていうのは、『少年キム』に出てくる大佐の名前だ。あたしは知ってる。ジュリーに読まされたから——一部分だけど、あたしにはよくわかる。あのいまいましい権謀術数家の諜報部将校によって、あたしたちふたりがどんなふうに戦争の道具《ウォー・マシン》として訓練されつつあったかということへの警告として。その将校の名前も、彼女は間違いなくちゃんと知ってる。

彼女の祖母のお姉さんが夫を撃ったっていう話は、ちっとも覚えてない。もちろん、ジュリーはあたしにたくさんの作り話をせざるをえなかっただろう。会話の流れを途切れさせないために。そのどれとして、あたしが覚えてるとおりに述べられてなかった。ほとんどはかなり近い記憶だから、あたしにはわかる。でも、彼女がその話をしたことがあったとは思えない。そんな記憶は全然ない。

なんだか妙で、どうしたらいいのかわからない。ジュリーがあたしにしてほしいことを話そうとしてるみたい。でも、何が起こるか、彼女が知ってたはずはない。あたしがこれを読むなんてことすら。彼女はあたしが死んだと思ってた。だから、これはあたしあてなんかじゃない。でも、だったら——どうしてそんな話を書くんだろう？　どうして伝えようとするんだろう？

全体として変なのは、他愛もないことばっかり書かれてるのに、それでも真実であることだ。ジュリーはあたしたちのことを話してる。あたしと彼女のことを。あたしたちの友情を。事実に即して忠実に。これはあたしたちだ。あたしたちは同時に同じ夢を見たことがある。同時に同じ夢を見るなんて、よくもできたものだけど。そんなにすてきで不思議なことが、どうやったら本当に起こるっていうの？　でも、そうなのだ。

そして、これ、もっとすてきで不思議なことも、本当だ。これを読んだとき、ジュリーが書いたものを読んだとき、彼女はたちまち生きかえった。何ひとつ変わらず、なんの傷もなく。読んでるあいだ、彼女の言葉があたしの心に入ると、彼女はあたしと同じくらい現実の人間になる。とんでもなくむこうみずで、本で読んだわけのわからないことばかり言って、汚い言葉づかいをして、勇敢で、寛大な。彼女はちゃんとここにいる。こわがって、くたくたで、ひとりぼっちだけど、闘いながら。上昇するしかなくて着陸できない飛行機に乗って、銀色の月明かりのなかを飛びながら——生きてる、生きてる、**生きてる**。

＊

ＣｄＢ＝シャトー・ドゥ・ボルドー
ＨｄＶ＝オテル・ドゥ・ヴィル［市役所］
Ｏ．ＨｄＶ．Ａ．１８７２　Ｂ．Ｎｏ．４　ＣｄＢ
Ｏ＝オルメ？　たぶん　Ａは年報《アヌル》？　Ｂはボワット、つまり箱《ボックス》
１８７２――年にちがいない。１８７２年の年報のうち、４番の箱

**わかった**
**オルメ市役所の１８７２年の年報、４番の箱、シャトー・ドゥ・ボルドー**
やつらを捕まえる。**絶対にやつらを捕まえる。**

＞わたしたちが閉じこめられている場所は、ホテルの寝室そのもの。けれど、わたしたちはまるで王族でもあるかのように警備されている。おまけに、犬が何匹もいる。
＞ここの地下室にはだれもいない。というのも、警備が行き届いていないからで
＞運搬用エレベーターがたくさんある。料理をのせた盆を上階へ運ぶための、小型エレベーターだ。さらには、道路から食材の箱や品物をのせるための、かなり大きいエレベーターが一台

情報がもっとある。もっとあるって、わかる。エンゲルはすべての指示に赤でアンダーライ

ンしてた。赤は彼女の色だ、とジュリーは書いてた。ページには赤で番号が振られ、日付が書きこまれてる。エンゲルはページに番号を振らなければならないと、ジュリーが書いてた。彼女たちは――ジュリア・ボーフォート＝スチュアートとアンナ・エンゲルは――ふたりで伝言を作りあげ、利用するようにとあたしに渡したんだ。鍵となる文は順番になってないけど、そうである必要はない。そう、彼女は何があろうと書き終えようとしてたんだ、これを――

**ああ、なんてたくさんの紙があるんだろう**

ここに書いてあるのは――

＞空襲警報が鳴って、みんなはいつものように防空壕へわれがちにと走っていった……二時間

＞CdB＝シャトー・ドゥ・ボルドー

＞ほかの捕虜の部屋すべてと同じように、わたしの部屋の窓は板でふさがれている

＞ゲシュタポは一階と、ふたつの中二階を、自分たち用の宿舎やオフィスとして使っていて

＞〝HdV〟赤で強調されてる＝オテル・ドゥ・ヴィル

＞地下室を抜け、石造りの小さな中庭へ〔そこには〕小道へ通じる門

あたしたちは地下室から入れる。正面と裏から。裏の小路には入口があって、正面の通りは荷物用のエレベーターに通じてる。地下室は安全で、彼らは客室を捕虜収容室として使ってる。

空襲警報が出てるあいだ、建物全体から護衛がいなくなり、いるのは犬たちだけ。二時間はある。ヒューズを飛ばし、発電機を使えなくして、去るときに小型エレベーターにプラスチック爆薬808をつめる。

ジュリーが大伯母さんの話を入れたのは、自分がなかにいるときに建物を爆破せざるをえないかもしれないと思ったからだろう。ほかの方法はまったくないかもしれないと。とにかく、彼女はあたしたちにそうしてほしかったのだ。

でも、あたしたちは捕虜をひとりも建物内に残さずにすむだろう。バールや鍵あけ道具で捕虜収容室に押しいって、みんなを助けだせる。最後に赤で書かれた文字と数字は公式文書をさし示すもので、**市政資料**の番号だろう。その資料とは、シャトー・ドゥ・ボルドーの**設計図**にちがいない。あたしたちはその建物の見取り図を手に入れる。

着々と計画が進んでる。あたしたちはまだすばらしい仲間だ。

*

ロンドン、特殊作戦執行部《SOE》——無線電信士（W／T）
曹長（MSG）、暗号化のための草稿
訃報　ダマスクチームのそちらの組織者である暗号名ポールと空軍将校ジュリア・ボーフォ

ー・スチュアート両名は一九四三年十二月一日の活動中に殺された　句点　ヴェリティ作戦を可能にする陽動活動を実行するために来るべき十二月十一日土曜日の満月時フランス空路でオルメ上空へ飛ぶイギリス空軍特殊飛行を要請する

＊

ラ・カデットが設計図を手に入れた。オルメ市役所の保管文書を探すのは、だれにでもできることが判明。占領した国へのナチスの軽蔑が、極度に高まった結果みたい。地元民がみずからの文化遺産を略奪しにやってくるのを、歓迎してるかのよう。だれも困りはしないとばかりに。もちろん、建物に入るときには調べられるけど、出るときにはだれも調べられない。アメリの身分証は見られもしなかった。学校の宿題をしてると言ったのだ。アメリはチボー家の農場の境界を確かめにきたって言うことになってたんだけど、出入りがあまりにも簡単なのを見て、その場で単純な理由をでっちあげた。そういう機転のきく子なんだ。

調べるのは学校の昼休み中の二十分ですみ、アメリは書き写したものを持ってるところを捕まらないよう、あたしが取りにいける場所に残した。

それを、エンゲルに教えた隠し場所《カシェット》に置いといてってアメリに言ったのは、たぶん間違いだった。あたしはそこを自分のものだと思ってるけど、エンゲルだって知ってるんだから。そもそも、カフェなんか使っちゃいけないんだ。そういう訓練を受けてればよかった。結局は問題なかったけど、ああ、店に入ってエンゲルがテーブルに座ってるところを見つけたとき、あたしの胃がどんなふうにひっくりかえったことか。

あたしはそこを通りすぎて別のテーブルへ行こうとした。馬鹿みたいな作り物の笑みを浮かべて。今週は腑抜けになってばかりみたい。でも、彼女がふいに手招きした。

「サリュー、ケーテ」彼女は自分の隣の椅子をポンポンと叩いた。あたしが座ると煙草を消し、新しく二本に火をつけて一本をあたしにくれた。一秒前にアンナ・エンゲルの唇に触れた煙草を自分の唇につけるなんて、いままでしたことのなかでいちばんドキドキした。あたしの感覚としては、彼女とはすごく親しい気がしてる。ジュリーの自白文を読んだあとだから。彼女もあたしに対して同じような感情を持ってるんだろう。けど、あたしほど相手をこわがってないようだった。

「エ・トナミ、サ・ヴァ?」彼女はさりげなく尋ねた――あなたのお友だち、元気?

あたしは作り笑いしたままでいられず、顔をそむけて、ごくりと唾を呑んだ。煙草を吸ったけど、むせた。しばらく吸ってなかったし、フランスの煙草は初めてだったから。一分ぐらいすると、あたしが言えないでいることがめでたしめでたしじゃないって彼女は察した。

彼女はフランス語で小さく毒づいた。失望したときの汚い言葉をひとつ。それから間を置いたあとで、尋ねた。「エレ・モルト?」

あたしはうなずいた。そう、彼女は死んだ。

「ヴィアン」エンゲルが言った。椅子を鳴らして後ろへ引きながら。「アロン。ヴィアン・マルシェ・アヴェック・モワ、ジェ・デ・ショーズ・ア・トゥ・ディール」

彼女があたしを収容所へ引っ張ってくつもりだったとしても、あたしは拒めなかったと思う——来て、歩きましょ、話があるの、っていう意味だよね？　そうせざるをえなかった。

あたしはエンゲルが吐いた紫煙のなか、立ちあがった。何かを注文してすらいなかった。知らない人にフランス語で話しかけなくちゃならない状況には、いつもうろたえちゃうから。エンゲルは使ってる灰皿の横に折りたたんである分厚い紙束を軽く叩いて、あたしに知らせた。あたしはそれを手に取り、ケーテの身分証が入ってる上着のポケットに突っこんだ。

午後のなかばとあって、人通りはそれほどなく、エンゲルはほぼすぐ英語に切りかえた。だれかとすれ違うときだけ、さっとフランス語に戻って。彼女と英語で話すのは、ものすごく変な感じ。彼女の話し方はアメリカ兵みたい。アメリカ人の発音で、とっても流暢《りゅうちょう》。彼女はシカゴの大学に通ったんだって、ペンが言ってたと思う。

あたしたちは裏の小道の角を曲がって、プラス・デ・ジロンデル、市役所広場へ入った。装甲車と退屈そうな番兵でいっぱいだ。

「一時間ぐらいあるの」とエンゲルは言った。「夕食用の休憩時間よ。ここでは休まないけど」

あたしはうなずいて、ついてった。彼女はずっと話しつづけた。あたしたちはとても打ち解けて見えたにちがいない。親友同士、いっしょに散歩しながら煙草を吸って。彼女は制服を着てない。単なる雇われ人であって、階級すらない。あたしたちは市役所前の丸石敷きの道を歩いた。

「彼女はこの道を横切ったの、ちょうどここを。服装が変だったわ」エンゲルは盛大に紫煙を吐きだした。「あんな間違いを、よりによってこんな場所でするなんて。市役所広場の真ん中で！　ここではいつもだれかが見張っているのよ。片側に市役所があって、反対側にゲシュタポがいて」

「チボー家の貨物トラックだったんでしょ？」あたしは力なく言った。「彼女にあやうくぶつかりそうになった車って」フランスのニワトリでいっぱいのフランスの貨物トラックだと、彼女は書いてた。あの自白書の最初の何ページめかに。

「わたしは知らないの。ここに着いたときには、その車はいなくなっていたから。運転手は逮捕騒動に巻きこまれたくなかったんでしょうね。オルメの人たちはみんな知らんぷりをするわ、市役所広場で騒動があると――ユダヤ人が隠れ場所から引っ張りだされるとか、どこかの馬鹿が市役所の窓に肥やしを投げつけるとか」

彼女はこらしめ用に使われる窓にちらりと目をやった。今週はそこに死体がひとつも下がってない、ありがたいことに。

「彼女は必死に抵抗したのよ」エンゲルが言った。「警官にかみついたりして。わたしはクロロフォルムを持っていくように命じられたの。彼女の気を失わせるために。わかるでしょ？クロロフォルムを持って広場を走っていったら、彼女は四人の将校たちに取り押さえられながらも、まだもがいていた。彼女はわたしにもかみつこうとしたわ。クロロフォルムのにおいで彼女がようやくぐったりしたときは、まるで明かりが消えるのを見るようで――」

「うん、わかる」

あたしたちは広場から出て、同時に互いへ目をやった。彼女の目はびっくりするほどきれいだった。

「わたしたちはこの場所をひどく汚い場所にしてしまったわ」と彼女は言った。「わたしが初めてここへ寄こされたとき、あの広場にはバラが咲き誇っていたの。いまでは泥と装甲車ばかり。あの丸石敷きの道を渡るたび、彼女のことを考えるわ。一日に三回。あんなところ、大きらい」エンゲルは顔をそらした。「来て。川岸を五百メートルぐらい歩けるのよ。行ったことある？」

「ううん」

「まだきれいよ」

彼女はまた煙草に火をつけた。この五分間で三本も吸うなんて。そんなにたくさん、どうして買えるのか、どこで手に入れるのかすら、わかんない。オルメでは、女性はもう煙草を買ったりできない。

「あたしは前にもクロロフォルムを人にかがせたことがあるの。そうするように言われて。仕事のひとつでね――化学者だから。アメリカで薬学を勉強したのよ。でも、あの日ほど自分のやったことに自己嫌悪を感じたことはない――彼女はとても小柄で――」

アンナ・エンゲルは言葉につまり、あたしは頰の内側をかんで泣くのをこらえなければならなかった。

「とても激しくて、とてもきれいで。あれはタカの翼を折るようなことだった。きれいな泉を煉瓦でせきとめたり、バラの木を掘りかえして戦車を停める場所を作ったりすることも。無益だし、とんでもないことだわ。彼女はとにかく――生命力と反抗心に燃えていたのに、次の瞬間には意識のない抜け殻になってどん底へまっさかさまに落ちて――」

「**わかってる**」あたしはささやいた。

彼女は興味をそそられたようにあたしにぱっと視線を向けて、しかめっ面をすると、薄緑の鋭い目であたしの顔をためつすがめつした。

「そう?」

「親友だったから」あたしは歯を食いしばるようにして言った。

アンナ・エンゲルはうなずいた。「ヤー。そうよね。ああ。わたしが憎いでしょ」

「ううん、違う、ごめんなさい。話して。お願い」

「川はこっちよ」アンナがそう言い、あたしたちは別の通りを渡った。川岸にはずっと手すりがあり、あたしたちはそこに寄りかかって立った。ここのポワトゥー川の両側には、かつてニレの木が植えてあったらしいけど、いまは切り株しかない。この三年のあいだに、すべて薪用《たきぎ》に切られてしまったという。それでも、彼女の言ったとおり、対岸の歴史ある家並みはまだ美しい。

アンナは深く息を吸ってから、また話を始めた。

「彼女が気を失ったとき、体をひっくり返して、武器を持っていないか確かめたら、丸めたシルクのスカーフが手に握られていたの。抵抗しているあいだずっと、しっかりつかんでいたにちがいないけど、意識を失ったので指がゆるんだのね。本当はわたしが彼女の持ち物を調べてはいけなくて、それはほかの人の仕事なんだけど、彼女がそんなにしっかり丸めて守っていたものって、なんだろうと思ったのよ。自殺するための薬かもしれないって。それで、彼女の開いた手からスカーフを取ってみたら――」

アンナは自分の手を開いて手すりにのせた。

「手のひらがインクで汚れていたの。スカーフには、オルメ市役所公文書の番号が逆向きにはっきりとうつっていたわ。彼女はその番号が手のひらに書いてあったので、捕まったときにスカーフで消そうとしたのね。

わたしはスカーフに唾を吐いた。いかにも彼女を軽蔑するように。わかる？　そして、それを丸めて彼女の手に押しつけた。そのとき、数字を消そうと、その湿ったシルクで手のひらを強くこすってから、彼女の力ない指に握らせたわ。だから、だれであれ、インクのシミのある丸まった布があるのは見つけたけど、それについて彼女を尋問したのはひとりもいなかったの。彼女は捕まる直前に配給事務所で書類を書いていてね、架空の年老いたおばあさんのお使いというふりをして。だから、彼女の指はどっちみちインクで汚れていたというわけ」

あたしたちの足元に、ハトの群れがエサを期待して集まってきた。あたしはいつもハトがふわりと飛んできて着地する姿にうっとりしちゃう。バウンドや衝突は絶対にしないから。だれからも教わらないのに、本能的にする。別名、〝空飛ぶネズミ〟なんて呼ばれるけど、なんてきれいに着地するんだろう。

「彼女がなんのためにその番号を使うつもりだったか、どうしてわかったの?」あたしはようやく尋ねた。

「彼女が話してくれた」アンナが言った。

「まさか」

「話してくれたのよ。最後に。すべて書き終えたあとで。彼女は意味のないことをずらずら書いていたのよ。やめさせようと、わたしがペンをつかむと、彼女は抵抗せずに手を放した。疲れていたのね。わたしたちが彼女をすり減らしたんだわ。彼女は希望をこめずにわたしを見上げた――もうなんの口実もない、死刑の執行延期もない。ファーバーの命令はどれも秘密だったけれど、彼がフォン・リンデンに彼女をどうしろと命じたのか、わたしたちはふたりともわかっていた。彼女がどこへ送られるかも」

アンナは注意を引くように手の甲を軽く手すりに打ちつけ、煙草をペンのように持ってみせた。

「わたしは自分の手のひらに書いたわ。72B4CdBって」

アンナはペンに見立てた煙草を一服し、気持ちを落ちつかせようとした。

「それが見えたのは、彼女だけ。インクが乾かないうちに手を閉じて、その文字をただの汚れにして読めないようにしたわ。そして、彼女が書き終えた紙を手に取って、順序に関係なくまとめたの。

「〝それはわたしが書いたものよ〟って彼女は言ったわ。

わたしが重ねていたバラバラの紙やカードのことをさしているんじゃないことは、わかっていた。わたしが自分の手に書いた文書番号のことだって。

〝これがあなたにとってなんの役に立つの?〟ってわたしは尋ねた。

〝なんにも〟って彼女は答えた。〝もう、なんにも。でも、できたら……〟って。

〝あなたはどうするつもりだったの?〟ってわたしは小声で聞いた。〝わたしはどうしたらいい?〟って。

彼女は追いつめられたネズミみたいに、目を細くしたわ。そして、〝火をつけて、この建物をこっぱみじんに爆破する。それがいちばんいい〟って。

わたしは彼女が書いた紙の束を胸にぎゅっと抱き締めた。彼女の指示を。彼女はあの挑むような、責めるような目で斜《はす》にわたしを見上げたわ、わかる?

そして、〝復讐の天使、アンナ〟と言ったのよ。そのあと、声をあげてわたしに笑った。そう、笑ったわ。そして、こう続けたの。〝じゃあ、もうあなたに任せる〟って」

アンナは吸い終わった煙草をポワトゥー川に投げ捨て、新たな煙草に火をつけた。

「故郷へ帰ったほうがいいわ、ケーテ」アンナが不意に話題を変えた。「ユダヤ人たちに小型オートバイを売ってるあのイギリス人の女の子、マディ・ブロダットという女の子は、あなたを面倒なことに巻きこみそう。できれば明日にでもアルザスへ帰って、マディのことは運に任せるべきよ」

　何かが起こる前にケーテを退場させる――それは理にかなってる。チボー家にとっては、はるかに安全だ。あたしはあの隠れ家に戻るなんていやだけど。でも、明日の夜はあの納屋の屋根裏に戻ろう。いまでは、あそこは十月だったときよりもぐっと寒いだろう。

「あなたはどうする？」あたしは尋ねた。

「ベルリンに戻るつもり。何週間も前に異動願いを出したの。彼女や、あの気の毒なフランス娘の尋問が始まったときに。ああ、いやだ」彼女は身を震わせ、勢いよく煙草を吸った。「とんでもなくひどい仕事をやらされたものよ。ラーフェンスブリュックやオルメで。ナッツヴァイラー強制収容所で薬剤を調合していたときですら、ナチスが捕虜に何をするか見なくてもよかったのに。とにかく、わたしはもうクリスマスまでしかここにいない」

「ここのほうが安全かも。ベルリンは空爆されてるから」あたしは言った。「もう二週間近くも爆撃されつづけてる」

「ヤー。わかっているわ」彼女は言った。「ＢＢＣも聞いているから。ベルリン大空襲ね。まあ、たぶん、わたしたちはそうされても仕方ないのよ」

「だれでもっていうわけじゃないと思う、ほんとに」

　アンナがいきなり振り向き、そのガラスのような薄い緑色の目であたしをじっと見つめた。

「虐殺者の城は別、そうでしょう？」

「あなたはどう思う？」あたしは怒りをこめて問いかえした。

アンナは肩をすくめ、市役所広場に顔を戻した。もう時間がないのだ。

彼女を見てあたしが思い起こした人間――どうかしてるけど、それはエヴァ・ザイラーだった。

いつものジュリーとは全然違って、怒ったときのジュリー。特殊作戦執行部の訓練で仮の尋問を受けたときの話をする彼女だ。公職秘密法に間違いなく違反してるけど、彼女がエンゲルみたいに次々と煙草を吸ってて、港で働いてる人夫みたいに毒づくのを、あたしが覚えてる唯一のとき。〝そして六時間後に、わたしはもう耐えられないとわかったのだけど、降参して自分の名前を言うなんて絶対にいやだったの。だから、気を失ったふりをしたら、みんな、うろたえてしまって、大あわてで医者を呼びにいったのよ。まったく情けない人たちだわよね〟

帰り道、エンゲルとあたしはあまりしゃべらなかった。彼女はあたしにもう一本煙草をくれた。あたしはちょっと彼女に反抗してみた。

「あんたは何もジュリーに与えなかったのね」

「何もジュリーに与えなかったですって！」エンゲルは驚いたように笑いまじりの大声をあげた。「お給料の半分を煙草にしてあげたもいいところよ、あの欲ばりの小さなスコットランド娘には！　危うく破産させられるところだったわ。あなたが飛行機を操縦しはじめてからの五年間について書いているあいだずっと、彼女は煙草を吸ってたのよ！」

「何も書いてなかったから！　ほのめかしてもいなかったし！　一度だって！」

「彼女はどうなっていたと思う？」エンゲルは冷静に尋ねた。「もしそのことを書いていたら。

わたしはどうなっていたと思う?」

彼女は煙草をさしだした。

あたしは受け取った。

あたしたちはしばらく黙って歩いた。いっしょに煙草を吸ってるふたりの仲良し。そう、そのとおり、あたしが間違ってた。

「どうやってジュリーの書いたものを手に入れたの?」あたしはいきなり尋ねた。

「フォン・リンデンの女家主さんが、わたしのためにやってくれたのよ。彼はそれを自分の部屋の机に置いていたから、外出中に彼女がそれをそっくり洗濯するリネン用の袋に入れたの。そして、キッチンの火をつけるために使ってしまったと言ったわ。紙くずの束みたいに見えたからって。どれもこれも変なレシピカードや書き殴った紙切ればかりだからって」

「彼はそれを信じたの?」あたしは驚いて尋ねた。

アンナは肩をすくめた。「そうするしかないでしょう。女家主はそのことでこれからも苦労するでしょうね。牛乳や卵の配給が下宿人たち用だけに容赦なく減らされたし。家族全員が夜間外出禁止になって夜は消灯しなくちゃならないから、夜更かしはできず、夕食後すぐに寝なくちゃならないの。女家主は晩の皿洗いを、次の朝起きて下宿人の朝食を作る前にするしかない。子どもたちはみんな縛られているわ」

「ええっ、そんな!」あたしは思わず言った。

「軽い罰ですんだのよ。子どもたちは連れていかれてしまったかもしれない。あるいは、女家主が収容所へ送られるとか。でも、フォン・リンデンは子どもにちょっと甘いから」

あたしは広場に通じる道路に自転車を置いていた。ちょうどハンドルを握ったとき、アンナが片手をあたしの手にのせ、何か重さのある冷たくて薄いものを手のひらに押しつけた。鍵だ。

「彼女がインタビューを受けるとき、彼女をきれいに洗うために石鹸を持ってくるよう命じられたの」アンナが言った。「香りのいい、かわいい石鹸を。わたし、アメリカで買ったものをいくつか持っていたのよ。ちょっとしたものをとっておくことって、あるでしょう。それで、裏の通用口のドアの鍵の形をなんとかうつし取ったの。その型から作ったものよ。これで必要なものはすべてそろったと思う」

あたしは彼女の手を力いっぱい握った。

「ダンケ、アンナ」

「気をつけて、ケーテ」

そのとき、アンナが名指しで呼んだかのように、アマデウス・フォン・リンデンが道路の角から現われ、市役所広場のほうへ歩いてきた。

「グーテン・ターク、フロイライン・エンゲル」彼が親しげに挨拶した。アンナはいかにもうろたえたように、吸っていた煙草をさっと投げ捨てて靴で押しつぶすと、背筋とコートの襟をぴんと伸ばした。あたしも吸ってた煙草を投げ捨てた。そうしたほうがいいように思えたから。彼女はあたしのことで彼に何かを言い、古い友だちのようにぱっとあたしと腕を組んだ。ケーテとチボー家という言葉が聞こえたので、あたしを紹介したんだろう、たぶん。彼が片手を出した。

あたしは五秒ぐらいその場にすっかり凍りついて立っていた。

「親衛隊大尉フォン・リンデンよ」アンナが重々しい声で挨拶を促した。

あたしは鍵をコートのポケットに入れた。建物の見取り図とわたしの偽身分証が入ってるポケットに。

「親衛隊大尉フォン・リンデン」あたしはそう繰りかえし、彼と握手をした。馬鹿みたいに笑みを浮かべて。

あたしには〝宿敵〟というものがいなかった。それが何を意味するかすら、知らなかった。シャーロック・ホームズやシェイクスピアに出てくるものだった。そんなあたしがこのときまでの人生すべて、存在すべてをかけて、どうやったらひとりの男と死闘を繰り広げられる?

彼は自分が抱える大問題に気を取られて、あたしを見てるようで見てなかった。あたしが月光飛行中隊の飛行場の秘密の経緯度や、彼がいまいるここオルメの街に五つ以上もあるレジスタンス・チームの名前や、五日以内にあたしが彼の支部をそっくり焼きつくすつもりであることを教えることができるなんて、思いもしなかった。あたしがあらゆる意味で彼の敵、彼の嫌悪の対象、彼の戦っている相手のすべてであることも。あたしはイギリス人で、ユダヤ人で、補助航空部隊では男性と同じ給料で男性の仕事をしてる女で、あたしの仕事は彼の組織を破壊するための飛行機を運ぶことなんだから。それから彼が思ってもいないのは、あたしの親友が下着姿で椅子に座ったまま縛られて、手首や喉に火傷《やけど》を負わされてるあいだ、彼がそれを眺めたりメモを取ったりしてたのを、あたしが知ってること。そんな仕打ちを命じたのは彼だと、あたしが知ってること。彼が疑問を持ちながらも、臆病者さながら命令に従い、彼女を実験用ハツカネズミとして使うよう輸送しようとして、彼女の心をつぶしたのを、このあたしは知ってる。いま彼が見てるのは、彼の人生を左右できる人間、彼の運命を手中にしてる世界中でたったひとりの人間だなんて、彼は思ってもいなかった。それは、あたし。つぎのあたった古着をまとい、伸びっぱなしの髪で、頭が足りないかのような笑みを浮かべてるあたしだ。彼に対するあたしの憎悪が激しく、純粋で、容赦のないものであることを、彼はつゆほども知らない。あたしは神を信じてないけど、もし信じてたら、仮に信じてるとしたら、それはモーセの神だ。怒りに満ち、厳しく、**復讐を実行し**、そして

あたしが彼を気の毒に思うかどうかは問題じゃない。これはジュリーがすることだ。いまはあたしがすること。

彼は何か愛想のいいことを口にした。無表情なやつれた顔で。あたしがアンナにちらりと目を向けると、彼女は一度うなずいた。

「ヤー、親衛隊大尉殿」あたしは歯をかみしめたまま言った。アンナがあたしの足首を鋭く蹴り、あたしの代わりにぱっと身を折って謝った。あたしは片手をポケットに入れ、七十年前の分厚い紙のカサカサした感触を確かめた。すり切れた毛糸編みの縫い目に、新しい鍵が重く食

いこんでた。
ふたりはあたしにうなずくと、いっしょに歩いてった。気の毒なアンナ。
あたしは彼女のことがものすごく好きになった。

＊

ケーテはアルザスに帰り、あたしはまた月を待ってる。すべてが整い、爆撃機の低空飛行が土曜の夜に計画されてることが確認できた。ヴェリティ作戦が成功するかどうかにかかわらず、あたしのためにライサンダーが送られてくる。あたしが見つけた畑に、日曜日か月曜日。もちろん、どっちも天候によるし、あのロザリーがちゃんと働いてくれればだけど。ちっとも眠れないし、眠れても悪夢ばっかり。チョークに欠陥があるせいで燃えあがった飛行機に乗ってる夢とか、エチエンヌのポケットナイフでジュリーの喉を切らされる夢とか。ひと晩に三度も悲鳴をあげて目が覚めるときては、隠れる努力をしてる意味なんかありゃしない。あたしはひとりで飛んでいく。

燃えてる燃えてる燃えてる燃えてる——

首を切られようと、つるし首にされようと
そんなものはこわくない
わたしはオーキンダウン城を燃やしてやる
この命がつきる前に

＊

オルメはまだあたしの頭のなかで燃えてる。でも、あたしはイギリスにいる。イギリスに戻ってる。

ただ——たぶん軍事裁判にかけられる。たぶん殺人罪で裁かれて、絞首刑にされる。でも、あたしはひたすらほっとしてる。人心地がついたって感じ。まるで、この二か月間ずっと水中にいて、ストローで息をしてて、いまはまた空中に頭を出せたかのよう。そして、十二月の冷たくしめった、ガソリンや石炭の煙や自由のにおいがする空気を、胸いっぱいにゆっくり長々と吸いこんでるみたい。

皮肉なのは、あたしが拘束されてること。あたしはここ月光飛行中隊の〝コテージ〟がある飛行場にいて、屋内監禁されてる。いつも使ってた寝室に鍵をかけられて。ジュリーといっしょに使った部屋に。窓の下には監視人もいる。だけど、気にならない。自由だって感じる。もしつるし首になるとしたら、きれいにやってもらえるだろう。あたしの首を瞬時に折って。そうされても仕方ない。ここではだれかを裏切ることを強いられないし、裏切った人間を見ることもない。体が焼かれて石鹼にされることもない。何が起こったかは必ずおじいちゃんに知らせてもらえる。

ジュリーの上司だった鼻持ちならない権謀術数家である諜報部将校が、あたしに事情を聞くために呼びにやられてる。彼ははんだごてだの氷水だの針だのを使わずに、事情を聞いてくれるはず。紅茶を飲みながらかも。いろんな理由があって尋問は心配だけど、こわくない。

ここにいてどれほど安全だって感じるか、信じられないくらい。囚人だとしても、かまわない。とにかく、うんと安心できるから。

## 事後報告書　No.２

一九四三年十二月十一日。フランス、オルメのシャトー・ドゥ・ボルドー内にあるゲシュタポ・オルメ支部の妨害および破壊の成功。

あたしの報告書はちっとも整っていない。

占領されたヨーロッパへ連合軍が戦車や飛行機や滑空機で、特殊部隊を大量に投入して本格的に侵入することを計画中なのは、知ってる。でも、フランスが解放されることを考えるとき、あたしの頭に浮かぶのは自転車で駆けつける復讐部隊だ。土曜日の夜、あたしたちみんながオルメに入ったのは、そういうやり方だった。みんな四方八方から、ありとあらゆるバスケットや荷かごに手作りの爆弾をつめこんで。警報は夜間外出禁止時間前には鳴らず、あたしたちみんなは気をつけながらこっそりと歩きに歩いた。オルメ中の新聞の売店の裏には、爆弾をのせた自転車があったはず。あたしはといえば、トラックの下に、ミトライエットの友だちのひとりと少なくとも二時間は寝そべってた。ジェイミーのブーツがあって、よかった。

あたしたちは裏門を爆破して開かなければならなかった。ちょっと危険だったけど、空襲警報が鳴ったあと、あたりにはだれもいなくなったし、言うまでもなく、そのあとは鍵を使って入れた。何よりも恐れたのは、面と向かってくるいまいましい犬たちだった。かわいそうな犬。犬が悪いわけじゃないのに。でも、心配するにはおよばなかった。ミトライエットは情け容赦なかったから。

客観的に詳しく書くべきだっていう気がする。でも、報告することはあんまりない。あたしたちはすばやくて手際がよく、どこへ行けばいいかわかってた。二、三人ずつのチームで動き、それぞれに持ち場と特別任務があった。犬を撃ち殺す、ドアの鍵をあける、捕虜を集める、爆弾を降ろす。その後、とっとと失せる。入ってから出るまで、三十分ぐらいだと言ってもいい。

絶対に四十五分とはかかってない。解放するべき捕虜はさほど多くなかった。実際には収容所じゃないから。全員で十七名。女性はいない。でも、以前は——。

　あたしが意図してやったのは、自分と相棒とで、ジュリーの監禁された部屋にだれがいようと自由にすること。そこにつながってる尋問室を通り抜けなければならないことが何を意味するか、ちゃんとは考えてなかった。

　ありがたいことに、尋問室にはだれもいなかったけど、ああ、そのことを考えるのも耐えられないくらい。なんて臭かったことか。思いだすだけで吐き気をもよおす。あたしたちが入ってくと、ひどいにおいが鼻をつき、あたしはしばらくのあいだ息がつまって、吐かないようにするだけで精いっぱいだったし、相棒のフランス人青年はちょっとよろめき、あたしにつかまって体を支えた。もちろん、懐中電灯の明かりで動いてたので、細かいところまではよく見えなかった。ホテル用家具のぼんやりした輪郭——スチールの椅子やテーブルやキャビネット——ぐらいで、いかにもまがまがしいものは何もなかった。それにしても、ああ、あれほどむかつく不快きわまる悪臭は、かいだことがない。トイレそっくりだけど、それだけじゃなくて、アンモニアや、腐った肉や、焼けた髪や、へどや——ダメ。とても言い表わせない。書いてると、また吐きそうになってしまう。そのにおいのなかでジュリーが七週間もすごさなければならなかったことについて考えたのすら、あとになってからだった。ペンと会う前の彼女を石鹸でごしごし洗ったのも、うなずける。とにかく、あたしたちは窒息しないよう、なるたけ早くそこから出ることしか頭になかった。コートを引っ張りあげて鼻をおおい、ジュリーが監禁されてた部屋のドアをこじあけ、そこに閉じこめられてた戸惑う捕虜を引きずるようにして、ひどい部屋を通り抜け、廊下へ出た。

あたしたちが救った男性には、フランス語が通じなかった。あとで、ジャマイカ人だってわかった。イギリス空軍の後部銃手で、先週、撃墜されたらしい。たぶん、ナチスは彼から連合軍による侵入計画情報を引きだしたかったのでは？　彼は見た目の状態がよく、まだナチスに尋問されてなかったし、一週間ぐらいほとんど食べてなかったにもかかわらず、両膝を骨折してるもうひとりの青年をなんとか連れだした。

彼は感じのいい男性だ。そのジャマイカ人は。そして、彼はここにいる。いや、この〝コテージ〟にいるとは思わない。イギリス空軍の飛行場へ送られたんだろう。あたしといっしょに飛行機でイギリスへ戻ってきたっていう意味。あたしといっしょにチボー家の納屋に隠れてもいた。キングストンの出身で、三人の子どもがいて、みんな女の子。あの恐ろしい破壊されたホテルの主階段を、あたしのあとから急ぎ足で下りた。両脚を骨折して苦しんでる寡黙な青年をおんぶして。あたしは片手に懐中電灯を、もう一方の手にポールのコルト32を握り、いつものように頭のなかに入ってる地図を頼りに彼らを外へ誘導した。

あたしたちはギロチンのある中庭に全員集合して、人数を確かめた。最後に出てきた人が発電機の電源を元に戻した。そこにはすでにタイマーが取りつけてあった。タイマーが作動したら、あと二十分。ランカスター機がサーチライトをものともせずに、まだ頭上で円を描き、夜の空には対空砲火の音がためらいがちに響いてた。高射砲の多くは、占領軍を増強するために徴用された地元の青年が操作してて、彼らは連合軍側の飛行機を爆撃することに乗り気になれないのだ。市役所広場から退散するための二十分。そのあと、空襲警報解除になる前に隠れるのに、おそらく一時間。

その怪我した青年を引き取ってもらうため、近所のだれかを探さなければならず、ミトライエットがなんとか見つけたあと、あたしたちの残りは自転車や徒歩で急いで退散した。あたしが助けたジャマイカ人の後部銃手とあたしは、道路に設けられてる検問所を避けるため、庭の壁をいくつも乗り越えるという大変なルートをとった。でも、爆発が起こったのは、オルメから出て、自転車でふたり乗りをしてるとき——彼のほうがあたしよりうんと体重があるので、彼がペダルをこぎ、あたしが後ろの横棒の上に立って——だった。

あんまりびっくりしたので、あたしたちはつんのめって倒れた。爆発の余波じゃない。間の抜けたことに、ただ爆音に驚いただけ。あたしは道に座りこみ、何分も狂ったように大笑いした。満月と火の手が、あらゆるものを照らしてた。しばらくすると、あたしが助けた後部銃手があたしをとてもやさしく自転車の後ろに戻してくれて、あたしたちはふたたびオルメを背にして走りはじめた。

「どっちへ、ミス・キティホーク?」

「あの分岐を左。あたしのことはただのキティホークって呼んで」

「本名?」

「ううん」

「そうか。フランス人でもないんだね」

「そう、イギリス人」

「フランスで何をしてるんだい、キティホーク？」

「あなたと同じ。撃墜された飛行士よ」

「からかっちゃって！」

「ほんとよ。補助航空部隊の副操縦士。あなただって、イギリス空軍の後部銃手だって言っても、だれも信じないでしょ」

「まさにそのとおりなんだ」彼はしみじみと言った。「白人男性の世界だからな」

あたしは彼の腰にぎゅっと抱きつき、彼がポールほどいやらしくなければいいけどと思った。でないと、チボー家の納屋にふたりきりで押しこめられたとき、彼のことも撃ちそうになるかもしれなかった。

「どうした、キティホーク？」彼がやさしげな声で尋ねた。「なんでそんなに泣いてるんだ？あそこをまんまと爆破できたっていうのに」

あたしはいま彼の肩に寄りかかってしがみつき、その背中ですすり泣いてた。「あそこにはあたしの親友がいたんだ。あんたは彼女が監禁されてた部屋にいたの。彼女はそこに二か月近くもいて」

彼はその意味するところをかみしめながら、無言でペダルを踏んだ。やがて、彼は口を開いた。「彼女はあそこで死んだのかい？」

「ううん」あたしは答えた。「あそこじゃない。でも、どっちにせよ、もう死んじゃった」

ふいに、彼も泣いてることがその上着を通して感じられた。何も言わず、少し震えながら、あたしみたいに声を押し殺して。

「おれの親友も死んだんだ」彼は小声で言った。「おれたちの飛行機の操縦士でな。操縦したまま地面に突っこんで。飛行機が砲撃されたあと、パラシュートで脱出できるようにって、飛行機をまっすぐ水平に飛ばしててくれた」

ああ——こうして書きとめてるいまになって、いまになってようやく、それがあたしのしたこととそっくり同じだってわかる。

不思議——彼が友だちのことを話したときは、英雄そのものの行動みたいって感じた。そこまで勇敢で他人のことばかり考えられるなんて、驚きもいいところだって。でも、あたしが同じことをしたときは、英雄だなんて思わなかった。あまりにもこわくて、飛び降りられなかっただけだ。

あたしたちは燃えあがってるオルメを背に、月明かりのなか、自転車をこいだ。自転車を片づけるまで、どっちも泣きやまなかった。

あたしたちは古い木骨造りの納屋の、あの狭い屋根裏で、背中合わせに眠った。ふた晩——いや、実際にはひと晩と半分だ。そして、あたしがエチエンヌ・チボーの隠し場所からこっそり持ってきた、ひどくいやらしい絵のトランプで何時間もブラックジャックをした。昨日の月曜日、昨夜だけど、あたしたちはバラの老婦人の運転手に迎えにきてもらい、にわか造りの飛行場へ行くためにロザリーのところまで連れていってもらった。

チボー家の人たちみんながあたしに抱きついてキスをして別れを告げるのは、三度めだった。アメリは大騒ぎするし、ママンは銀のスプーンの十二本セットをあたしにプレゼントしようとした——とてもじゃないけど、もらえなかった！　ミトライエットは目に涙をためてた。血なまぐさいこと以外で彼女がそんなふうに胸をつまらせるのを見たのは、初めてだった。

彼女は今回、あたしたちといっしょに来なかった。来てほしかったんだけど——

チボー家の人たちみんなのためにどうやって祈ったらいいのか、知ってればよかったと思う。ほんとに、知ってればよかった。

ロザリーはポワトゥー川の岸辺の大きな屋敷の車寄せで、あたしたちを待ってた。あたしたちがそこに着いたときはまだ明るかった。運転手に面倒をかけないために。男性たちがもう一台の車を片づけてるあいだ、白髪をジュリーみたいに結った老婦人が、あの初めて会ったひどい日にしたみたいにあたしの手を取って、何も言わずに彼女の寒い庭へと連れてった。

川沿いに、バラが山と積まれてた。秋咲きのダマスクローズがこんもりと。老婦人が庭に残っていたバラの花をひとつ残らず切って、そこに積んだのだ。

「ようやくみんなを埋葬させてもらえてね」老婦人は言った。「ほとんどはあっちの橋のそばよ。でも、あのかわいそうな女の子たちが気の毒で仕方なかったの。あのふたりのかわいい娘さんたちは、ここに土まみれで四日も放りだされたまま、ネズミやカラスの餌食になっていたのだもの！　そんなこと、放っておいてはいけないわ。ちゃんとしてあげないとね。だから、ほかの人たちを埋めたとき、女の子ふたりをここへ運んでもらって――」

ジュリーは大伯母さんのバラ園に埋葬されてる。老婦人が初めて聖体拝領をしたときのヴェールに包まれ、ダマスクローズの山におおわれて。

言うまでもなく、それは老婦人の属するレジスタンスチーム名でもある――ダマスク。

あたしはまだジュリーの大伯母さんの名前を知らない。どうしてわかる？　ジュリーの大伯母さんだって気づいたのは、あまりにも唐突だった。いきなり、ひらめいたことだった。老婦人が、自分と妹が初めて聖体拝領したときにかぶったヴェールを使ったって言ったときに。そういえば、ジュリーのおばあさんはオルメの人だと思いだしたあと、大伯母さんのことや、大変な重荷を負ってるっていう話がよみがえってきて、ぴんときて、この老婦人がだれかわかったのだ。

でも、老婦人には伝えなかった。そんな気持ちにはなれなかった。それがジュリーだって、老婦人は知らないみたいだった。もちろん、カタリーナ・ハービヒトは自分の本名を隠しつづけたはずだ。だれかを危険にさらさないために。あたしは何か言うべきだったと思う。でも、ただただ、できなかった。

いま、あたしはまた涙にくれてる。

車の停まる音がしたので、もうすぐあたしは呼ばれるかもしれないけど、フランスを出たときのことについて最後まで書いておきたい。きっとあたしはそのことでも泣いてしまうだろう。なにもいまに始まったことじゃないけど。

その夜あたしを迎えにくることを知らせるラジオ放送を聞いただけで、最初からわんわん泣いてしまった。「しばらくしたら、子どもたちはみんな真実を話します」フランス語では、〝アセ・ビアントー、トゥ・レ・ザンファン・ディーズ・ラ・ヴェリテ〟彼らがそこにヴェリテという言葉を入れたのは、明らかに故意だと思うけど、そのせいでジュリーが書いた最後のページのことをあたしが考えるとは、知るはずもなかったにちがいない――〝わたしは真実を話した〟と、何度も何度も書いてあるページのことを。

もうすべての流れにすっかり慣れてた。繰りかえす夢みたいに。暗い畑、閃光、月に映るライサンダーの翼。回を重ねるごとに寒くなってくるのをのぞけば。今回は、先週の雨にもかかわらず、ぬかるんでなかった。地面はどこもかしこもカチンカチンに凍ってる。とてもすべらかな着陸で、飛行機は一度も回転しなかった。これはあたしの畑の選び方がすばらしかったおかげもあるって思いたい。十五分以内に、品物と乗客の交換が行なわれた。それが規定のやり方だ。

ジャマイカ人の後部銃手がすでに飛行機に乗り、あたしが彼に続いて乗ろうと片手をはしごにかけたとき、パイロットが頭上からあたしに叫んだ。「**やあ、キティホーク！　ここからはきみが操縦したら？**」

なんと、それはほかでもない、ジェイミー・ボーフォート－スチュアート、その人だった。

「ほら、席を代わって」彼は大声で言った。「ここから自分で飛び立つんだ。自分で飛行機を飛ばして故郷に帰るんだよ」

彼がそんな申し出をするのも信じられないけど、あたしがそれに応じるのだって考えられなかった。とんでもないことだ。不時着したあとなんだから、少なくとも再試験を受けるべきだった。

「だけど、帰りはあたしに操縦してほしいなんて、はじめは思わなかったでしょ！」あたしは声を張りあげた。

「きみがフランスにいることは心配したけど、その操縦技術を心配したことはないよ！　出発したふたりのうち、ひとりが亡くなったのは残念だけど、両方とも失わなくてよかった。ともかく、もし撃たれたら、ぼくよりもきみのほうが不時着をうまく――」

「軍事裁判、あたしたちふたりとも軍事裁判に――」

「馬鹿言うな、きみは民間人じゃないか！　一九四一年に空軍婦人補助部隊を出てからずっと、軍事裁判にかけられる恐れなんてないんだよ。最悪でも補助航空部隊はきみをクビにできるだけだし、そうするつもりなら、どっちみちそうするだろうさ。さあ、来いよ！」

エンジンはかけっ放しになってた。ジェイミーはパーキングブレーキをいれてて、彼が操縦席の端にひょいと腰をのせると、ちょうどふたりが位置を交換するくらいの隙間ができた。あたしたちは背丈がちょうど同じだったので、座席の調節をする必要すらなかった。彼があたしに操縦帽をくれた。

あたしは耐えられず、彼に話した。

「あたしが彼女を殺したの。銃で撃ったの」

「えっ？」

「あたしなの。ジュリーを撃ったのは」

しばし、ほかに大事なことなど何もないって思えた。全世界で意味あることなど何もないって。世界に存在するのは、そのライサンダーの操縦席にいるあたしと、操縦席の端に腰を下ろし、スライドする天蓋《キャノピー》に片手をかけてるジェイミーだけになった。アイドリングしてるエンジンのうなり以外、何も聞こえず、滑走路にある三つの小さな明かりと、計器盤に反射する月光のほかに、光はなかった。やがて、ジェイミーが短い質問をした。

「そうしようとして？」

「うん。彼女に頼まれたから。どうしても彼女の誇りを傷つけることができなくて」

ライサンダーの上で今度は長い時間が経ったあと、ジェイミーが唐突に言った。「いいか、泣くんじゃないぞ、キティホーク！　軍事裁判があろうとなかろうと、きみはいま飛行機を操縦するしかない。ぼくは自分の行動に責任がまったく持てないからな。きみの告白を聞いたあとでは」彼は操縦席の端から腰を浮かせ、翼支柱から後部についてるはしごへと身軽に体をひるがえした。見る間に彼は後部の座席に入りこみ、一瞬あとから、あたしのジャマイカ人の友だちに自己紹介する声が聞こえた。

**飛行機を飛ばして、マディ**

あたしはキャノピーをスライドさせて閉め、おなじみの飛行前点検を始めた。それから、いよいよ飛行機を動かそうとしたとき、あたしの肩に手が置かれた。ちょうどあのときみたいに。無言で。ジェイミーが隔壁の隙間から手を出したのだ。まさにジュリーがしたみたいに。そして、あたしの肩をぎゅっと握った。彼の手はとても力強かった。イギリスに着くまでずっと、彼はあたしの肩に手を置いてた。地図を見たり、方向を指図したりするときですら。

だから、結局、いまあたしはひとりで飛行機を操縦してるんじゃない。

＊

紙がなくなってきた。このエチエンヌのノートをもうすぐ使いきってしまいそう。このまるまる一冊をどうしたらいいか、考えがある。

そんなもくろみがあるから、あの権謀術数家の諜報部将校の名は書きとめないでおこうと思う。面接のときに彼は番号で自己紹介したって、ジュリーは言ってなかった？　この午後、彼は本名で自己紹介した。でも、名前を使わないで書くのは不便だから、ジョン・ベーリオルってことにしとこう。たぶん、ものすごい皮肉な名前だ。その名前の哀れなスコットランド王を守ろうとして、ウィリアム・ウォレスは命を失ったんだから。サー・ジョン・ベーリオル。あたしはこういうことが上手になってきてる。やっぱり、特殊作戦執行部の幹部に加わるべきかも。

まさかでしょ、マディお嬢ちゃん、**絶対にありえない**。

サー・ジョン・ベーリオルとの面接は、戦況報告室で行なわれるはずだった。そこでは戦況報告だけでなく、出発前の説明もされると思うんだけど、だれもがそこをそう呼んでる。その部屋でなくちゃならない。だって、正式に処理されるべきなんだから。空軍警察のシルヴェイ巡査部長があたしを連れてった。シルヴェイ巡査部長があたしにやさしいことは、わかってる。いつもそうだったし、ジュリーのことで心を痛めてると思う。でも、面接のためにあたしを送り届ける彼は、ひどくぎくしゃくして堅苦しかった。まごついてるって感じかな。そんな役目をするのがいやなんだ。あたしが監禁されたことも、気に入らないんだ。そのことで、飛行中隊の隊長と言い争ったらしい。無駄だったけど。結局は規定に沿って処理されることになった。なんたって、そもそもあたしはあの飛行機を操縦してフランスへ行くべきじゃなかったんだから。

というわけで、あたしは護衛つきで戦況報告室へ歩いてった。中に入ったとき、自分がずっとなんとも薄汚い格好をしてることにふと気づいて、恥ずかしくなった。グラスゴーからの疎開児童なみ！　フランスの写真屋の奥さんのものだった登山用ズボンと、エチエンヌ・チボーのすり切れた上着と、ジェイミーのブーツをまだ身につけてた。先週の、そしてまるまるこの二か月間の格好と同じだ。そういえば、オルメ市の中心を爆破して炎に包んだときも、この服装だった。頼るべき女の武器はない。あたしは白塗りの石壁の部屋に足を踏みいれた。爆発したエンジンみたいに、心臓があばら骨に激しく打ちつけてた。その部屋は、二年近く前に初めて彼に会ったときのままだった。電気ストーブのそばに硬い椅子が二脚あって、デスクには保温カバーのかかったティーポットが置いてある。オルメの尋問室みたいなにおいはしなかったけど、そのことを考えずにはいられなかった。

「しばらく時間がかかるかもしれないんだ」ベーリオルがあたしのほうに片手をさしだしながら、すまなそうに言った。「昨夜は少しでも眠れたかな?」

彼は眼鏡をかけてなかった。そのせいで、あたしは勘違いしたんだと思う。彼はだれにでも見えたから。おまけに、片手の出し方。あたしはたちまちオルメに戻ってしまった。丸石敷きの道路に。新しい鍵と古い設計図をポケットに入れ、心を憎しみと敵意であふれんばかりにして。あたしは彼と握手をし、歯のあいだから絞りだすように言った。「ヤー、親衛隊大尉殿」

彼は度肝を抜かれたように見え、あたしは間違いなくトマトみたいに真っ赤になった。**ああ、マディ。のっけから、なんてことを。**

「すみません——すみません!」あたしは息が止まりそうになりながら言った。「ジュ・スイ・デゾレ——」信じられない、あたしはいまだにフランス語で人と話そうとしてる。

「まだすっかり現地から抜けだせていないんだね」彼はもの柔らかな口調で言った。あたしの背に軽く指先をあて、椅子のひとつへと導いた。「紅茶を、シルヴェイ」彼が要求すると、シルヴェイ巡査部長は静かに紅茶をいれてから、出ていった。

ベーリオルの眼鏡はデスク上にのってた。彼はそれをかけ、紅茶の皿を持ってカップを手にし、デスクの端に腰をのせた。その両手があまりにもしっかりしてたので、あたしは自分のカップを床に置くしかなかった。その磁器を膝の上でカタカタ鳴らすわけにはいかなかったから。彼はレンズのせいで大きく見える目をじっとあたしに据えて、立ってた。どうしてだろう、ジュリーは彼のことをものすごく気に入ってた。なぜだか想像もつかない。あたしは死ぬほど彼がこわい。

「何が心配なんだね、マディ?」彼が静かに尋ねた。

〝ボーフォート－スチュアート将校〟だなんて馬鹿げた呼び方は、やめておこう。それに、このことは二度と言わないつもりだ。それを言う必要のある相手は、もうほかにだれもいない。これが最後。

「ジュリーを殺しました。ヴェリティを。あたしが彼女を撃ったんです」

彼は自分のカップをカタンとデスクに置き、あたしをまじまじと見つめた。「なんだって?」

「殺人の罪で裁判にかけられるのが心配なんです」

あたしは彼から視線をそらし、床の飲み物に向けた。ここは、あのドイツ人スパイがエヴァ・ザイラーを絞め殺そうとした場所だ。あたしは身震いした。実際に。そのことに気づいたときに。あんなにひどいアザは、生まれてこのかた見たことがない。あれ以前も、あれ以後も。ジュリーはこの部屋で激しい苦痛を味わったのだ。

ベーリオルに目を戻すと、彼はまだデスクにもたれてた。肩を落とし、眼鏡を頭の上に押しあげ、偏頭痛がするかのように指で鼻をはさんで。

「絞首刑が心配なんです」あたしは情けない声でつけ足した。

「なんてことだ」彼はぴしゃりと言い、眼鏡を目に戻した。「事情を話してくれ。正直なところ――たまげたよ。まあ、いまは裁判官のかつらをつけていないから、さあ、話してごらん」

「ナチスはバスに捕虜をつめこんで、彼女を強制収容所に運んでるところで、あたしたちはそれを止めようと――」

彼が沈んだ声で口をはさんだ。「そもそも、〝謀殺《マーダー》〟に間違いないのかね、先の話に少し戻るが」彼は気がかりそうに顔をしかめ、あたしをちらりと見た。「ミア・クルパ（ラテン語で〝わが過失により〟）……ああ、失礼。難しい言葉を使ってしまった。きみは最初は謀殺とは言わなかったね？　ただ、他人がそのように見ることを心配しているわけだ……。おそらく、過失か事故。とにかく、話してもらおうか。最初から始めてくれ。フランスに着陸したときから」

あたしは彼にすべてを話した。そう、ほとんどすべてを。彼に話さなかったのはひとつだけで、それはあたしが飛行かばんに入れて持ち歩いてるあの大量の紙の山だ。ジュリーが書いたすべてと、あたしが書いたすべて。彼女が書いたホテル備えつけの便箋や楽譜の寄せ集めと、あたしの飛行士手帳やエチエンヌの宿題帳。手記があることは、彼に話さなかった。

自分がすらすらと嘘をつけるようになってることに、びっくり。ううん、正確には嘘じゃない。あたしは彼に嘘をつかなかった。あたしが彼にした話は、引っ張ったら簡単にほどけてしまう、目を落として穴だらけになったセーターとは違う。言ってみれば、目をひとつ右針に移してから、表編みをひとつしたあと、移しておいた目を編んだ目にかぶせるという、右上二目一度の編み方をした、しっかりしたセーターだ。ペンとエンゲルとのあいだには充分な情報のやりとりがあったので、ジュリーの書いた告白文をあたしが自分の寝室に置いてることを言う必要はなかった。それをロンドンの書類係に引き渡すつもりはない。それはあたしのものだ。

そして、あたしのメモ。これは事故報告委員会に出す正規の報告書を作るために必要だ。

彼に話をすることには、長い時間がかかった。シルヴェイ巡査部長が紅茶のポットをもう一回持ってきた。そのあと、さらにもう一回。最後にベーリオルが静かに確約した。「きみは絞首刑にならない」

「でも、あたしに責任があるんです」

「責任なら、わたしのほうが重い」彼は目をそらした。「拷問され、実験標本用に送られるとは——なんてことだ。あの美しく賢い娘が。ああ、わたしにも責任がある。悲しいことだ。そう、きみは絞首刑にならない」

彼は息を震わせながら長く吸った。「〝活動中に死亡〟というのが、最初の無線による連絡だった。だから、〝活動中に死亡〟との決定は残る」彼はきっぱりと言った。「彼女はその報告により、活動中に死亡したことが正式に認められ、あの夜の爆撃で亡くなった人々の総数に加えられた。だれがだれを撃ったという詳細を報告する必要はないと思う。きみの話はこの建物外に出ない。何があったか、ここのだれにも話していないね？」

「彼女のお兄さんに話しました」あたしは言った。「それに、どっちみち、この部屋には盗聴器をつけてますよね。話は筒抜けです。どうしたって外に漏れるのは止められません」

彼は頭を横に振りながら、考え深げにあたしを見つめた。

「きみが知らないわたしたちのことが何かあるかな、キティホーク？　わたしたちはきみの秘密を守り、きみはわたしたちの秘密を守る。〈不注意な会話は命を奪う〉だよ」

フランスでは実際にそのとおりだ。聞いて受ける印象ほど変じゃない。

「さて、マディ、三十分ほど休憩しよう。きみに聞きたい細かな点はいやというほどたくさんあるし、わたしたちはまだそれに触れてもいない。それに、わたしはどうも落ちつきを保てなくなってきているようだから」

彼は水玉のシルクのハンカチを取りだし、また脇へ視線をそらして鼻をぬぐった。それからもう一度あたしに面と向かい、手をさしのべてあたしを立たせてくれた。「しかも、きみはひと眠りする必要がありそうだ」

ジュリーはあたしのことをなんて言ったっけ――あたしは権力のある人からの命令におとなしく従うよう訓練されてる。あたしは自分の部屋に戻り、二十分ほどぐっすり眠って、ジュリーがクレイグ・キャッスルのキッチンであたしにフォックストロットを教えてる夢を見た。もちろん、彼女はあたしにフォックストロットを教えてくれたけど、それはメイドセンドで行なわれたダンスパーティーでであって、クレイグ・キャッスルのキッチンでじゃなかった。でも、その夢はあまりにありありとしてたので、目が覚めたばかりのとき、あたしは自分がどこにいるのかわからなかった。そのあと、悲しみでいっぱいになり、頭を蹴られたような気持ちになった。

　ただ、いまは〈思い出のパリ〉じゃなく、〈わたしの小さな夢〉（一九三二年のヒット曲、ドリーム・ア・リトル・ドリーム・オブ・ミー）が頭のなかで何回も繰りかえし鳴ってる。あたしたちがメイドセンドで踊ったとき、バンドが演奏した曲だ。それでもちっともかまわない。〈思い出のパリ〉にはほとほとうんざりしてるから。どこか公共の場所でどっちかの曲がかかってるのを聞いたら、そのとたんに絶対あたしは泣きわめくだろう。

　というわけで、ベーリオルとあたしはまた話をした。今度はもっと詳しい内容になった。あたしは知ってるとは思わなかった名前や数字を思いださなければならなかった。紹介されたレジスタンス運動家たちそれぞれの暗号名を、ベーリオルは自分の子牛革の小型ノートに書きつけた。あたしが知ってる軍隊の場所や、物資置き場や、小さな隠し場所《カシェット》も。あたしは膝に肘をのせてかがみ、髪を根っこが痛むほど引っ張って、チボー家の納屋とバラの老婦人のガレージとをつなぐ正確な地図を思いだそうとしたときがあった。そんなふうに二十分も髪を引きちぎりながら座ってたことにふと気づいたあたしは、にわかに頭にきた。

　そして、ぐいと頭を上げると、かみつかんばかりに聞いた。「なぜ？　なぜあたしがその位置を頭から絞りだせるかどうか気にするの？　ジュリーが暗号をでっちあげたみたいに、あたしはその位置をでっちあげることだってできるのに！　地図をくれれば指させることでしょ。こんなことをする必要なんてない！　ほんとは何が目的？　このとんでもなくずる賢いくず野郎」

彼はしばらく黙ってた。

「きみを少しテストするようにと頼まれていたのだよ」彼はついに白状した。「圧力をかけて、きみがどう反応するかを見ろとね。正直なところ、きみをどうしたらいいのか、よくわからなくてね。航空省はきみの飛行免許証を取りあげたがっている。特殊作戦執行部はジョージ十字勲章にきみを推薦したがっていて、きみにはこのまま局にとどまってほしいと考えているんだ」

**まさか、そんなことが。**

でも、でも。特殊作戦執行部の非公認職員としての成功は、イギリス空軍の非公認パイロットとしてフランスへ飛行したことを帳消ししてくれるだろう。十字勲章はもらえそうにないし、ほしくもなければ、それに値《あたい》もしない。ただ、あたしは飛行免許証も失わないだろう——つまり、あたしは自分でそれをなくしちゃったみたいなもんだけど、再発行してもらえるってこと。取りあげられはしないだろう。仕事を奪われすらしないだろう。ああ、いま、それは大泣きできる立派な理由になる。安堵の涙。あたしはまた飛ばせてもらえる。事故報告委員会を切り抜けなければならないだろうけど、それは実際の事故についてにすぎない。あたしが月光飛行中隊の一員であるかのように、飛行機を操縦して墜落させたこと。そのほかの点では、いっさい罪に問われないだろう。

これから、補助航空部隊は飛行機をフランスへ送るだろう。大陸侵攻のために。そう遠くない——春ごろかな。あたしは戻るだろう。戻るって、わかってる。

もう、くたくた。あの仮眠と、ここへ着陸したあとの二時間ほどのほか、日曜日の夜以来ずっと寝てないし、いまは火曜日の夜だ。でも、あとひとつ、寝る前に――。

ベーリオルが、ダマスクの無線電信士《W/T》から受け取って解読したばかりの通信文の写しをくれた。

連合軍による激しい砲撃が　十二月十一日　土曜日の夜および
十二月十二日　日曜日の午前中に　オルメ上空から行なわれ
作戦成功　ＣＤＢ　つまり　ゲシュタポのオルメ支部　破壊
判明している逮捕者なく　全員無事　キティホークへの伝言を頼む
イゾルデの父親は頭を撃ち抜かれた姿で発見された　自殺と思われる

「イゾルデの父親とは、だれだね？」ベーリオルがその通信文をあたしにくれたとき、尋ねた。

「ゲシュタポの将校で、ヴェリティを尋問した人です。彼女を強制収容所へ送ることを決めた人」

「自殺とは」ベーリオルが小声で言った。「哀れな男がもうひとりだな」

「哀れな娘がもうひとりです」あたしは訂正した。

池に生じる波紋が、またもや。それはひとつの場所にはとどまらない。あまりにも短いあいだ、あたしにかかわったたくさんの人。その多くの本名を、あたしは知りもしない。ジュリーの大伯母さんや、ロザリーの運転手のように。なかには、名前しか知らない人もいる。ユダヤ人医師のベンジャミン・ジルバーバーグや、ジュリーが用紙として渡されたフルートの楽譜の持ち主、エステル・レヴィみたいに。さらには、つかのま出会って好きになったけど、二度と会えそうにない人もいる。たとえば、スピットファイアに乗ってた司祭の息子や、アンナ・エンゲルや、ジャマイカ人の後部銃手。

　それから、イゾルデ・フォン・リンデン。スイスの学校にいて、父親が銃でみずからを撃ったことはまだ知らない。

〝イゾルデはまだ太陽の世界にいる。まだ、ほのかに輝く陽を受けて。イゾルデよ……〟

　あたしは彼女の父親がアメリにあげたブックマッチをずっと持ってる。

　あたしはお風呂に入り、ひと言も口をきかないきれいな応急看護隊《FANY》の運転手からパジャマを借りた。彼女があたしのことをどう思ってるのかは、全然わからない。あたしはもう監禁されてないし、見張りもついてない。明日、マンチェスターへだれかが飛行機で戻してくれることになってる。今夜——今夜もう一度、この部屋で眠る。ジュリーが八か月前にあたしの腕のなかで泣きながら眠った、このベッドで。

　彼女のグレーのシルクのスカーフは、あたしが持ってるつもり。でも、このノートと、あたしの飛行士手帳と、ジュリーの供述書はすべて、ジェイミーに頼んで、エズメ・ボーフォートースチュアートに渡してもらいたい。レディであるジュリーの母親が娘のことを知るのは、何よりも当然だから。彼女が知りたければだけど、彼女には知る権利があると思う。どんなに細かいことでも、ひとつとしてあまさずに。

あたしはイギリスに戻ってる。仕事に復帰できる。飛行免許証を持つことが許されて、どれほど驚き、感謝してるか、言葉にはできないほどだ。

でも、あたしの一部は、フランスのある川岸に、レースとバラに包まれて埋まってる。あたしの一部は、永久に引きちぎられたまんま。あたしの一部は、いつもまともに飛べず、上昇を続けるばかり。

レディ・ボーフォート－スチュアート
クレイグ・キャッスル
キャッスル・クレイグ
アバディーンシャー

一九四三年十二月二十六日

わたしのかわいいマディ、

ジェイミーがあなた方の〝お手紙〟を配達してくれました。あなたとジュリーのお手紙を。両方とも読ませていただきましたよ。このままこちらに置いておきましょう。安全ですからね。公職秘密法など、湿気のように秘密をことごとく吸いこんでしまう屋敷においては、たいした意味がありません。あふれんばかりの本が並ぶわが家のふたつの図書室に、少しばかりのレシピカードと処方箋用紙が加わったところで、だれの目にもとまらないこと確実です。

あの紙束をジェイミーがわたくしにくれたときに言ったことを、お伝えしますね。

〝マディは正しいことをしてくれたよ〟

わたくしも同じ言葉を言います。

ぜひわたくしに会いにいらしてくださいな、マディ。そちらから解放されたら、すぐに。あのおちびちゃんたちはこの知らせを聞いて、だれもかれも動揺していますので、あなたがいらしてくれたら助けになると思うのです。きっと、おちびちゃんたちも、あなたにとって助けになるでしょう。いまのところ、あの子たちはわたくしのたったひとつの慰めです。子どもたちのためにとびきり楽しいクリスマスにしようと、目がまわるほど忙しくしているんですよ。ロスとジョックは爆撃で両親を失ってしまったので、戦争が終わってもずっとここにいてもらうかもしれません。

あなたも〝ずっとここにいて〟いただけるかしら。あなたさえよかったら。わたくしの心のなかに、という意味ですけれど。わたくしのひとり娘の親友として。いまあなたがわたくしたちのもとから去ったら、娘ふたりを失うようなものです。

近いうちに帰ってきてくださいな。窓はいつでも開いていますよ。


安全な飛行を。

あなたを愛している

エズメより

追伸。エターペンをどうもありがとう。それはまあすばらしいものだこと。このお手紙を書いているとき、少しもにじまなかったわ。これを書きながらわたくしがどれほどの涙を流したか、だれにもわからないわね！

安全な飛行を心から祈っていますよ。帰ってくることを心から待っていますよ。

# 著者からの〝戦況報告〟

だれかがすでに述べたように、わたしの〝報告書はちっとも整って〟いません。でも、わたしはこれを作品のあとに書く法的な義務があります。この本が公職秘密法に違反していないことを正式に保証しなければならないからです。『コードネーム・ヴェリティ』は歴史にまつわる手記なのですが、フィクションであることは認めざるをえません。ジュリア・ボーフォートースチュアートとマディ・ブロダットが本当は実在の人物ではなく、わたしの冒険心にとりつかれた脳のつくりあげたものにすぎないと認めるのは、つらいことです。

でも、やむなく認めましょう。この小説は、補助航空部隊《ATA》のパイロットの描写から始まります。わたしは女性でありパイロットなので、第二次世界大戦中だったら自分に開かれていたと思われる可能性を探りたいと思いました。すでに女性パイロットについての戦争小説を書いてはいましたが（シャーリン・ノーヴェンバー編集による短編集『火の鳥は舞いあがる』［邦訳はありません］におさめられている「価値あるなんらかの行動」）、もっと長く、もっと正確で詳しく、そして何よりももっと現実にありそうなものを書きたかったのです。

そこで、プロットのヒントを得ようと調べものを始め、レティス・カーティス著の『忘れ去られたパイロットたち』［邦訳はありません］を読みました、これは補助航空部隊に関する信頼の置ける歴史であり、女性によって書かれていましたので、わたしの書く補助航空部隊のパイロットが女性であることは当然であり自然でもあると感じました。ところが、本書の構想段階でつまずき、特殊作戦執行部の部員を入れてみたとき（たまたま夕食の仕度中）、この補助航空部隊の話が別の方向へと動きだしました。

さらに読書を続けてみたところ——大丈夫、パイロットだけでなくスパイも登場させることができるし、ふたりとも若い娘でいけると思いました。そういう設定でも現実にありうる話になると。そのような仕事をする女性たちが実在したからです。大勢いたわけではありませんけれど、現実にいました。彼女たちはどんな男性にも劣らず、猛烈に働き、苦しみ、戦いました。そして、多くは命を落としました。

わたしは歴史的な正確さをある程度までしっかりと追究しましたが、この本をすぐれた歴史書にするというよりも、どちらかといえば、すぐれた小説にしようとしたことを、心にとめておいてください。そのため、読者に認めてもらわなければならない虚構の真実という大きな飛躍がひとつあります。それは、マディのフランスへの飛行です。補助航空部隊の女性パイロットは、ノルマンディー侵攻のかなりあとになってからでないと、ヨーロッパへの飛行が許可されませんでした。ドイツに占領された領土が無事に連合軍の手に戻ったあとです（マディが〝ソ連を抜かすと、撃ち落とされた連合軍側の唯一の女性パイロット〟だというくだりでは、戦争中に実在したソ連の女性戦闘機パイロットたちのことを考慮しています）。マディのライサンダーによるフランスへの飛行へといたる過程については、信じるに足るできごとを連ねようと細心の注意を払いました。彼女の切り札は実はわたしの切り札で、彼女は自分が飛ぶことをみずから許可できるという事実です。

もうひとつ、わたしが作りあげたのは（本書に登場して相手をあざむく語り手のひとりと同じく）、固有名詞のすべてです。というか、大部分です。理由は、歴史的事実との不調和を避ける簡単な方法だからです。たとえば、オークウェイはリングウェイ（現在はマンチェスター空港）をほんの少し変えたものですが、オークウェイと違ってリングウェイには一九四〇年の冬、飛行中隊は置かれていませんでした。メイドセンドはケント州にあるたくさんの飛行場の合成です。オルメというフランスの市は存在しませんが、ほぼポワティエ市を基にしています。

調べものの初期の段階で、特殊作戦執行部の尋問官と飛行機輸送パイロットという特別な仕事を作ったことも、ここで述べるつもりでした。けれど、アメリカ人の補助航空部隊パイロット、ベティ・ルシアーがいたことがわかっています。彼女は戦争中、同時期ではありませんが、ともかく両方の仕事をしていました。（ただし、特殊作戦執行部ではなく、アメリカの組織、戦略事務局で働いていたのですが）。戦時パイロットやレジスタンス運動家だった女性の実話を見つけるたびに、わたしはこう思います。〝こんな人たちをつくりあげることなんて、できなかったわ〟と。

できれば、この本のあちこちに書いた**詳細をひとつ残らず**証明したいところです。インクを薄めるのにケロシンが使えることや、学校の保健婦が血液検査をするためにペン先を使ったことを、どうやって見つけたか。ユダヤ人医師の処方箋を最初に見つけたのはどこか。**詳細をひ**

**とつ残らず**ここで説明するのはとても無理ですが、紙とインクはこの小説の構成要素なので、**ボールペン**の話をしましょう！　わたしの創造した書き手たちみんなにインクを持たせるのは、とても難しくなりそうですから、ボールペンを与えられたら便利です。そこで、一九四三年にボールペンが存在していたことを確かめるべきだと思いました。

そして、確かに存在したことは判明しましたが、ちょうどぎりぎりでした。ボールペンはラスロー・ビーローによって発明されています。ドイツ軍のヨーロッパ支配からのがれてアルゼンチンへ渡った、ハンガリーのジャーナリストです。一九四三年に、彼はこの発明品の使用をイギリス空軍に許可し、世界初のボールペンがイギリスのレディングで製造されました。マイルズ航空機製造会社によって、パイロットに長持ちするインクを供給するために！『コードネーム・ヴェリティ』では、サンプルのボールペンを使うしかありませんでした――ボールペンはまだ市場に出まわっていなかったのです。けれど、ありうる話でした。それこそ、わたしの求めるすべてなのです。詳細まで、ありうる話であることが。そのボールペンが初めて作られたのはイギリス空軍のためだということが、わたしは気に入っています。あまり知られていない事実でしょう？

この本のあらゆる詳細、またはあらゆるできごとの裏には、このように、真実の話があります。フランスの通りを渡る前に、その土地の人間らしからぬ格好をしているせいで捕まった、特殊作戦執行部のスパイについて知ったのは、テリー・ディアリー著の『悲惨な歴史』シリーズ［邦訳はありません］の一冊でだったと思います。わたし自身も同じ間違いをして命を落としかけたことが一度ありました。さらには、滑走路から石ころを取りのぞくという重労働を午後いっぱいしたことが、わたしには何度かあります。ライサンダーやシトロエン・ロザリーの故障についてすら、事実に基づいています。また、〈グリーンマン〉は実在するパブです。見つけられるかもしれませんよ。この店名を作りあげることはしませんでした。ただし、いまはほかの名称になっています。

　小説のあちこちには、間違いや不正確な記述があるにちがいないとわかっていますが、これらについては小説の効果上の自由を少し認めてくださるようお願いします。なかには、意識的に行なったものも、そうでないものもあります。タイトルの暗号名〝ヴェリティ〟は、わたしが最も意識的に行なったものです。わかっているかぎり、フランスに潜入する特殊作戦執行部の女性スパイはみなフランス人女性の名前を暗号名にしていましたが、ヴェリティはイギリス人の名前です。ただ、それをフランス語に直すとヴェリテとなり、真実を意味します。また、無線技術士の暗号名には変則的なものもあったので（たとえば、〝看護婦《ナース》〟）、ヴェリティを使うことに決めました。別の格好の例は、ナハト・ウント・ネーベル、つまり〝夜と霧《NN》〟という言葉です。これは政治犯を夜霧のなかに消し去るように殺す、ナチスの政策をさしています。極秘だったので、ジュリーが耳にしたとはとうてい考えられません。それでも、ラーフェンスブリュック強制収容所の囚人たちは、自分たちが〝NN〟の対象であることを知っていましたし、一九四四年の終わりには、それが何を意味するかもわかっていました。さらに、ネルソン提督の最後の言葉についてですが、これはかなり多くの論争の対象となっています。けれど、彼が実際になんと言ったにせよ、ハーディは彼にキスをしたのです。このように、正確さに欠ける点はあっても、ありうる話になっていることを願っています。

大勢の方たちが、この本を完璧に仕上げるために手伝ってくださいました。みなさまに深く感謝しております。縁の下の力持ちたちのなかには、〝文化〟と言語に関するアドバイザーである、スコットランド人、フランス人、ドイツ人の三人がいます。イオナ・オコナー、マリーークリスティーヌ・グラーム、カッチャ・カスリーは、戦時中の自発的無給労働者さながら熱心に、頼まれた仕事に精魂をこめてくださいました。わたしの夫、ティム・ガトランドは、（いつものように）飛行機関係の専門的な面で意見をくれましたし、ロンドンにある帝国戦争博物館のテリー・チャーマンは、原稿の歴史的な正確さを確認してくれました。シャトルワース・コレクションのジョナサン・ハービクトは、ライサンダーとアンソンのすぐそばで自由に見学させてくれました。トリ・ティレルとミリアム・ロバーツは、必要不可欠な最初の読者で、トリは、まとまりごとのタイトルをつけたらどうかと提案してくれました。明らかにそのとおりなのですが、最初わたしは気づきませんでした。娘のサラは、より悲惨な展開をいくつか考えてくれました。

この本は、ヴァイキング・チルドレンズ・ブックスの編集長である、美しいシャーリン・ノーヴェンバーがいなければ、存在していなかったでしょう。そもそも彼女がわたしにこの本を書くようにと依頼してくれたのです。また、わたしのエージェントであるジンジャー・クラークの指揮のもと、エグモントＵＫのステラ・パスキンズと、ディズニー・ハイペリオン・ブックスのキャサリン・オンダーと、ダブルデイ・カナダのエイミー・ブラックが率いる編集チームは、『コードネーム・ヴェリティ』を最終的な形へと導いてくれました。

名前はあげませんが、わたしの人生とかかわり、何年にもわたって影響を与えてくれた、二十人もの方たちにも、謹んで感謝するべきだと思っています――友人や、家族や、先生や、仲間たち。人種はドイツ人、フランス人、ポーランド人、アメリカ人、日本人、スコットランド人、イングランド人（ユダヤ教徒とキリスト教徒）とさまざまですが、第二次世界大戦の広域にわたる対立のなか、彼らはそれぞれレジスタンス運動家や、偽装部隊のアーティストや、イギリス空軍の戦闘機パイロットや、アメリカ空軍の輸送機パイロットや、疎開した子どもや、ドイツの強制収容所だけでなくアメリカの強制収容所の囚人や、隠れて暮らす亡命者や、ヒトラー・ユーゲント（ナチスドイツの青少年団）の団員や、陸軍婦人補助部隊員や、戦争の兵士や捕虜でした。
そうしたことを、**けっして忘れてはなりません。**

# 主な参考文献

（道路地図、避難図、飛行士手帳、イギリス空軍用語集などをのぞく）

補助航空部隊《ATA》

書　籍

Curtis, Lettice. *The Forgotten Pilots: A Story of the Air Transport Auxiliary 1939-45*. Olney, UK: Nelson & Saunders, 1985. First published in 1971 by Go To Foulis.

Du Cros, Rosemary. *ATA Girl: Memoirs of a Wartime Ferry Pilot*. London: Frederick Muller, 1983.

Lussier, Betty. *Intrepid Woman: Betty Lussier's Secret War, 1942-1945*. Annapolis, Md.: Naval Institute Press, 2010.

Whittell, Giles. *Spitfire Women of World War II*. London: HarperPress, 2007.

映　画

Ferry Pilot. London: Trustees of the Imperial War Museum, 2004（Crown Film Unit,

1941)

博物館の展示

Grandma Flew Spitfires: The Air Transport Auxiliary Exhibition and Study Centre, Maidenhead Heritage Centre, 18 Park Street, Maidenhead, Berkshire. http: //www.atamuseum.org

特殊作戦執行部《SOE》

書　籍


Binney, Marcus. *The Women Who Lived for Danger: The Women Agents of S. O. E. in the Second World War*. London: Hodder & Stoughton, 2002

Escott, Beryl E. *Misson Improbable: A Salute to the RAF Women of SOE in Wartime France*. Sparkford, UK: Patrick Stephens, 1991.

Helm, Sarah. *A Life in Secrets: The Story of Vera Atkins and the Lost Agents of SOE*. London: Little, Brown, 2005.

*SOE Secret Operations Manual*. Boulder, Colo.: Paladin Press, 1993.

Verity, Hugh. *We Landed by Moonlight: Secret RAF Landings in France 1940-1944*. London: Ian Allan, 1978.

### 映画

Now It Can Be Told. London: Imperial War Museum, 2007（RAF Film Production Unit, 1946）

### 空軍婦人補助部隊《WAAF》

Arnold, Gwen. *Radar Days: Wartime Memoir of a WAAF RDF Operator*. West Sussex, UK: Woodfield Publishing, 2000.

Escott, Beryl E. *The WAAF*. Shire Publications, 2001.

### ドイツ占領下のフランス

Caskie, Donald. *The Tartan Pimpernel*. Edinburgh: Berlinn, 2006（First published in 1957 by Oldbourne.）

Knaggs, Bill. *The Easy Trip: The Loss of 106 Squadron Lancaster LL 975 Pommeréval 24/25th June 1944*. Perth, Scotland: Perth & Kinross Libraries, 2001.

Némirovsky, Irène. *Suite Française*. London: Vintage Books, 2007.（『フランス組曲』イレーヌ・ネミロフスキー著　野崎歓、平岡敦訳　白水社　２０１２）

マディのミトン
http://www.elizabethwein.com/blog/maddies-mittens

# 訳者あとがき

本書は、戦争を背景にした、ふたりの少女をめぐる勇気と友情と真実の物語です。戦争という悲劇、守りたいものを守る勇気、互いを思いやる友情、伝えるべき真実について、深く考えさせてくれます。さまざまな面があるので、ひと言で表わすのは難しいのですが、第一部に張られた伏線が第二部に生きてくるミステリであり、第二次世界大戦を背景にした歴史小説であり、敵国へ潜入するスパイ小説でもあります。

二〇一二年に出版されるや、数多くの書評誌で話題を集め、アメリカ探偵作家クラブが授与するエドガー賞のヤングアダルト小説部門における最優秀作品となりました。また、アガサ賞の児童書・ヤングアダルト部門の最優秀候補となり、ゴールデン・カイト賞フィクション部門、ボストングローブ・ホーンブック賞フィクション部門、マイケル・L・プリンツ賞のオナーブックに選ばれるなど高い評価を受け、カーネギー賞の最終候補に残りました。

さらには、ニューヨークタイムズ・ブックレビューのノータブル・チルドレンズ・ブックスに選ばれ、米国図書館協会の一部門であるヤングアダルト図書館サービス協会《YALSA》が選ぶ二〇一三年のティーンズ・トップテンの一位、パブリッシャーズ・ウィークリーが選ぶ二〇一二年のベスト児童書ともなりました。ほかにも、十指にあまる団体や機関から、ベストブックに選ばれています。ここにすべて書ききれないほどで、それだけ注目され評価された作品だということの証《あかし》ですので、自信をもってお薦めいたします。

こうした賞や賛辞から、本書はヤングアダルト小説で十代向けだと思われがちなのですが、決して若者限定の作品ではありません。年齢層を絞ってしまうなんて、もったいなさすぎます。大人でも十分読みごたえがありますし、がっちりと心をとらえる作品なので、むしろ大人にこそお薦めしたいのです。事実、ニューヨークタイムズの書評には、こんなふうに書かれています。「『コードネーム・ヴェリティ』は、ティーンエイジャーよりも大人をとりこにすると強く思う」と。

舞台は、第二次世界大戦中のイギリス。小さなバイク屋を営む祖父母と暮らすマディは、家業を手伝いながら大好きな飛行機の操縦訓練を受けて、パイロットのライセンスを取得し、やがて整備の腕を買われて空軍婦人補助部隊に入ると、無線技術士になりました。そこで出会ったのが、戦争のせいでスイスの寄宿学校を一年早く卒業させられて、オックスフォード大学に入学したあと、同部隊に入り無線技術士になったクイーニーです。スコットランド女王メアリー・スチュアートの血を引く貴族階級のクイーニーと、ユダヤ人である庶民のマディは、戦争中でなければおそらく出会うことはなかったでしょうが、激しさを増す戦争のさなか、心の内をさらけ出せる親友になっていきます。

そんなふたりの運命が劇的に変わるのは、一九四三年、十月十一日のこと。ふたりは奇《く》しくも片やパイロット、片やスパイとして、いっしょにナチスドイツ占領下のフランスへ飛びます。腕の立つパイロットであるマディの操縦で、最初は順調な飛行が続きますが、フランス上空でドイツ軍による対空砲火を受けて飛行機が故障したことから、潜入計画は大きく狂ってしまうのです。

ひとりはパラシュートで降下したものの、ごく単純な間違いをしたことが原因でナチスに捕まって拷問を受け、イギリスに関する情報を漏らすことを強制されます。ナチスからもらったのは、二週間と紙。そこからの限られた期間に書かれたものが、第一部の告白文です。この告白は小説の形をとっていますが、なぜ物語のように書かれているのでしょうか？　そして、過酷な条件のなかで二週間をすごした、書き手の運命は……。

書かれていることがじわじわと、しみじみと理解でき、真実が浮かびあがってくるのは、第二部の手記に入ってからです。第一部あっての第二部ですから、せっかくの読書の楽しみを半減させないためにも、くれぐれも第二部から読みはじめることのないよう、お願いいたします。

本書には、主人公たちが自分にできること、自分の大好きなことをしているだけなのに、いつのまにか戦争に関わり、やがて重要な任務を任されるようになっていく過程も、丁寧に書きこまれています。ふとしたことから歯車が狂って、究極の選択を迫られる辛さ、悲しさ、理不尽さ、そして、すべてを乗り越えたあとに訪れる再生への希望に、たくさんの読者が涙したということです。

これだけ高い評価を得ている作品ですから、いつかは必ず日本に紹介されたはずですが、もしかすると、もっとあとになっていたかもしれません。というのも、本書はわたし（訳者）がアメリカの書評誌で見つけて、ぜひ日本語に訳したいと、いち早く東京創元社に持ちこみをさせていただいたものだからです。多くの場合、外国作品は、翻訳権を扱うエージェントを経由して、出版社が翻訳者へ翻訳を依頼します。ですが、翻訳者が気に入った外国作品を出版社に紹介し、出版社がエージェントを通じて翻訳権を取ることも、往々にしてあるのです。本書が、このケースでした。

数年前、当時アメリカから送ってもらっていた書評誌をめくっていたとき、わたしはほかの作品よりもずっと多くの★印がついている作品に気づきました。★印の後ろに、書評誌名が書かれています。これは作品がその書評誌で取り上げられたことを示すもので、★が多いほど注目されていると考えられます。その作品の表紙は、別方向から伸びたふたりの腕二本が手首のところで縛られているもので、正直なところ、辛そうな内容だろうと想像したわたしは、あまり魅力を感じませんでした。けれど、ネットで調べてみますと、低い丘陵地の石垣に立てかけられた二台の赤い自転車の表紙で出ている版もあります。こんなのどかな情景とシリアスな状況のふたつが表紙になるとは、いったいどんな物語が紡《つむ》がれているのだろうと、がぜん興味が湧いたので、原書を読んだというわけです。

興味を持ったのは、それだけではありません。もうひとつ、第二次世界大戦を舞台にしているという点もありました。わたしは戦争を知りませんが、父から話を聞いておりまして、どんな形であれ、どれほど微力であれ、戦争については伝えていかなければと思いながら育ってきたのです。また、本書に登場する少女が、あれよあれよというまに戦争に関わり、利用されて、胸が締めつけられる選択をするというストーリーにも惹かれました。しかも本書は、著者が最後に述べているとおり、フィクションでありながら、可能なかぎり史実に基づいて書かれています。本書に描かれているような状況に置かれた少女が、実際にいたわけです。現実に生きていた人たちが経験したことの記録とも言えるのだと思うと、読み進めながら、主人公たちが愛おしくてなりませんでした。

実際に訳しはじめてみると、冒頭から連続する緊迫感にぐいぐいと引きこまれ、適切な日本語を考えながらキーボードを打つ作業に没頭する毎日でした。第一部はゲシュタポに捕まった主人公の告白文ですから、重く暗いトーンではあるのですが、過去の思い出を織り交ぜて語られるその内容には青春ならではの躍動感もあり、まるですぐ目の前に主人公がいるかのようでした。第二部では、トーンはがらりと変わりますが、それでも緊迫した現実感はそのまま持続していきます。第一部の縦糸だけだった語りに、第二部の横糸が織りこまれて、一枚の布になっていく過程を訳すのは、パズルを完成させる喜びにも似て、とても楽しいものでした。第一部ではさりげない記述だったことが、第二部で次々と明確になり、伏線だったとわかるのです。ここでそれを書くわけにはいきませんので、どうぞみなさん、ご自分で発見しつつ読書をお楽しみください。

著者のエリザベス・ウェインの作品は、日本では本書が初めての紹介となります。古代から近代までの歴史ものを手がける児童書作家として知られ、多数の短編も書いています。一九六四年にニューヨークで生まれ、イギリス、ジャマイカ、ペンシルベニアで、弟や妹とともに育ちました。七歳のときには、友だちといっしょに *The Hidden Treasure*（隠された宝物）という本を作ったそうです。両親の離婚後は母親と暮らしていたのですが、十四歳のときに母親が交通事故で亡くなり、母方の祖父母に引き取られたあとは、彼女にとって本が命綱になったとのことです。やがて、アーサー王伝説に夢中になったエリザベスは、十代の中ごろからアーサー王にまつわる小説を書くようになり、それが後に一冊目の著書、*The Winter Prince*（冬の王子）として結実します。

エリザベスはエール大学で学んだのち、ペンシルベニア大学に移り、民俗学の博士号を取得しています。未来の夫ティムに出会ったのは、二十七歳のとき。結婚後、夫の国であるイギリスに住むようになりました。現在はふたりの子どもがいて、スコットランドのパースに住んでいるようです。

本書には飛行機の操縦シーンが詳しく描かれていますが、彼女自身、小型飛行機の操縦が趣味で、国際的な女性パイロットの組織、ナインティ・ナインズのメンバーになっているとのこと。二〇〇三年には、最優秀飛行生として、スコットランド・エアロクラブのワトソンカップを受賞。同クラブが出している新聞の編集もしています。

初期の作品には、アーサー王時代のブリテンや六世紀のエチオピアを扱った小説が多く、な

かでも *The Lion Hunter*（ライオンの狩人）は、ヤングアダルト向けのSF・ファンタジーに贈られるアンドレ・ノートン賞の候補になりました。

本書の次に書かれた作品、*Rose Under Fire*（砲火を浴びたローズ）の舞台は、一九四四年のイギリス、フランス、ドイツです。ナチスに捕まってラーフェンスブリュック強制収容所に送られたアメリカ人飛行士のローズが、ナチスの人体実験に使われる少女と出会うという設定で、本書と時代や状況があまり違わず、少女たちの友情をめぐる感動作という点でも似ていますね。こちらも史実を踏まえており、実際に十五万人以上の人々の身に起こったことを、日記や手紙の形式で書いたそうです。

最新作は、二〇一七年五月に出版された *The Pearl Thief*（盗まれた真珠）。なんと本書の主人公のひとりが、十五歳に戻って登場します。アガサ・クリスティのサスペンスと、「ダウントン・アビー」の魅力が満載とのことですので、本書とはまたひと味違う作品になるはず。楽しみに待ちたいと思います。

訳者紹介　津田塾大学学芸学部国際関係学科卒業。英米文学翻訳家。ヘンリー「新訳 賢者の贈り物・最後のひと葉」(共訳)，ペリー「護りと裏切り」，リンデル「もうひとりのタイピスト」など訳書多数。

検印
廃止


コードネーム・ヴェリティ

2017年 3 月24日　初版
2017年11月10日　再版

著　者　エリザベス・ウェイン

訳　者　吉《よし》　澤《ざわ》　康《やす》　子《こ》

発行所　(株)　東京創元社
代表者　長谷川晋一

162-0814/東京都新宿区新小川町1-5
電　話　03・3268・8231-営業部
　　　　03・3268・8204-編集部
URL　http://www.tsogen.co.jp
振　替　00160-9-1565
萩原印刷・本間製本

乱丁・落丁本は，ご面倒ですが小社までご送付ください。送料小社負担にてお取替えいたします。





ISBN978-4-488-25204-5　C0197